生命为先，荣耀之上。

这一份沉甸甸的荣耀，
永远都是一些人心中最宝贵的信念。

向生命致敬！

向默默奉献热血与生命的英雄们致敬！

荣耀之上

麦苏 著

连尚文学

海燕出版社
·郑州·

序言

初次见到麦苏是在 2021 年的 5 月 12 号。

5 月，繁花似锦，绿荫如海，淋漓而不失柔美，热烈又不失婉约，一切都显得那么热情洋溢，生机盎然。麦苏给我留下的印象亦如此。我们从“缘何创作网络小说”开始聊起，进而深入到具体作品的创作与把握，又共同探讨了当前网络文学创作环境与整体发展。麦苏是一位对网文发展有着清晰认知和大格局观的作家，聪明且勤写、勤思，对自身有着精准定位。早些年她多创作古言小说、现言总裁文等，情节离奇跌宕，铺陈紧凑，语言精美，情感细腻，是典型的霸道总裁 + 甜宠 + 爽文的模式，符合当前年轻人的阅读口味，具有鲜明的网文特征。近几年她进军现实题材领域，或聚焦消防员、医护人员等平凡英雄的日常生活，或关注刺绣、豫剧、武术等中国传统艺术，传承中国文化精髓，或书写黄河沿岸子女脱贫致富的改革进程，展现民族复兴、社会发展。这些作品都取得了显著成绩，揽获不少奖项。其中《荣耀之上》入选 2020 年度河南省精神文明建设“五个一工程”重点创作项目。《我的黄河我的城》入选“2021 中国作家协会重点作品扶持项目”。

习近平总书记在多个会议上谈到网络文艺，强调文艺工作的展开要关注现实、深入生活、扎根人民。在此导向下，现实题材及现实主义创作成为网络文学“主流化”的风向标。网络文学在政府政策指导、优秀作品推荐、市场规范与引导、阅读平台征文比赛、读者阅读的新要求等多重因素合力影响下，从玄幻题材占主流的局面慢慢走向多类型并进的发展趋向，作品呈现出数量大、质量优的发展态势，诸多作品表现出现实人文关怀和正确的价值取向，并产生了良好的社会影响，成为新时代社会主义文学的重要组成部分。麦苏也是在这一导向下开始并坚持现实题材创作的。

《荣耀之上》将落脚点放在现实生活中默默无闻、无私奉献的消防员身上，讲述了年轻一代肩负重任、迎难而上、临危不惧的光辉事迹，塑造了一批“最美逆行者”的人物形象，讴歌中国年轻一代对待生命与生活有着正确的价值观和人生观。整部作品情节跌宕起伏，以一个个紧急救援的小故事贯穿全文，融入心理危机、情感失衡、社区养老等多个现实问题，情节紧凑激烈，以小见大地反映了多个社会热点和民生焦点，是一部精彩的现实题材网络文学作品。女主人公向薇退伍后在市救援中心担任队长，几年时间从一个柔弱少女磨炼成了城市应急救援专家。她坚毅果敢，勇挑重担，在救人的同时也在“自救”；她历经磨炼、不辱使命，带领队员默默付出，不怕牺牲；她在平凡的工作岗位上为社会的稳定、百姓的安危做出了非凡的贡献……哪有什么岁月静好，只不过有人默默地为我们负重前行罢了！

现实题材网络文学注重细节描写，在典型环境中凸显典型人物，有好看的故事，兼具强烈的时代感。在创作中麦苏保留了网络文学部分“爽文”特质，使得作品网络性与文学性兼具。网络文学作者的创作优势是与生活的“零距离”，他们善于从真实生活中取材。在写《荣耀之上》之前，麦苏去消防局定点深挖了数月，全面了解消防员和城市救援队员的日常生活。麦苏以这种别样的方式近距离地学习和了解创作对象，为其后续的创作奠定了基础，使其得以在作品中淋漓尽致地展现消防人员的丰富人生。

文学应当有记录壮阔历史进程、展现时代精神风貌、捕捉人民生活与梦想、触碰人性、警醒生命的勇气与力量。今天的中国经历了巨大变革，创造了恢宏伟大的现实图景，现实题材网络文学应展现真实、立体、全面的中国形象与民族气节，这是伟大时代文学作品走向经典化的历史使命与必然要求。《荣耀之上》以相对通俗化、大众化的方式诠释和观照“平凡英雄”，担负起传递时代精神与道德理想的责任，具有重大的社会意义。现实题材网络文学虽实现了整体性崛起，但持续发力及质的提升将是它要面临的真正考验，这是伟大时代文学作品走向经典化的历史使命与必然要求。我们期待麦苏能给读者、给社会带来更多更好的现实题材作品。

王婉波

2021 年 6 月 21 日

王婉波：文学博士，美国圣母大学访问学者，网络文学评论专家。

目录

第一章

陌上花开人不在

火，大火……

天空彻底被妖异的橘红色遮盖，再也看不到一丝蔚蓝。弥漫的浓烟翻滚着涌向四周，在橘红色的火焰中龇着獠牙。

燃烧，燃烧！似乎一切的一切都在燃烧，咆哮着试图撕裂和焚毁所有。

而在这宛若地狱般的惨烈场景之中，一道身影正慢慢地向着大火的深处而行，他的脚步稍显缓慢，却是格外坚定，一步一步，不见惧色。当他彻底走进火焰里的时候，原本就已经熊熊燃烧的火焰猛地蹿了起来。

天空变成了黑色，大地变成了黑色，那焦黑干枯的景物慢慢撕裂、分割，干裂成一道道漆黑难看的深色纹路。

“砰”的一声巨响，整个天地猛然被炸开，化作无数怒焰，橘红色的火光成为定格的唯一颜色。

“啊！”向薇猛地从床上坐了起来，脸色惨白，额头上已经浸出一层细密的汗珠，她用手一抹，感觉指尖冰凉。

桌子上摆着的日历，定格在了 2009 年的 9 月 19 日，一个看起来便觉得长长久久的日子。

窗外的天空刚蒙蒙亮，街边的路灯还没有熄灭，偶尔能看到几个匆匆走过的路人。

同样的梦，同样的清晨，向薇向后一仰，将自己重新扔回到了床上。她呆呆地看着天花板，那松松软软的床垫并没有再为她添加什么睡意，反而令她有点不舒服。

睡意消散，向薇翻身坐了起来，一条项链在她胸口晃来晃去，项链尾端挂着的一枚戒指在灯光的映射下，闪烁着淡淡的黄色光芒。

早饭很简单，热上一杯牛奶，再煮个鸡蛋，她可以在长达一个月的时间里只吃同一种东西却不厌烦。吃饭的时候她面无表情，只是机械地把食物塞进嘴里。

规律而简单的生活，是向薇从军生涯中保留下来的习惯之一。

由于走得早，一路顺畅，公交车上人很少，向薇静静地看着窗外的景色，这样的画面她看了很多年。

沉浸在思绪之中，手机微微一震，一条信息弹了出来，向薇低头看了一眼：

生命在闪烁中现出绚烂，在平凡中现出真实。——伯克

向薇低声嘟囔了一句："神经病。"

向薇所在的紧急救援队，又被称为城市救援队，是消防局内的一个重要部门。

城市内应急救援的工作，最早是由消防队员来兼做，并没有针对工作内容进一步进行划分。随着城市的发展，这部分工作越来越多，日常出警时操作难度也越来越大，消防局索性成立了特别行动组，历经数年的发展壮大，又成立了正式的救援大队，专门分管这一部分的工作。

城市救援队的工作地点也是从消防局的办公用地内分割出来的，紧挨着市消防总局，日常训练拥有自己的专属场地，又给队员安排了专门的休息区，出警的大门也独立开了一个，非常方便。

向薇每天都是第一个到达单位，今天也不例外。只见她直接冲到值班室，"咣当"一脚把房门踹开。

"啊！"

房间里躺着的两个人"呼"的一下坐起身来，惊慌失措地左顾右盼。

"什么情况？怎么回事儿？"

"出什么事了？"

"这句话应该是我来问你们。"向薇站在门口冷冰冰地问，"昨天晚上出什

么事没有？”

两个人听到向薇的声音，就像是迎头被泼了一盆冷水，瞬间精神起来了。两个人连滚带爬地从床上起身，规规矩矩地站在床边大声说道：“头儿！没事，昨晚一切正常。”

“所以你们睡得不错？”向薇冷冰冰地问道。

“没有！”有一个人大声回答了一句，然后又赔着笑脸说，“头儿，我们是刚刚才睡的，真的。”

“希望如此。”向薇冷笑一声，“准备跑步吧。”

“啊？”

“既然昨晚没事发生，那你们一定积蓄了很多精力吧？”向薇脸上虽然带着笑，却有点让人望而生畏，“所以，我现在心怀怜悯地喊你们起床，消耗一下你们无从宣泄的精力。”

两个人脸色一变：“头儿，我们真的没积蓄什么精力，昨天晚上我们一宿没睡，早晨才刚刚睡了那么一小会儿。”

“那正好，练完之后，吃完早饭可以睡个囫囵觉。”向薇不为所动，“不过，看在你们值夜班的分儿上，我准备法外开恩，你们就跑 1500 米吧！”

两个人对望了一眼，露出了满脸苦色。

“还愣着干什么？”向薇大吼了一声，“早跑完早吃饭，我和你们一起跑，快点！”

说完像赶鸭子一样把这两个人赶了出去。

一路上，这两个人忍不住低声嘀咕：

“队长今早是怎么了？火气这么大！”

“不知道，难道说是她大姨妈来了？”

“你问我，我问谁去？不过听说女人那几天都格外烦躁。”

“你们两个嘀咕什么呢？”向薇在他们两个身后大吼了一声。

这两个人立刻振奋了精神，挺胸抬头，目不斜视，绕着消防队的大院缓慢地跑起来。

向薇就跟在他们俩身后，阴沉着脸，时不时地吼上两嗓子：“精神点！别像裹脚老太太一样！”

这时，只见一个人影悄悄地向这里靠近，并在大门外探了一下头，发现里面正在跑步的向薇等三人，这人脸色顿时一变，立刻又把头缩了回去。

可是已经晚了，向薇已经发现了她。

“别躲了！”向薇冲着大门那里喊道，“朱小竹，出来吧！”

大门外没有了动静。

向薇皱眉：“赶紧出来，难道还要让我把你拖出来吗？”

听到向薇的这一声吼，躲在门外的朱小竹终于磨磨蹭蹭地走进了大门。

这是一位身材高挑的女孩，年纪也就 20 岁左右，长得很不错，身上带着一股子寻常女孩所没有的英气。

不过此时她的英气都化为乌有，她冲着向薇一龇牙：“队长，您早！”

“不算太早，正好赶上了晨练。”向薇嘴里说着话，可是步伐一直没停，仍然跑得很有节奏，“来得正好，把东西放下，一起跑步。他们两个昨天晚上值班，跑不了多久。正好你来了，陪我跑上 3000 米吧。”

朱小竹苦笑着脸：“队长，我今天早晨拉肚子了，身体不太舒服……”

向薇不为所动：“拉肚子？没关系，跑跑步就好了。”

“哦。”朱小竹郁闷地应了一声，背着包向里面走去。

两个正在跑步的男同事看着朱小竹一阵坏笑，气得她对着他们狠狠地挥了挥拳头。

等到朱小竹从屋里出来，两个男同事已经跑完了，只剩下向薇自己还在绕着圈子，朱小竹无奈，活动了一下腿脚，跟着跑了起来。

“头儿，我还没吃早饭呢。”一边跑着，朱小竹忍不住低声抱怨。

“5000 米。”向薇一边跑一边回话，“跑完之后吃饭，饿不死。”

“我还在长身体呢！”

“跑跑步不耽误你长个儿。”

朱小竹张了张嘴，最终还是放弃反驳。她发现，无论自己说什么，这位向来要求严格的队长都不会听的。

不过她的糟糕心情倒是没有持续多久，很快，朱小竹指着门口有点幸灾乐祸地喊："来人了，头儿，又来人了！"

"让他们一起来！"向薇面无表情地说道。

"好嘞！"朱小竹顿时眉飞色舞，对着门口大喊了一声，"别躲了，都看到你们了，快点过来跑步，你们要是不过来，队长可就要亲自去'请'了。"

连喊了两遍，又有三个人不情愿地凑了过来，加入了晨跑的队伍。

渐渐地，人越来越多，一群人围着消防局大院转着圈跑，场面相当壮观。

等到吃早饭的时候，食堂里坐满了饿得前胸贴后背的年轻人。

朱小竹打了一份饭菜放到桌子上，然后像是扔铅球一样把自己砸到了椅子上："好家伙，大清早就开始高强度运动，跑得腿都细了。"

"你还说呢！"对面一位叫冯军的队员像是和饭菜有仇一样，狠狠地咬了一口馒头，"本来我躲得好好的，如果不是你多嘴，说不定我就躲过去了。"

"废话，有福同享，有难同当！现在我有难了，你们难道还想躲一边？"朱小竹瞪着眼睛说道。

"你这是有难同当，可有福同享在哪儿呢？"另外一位叫姚天的同事没好气地说，"有好事你怎么不想着我们呢？"

"这不是还没有好事嘛！等到有好事的时候就想起你们来了。"朱小竹理直气壮地回答。

"你们说，咱们头儿这是怎么了？"冯军风卷残云一般把饭菜塞进了嘴里，一边嚼着一边低声问道，"感觉她今天格外暴躁。"

几个人正在窃窃私语，门一开，向薇从外面走了进来。

她一进来，整个食堂顿时鸦雀无声，安静得连一根针落到地上都能听到。

向薇早已对这种情况习以为常，并且毫不在意，她站在门口扫视了一遍整个食堂，每一个被她看到的人，都老老实实地低下头。

"抓紧时间吃饭，吃完之后休息 30 分钟，然后到操场集合。"

说完之后，向薇一转身，头也不回地走了。

朱小竹惨叫了一声："完蛋！又要训练，连喘息的机会都不给我们。"

"有时间抱怨还不如抓紧时间吃饭！"姚天埋头往嘴里扒着饭菜，同时含含糊糊地说道，"早点吃完，还有时间喘口气。"

这一下食堂里再没人说话了，只剩下餐具的碰撞声和大伙的咀嚼声。

半个小时后，救援小组的全体成员出现在了操场上，列队站好。

向薇背着手看着他们，大声说道："虽然是老生常谈，但我还是要再说一遍，平时多流汗，战时少流血！我们在训练中的每一点的提高，都会对生命多一点保障，无论是对别人，还是对自己。"

向薇的声音很大。所有队员都站得笔直，不过却有人在后面窃窃私语。

"头儿又开始打鸡血了。"朱小竹低声嘟囔。

"每次锻炼之前都要和我们说一遍这个，耳朵都要听出茧子了。"冯军目不斜视，低声说道，"说得那么高大上，我们这个救援队哪儿有那么高大上呀？火灾抢险轮不上咱们，那都是消防队的事情。轮到咱们的，全是一些鸡毛蒜皮的小事，哪儿用得着这么费劲？最近咱们遇到的最大一件事，就是有个熊孩子冬天舔铁栏杆了吧？"

"熊孩子个屁，20 多岁了，还能是熊孩子？比我都大了。"朱小竹低声说。

"只要还干熊事，不管多大岁数，都算熊孩子。"冯军撇了撇嘴。

全部队员很快都被向薇安排得明明白白，就连向薇自己，都找了一个双杠，在上面努力训练。

这时，从对面的办公楼里走出一个人来，紧跑几步到了向薇身边："队长，刚才接到报警电话，让我们救援队出动。"

"什么任务？"向薇从双杠上翻身下来，随口问。

"有一个马蜂窝，需要我们去清理一下。"

向薇点点头，回头喊道："朱小竹、冯军、姚天，你们过来！"

一辆救援车开出了消防队，车上的三个人回头看着训练场上还在辛苦流汗的同事，集体地松了一口气。

"咱这算不算是虎口脱险？"冯军开着车笑呵呵地说。

"差不多吧，再练下去就要累死人了。"姚天点头说道，"可算是有个任务了，我宁可出去执行任务，也不愿在这练得死去活来。"

车子慢慢开进了一个小区。说是小区也不准确，应该说是一座居民楼。这里不是那种集中管理的小区，而是老式的筒子楼，楼体看着比较破旧，绿化植被稀少，一般来说住在这里的老人居多。

到了地方之后，他们立刻联系了报警人。从楼洞里出来了一位大爷，很热情地拉住了冯军的手。

“你们可算是来了。”大爷拉着冯军的手用力摇了几下，“我们这街坊邻居实在是没有办法了，请你们务必帮我们解决问题。”

冯军连忙说：“先带我们去看看马蜂窝在哪里吧。”

大爷走到了一处筒子楼下面，指着高处说道：“就在那儿！你看到没有？五楼的窗户那儿！”

三个人抬头顺着大爷指的方向看去，在五楼的窗户外面果然有一个硕大的马蜂窝，即使隔着五层楼的距离，也能看到有几只马蜂围着那个马蜂窝飞来飞去。

“马蜂窝就是这段时间出来的。”那大爷说道，“我们全家啊，去外地住了一段时间，回来之后就发现窗户上多了这么一个东西。天天一群马蜂围着这个窝乱转，个头都挺大的，看着可吓人了。虽然关着窗户也进不来，可是眼看着天就要热了嘛，家里不能总不开窗啊，天天在家里憋着谁受得了？！这还不算，自从这群马蜂在那儿安家落户之后，有好几次都差点伤到人，附近的街坊邻居最近都不敢出门。我们实在是没办法，只好向你们求助了。”

“这东西是挺烦人的。”朱小竹点头表示理解，“不过大爷别担心，这事包在我们身上。您先回家，关好门窗，等我们把马蜂窝处理干净了您再出来。”

大爷走了，朱小竹又吩咐：“姚天，去用喇叭广播一下。”

“交给我。”

姚天答应了一声，回到车里拿出来一个喇叭来，对着喇叭大声喊道：“附近的街坊邻居都注意了，我们是城市救援队的，现在要处理一个马蜂窝。为了防止意外，现在请大家回到家中等候，等我们处理完这个马蜂窝之后再出来。”

姚天连喊了几遍，附近的街坊邻居都很配合，很快周围都没有人了。

朱小竹和冯军抬头观察着那个马蜂窝，商量着对策。

“位置太高了，”朱小竹说道，“我们的梯子够不着，除非把消防队的车调过来。”

“为了这么一个东西，还把消防车调过来？麻不麻烦啊！”姚天很是不以为然，“这办法都是人想出来的，我们想想办法不就得了。”

“你说吧，有什么好办法？”朱小竹问道。

“既然梯子够不着，我们就到上面去。”姚天指着马蜂窝的位置说，“那东西在五楼，接近顶层，我们直接爬上屋顶，从上面动手。”

“可行。”朱小竹点头，“用什么办法处理掉？”

“放火吧。”姚天说道，“我去找根长竹竿，顶端绑上棉布之类可以引火的，然后点火烧，烧干净再把它打下来。”

朱小竹歪着头想了一下：“办法倒是不错，不过到时候要小心点，那里位置很高，而且是老式的窗户，千万不要把玻璃烧炸了，如果那样的话麻烦就大了，那家人可都还在屋里躲着呢！”

“这个你可以放心，我有准的。”姚天笑道，“以前捅马蜂窝的事也不是没干过。”

冯军表情严肃地走了过来：“小竹，有点麻烦了。”

朱小竹心里一沉：“什么事？”

“防护服不够，”冯军苦笑道，“刚才走得急，防护服就带了两套。咱们有三个人在这儿。”

朱小竹心里一松：“两套足够用了，我一套，在下面负责看着，姚天一套，他负责上去捅马蜂窝。”

冯军指着自己的鼻子：“那我呢？”

“你负责在下面吸引马蜂，它们过来你就跑，把它们引开。”朱小竹一本正经地说道。

“啊？”

“啊什么啊！”朱小竹笑道，“你不会找个地方躲起来啊？躲车里去，把车窗门关好。”

冯军有点不太情愿。

“怎么了？”朱小竹一皱眉头。

“我想围观一下。”冯军认真地说。

“围观你个大头鬼！”朱小竹毫不客气地吼道，“怎么哪有事都少不了你呢？想围观到车里围观去！”

冯军无奈地耸了耸肩，转身回车上去了。

没多久姚天就拿着一根竹竿跑了回来：“找到了，社区那边帮我找来了竹竿，还有一些破布条，应该够用了。”

“好。”朱小竹满意地点点头，“防护服就两套，咱们两个一人一套，我在下面看着，帮你定位，你到上面去行动。”

姚天答应了一声，两个人开始做准备。

穿好防护服之后，姚天拿着那根绑好了布条的竹竿，突然忍不住笑出声来。

“不知道怎么回事，我每次一穿这身衣服，感觉就像是哪个病毒实验室里的工作人员一样，你看我这形象像不像发生了生化危机，我这就要抵御僵尸了？”姚天摆了个架势问道。

朱小竹怒道：“有拿着竹竿去抵御僵尸的吗？用小杆杆戳人家胸口呀？少废话，对讲机拿好了吗？”

“拿好了。”姚天顿时老实了下来。

“那你还在这里站着干什么？赶紧上去！”朱小竹往上面一指说道。

“啧，小竹，你有没有发现，你最近越来越像队长了。”姚天嘟囔了一句。

“有你这废话的工夫，早就把事情办妥了。”

姚天干笑了一声，提着竹竿跑进了楼道，没多久就出现在楼顶上。点着了竹竿顶端的布条，从楼顶把自己吊在半空，他慢慢地把竹竿伸了出去，凑到马蜂窝旁边开始点燃。

“好，再往前一点点，可以了，停下！”朱小竹说道，“烧一会儿，把马蜂窝都烧掉！拿稳了，别松手！”

就在这时，楼顶上的姚天突然忍不住张嘴打了个喷嚏，阿嚏一声，手顿时一抖，竹竿戳在了马蜂窝上，马蜂窝顿时被他戳掉了一块，从楼顶上掉了下来，摔在地上，好几只马蜂从里面飞了出来。

“我去，你空投呢？小心点！”朱小竹怒道，“快点烧干净！”

“哎呀！”

此时，朱小竹身后突然传来一声惨叫，她回头一看，就见坐在车里的冯军手舞足蹈，四处乱拍，好像突然间着了魔一样。

朱小竹心里一惊，连忙跑了过去，只见车子里不知道什么时候多了两只马蜂，正围着冯军上下翻飞。

……

一个小时之后，朱小竹、姚天和冯军三个人在向薇面前站成了一排，看着一个比一个老实。朱小竹和姚天看起来一切正常，唯有冯军，整个脸都肿了起来，眼睛肿得眯成了一条缝，嘴巴也合不拢了，一个劲地往外滴口水。

向薇背着手在他们三个面前走了一圈，气得满脸通红。

“行啊，你们三个厉害了！三个人出去，两个人和一头猪回来！怎么？和我玩变身？”

“队长，这事真的不怪我。”朱小竹哭丧着脸解释道，“是冯军他自己瞎闹腾，我们让他在车里躲着别出来，可是他就是个好事的人，总想要看热闹，在车里看觉得看不清楚，非要把头伸出来看，谁知道有几只马蜂漏网，结果……结果就这样了。”

“你还好意思在这里和我解释！”向薇怒道，“蠢就是蠢！为什么不带足防护服？为什么不把车停远一点？现在出了这样的问题，你觉得自己有理了？！”

“报告。”朱小竹一挺身子，然后郁闷地回答道，“没理。”

“知道没理就给我回去好好反省！”向薇说道，“等一下每人 50 个引体向上，然后给我跑 5000 米！听明白没有？！”

“听明白了。”朱小竹和姚天答应了一声。

“大声点，没吃饱吗？”向薇大声道。

“是，听明白了！”

“还有你。”向薇一转头，恶狠狠地瞪着冯军。

冯军脖子一缩：“头儿，我都这样了……”

“你这样都是你自己找的！”向薇怒道，“你还回来干什么？赶紧给我滚去医院！”

“是！”冯军答应了一声，扶着自己的脑袋“哎哟哎哟”地往外走。

“姚天，你和他一起，快去快回！”向薇揉着太阳穴说着。

“是！”姚天答应了一声，搀扶着冯军，做贼一样溜了出去。

一旁的朱小竹蹑手蹑脚地想要溜走。

“站住！”向薇一瞪眼睛，“50个引体向上，然后给我跑5000米去！”

朱小竹哭丧着脸，乖乖地走了出去。

“整天和这些家伙在一起，我能折寿！”向薇揉太阳穴的力道加重了些，一脸的痛苦。

这时，一辆货车慢慢地在办公楼的门外停了下来，一名司机从货车上下来走进了办公楼，没过多久，向薇办公室的电话响了起来。

“头儿，您下来一下，有您的东西需要签收。”

“我的东西？什么东西？”向薇满脸狐疑。

电话里那人的声音有些古怪：“您下来就知道了。”

一头雾水的向薇来到了楼下，一到门口，顿时就惊住了。

只见大门口摆着一个硕大的花篮，里面用玫瑰摆了个极其夸张的巨大“心”形。

快递员笑吟吟地走了过来：“向薇小姐吗？这是您的花，请签收。”

向薇脸色一变：“我不要，哪儿来的送哪儿去！”

那人有些歉意地说道：“已经出货了，没法退，即使您不要，我也只能把这些花留在这儿。”

大花篮摆在那里几乎挤占了整个通道，如果就这么放着不管的话，麻烦事可能会更多。

无奈之下，向薇只好先签收了。

等到送货的离开之后，向薇走到花篮旁边，伸手从上面摘下一张卡片来，上面写着一句话：“生命与鲜花都是易于凋零之物，但是你不会，你的容颜将会在我心中一直陪伴着我……”

“神经病！”

徐有光笑嘻嘻地凑了过来："头儿，这么多花，我给你送办公室去？"

向薇也不理会徐友光，脸色阴沉地回到了自己的办公室，然后掏出电话来拨通了一个号码。

没过多久电话就被接通了，向薇毫不客气地质问："侯行知，你什么意思？"

"向薇？"那个深沉的声音轻轻笑了，"怎么了？这么大的火气？"

"我问你这是什么意思？为什么送乱七八糟的东西过来？"向薇问道。

侯行知笑吟吟地说："我觉得玫瑰很适合你，娇艳，夺目，像火一样热烈，可是却带着刺，稍不留神就会刺到手，伤到人。花是今天早晨刚刚采摘下来的，用飞机空运，99朵，长长久久，999朵显得过于炫耀和刻意，不太符合你的性格……"

"闭嘴！"向薇怒道，"我没有时间听你在这里唠叨这些花的事，我只希望你以后不要有的没的都往这里送，这是我工作的地方，不是你家的花园！"

"这恐怕是办不到的。"侯行知不为所动，语气仍然是不紧不慢，带着一种从容，"这是我的心意。不过，既然你不喜欢花，那么，我们可以换一种方式。"

"神经病啊，你！"向薇忍无可忍，对着电话怒吼了一声，挂断了电话。

电话里传来嘟嘟的声音，一只男人的手将手机慢慢放在桌子上，白皙的手指纤细柔软，保养得很好，精致得连女人都为之嫉妒。

第二章

欲从携手登高去

从办公楼里出来，韩湛用力伸了个大大的懒腰，关节里传来一阵“嘎巴嘎巴”的脆响。这种感觉让他很舒服。

自从报名参加了省里的选调生考试之后，睁眼备考闭眼也是备考，哪怕是晚上做梦自己都在考试。不过痛苦的日子此刻终于到头了，今天是面试，过了这一关之后，剩下的就是等成绩出来了。

“先去喝杯咖啡，然后找个地方打会儿游戏，对了，撸串，必须撸串！我都忘了串是什么味道了。”韩湛一边快步走一边盘算着自己的放松计划。就在这时，街边的一阵喧哗声引起了他的注意。

一棵大树下，一群人围成了一圈一起仰头向上看。

考试过后释放出来的好奇心一下子爆发出来，韩湛挤到人群中间，跟着一起仰头向上看，同时好奇地向旁边人询问：“你们在这看什么呢？”

“看猫啊！”那人指着高处，“你看那上面。”

顺着这人手指的方向，韩湛果然在一片树叶中间发现了一只猫的身影。那猫体形不大，应该是刚刚生下来没多久的小猫，此刻正趴在树杈中间，惊恐万状地向下张望，同时不停地喵喵直叫。

“这猫刚才不知道怎么就蹿到树上去了，现在下不来，在上面一直叫一直叫的，看着都可怜。”

“怎么没人管啊？”韩湛问。

“怎么管？树那么高，谁能爬上去救它？”

脑子一热，韩湛把自己斜挎着的背包向后一甩，走上去伸手抱住了树干。

他顺着树干很快就爬了上去，动作倒是不慢，可是随着他越爬越高，树干越来越细，越来越难爬，他感觉有点不对劲了。之前在地上看着不算高的树，到了树上往下一看，却高得离谱，看一眼都觉得头晕。

但已经到了这个时候，韩湛有点骑虎难下，猫在树上叫个不停，下面一群人仰着头围观，如果他无功而返，面子呢，还要不要了？他一咬牙，抱着树干继续向上爬。眼看猫就在眼前了，韩湛慢慢地伸出手来，想要把那只猫抱下来。

意想不到的事情发生了，小猫似乎受到了惊吓，突然从树枝上一纵身，跳到了一边店铺的屋顶上。这店铺就开在路边，属于那种老式的平房结构，看着有些破旧。小猫刚才在树上还不敢跳，结果被突然出现的韩湛吓出了勇气，顺利地跑开了。

韩湛憋了一肚子火："你要早这样，我还上来干什么？"

不过说归说，既然猫都跑了，韩湛再待在这树上就毫无意义了，被这么多人围观，他感觉自己距离变成猴子已经不远了。于是韩湛准备爬下去，但他在树上试探了半天都不敢下脚。只往下看了一眼，眼睛就直了。

他脑子开始飞快地运转，想要找到一个可以让自己摆脱这种处境的方法，当他把视线转移到一边的店铺时，顿时有了主意。在树上待着不安全，那自己为什么不去房顶上呢？刚才那猫可以上去，自己大概也可以，好歹那也是房顶，可以活动的空间比树上要大得多，到了那上面之后，自己再想办法下去就好了。

打定主意之后，韩湛立刻开始行动，这棵树本来就距离那个房顶不远，有些树枝一直延伸到了它的上方，他选了一根最粗的树枝，小心翼翼地爬了过去，然后奋力往房顶上一跳！

韩湛双脚落地，顺利地落到了屋顶上，接着只听"咔嚓"一声，他顿时觉得身子往下一沉，陷了进去。

店里的老板冲了出来："你干吗突然跳到我们家房顶上？刚修补的房顶你就给我踩塌了！"

韩湛一脸无语，原来这房子之前修补过，正好有个洞，自己恰巧落在了这个洞里，如果全掉下去也就罢了，可问题在于，自己现在正好被这个洞卡在了中间，下半身在屋里，上半身在屋外，远远看着就好像房顶上长了一个脑袋一样。

“您，您先等会儿再骂行不？”韩湛苦笑着说道，“能不能想办法先把我弄出来？”

……

救援中心，向薇正在办公室里整理着几份材料，她表情认真，身子挺得笔直，阳光透过窗户投射到她身上，让她的皮肤闪烁着一种特别的光泽，就好像是玉石在反光一样。此刻的她，如同希腊神话中的女神，有一种特别的韵味和美感。

门一开，一名队员走了进来:“队长，松江路 53 号，有人卡在房顶上了。”队员表情古怪。

向薇一愣：“队里还有谁在？”

“大部分都出任务去了，朱小竹和姚天两个人还在。”

向薇点点头：“通知他们，和我一起出任务。”

没过多久，三个人出现在车库里。在看到救援队车辆的一瞬间，向薇有些发蒙，她指着车上点缀的玫瑰花问道：“谁能告诉我，这是怎么回事儿？”

“头儿，您可别看我啊！”朱小竹立刻举起双手说，“这事和我没关系！”

“那和谁有关系？”向薇沉着脸问。

“好像是徐有光干的，”姚天在一边说道，“这小子也不知道从哪弄来一大堆花，说是要装点一下咱们的门面，让人民群众一看到我们，就感觉心情像花一样绽放。所以每辆车都插了几朵。”

“头儿，”朱小竹在一边小心地说道，“其实我觉得挺好看的。”

向薇有些头疼地摆了摆手：“就这样吧，上车，我们出发，时间已经很紧张了。”

没过多久，车子来到了需要救援的地点。向薇几个人连忙下了车。

前面已经围了不少人，聚在那里指指点点，很多人满脸笑容，似乎很开心的样子。

店铺的老板正蹲在店门口抽烟，脸上也是一副哭笑不得的表情，看到向薇他们走进来，连忙站起身来，把三个人带进了店里，一进店门，向薇三个人就看到了一双脚挂在天花板上，就像吊灯一样。

店铺老板指了指那双脚："这位不知道怎么回事，突然跑到我这房顶上来了。我这里是老房子，屋顶刚刚修补过，遮风挡雨是没问题，可禁不住踩踏，这人直接就掉下来了，一半在屋内一半在屋外，卡在那里了。您几位是专业人士，看看能不能把他给弄下来。"

看着挂在天花板上的两条腿，朱小竹突然忍不住了，"扑哧"一声笑了起来。

"笑什么笑？"向薇狠狠地瞪了她一眼。

"头儿，我也不想笑的，可是这实在是……"朱小竹表情有些扭曲，一副想笑又不敢笑的模样。

"反正不许笑！"向薇瞪着她说道，"如果你再笑的话，我也忍不住要笑了。"

说完，向薇也忍不住笑出声来。

这一下就像是导火索一样，屋子里的几位都捂着嘴巴笑个不停，肩膀也跟着一抖一抖的，好像中了什么魔咒似的。

挂在上面的韩湛实在是忍不住了，嚷嚷道："各位能不能快点把我弄下去！"

向薇一皱眉头："你们准备一下，把梯子搬过来先让他踩住，我担心这种房顶结构老化，时间长了承受不住他的体重会整体垮塌，那样的话会造成更大的危险。"

"是！"朱小竹立刻应了一声。向薇虽然平时凶了一点，但是在处理救援任务的时候，经验丰富，态度冷静，总是能提出很好的方案来解决问题，确实是一名很优秀的救援人员。所以这个时候听她的准没错。

没过多久，朱小竹就扛回一把梯子。

向薇扶着梯子对上面的韩湛喊道："我们现在把梯子放在你脚下面，你注意踩住，这样可以让你有个借力点，注意不要乱动，一点一点来。"

"是！"韩湛老老实实地回答。

这个时候，就是让韩湛乱动他也不敢啊，这种挂在半空没着没落的感觉，实在是让他心里有些发毛。很快他就感觉下方有什么东西正在轻轻地碰着他的脚。

韩湛终于踩住了梯子，这种脚踏实地的感觉顿时让他松了一口气，虽然还没有真正脱险，但是好歹有了点依靠。

“头儿，接下来怎么办？”朱小竹问道，“要不我们把周围的砖稍微敲掉几块，让他下来？”

“不行。”向薇摇头说道，“这种老式屋顶时间太久了，很难说我们动一下会发生什么。”

“那怎么办？”

向薇撇了撇嘴：“让他自己爬出去。”

“怎么爬？”朱小竹惊讶地问道，“这种屋顶他稍微一用力，搞不好就会压塌了，那样还不如敲下几块砖头，让他从上面下来呢。”

“简单！”向薇思考之后回答，“既然屋顶不结实，那我们给他搭一个屋顶。你去找一块长木板来，在屋顶上搭一个通道，我看了，他挂住的位置比较靠前，这个小店的面积也不大，找一块长一点的木板之类的东西在他前方一横，就是一个安全通道，他撑着那东西应该能顺利爬出来。”

“明白了！”朱小竹眼睛一亮，“刚才路过一个工地，我记得那里有脚手架，应该有金属支撑板，我去借一块回来。”

在几个人的努力下，韩湛终于从那个窟窿里爬了出来，颤颤巍巍地上了那块金属板，然后顺着屋边搭着的梯子下到了地面。

向薇冷冰冰地看着面前的韩湛：“感觉怎么样？”

韩湛在地上蹦了几下，苦笑了一声说：“这种脚踏实地的感觉，舒服！”

“知道脚踏实地舒服，以后就不要动不动干傻事！”向薇没好气地说道，“自己把自己挂在房顶上有意思吗？自挂东南枝啊？”

韩湛脸上一红：“下次再也不会了。”

“还想有下次？”向薇瞪着他。

“不，绝对没有下次了！”

等到向薇离开之后，韩湛这才长出了一口气，伸手抹了一把额头，和身边的人说道:“刚才那个救援队的队长,还真是霸气十足,和她说了这么两句话,就让我紧张得要死。”

旁边那人一笑：“这就开始紧张了？没事，不要紧张。后面还有更让你紧张的事情咧。”

“什么事？”

那人冷笑了一声：“我是这里的店主，你把我的屋顶踩塌了，现在是不是可以讨论一下赔偿问题了？”

……

回去的车上，朱小竹还在不停地笑，肩膀一耸一耸的，身子也在乱颤。

“行了，差不多就可以了，笑起来还没完了。”向薇皱着眉头说道，“人家倒霉，你在这里笑个不停，你这是幸灾乐祸，知道吗？”

“头儿，我也不想笑呀，可实在憋不住！”朱小竹笑道，然后把自己的手机举起来给向薇看，“头儿，你自己看看，这人竟然上热搜了。”

向薇一愣，把手机拿过来看了一眼：“还真是上热搜了，标题一个比一个夸张啊。‘大揭秘,现代人体悬浮术’‘变形屋子人’‘腊肠悬挂风干技术’……这都是什么乱七八糟的？现在这些人真是无聊。”

向薇哭笑不得地把手机递了回去：“有这工夫好好上班，努力学习多好！”

“头儿，”朱小竹笑嘻嘻地说道，“你明明比我大不了几岁，怎么一天到晚说话就像老年人一样？”

向薇沉默了一下：“人啊，有的时候看得太多，想得太多，见识得太多，一颗心也就老了。”

“行了，头儿，别说这些了。”姚天一边开车一边笑道，“还是想想一会儿回去吃点什么吧，刚才这么一折腾，肚子就饿了。是不是要开午饭了？”

不动声色间，姚天就巧妙地转移了话题。

“吃什么吃？就知道吃！”向薇一瞪眼睛。

“不吃哪能行？”姚天嬉皮笑脸地说道，“俗话说得好，人是铁饭是钢，一顿不吃饿得慌。头儿，我们必须吃好喝好，这样才能更好地为人民服务不是？”

“就你话多。”向薇嘟囔了一句，“不过现在回去，食堂里的那点东西估计早就被那群饿狼抢光了，你回去就只能吃咸菜配米饭了。”

“还真是，”姚天一脸无奈，“如果不是盘子实在是啃不动，估计他们能把盘子也啃了。”

“算了，”向薇坐在后面淡淡地说道，“我大发慈悲吧，等一下掏钱请客，你们想吃什么就点吧。”

“真的？”朱小竹一愣，惊喜地问道。

“这种事情为什么要骗你？”向薇不屑地撇了撇嘴。

“头儿万岁！”朱小竹高呼了一声，“那我可就随便点了！”说着，兴冲冲地掏出了手机。

向薇淡淡一笑，摸了摸胸口悬挂的戒指，转头静静地看向窗外。耳边传来朱小竹和姚天兴奋的声音，好像生活中充满了盎然的生气。

……

“站住！”一名保安冲出来，挡在了韩湛面前。

“怎么了？”韩湛莫名其妙地看着他。

保安上下打量了他几眼：“对不起，你不能进去，公司有规定，收废品的不能随便进入小区。”

“收废品的？”韩湛奇怪地问道，“你看我哪里像收废品的？”

“全身上下都像。”

他身上除了灰就是土，那件T恤衫上面也都是大大小小的窟窿，这些都是被房顶的砖头磨破的。

韩湛苦笑一声：“大哥，我是这里的住户，5号楼3单元，302。”

他从自己口袋里掏出来一样东西：“你看，这是我的门禁卡。”

保安满脸狐疑地问道：“你怎么搞成这个模样了？这是盗墓去了？”

“遇到点小麻烦，算了不提了，一提起来就想哭。”

进了小区，一路小跑回到了家。一开门，一股饭菜的香气扑鼻而来，韩湛的妈妈端着一盘菜正要往桌子上放，听到开门声响起便随口说道：“回来了？

洗洗手准备吃饭。”

等她回过头来看到韩湛的一刹那，顿时惊呼：“儿子啊，你这是跑哪儿去了？盗墓去了？”

韩湛哭笑不得地说道：“我今天遇到了一点倒霉事。”

房门一开，韩湛的爸爸从屋里走了出来，他把眼镜往上推了推，一脸狐疑地问道：“你这是干什么去了？搞成这样？盗墓去了？”

“怎么都是这套说法？我除了盗墓，难道就没有别的事可做了？”

浴室里的水声停了下来，没过多久，韩湛穿着一身干净衣服从里面走了出来，老老实实地往餐桌旁边一坐，拿起了碗筷。

“今天你到底去哪儿了？”韩湛爸爸慢条斯理地夹了一筷子菜。

韩湛低着头：“去面试了。”

他说话的速度太快，韩湛爸爸完全没有听清楚。

“去哪儿了？”

“面试。”

韩湛爸爸还是没听清，这下他有点不高兴了，沉着脸看着韩湛说道：“不会好好说话吗？嘴里像是含了棉花一样！”

韩湛妈妈笑道：“儿啊，我得到了消息，过几天学校要招聘教师，择优录取。你把你的学位证什么的准备好，以你的专业和学历，录取应该问题不大。到时候可能要面试，你准备一下。”

韩湛心里没来由地一阵烦躁：“到时候再说吧。”

“什么叫到时候再说？”韩湛爸爸不满地说道，“事关你的前途，你自己不抓住的话，机会是绝不会等你的。”

韩湛心中那股子烦躁情绪愈演愈烈，不过他却没有多说什么，只是埋着头，往嘴里又扒了一口饭，闷声应了一句：“哦。”

韩湛爸爸一瞪眼还想再说两句，旁边的韩湛妈妈瞪了他一眼，这一眼把韩湛爸爸满肚子的火气压了下去，最后他只得冷冷地哼了一声，表达了一下自己的不满。

……

在一间办公室里，向薇把一份报告放在了办公桌上。

“领导，这是我整理出来的近期的汇总，上面详细地记录了我们救援队这一年来的各种救援任务，还有一些关于现有救援器材的讨论，以及应该如何强化训练队员，以便更好地适应救援任务的规划。”

坐在办公桌后面的一位50来岁的男人拿起了那份报告，翻开仔细看了一遍，满意地点了点头，然后把报告放回到桌子上。

“我会仔细看看的。”那个男人看着向薇笑道，“你的报告从来不会让我失望。有见地，有内容，可以提供很大的帮助。”

“谢谢！”

男人笑了笑，犹豫了片刻，开口问道：“你的情况怎么样？”

向薇面无表情地说道：“我的身体状态很好。”

“我问的不是身体状态。”

向薇沉默不语。

“算算时间，已经过去差不多三年了，真的好快。”

向薇攥紧了拳头，身子微微有些发颤，脸色有些发白，可是表情却没有丝毫的变化。

“去吧，今天下午不用上班了。”

向薇眉头皱紧：“领导……”

“放你半天假，去看看他吧。”

“可是，我还有任务。”向薇眼里多了几分哀伤。

“任务是永远做不完的，不差这半天时间。你是做救援工作的，救援的本质就是迎难而上，遇到困难需要你去解决困难，而不是逃避。你想要逃避是逃不开的，明白吗？”

说到这里，他轻轻摆了摆手：“去吧，代表我去看看他吧。”

向薇终究还是点了点头。

从办公楼出来之后，向薇站在大门口有些微微发愣，面前车水马龙的街道与她似乎是处于两个完全不同的世界，蔚蓝的天空仿佛要把她整个人都吸进去。

拦了一辆出租车，等到向薇坐稳之后，司机按下了计价器，随口问道：“去哪儿啊，美女？”

“南山墓园。”

司机一愣，也不说话了，车子在马路上慢慢行驶，最后在一处墓园外停了下来。

看着前方的墓园大门，向薇有些踌躇，尤其是远远望见山上的那一片墓碑，她的心就像是被什么东西猛地揪紧了一样。

从内心里，她并不喜欢这里，甚至可以说有些厌恶，但是现实就是如此，她不得不一次又一次地来到这里，一次又一次以这种方式与那个人见面。

向薇摸了摸胸口的那枚戒指，深吸了一口气，脚步坚定了许多。

一块雪白的墓碑，一张黑白色的照片，还有墓碑上的名字——顾勋，这就是那个人留在世上的全部。

向薇从口袋里掏出一瓶酒，打开瓶盖，向外倾倒，酒香四溢。

“好久没来看你了。”向薇的声音很轻，“尝尝吧，我知道你喜欢喝这个。这么长时间了，你的馋虫肯定也被勾上来了吧？当初你为了工作，不敢多喝，现在没有那么忙了，整天躺在这里，又没有酒喝了。”

酒水湿润了墓碑的前方，慢慢渗进了土地里，就好像是被人喝下去了一样。

向薇的眼角隐含泪水，声音有几许哽咽：“平时出任务的时候一点不敢碰，活得多累啊！现在可以安安静静地喝你的酒了！虽然不知道你在那边会不会伤身，但是也别喝太多。”

一瓶酒慢慢倒掉了一半，向薇把剩下的酒放在了墓碑旁边：“现在这些菜鸟们，一个比一个不靠谱。稍微加强一点训练，就一个个哭爹喊娘的，好像我要了他们命一样。他们哪知道啊，我现在不是在要他们的命，真正要他们命的时候在后面呢。不过……”

向薇笑了，笑的时候眼角隐含泪花：“我倒是理解你了。当初你训练我的时候，是有多头疼啊！是不是想哭昏过去的心都有了？那你就哭呗，我又不会笑话你。我就是这么菜，你来咬我啊……”

向薇就这么站在墓碑旁边，絮絮叨叨地说了很久，说的都是各种各样的琐事，乱七八糟，有时候，就连她自己都不清楚自己在说什么，只是想说，说就好，就这么一直说下去。

当向薇走出墓园大门的时候，“嘀”一声喇叭响，打断了她的思绪。

她有些茫然地抬起头来，发现不远处停着一辆黑色的奔驰车，车窗慢慢摇下来，一个男人摘下墨镜对她招了招手。

“这边！”

喊她的人是侯行知。

向薇一愣。

“过来吧！”侯行知喊道，“这里有点偏，打不到车的，难道你要走回去？”

向薇犹豫了一下，向那辆车走了过去，开门坐上了车。

“你什么时候到的？”坐在后座的向薇淡淡地问了一句。

“早就到了。”侯行知淡笑着说道，“我算着今天你搞不好会来，就在这里等着你。”

扶着方向盘，他突然问了一句：“去什么地方？”

“回家。”

“可惜了。”侯行知轻笑了一声，“本来还想请你一起喝一杯呢。”

“已经喝过了。”向薇看着窗外淡淡地说道。

侯行知闻了闻，空气中果然有一股淡淡的酒气，他轻叹一声：“时间如河，一去不返，当我欲追寻那源的从前，却只有一条鱼儿跃出水面，甩掉那晶莹的水珠。”

“可以了。”向薇撇了撇嘴，“麻烦你把那副文艺青年的嘴脸收起来。我现在不想看。”

“你什么时候想看过？”侯行知苦笑了一声，“走喽，同城快递，准时送达，麻烦你给个地址，专属司机侯行知为您服务。”

奔驰车启动，慢慢离开了墓园大门。

从侯行知的车上下来之后，向薇的心情平复了许多，她没有和侯行知多说什么，只是淡淡地道一声谢谢。

侯行知似乎早已经熟悉了她的这种态度，并没有多说什么，只是轻按了一声喇叭，开着车扬长而去。

下车之后，向薇并没有直接进小区，而是先到附近的便利店里买了一小袋猫粮，这才回去。进了小区之后，她来到了一处熟悉的地方，把猫粮袋打开，同时嘴里轻声喊着："咪咪咪，来来！"

随着她的喊声，从附近的灌木丛里，像变魔术一样钻出几只猫来。

这几只猫一见到向薇，就好像见到亲人一样，纷纷凑到她身边，不停地"喵喵"叫。

"别叫，别叫，都有都有。"向薇一边笑吟吟地说着话，一边把猫粮分发出去。

如果有认识向薇的人在这个时候看到她的模样，恐怕要大吃一惊，任谁也不能把这个面带笑容喂猫人，和那个面无表情、板着脸呵斥队员的救援队长联系到一起。

几只猫一边绕着向薇的腿打转，一边"喵喵"地叫个不停，一见到猫粮便"啊呜啊呜"抢吃起来。

"有吃的就忘了我了，你们这群白眼狼。"向薇笑骂道。

"这猫生活得真不错，有吃有喝的。"这时，有人在向薇身后笑道，"怪不得越来越胖。"

向薇一回头，发现一对夫妇站在她身后，看年纪大概四五十岁，长相富态，文质彬彬。

看到向薇回头，两个人友善地朝着向薇点了点头。然后这对夫妇拿出一个塑料袋来，把里面的东西往几只猫面前一倒，里面有鱼有肉还有虾，稀里哗啦地堆成了一堆。

有几只猫立刻转移了目标，凑到这边来大吃起来。

"看来总吃猫粮也不行，"向薇笑道，"隔三岔五地应该给它们换换口味。"

"都是些剩菜剩饭，"那位妇人笑道，"你这个才是营养来源。"

"可是营养的东西都不一定好吃，我负责管吃饱，您二位这个才是管吃好。"向薇笑道。

夫妇两个哈哈大笑，那名男子说道："姑娘，之前没在小区里见过你，你是才搬过来的吗？"

“搬过来都快一年了，”向薇苦笑道，“不过我的工作早出晚归的，很少在其他时间出现。”

“哦，原来如此。”男人点头笑道，“姑娘你是做什么工作的？”

“在消防队任职。”向薇说道。

“你一个姑娘家家的也要去救火？”那个女人惊讶地问道。

“我在消防队里的城市救援队工作。”向薇笑道。

男人一挑大拇指：“女中英豪！”

“谈不上，”向薇苦笑着摇了摇头，“只能算是尽一份心意吧。我倒是希望我们永远没有出任务的时候。”

“但愿世上常无病，情愿柜中药生尘。”那个男人长叹一声，“过去的药店常年都打着这个招牌，这份心意应该是一样的吧。”

“嗯。”向薇轻轻点头，这时，眼看着那些猫已经把那些猫粮吃得差不多了，她站起身来，向那对夫妇行了一礼，“叔叔阿姨，我先回去了。咱们改日再聊。”

“好。”那个男人笑呵呵地伸出手来，“现在像你这么优秀的年轻人可是不多了，我叫韩同江，以后有机会再一起喂猫。”

向薇连忙伸出手来和他握了一下手：“我叫向薇。”

说完之后便告辞离去。

“好精神的一个女孩。”等到向薇离开，韩同江的夫人看着她的背影笑吟吟地说道，“学校里见过了那么多的学生，就没有一个能比得过她的。”

“那当然了，人家可是见过大场面的，和象牙塔里的那些花骨朵可不一样。”韩同江低声说道，“差着精气神呢。”

韩同江的夫人伸手在丈夫身上轻轻拍了一下，然后看着向薇离开的方向若有所思：“不知道刚才那位向薇姑娘有没有男朋友，忘了问一句了。”

“你这是多着急当婆婆啊？”韩同江哭笑不得地说道，“怎么着，看谁都像自己儿媳妇？”

“胡扯！我可是挑剔得很！一般的我可看不上。”韩同江夫人没好气地说道，“再说了，这事能不急吗？你看咱家那儿子，别说谈女朋友了，就连和女生话都没说过几句。套用现在一句时髦的话叫什么来着？哦，对了，母胎单身！

这种事情，你不急？”

“急也没用。”韩同江撇了撇嘴，“咱们家那个就是个榆木疙瘩，和刚才那位怎么比？人家是城市救援队的，虽然就聊了几句，也看得出来说话办事干净利落，进退有度。我……”

说到这里，韩同江突然一顿，用手一拍脑袋：“哎呀！糟了！”

“怎么啦你？”韩同江夫人莫名其妙地问道。

“我现在正在开发的几个东西都和他们城市救援队有关，刚才就应该留个联系方式，有些设计上的问题，应该找他们提提建议。”韩同江说道。

韩同江夫人笑呵呵地说道：“人家不是住在这个小区里吗？回头有机会再碰到的话，再好好请教。”

韩同江点了点头：“失之交臂啊！”

“什么事情都能转出两句词来。”韩同江夫人没好气地笑道，“行了，步也散了，猫也喂了，走，买个菜回家！”

……

房间里，韩湛略有几分紧张地打开选调生招考网的网页，仔细查看着录用名单，只看了几眼，就在上面找到了自己的名字，很靠前，名次非常不错！

“成了！”韩湛长出了一口气，向后靠在电脑椅上，“这段时间下的功夫总算没有白费。

接着他眉头皱起，似乎在为什么事情发起愁来。

外面房门声响，有人打开房门走了进来，接着就听到韩湛的妈妈大声说道：“儿子，出来，帮着接一下东西。”

韩湛应了一声，从房间里出来。

接过了东西，他有些心虚地说：“明天我要出去一趟。”

韩湛妈妈笑吟吟地说道：“出去呗，都多大了，出趟门还说得这么郑重其事。”

韩湛的话引起了韩湛爸爸的疑惑：“去哪儿啊？”

“报到。”

“报到？”韩湛妈妈顿时一愣，“去哪里报到？”

韩湛犹豫了一下，终于开口：“我参加了省里选调生的考试，是本职位的第一名，已经被录取了。明天要去报到。”

“你行啊你！”韩湛爸爸由怒转喜，“翅膀长硬了，胆子也越来越大了，是吧？这么大的事情你竟然不和我们说一声！”

韩湛妈妈也急了：“这么大的事情你怎么不和我们俩商量一下呢？选调生一开始可是要下基层锻炼三年啊！你这么小，怎么受得了啊？”

“我就是想去锻炼锻炼。”韩湛低声说道。

“锻炼什么锻炼！在哪儿不能锻炼？”韩湛爸爸气冲冲地说道，“就算是要锻炼，在我们学校不是一样可以锻炼啊！我已经和学校人事部门打好招呼了，你是学校教师子女，学的专业也是学校里急需的专业，人家都已经优先考虑你了！现在你突然给我来这么一出！你让我这张老脸往哪儿放？”

“可是我不想去学校当老师！”韩湛也有些急了，看着父母很认真地说道，“你们当了一辈子的老师，我实在是看够了！我不想再接着当一辈子老师！”

一听这话，韩湛爸爸顿时怒了！

“老师怎么了？老师有什么不好？”韩湛爸爸怒吼道，“桃李满天下，还受人尊敬！你说有什么不好？”

“我，我没说有什么不好。”韩湛有些畏缩地说道，“我，我只是不想当老师。”

“那你为什么不早说？”韩湛爸爸怒吼道，“我们都已经和学校打好招呼了，你现在这算什么事！”

“儿子，”韩湛妈妈说道，“要不你就不要去了吧，那个选调生有什么好的？还要到基层工作三年呢！都不知道去的是什么穷乡僻壤。听我的，不去就不去了。”

“不！”韩湛这时出奇地倔强，“我要去！我就是想出去看看，去闯闯！”

“闯什么闯？有好工作不做，去当什么选调生？你是那块料吗？”韩湛爸爸气急了，大声吼道，“你也不看看自己是个什么模样！”

“我怎么了？”韩湛一听爸爸这么说，一肚子火气再也按捺不住，挺着脖子对爸爸吼道，“难道我就不能有自己的想法吗？”

“你可以有自己的想法！但是这个想法必须和我们沟通一下！”韩湛爸爸毫不客气地吼了回去，“你以为自己翅膀硬了，可以到处乱跑了！你还嫩得很！刚从象牙塔里出来，你知道什么！”

“不！”韩湛不依不饶地大声吼道，“这个下基层我一定要去，去定了！”

“你去！”韩湛爸爸吼道，“有本事你就去！有本事你就不要再回这个家！”

“不回就不回！”韩湛也吼了一声，转身冲回了自己的房间，开始收拾东西。

“儿子！”韩湛妈妈一看有些急了，跟着进了韩湛的房间，“你爸这都是为了你好！不要犯倔！”

可是韩湛根本就不听，背着自己的东西，就这样冲出了家。韩湛对自己的未来有更多的期盼，他有自己的想法，发誓要干上一番事业，他不想听从父母的安排，平平淡淡了却一生。

从家里出来之后，韩湛背着行李，找了一处比较便宜的小旅馆住了下来。他把自己扔在床上，百无聊赖地翻起了手机，结果看到一条新闻标题。

“大揭秘，人体悬浮术？”他低声嘟囔了一句，然后嗤笑一声，“现在这些新媒体都是标题党，名字一个个起得天花乱坠，无非就是骗你点击而已。”

点开了链接，随意看了一眼，这一看不要紧，他的眼睛顿时就直了。

新闻内容如下：“前几日，某青年上房抓猫，被困房顶……”

看看新闻内容，再看看里面的配图，这不就是自己吗？韩湛一脸的茫然，果然是好事不出门，坏事传千里，自己助人为乐那么久了，也不如被困房顶这种糗事传播得快，仅仅这么一条新闻就引来无数围观，还有大量的评论和点赞。如果不是这家媒体还有点职业道德，知道给自己脸上打上马赛克，估计韩湛就一夜成名了。

“这些人真是闲着没事干啦！”韩湛愤愤不平地嘟囔了一句，最后看了看那张照片，照片上除了被卡在房顶上的自己之外，还有一个女人正站在下面指挥，她穿着一身蓝色制服，看起来英姿飒爽，颇为干练。

此人正是城市救援队的队长向薇。

第三章

桃花依旧笑春风

不论前一天发生的事多难过，向薇第二天都会精神百倍地投入工作。

过往的经历告诉她，自己必须全力以赴去面对每一天的生活，每一天对她来说都是一个全新的开始。因为她不知道这一天里会发生什么，所以必须精力充沛地面对这一切，才能更好地面对突发状况。

仍然是早早地出发上班，早早地到达了救援队，然后一如既往地整理文件，培训手下这群“菜鸟”，一切似乎按部就班地进行着。可是向薇却觉得和平时比起来，今天似乎有些不同。

究竟哪里不同，她也搞不清楚，好像有点太过安静了。

办公室的门被人悄悄地推开一条缝隙，有人从外面偷偷摸摸地向屋里窥视。

“怎么样？队长在里面吗？”姚天低声问。

“嘘！”朱小竹竖起一根手指挡在唇边，然后小心翼翼地关上门，这才说道，“在里面，老样子，努力工作呢！”

“她没发现什么吧？”冯军跟着问。

“只要你这个猪头把声音放小一点，她就发现不了！”朱小竹没好气地说。

“我这猪头还不是你们造成的。”冯军有些幽怨地说道。

“小声点！”朱小竹威胁道，“要是被她发现了，我保证你变猪头的概率会再度增加！”

“知道了。”冯军点点头。

“行了，你们去准备，我先进去。”朱小竹打了个手势说道。

其他人一哄而散，朱小竹整理了一下情绪，敲响了房门。

“进来！”向薇在屋中喊了一声。

朱小竹推门而入。

“队长。”

“什么事？”

“领导喊你去一趟。”

“喊我？”向薇一愣，“有什么事吗？”

“具体有什么事我也不太清楚，”朱小竹摇头说道，“反正是喊你去一趟。”

“好吧，”向薇站起身来，“我去看看。”

等她离开之后，朱小竹小心翼翼地推开房门左右看了一眼，喊了一嗓子：“快点出来吧，走了！”

接着，就像是变戏法一样，从附近钻出几个救援队员来，这群人手里拿着各种各样的东西，一拥而入，冲进了向薇的办公室。

向薇对这一切毫不知情，她直接来到了领导的办公室，敲响了房门。

“向薇啊，”领导看着她笑道，“有什么事吗？”

“领导，不是您喊我来的吗？”向薇莫名其妙地问道。

“我喊你来的？”领导莫名其妙地摇了摇头，“没有啊。”

“朱小竹说，您有事找我。”向薇惊讶地问道。

“我没有啊。”领导摇头，同时笑道，“该不会是那几个皮猴子又在鼓捣什么事情吧？”

“这些家伙，”向薇狠狠地嘟囔了一句，“一天到晚在想些什么？”

然后她不好意思地笑着说：“不好意思，领导，那我先回去了。”

向薇退出房间，关上了房门，低声狠狠地说了一句：“这些家伙到底在搞什么鬼？”她完全没有看到，当她退出房门的时候，领导脸上露出了一丝古怪的笑容。

向薇骂完之后，她向自己的办公室走去。在门外，向薇并未发现任何的异样，可是当她推门走进去的一瞬间，伴随着“哇”的一声大吼，整个办公室就像是炸开了锅一样，瞬间沸腾起来。救援队员从各个角落里站出来，手里还拿着各式各样的横幅和礼物。

“头儿！生日快乐！”朱小竹大声喊着，手里捧着一个大蛋糕。

“啊！”向薇被吓得一呆，好半天才回过神来，有些惊讶地看着屋里的各位队员，“你们，你们这是？”

“头儿，惊不惊喜，意不意外？”朱小竹笑嘻嘻地举着蛋糕走过来，同时唱起了生日快乐歌，“祝你生日快乐，祝你生日快乐……”

她一起头，大家跟着一起唱了起来，整个办公室里都响起了快乐的歌声。

“好了！停！”唱了两遍之后，朱小竹举起手来，大喊了一声，止住了所有人的歌声，然后把生日蛋糕捧起来笑着对向薇说道，“队长，生日快乐啊！”

向薇觉得眼角有些发痒，她努力保持着镇静，尽量稳定住自己的情绪。

朱小竹笑道：“来，冯军，把蜡烛点上！”

冯军连忙跑过来，点着了蛋糕上的蜡烛，那橘黄色的火苗亮起，在蛋糕上闪烁跳跃。

“队长，快来许愿吹蜡烛！”朱小竹笑着说道，“长命百岁，岁岁有今日，年年有今朝！”

可是，向薇原本满是欣喜的脸色渐渐变了，她死死地盯着蛋糕顶端那闪烁的火苗，眼神中满是恐惧。

“队长，还等什么呢？吹蜡烛啊！”朱小竹全然没有发现向薇表情的变化，笑着催促道，“赶紧吹了蜡烛，大家好分蛋糕吃！大家都没吃饭，就等着吃这个呢。”

向薇好像没听到朱小竹说的话一样，她的一双眼睛死死地盯着蜡烛顶端的火苗，脸色越来越苍白，那火光映射入她的眼中，瞬间幻化成了一大片剧烈燃烧着的火焰，爆炸声，怒吼声，和这一团火苗汇聚在一起，狰狞扭曲，肆意翻滚。

向薇的脸色越来越白，身体开始轻轻发抖。

其他队员终于意识到事情好像有点不对劲了，朱小竹捧着蛋糕看着向薇，奇怪地问道：“队长，你，你没事吧？有什么问题吗？”

这一声呼唤，好像是从天边传过来的，一下子穿透了向薇的思绪，一直传递到了她的脑海深处。

向薇忍不住打了个寒战，身子一软，靠在了旁边的门框上。

“队长！”旁边几名救援队成员一下子慌了，连忙伸手搀扶住向薇，紧张地问道，“队长，您没事吧？”

“我，我还好。”向薇勉强笑道，移开了视线，不敢再看那跳动的火苗。

“是不是身体有些不舒服？”朱小竹把蛋糕放到一边，关心地问。

向薇慢慢站直了身子：“可能是有点伤风，所以身体有点不太舒服。”

“头儿，您可不能老是这么熬着啊！”朱小竹埋怨道，“您要注意身体，俗话说，身体是革命的本钱，本钱都没有了，还怎么革命？您真应该好好休息一下。”

“没事，我没事。”向薇勉强笑了一下，“我们吹蜡烛吧。”

“好嘞！”朱小竹笑嘻嘻地捧起蛋糕来，送到了向薇面前。

向薇不敢直视那跳跃闪烁的火苗，慌忙闭上眼睛，在黑暗中，她才获得了些许的安慰。接着，她运足一口气，用力向前一吹。

“好！”周围的队员们一阵欢呼。

向薇这才敢缓缓地睁开眼睛，当她发现那蛋糕上的火苗已经熄灭了，心里这才松了一口气。

没了那跳动的火苗，向薇多少恢复了一点力气：“大家为我庆生，我很开心，快点切蛋糕开吃吧，都等不及了吧。”

办公室里一片欢呼。

向薇分到的当然是最大的那块，用纸盘子盛着，由朱小竹亲自送到了她的手上，向薇尝了一口，很甜，有一种让身心愉悦的甜腻味，这种味道从嘴里一直甜到了心里，很舒服，很让人开心。

“为了表示感谢，等一下吃完了，出去跑个 5000 米，好好消化一下，怎么样？”向薇笑吟吟地说道。

朱小竹正吃着蛋糕呢，听到这话顿时哭丧着脸：“头儿，我今天都这么努力地讨好你了，难道就不能放我一马吗？”

“我想想。”向薇歪着头想了一下，然后笑眯眯地摇头，“想好了，不能！”

朱小竹脸色难看，周围几个人哄堂大笑。

就在这时，警铃大作。

整个房间里的人先是一愣，然后全部站了起来，放下了手里的蛋糕。

……

韩湛拿着一张表单从办公楼里走了出来，随意活动了一下身体，然后揉了揉眼睛，打了个哈欠。

昨天晚上没有睡好，隔壁房间的夫妇两个也不知道是闹了什么矛盾，就像爆发了战争一样，简直都要吵翻天了。如果只是他们两个吵架的话，倒也不是不能忍受，令人难以忍受的是，还有孩子掺和进来跟着一起哭。那孩子也不知道中气怎么那么足，哭得天昏地暗，日月无光，一度连夫妻俩吵架的声音都压过去了。韩湛的脑子震得嗡嗡作响，直到早晨5点多才迷糊了一会儿，他自己也不太清楚自己是睡着了还是没睡着，9点多钟又被外面的声音吵醒了。

那家小旅馆就紧挨着马路，到了9点多钟外面车水马龙，喇叭声、说话声、叫卖声乱成一团。韩湛根本就别想睡觉，只能睁着眼睛挺到了10点，实在是招架不住了，出去吃了个早饭，就来报到了。

报到完了之后，韩湛感觉浑身上下的骨头都要散架了，走路都觉得腿软，随时都能一头栽倒在地上。

“还有一个月才能去上班。”韩湛低头看了一眼手里的表，一脸无奈地低声嘟囔道，“再这么下去，恐怕撑不到一个月就要完蛋了。”

当务之急就是先要找个地方落脚，起码能让自己睡上一个安稳觉。

这个问题说起来简单，要实行起来就难多了。首先韩湛刚毕业没多久，还没有正式工作过，攒下来的零花钱和之前打零工赚来的钱，加在一起也很有限，想要找好一点的地方住，基本上是不可能的。加之他是短租，愿意租房子给他的人不多。

无奈之下，韩湛只能把目光投向那些不起眼的小旅馆。这种小旅馆虽然破旧了一点，好歹价格便宜，对现在的韩湛来说，也只有这种地方最合适了。

拿定主意后，韩湛在网上找了一家租房子的网站，然后一家一家地去查，终于找到了一处还算不错的地方落脚。

这里是一处老小区，周围都是那种老式的居民楼，也不算太破旧，只是没有新式小区那种封闭的环境而已。这里距离主道有一定距离，周围比较安静，该有的生活设施也比较齐全，最关键的是价格合理。全部看了一遍，感觉比较满意的韩湛，安心地交了房费，住了下来。一进自己的房间，他一头倒在了床上，稀里糊涂地就睡了过去。

……

清晨，值了一晚上夜班的向薇从办公楼里走了出来，屋外的阳光有点刺眼，让她略微有些恍惚。

她打了个哈欠，准备回家。

“嘀嘀！”两声喇叭响，把向薇从这种恍惚的状态中惊醒。她微微一愣，接着就是一皱眉头，果然在路边发现了侯行知的那辆奔驰车。

侯行知摇下车窗，冲着她招了招手。

向薇一皱眉头，假装没有看到侯行知，面无表情地从车子旁边走过。

“向薇，向薇！”侯行知连忙喊道。

向薇好像没听到一样，继续低着头向前走。

侯行知打开车门追了出来，几步来到了向薇身边，低声说：“走得好快，为什么不理我？”

“呼！”向薇停下来吐出一口气来，看着侯行知很认真地说道，“侯行知，麻烦你下次不要这样了！”

“不要怎样？”

“不要再到这里来骚扰我了。”向薇很认真地说道，“这里是我工作的地方，我不希望搞得这么招摇！”

“招摇？”侯行知耸了耸肩，“哪里招摇了？”

“你的车，你的人，都很招摇。”向薇说道，“从头到尾都透着一股招摇的味道。”

“人我没办法，这是天生的魅力，我无论走在哪里都是最闪亮的那一个。”

侯行知一本正经地说道。

然后回过头去看着车，皱着眉头说道："至于这车嘛，这已经是我能找到的最朴实的一辆车了。"

向薇撇了撇嘴，干脆不想和侯行知说话了，感觉和这位多说一句都是浪费时间，径直向着公共汽车站走去。

"向薇，不要走啊。"侯行知连忙紧走几步，跟上了向薇，"今天可是你的生日，我专门推掉了一天的工作，就想陪你好好过个生日。请你千万赏光。"

"你记错了。"向薇连停都没停下，冷着脸说道，"我的生日是昨天。"

"不，我可没记错。"侯行知笑吟吟地说道，"你和我说过，当初你家里给你报户口的时候记错了时间，差了一天，所以今天才是你的生日。"

向薇沉默了片刻，冷笑了一声："你的记忆力倒是不错，可惜我现在并没有心情和你玩约会游戏。值了一晚上的班，我已经很累了。"

"那我可以送你回家。"侯行知笑着说道。

向薇停下来："侯行知，你公司里那么多事情要忙，还是赶紧回去工作吧，不要浪费时间。"

侯行知笑了，笑容中有一种优雅的味道："能看到你，就不算是浪费时间。"

"我是说不要浪费我的时间。"向薇冷笑着说道，"现在我感觉和你多说一句话都是在浪费时间！"

"你还是老样子。"侯行知淡笑着说道，"从大一开始就是如此。"

向薇毫不客气地说道："我对你实在是没什么好说的，从大一开始就是如此。"

"可是我不会放弃。"侯行知没有生气，笑吟吟地重申，"我会一直坚持下去的。"

"随你的便。"向薇面无表情，"你玩你的游戏，我不想入局。再见！"

说完之后，向薇一转身，走向公共汽车站。

"所以，这才是你让我欣赏的地方。"侯行知脸上没有丝毫的怒意，脸上的笑容依旧，"等着吧，你我还是会继续这样纠缠不清的。"

说完之后，他转身上车，启动了车子之后却没有开走，而是在原地等着，一直等到向薇上了公共汽车之后，侯行知才开着车默默跟在后面，用这种方式将向薇送回了家。

……

“啊——”韩湛打着哈欠从小旅馆里走了出来，和昨天比起来，今天的精神状态大不相同。因为睡得不错，他精神很好，又加上难得有一段空余时间，让他可以悠闲地四处逛逛，放松一下身心。

小旅馆所在的小区没有封闭，住在这里的中老年人居多。韩湛出门的时候，看到不少大爷大妈在周围或遛弯，或购物，街坊邻居互相打着招呼，看起来关系十分融洽。

“感觉自己提前步入了退休生活，”韩湛低声嘟囔道，“有点怪怪的。”

放眼望去，虽然能看到的大部分都是中老年人，可是韩湛倒是挺喜欢这里的环境——安静，祥和，透着一股宁静的氛围，让人感觉很舒服，他甚至有一种又回到了校园里的感觉。

就在这时，附近的一处地方引起了韩湛的注意，那是一栋居民楼，一楼有一处门面房，和别处悠闲的氛围不太一样，这里的气氛要热闹许多。里面有人拿着话筒在大声讲话，屋子里也坐满了人，时不时还传来阵阵激烈的掌声。

出于好奇，韩湛走了过去，向屋子里看了一眼，发现里面挤满了大爷大妈，十分热闹。这些大爷大妈像是幼儿园小朋友一样一排排地坐着，最前面放着一台大电视，里面也不知道播放着什么内容，在电视旁边，有人拿着话筒在大声说着话。

“各位叔叔阿姨，再用力拍一下！来，就是腿部这个位置。”那人一边说一边比画着，“也不用太大的力气，稍微拍三四下就可以。好，听我的口令，预备，开始！”一屋子几十号的大爷大妈，举着自己的手，噼里啪啦地拍着自己的大腿，下手之狠，用力之猛，看着就像是不要命一样。

不过他们倒是听话，拍了三四下就停了下来。

前面手持话筒的那位笑吟吟地说道：“各位叔叔阿姨，感觉怎么样？这个穴位……”

他指着自己大腿上的某个部位说道："这个穴位是不是感觉有些酸麻胀痛？有这种感觉的请举手让我看一下！"

下面几十位大爷大妈有七八成都把手举了起来。

"哟，这么多呢！"拿着话筒那位笑着说道，"各位叔叔阿姨，知道你们是什么问题吗？"

"不知道。"

"各位，从中医上来说，刚才大家拍的那个穴位叫作'奇门穴'，武侠里讲什么任督二脉，都知道吧？"

"知道。"

"这个奇门穴就是任脉中的一个穴位，也可以叫作节点。任督二脉打通了，其中就有这么一个穴位。当然了，这都是武侠小说里杜撰出来的，不是说你把这条血脉打通了，你就能飞檐走壁，一点脚尖'噌'的一下就飞到房顶上去了！没有那么神奇，这事我们可办不到。"

下面的大爷大妈顿时一阵嘻嘻哈哈地笑。

"武侠小说里这种杜撰的依据是什么，知道吗？就是中医理论。"那人一本正经地说道，"你看任脉和督脉其实是遍布人体全身的两条大的经脉，两个脉络都是始于头顶，贯穿到脚底，古代曾经有人认为，如果这两条经脉能贯穿打通的话，就会在体内形成一个内循环，叫作沟通天地之桥。这样一来就会循环不息，延绵不绝，为人体源源不断地提供着力量！这个有没有道理呢？有道理！但想要实施实在是太难了，而且具有很大的风险性。"

顿了顿，他继续说道："不过呢，经过现代医学的研究发现，这些经脉虽然在现代医疗手段中无法被证实存在，可是确实是有用处的。这个你们可以回去查，国外有很多学者都针对这个发表过不少的论文，我们博大精深的中医也养活了不少外国人。"

坐着的大爷大妈又是一阵哄堂大笑。

"所以说呢，老祖宗的东西不能丢！都是好东西啊。"那人笑着说道，"现在话又转回刚才说的那个奇门穴上了，这个奇门穴是什么呢？它是任脉上的一个节点、一个穴位，这里出现酸麻胀痛，说明什么呢？说明你有潜在的心脑血管疾病风险。这个穴位主湿气排毒，很多人体毒素会经过这个穴位，当人体调节功能出现问题的时候，有些毒素无法排除，就滞留在了这个穴位上。所以造成了酸麻胀痛的反应！当然了，这种穴位在全身还有一些，但是我可不敢让你们尝试，这都是有风险的。如果不信，等一下可以做一个简单的检测，大家就会发现，刚才那些觉得酸痛的人，基本上都会有高血压啊，血糖偏高啊之类的症状，如果没有的，也不要太高兴，那是还没有开始发作而已！”

这人说得滔滔不绝，下面的大爷大妈们跟着议论纷纷。

绝大多数人都是一脸的担心，一副忧心忡忡的模样。看到大家这个模样，那人嘴角一勾，露出一丝得意的笑容，不过这笑容迅速敛去，就好像从来没有出现过一样。

“各位叔叔阿姨！”这人继续一本正经地说，“现代人什么最重要？健康！只有健康是最重要的。你健康一点，长寿一些，让儿女们能够尽尽孝心，让自己的生活多点乐趣，这是多好的事情！可是呢，人年纪一大，身体上的各种毛病自然而然就找上来了。这是自然规律，每个人都会这样！但是，面对这样的自然规律，我们只能坐以待毙吗？显然不能！”

然后这人拿出来几个盒子，放在桌子上，并从盒子里拿出来一个像枕头一样的仪器来。

“这个就是我们的产品。”那人把东西举起来说道，“它获得了国家专利，中西医结合研究出来的最新成果，中华理疗套装！其中包括了一个枕头，这个枕头用了十八味中草药精心制成，其中有几味药是十分珍贵的。这个配方，是中国科学院的几名专家，经过数年的研究才拿出来的！这里面最值钱的就是这个配方了，它由传统的中草药方剂改良而成，精确到了毫克！我可以这么跟你说，这上面虽然已经把用的药物都标出来了，你拿着这个单子去药店配药，但你配不出这个效果来。为什么？因为这里面的药材是黄金比例！多一分，药效就猛了；少一分呢，药效又不足。这里面的配比是不多又不少，刚刚好！如果只是这个也就算了，还有这台机器……”

这人指着那台机器说道：“大家看着这机器是不是有些普通？是不是有点朴实无华的感觉？”

大爷大妈纷纷点头。

“那就对了，因为我们注重的是疗效，而不是那种花里胡哨的包装。”那人表情严肃地说道，“我们完全可以把这个东西经过精心的包装，然后制作得好看一些，比如弄一些花里胡哨的灯光效果，拿出来看起来科技感十足。可是这样有什么用？关键还是要看疗效。这个机器，大家知道是干什么用的吗？不知道吧？这个东西是专门刺激关节穴位的。你枕着药枕，会有很好的疗效，但这种疗效对每个人却是不同的。因为大家的情况并不一样。举个例子来说，有的人，百会穴比较敏感，稍微刺激一下就很有感觉；有的人呢，涌泉穴很敏感，碰不得，稍微碰一下就会酸麻胀痛。这都是不一样的，反应也不一样！这个仪器其实就是用来调节穴位，进行辅助治疗的！当你躺在这个药枕上的时候，再按照说明书上的说明，把仪器贴在穴位上，对穴位进行刺激。这样，药效就会更好地疏导到全身，获得更好的疗效！”

说完之后，这人把东西放下：“这一套设备，只要 2888 元！各位听好了，2888 元！你是花出去了 2000 多元，但买回来的是什么？是健康！健康是无价的。现在不注重调理，以后你会花比这个多十倍、二十倍、三十倍的钱去住院治疗。到时候你回头再算算，看看这个到底合适不合适！”

见到下面的老人们纷纷点头，那人趁热打铁：“现在是产品推广期间，我们公司为了回报广大客户，特地进行了有奖让利活动。如果你购买了两台‘中华神奇理疗仪’的话，我们赠送豆油一桶；如果买四台的话，那么我们除了赠送豆油，还赠送稻花香大米一袋。多买多送。不仅如此，对于购买我们产品足够多的客户，我们还会有各种活动等着呢，比如最近我们将举行会员港澳台五日游活动。只要购买足够的数量，那么就可以免费参与这次活动！机会难得，大家千万不要错过……”

经过这人几次三番的挑动，下面的大爷大妈们开始跃跃欲试了。这个时候，几名营业员拿出来一堆所谓的“中华神奇理疗仪”摆在了桌子上，那人喊了一声：“想要买的请过来登记，我们现在数量有限，今天只有 30 台，售完即止，总公司正在配货，以后有需要的可以来认购。如果想要试用的请这边来，我们有专业人员为各位叔叔阿姨服务！”

一群大爷大妈如潮水般把这些销售人员围了个严严实实，大家七嘴八舌地咨询这东西的疗效、价格、使用方法等问题，场面显得极为混乱。

韩湛在外面看着，感觉十分奇怪，他的父母都是大学教授，自己也是研究生毕业，受过多年的教育。直觉告诉他这东西有些不对头。那看起来简简单单的一个枕头和一个莫名其妙的机器，就能卖将近3000块钱？里面到底是什么样的高精尖技术？

几个已经买到手的大爷大妈捧着机器从人群中挤了出来，喜滋滋的，就好像是捡了好大的便宜一样，连脸上的皱纹都要笑开了。

韩湛凑了过去，笑吟吟问一个刚买了机器的大爷："您这个机器，就是从这里面买的吧？"

"对啊，刚抢出来的。"那大爷一脸的骄傲，"今天就限量30台，卖光了就没有了，幸好我动作快。"

韩湛笑着问："这东西效果真的那么好吗？您试用过没有？"

"当然试用过！"大爷脸色一沉，"我难道还能被人骗？"

"我不是这个意思。"韩湛连忙说道，"我就是想问问这个东西好用不好用，我想给我父母也买一台，不知道效果怎么样。"

大爷这才释怀："小伙子不错，有孝心。我在里面试过了，这枕头枕着就特别舒服，里面还有一种药香，闻着可得劲！等机器一开，麻嗖嗖，颤悠悠的，让人迷迷糊糊的全身舒坦，我差一点就要睡着了。早晨出来我还懒洋洋的，浑身难受，这一下彻底精神了！这东西绝对有好处！小伙子，信我的没错，给家里老人买一台。合适！健康是买不来的。现在不好好养生，以后得了病了花的钱更多！"

韩湛接着问："这东西不会是假的吧？我怎么看着这么简单呢？就一个枕头，加上一个不知道是什么的机器，就卖了将近3000块钱？"

"啥3000块钱！"刚才还笑吟吟的大爷，一听这个眼睛顿时瞪起来了，"啥3000块钱！2888元！这是优惠价格，回头你6000块钱都没地方买去！说啥？这玩意是假的？啥假的？你用过了就说是假的？什么叫朴实无华，什么叫科技是为人服务的？这叫高科技，懂不？人家都说了，高科技这玩意不是你看着好看就好用的，这东西是有讲究的。人家可以做得好看些，然后卖个高价！可现在做成这样，卖个低价，这叫造福群众！懂不！你用过了？你用过了还是咋的？”

韩湛被这大爷一通乱喷，搞得手足无措，连忙摇头：“大爷，您别误会，我就是随便说说，您别往心里去。”

“年轻人，注意口德！”大爷没好气地说道，“自己不知道的不要随便乱喷！你看看你们这些年轻人，花个大几千的买个手机连眼睛都不眨一下，那玩意有啥用？不就是打打电话玩玩游戏嘛，那玩意有辐射，年纪轻轻的身体就被搞垮了！现在花个几千块钱买个养生保健的东西，为了身体健康你们就不乐意了，怀疑这个怀疑那个的，这都是国家认证过的，有合格证书的。中科院是啥你知道不？中科院的教授都说这东西好，这东西能差得了吗？”

韩湛只好连连点头，一个劲地认错。

大爷拿着东西骂骂咧咧地走了。

韩湛回头，看看那个仍旧忙活得热火朝天的场面，眼珠转了转，不知道在打什么主意。

几天后一个晚上，韩湛回到了自己的住处，拿出来一台“中华神奇理疗仪”。这是他以应聘的名义混入了销售公司，借着职务之便，从库房里弄出来的。

这台仪器有没有作用韩湛目前还不清楚，但他却清楚所谓“存量有限，限量销售”这种话是纯忽悠，因为他亲眼所见库房里这种东西堆积如山。

话说回来，这种饥渴营销的方式也无可厚非，不仅是这种小品牌，就连一些大的厂商也是如此。最关键的一点，这东西到底有没有用。

韩湛是动手能力极强的理工男，拆机器对他来说根本不在话下。用了没有 3 分钟，那台理疗仪就被他拆成了一堆零件。

看着堆在桌子上的这堆零件，韩湛直皱眉头，虽然他早已猜到了这东西可能不会有什么效果，但是拆开之后还是大吃一惊。这台仪器结构简单，只有几个零件，形成了一个放电结构，可以输出微弱的电流，对人体进行刺激。如果从成本上来说，这台仪器也就 10 块钱左右。

“这破玩意竟然敢卖 2888 块钱？”韩湛拿着一块电路板在手里端详了半

天，愤怒地扔回到了桌子上，“白给我都不要。”

虽然结构简单，并不能证明这东西没用，从理论上来说，微弱电流的确是可以刺激穴位的。这台仪器的关键，其实在那个药枕上。

韩湛拿起那个药枕来闻了一下，里面果然有一股浓浓的药香，闻起来倒是很舒服，韩湛不是医学出身，对药材也不是很了解。

为了弄清楚这个药枕的药效，韩湛想起了一个人，于是打了个电话，手机里有人笑嘻嘻地说道：“哟，韩大忙活，今天是刮了哪阵儿妖风，把你给吹过来了，竟然想起给我打电话了？”

“不是妖风，是阴风，‘阴谋’的‘阴’。”韩湛没好气地说道，“你现在还在实验室上班吗？”

“当然了，不然去哪儿？”那人懒洋洋地说道，“你想干什么？”

“我一会儿给你送个东西过去，麻烦你帮着鉴定一下。”韩湛说道。

“我们这里可不做亲子鉴定。”那人嬉皮笑脸地开玩笑，“我们这里做的是药物检测。”

“就是药物检测！”

“也是，你个单身狗上哪儿找亲子做鉴定啊。”那人笑道，“不过稀奇了，你什么时候对药物有兴趣了？改行了？”

“少废话，这个忙帮不帮？”韩湛问道。

“帮，必须要帮！你韩大忙活的忙不帮，我还是人吗？拿过来吧。”

韩湛带着药枕，急匆匆地出了门。

韩湛的朋友动作很快，第二天下午韩湛就接到了他的电话。

“韩大忙活，你是从哪找到这么个玩意的？”那人开口就问道。

“这东西里面到底是什么？”韩湛问道。

“还能是什么？中草药呗。”

“和你说正经的呢！”韩湛说道，“我知道是中草药，是什么中草药？有没有什么有毒有害的东西在里面？”

“有毒有害的东西没有，都是一些凝神静气的中草药。”那朋友说道，“这种东西说白了就是那种安全药物。”

“什么叫安全药物？”韩湛问道。

“吃不死也治不好，提供心理安慰的那种药物。”那朋友说道，“不过倒是能让人多少睡个安稳觉，从这一点上来说倒是有用的。”

听到这些话，韩湛心里大概有数了。

“这东西的成本大概多少钱？”韩湛问道。

那位朋友笑嘻嘻地说道：“没几个钱的！说是药材其实都是抬举它们了，其实这玩意里面都是药渣。”

“药渣？”

“对。”那朋友说道，“有些制药厂里会用这些中草药来制作口服液和中成药，会产生大量的药渣，这些药渣都是不值钱的。这里面填充的就是这些药渣，当然也不全是药渣，里面还添加了一些其他的廉价中草药，另外还有一些杂草。”

“还有杂草！”韩湛惊呼了一声。

“对啊，就是杂草。”那朋友说道，“弄碎了添加到里面，黑的绿的一大堆，你也看不出来这东西是什么。”

“黑，真黑！”韩湛嘟囔道。

“什么真黑？”那朋友问道，“你又碰上什么事了？别告诉我这东西是你自己买的？花了多少钱？”

“没花钱，朋友送的。”韩湛含含糊糊地回答。

“能送你这玩意的当真够朋友！”电话里的那位朋友哈哈大笑，“估计他自己也被糊弄得不轻。买这么个东西起码要花个三四百块吧？啧啧啧，起码二三十倍的利润啊！卖产品的真是赚翻了。”

韩湛也不知道该说什么好了。如果朋友知道这么一套玩意竟然要卖 2888 块钱，他怕是得暴跳如雷。

“检验报告过几天才能给你。”

韩湛道了谢。挂断了电话，他坐在屋里，静静地看着摆在桌子上的那一堆破烂理疗仪零件，眼中似乎有一团怒火在燃烧……

街道上，一个人在前面狂奔，他身后，四五个人在穷追不舍。

“别跑！抓住他！”

前面狂奔的就是韩湛，他跑得满脸通红，全身是汗，手里死死地抱着一个包，拼了命地奔跑。

周围的人看着奇怪，不知道是怎么回事。无论是前面跑的韩湛，还是后面追着的那四五个人，都是西装革履，穿得一本正经的，胸口上还别着工牌，看起来也不像是小偷什么的，倒像是内部纠纷。

韩湛的体力渐渐地耗尽，被追上是早晚的事情。

就在这时，韩湛眼睛一亮，一个高高的烟囱出现在他面前。这附近原本是一个工厂，烟囱也是那工厂的，不过工厂已经废弃，只是这一片还未开发，所以烟囱和残留的工厂设施还没有被拆除。

眼看后面的人越追越近，韩湛一咬牙，向着前方的烟囱就冲了过去，他没有任何犹豫，抓着梯子就开始往上爬。韩湛的速度非常快，几下就爬到了烟囱顶端，颤颤巍巍，居高临下，看着下面。

第四章

那人竟在阑珊处

追着韩湛过来的那群人也到了烟囱下面，有两个胆子大的，追着韩湛爬上了烟囱，眼看就要到烟囱顶端了，韩湛对着要上来的人就是一通比画，做出要往下踢人的样子，正在往上爬的两个人顿时不敢动弹了。

烟囱又高又陡，真要是出了什么问题，那就麻烦大了。大家是求财的，并不是来玩命的，出了人命，谁都跑不了。

“下去！下去！”最上面那人大声喊道，“不要上来了！”

几个顺着梯子想爬上来的，只好不情愿地又爬了下去。

此时，吵闹声惊动了周围的人，大家围在烟囱下面，对着烟囱上的韩湛指指点点。

追韩湛的人发现围过来的人实在是太多了，开始变得有些不安起来。

“经理，人太多，很可能会惊动派出所，万一警察来了，我们恐怕是……”

经理点头：“派几个人回去把东西收拾一下，其他的都不要，几台电脑带走就行，然后大家分散离开。”

员工点点头，一下子消失在人群中。

看了一眼躲在烟囱上面的韩湛，经理恨恨地骂了一句，转身也消失在人群之中。

韩湛在上面看得清清楚楚，发现追他的人走了，顿时松了一口气。他怕那些人去而复返，又在烟囱上躲了一阵子，确定那些人不会回来了，他才把抱着的包背在肩上，顺着梯子试图往下爬。

刚爬了两下，梯子突然断裂，韩湛顿时觉得脚下一空，险些掉下去。

“哇！”下面的围观群众顿时发出了一阵惊呼声。

接到报案的派出所民警已赶到了现场，一个民警举着喇叭对着上面的韩湛大声喊道：“不要下来，不要再往下爬了！这梯子年头太长，风吹雨淋的早就不行了。下来太危险，上去，先上去等着！”

其实不用他喊，韩湛也没胆量继续向下爬了。韩湛手忙脚乱地重新爬回烟囱上面，向下看了一眼，顿时一阵眩晕，这么高的地方风很大，吹得他瑟瑟发抖，险些跌落。他双手抓住扶手，勉强控制住身体，等待救援。

没过多久，一辆救援车呼啸着开过来，车门一开，向薇从车上跳下来，她身后跟着朱小竹等几名队员。

“他是怎么上去的？”

“是被人追着爬上去的，具体情况还需进一步了解。”

“看着不像是讨薪。”朱小竹手搭凉棚往烟囱上看。

“我猜可能是乙方，”冯军嘟囔道，“被甲方逼疯了的那种。”

向薇没好气地说道：“赶紧把设备拿出来，充气垫子在下面铺好！”

朱小竹几个人答应了一声，转身跑到车里，七手八脚地卸下来一个大的充气垫。在几名民警的协助下开始疏散人群，让出来一大片空地，朱小竹他们动作熟练地支好垫子，开始向里面充气。

韩湛在上面小心翼翼地向下看了一眼，脸色大变。

向薇举着喇叭大声喊：“保持冷静，我们这里马上就准备好了，会有办法把你救下来的。”

韩湛动作僵硬地点了点头，虽然向薇他们看不见。

向薇举着喇叭继续呼喊：“你一定要想开一些，不要有轻生的念头！世上美好的事物还有很多！你要想想你的家人，你的人生还长，以后……”

韩湛哭笑不得，扯着嗓子大声回应：“我不是想自杀，我还没活够呢！不要喊了！赶紧把我弄下去。”

垫子很快充满了气，厚厚的一层铺在烟囱下面。

“队长，已经准备好了。”朱小竹来报告，“我们计算过，这个高度垫子受力不会有任何问题。”

向薇点点头，举着喇叭继续向上方喊：“现在听我的指令，向下跳，下面的充气垫子会接住你的。”

“我，我不敢！”韩湛壮着胆子大声回应道。

“你可以的，勇敢一些！看准位置，不要有任何的心理压力。”向薇喊道。

“怎么可能没有心理压力？”韩湛眼泪都要流下来了，“换成你，你试试！”

“我敢跳！”向薇回答道。

“我不敢跳！”韩湛喊道。

向薇心里生气，可是也没有什么好办法，只好耐着性子继续劝说道：“请相信我们专业人员的水平，不会有问题的！闭上眼睛，往下一跳，你就得救了。”

“我，我……”韩湛还是有些犹豫，脸色青一阵白一阵。

眼看韩湛犹豫不决，向薇突然灵机一动，大声喊：“那我问你一句，此时此刻，你最希望做的是什么事情？！”

韩湛犹豫着开口：“从这里下去。”

“除了这个呢？”

“我，我饿了！”韩湛喊道，“想吃东西！”

“那你就想想看，只要你下来了，想吃什么都能吃到。卤猪脚、炸鸡排、羊肉串、糖醋鲤鱼、红烧牛肉……”

别说上面的韩湛了，站在向薇身边的几个队员听了也是一个劲地咽口水。

“尤其是红烧牛肉，烧得烂烂的，配点土豆，汤汁浓稠，配一碗米饭，或者来一碗面条往上一浇，那个香味啊，每一次不吃个一大碗是决不罢休的。或者来个糖醋排骨，油亮油亮的，鲜甜美味，吃一块……”

终于，上面的韩湛实在是忍不住了，他一咬牙，一闭眼，一纵身，从烟囱上跳了下来。

“哇！”周围传来一阵惊呼声。

“扑通”一下，韩湛栽在充气垫子上，又被高高弹起。

几名队员爬上垫子，七手八脚地把韩湛从上面拖了下来。

向薇表情严肃地看着韩湛问："手、胳膊、腿有没有疼痛感？头呢，有没有摔伤？"

韩湛摇了摇头："感觉还好。"

几个人仔细地把韩湛检查了一遍，发现没有任何问题，向薇这才松了一口气。直到这个时候，她才有心思打量面前的韩湛，这一看不当紧。

"为什么看你有些眼熟？"

朱小竹笑嘻嘻地在一边说道："头儿，您忘了？上次卡在屋顶，让我们过去救援的就是他！"

向薇没好气地瞪着韩湛说道："你这是有什么偏好吗？整天就喜欢往高的地方爬！"

韩湛有些尴尬："这都是赶巧了，从我本心来说，确实不想这样。"

"之前是房屋，这次是烟囱，你这是步步高升啊！下次是什么？飞机？"

韩湛摇头："地面挺好，踏实。"

这个时候，几名民警挤了过来："我们希望这位先生能配合我们调查一下，需要做个笔录，他为什么要爬到那么高的地方去？"

韩湛立刻点头："我正好也有重要情况向你们汇报，但是，在这里不方便说，我们能不能去派出所？"

"可以。"

"等一下。"向薇说道，"刚才他从高处坠落，不知道身体上有没有受到什么伤害，按理说应该去做一个全身检查的。但是既然现在他有重要情况要向你们汇报，那我希望陪同他一起处理。万一有什么问题，我们会提供帮助。"

民警没说话呢，一边的韩湛先点头答应了："我觉得你是个好人，能陪着我一起去派出所，那再好不过了！"

向薇翻了翻眼睛，心想这家伙是不是赖上自己了。

一路上，韩湛一直紧紧地抱着那个电脑包，紧张兮兮地左顾右盼，连话都不说一句。进了派出所的一刹那，韩湛脸上的表情放松了下来："民警同志，我要向你们举报一个很严重的情况。我发现了一个特大的团伙，正在做欺骗群众的勾当。他们已经给很多人造成了巨大的损失，而且这种损失还在继续。"

他拍了拍怀里的电脑包："所有的证据都在这里了，涉及的金额可能已经过亿元。其中涉及了一条庞大的黑色产业链条，已经对人民群众的健康构成了严重威胁。"

民警们的表情立刻严肃起来，似乎已经意识到了这件事的严重性。

"你能为你所说的话负责吗？"

"可以！"韩湛点头说道。

向薇呆呆地站在原地，好半天才反应过来究竟发生了什么。这个家伙看起来呆呆傻傻的，总是做出一些让人哭笑不得的事情，自己本来以为他不过是一个普通人。谁知道还有这么一手，到了派出所里，直接来了一个剧情反转。

"我到底救了个什么样的人啊！"向薇自言自语地嘟囔了一句。

韩湛是几名民警亲自送出来的。

向薇抱着肩膀，站在门口笑看着，觉得这场面十分有意思。她救助过的人多了，但是像韩湛这样的人还是第一次见到。听起来他倒像是一个有点担当敢于做事的人，虽然看起来人不算特别聪明，而且直来直去的，不会转弯，但是感觉非常有意思。

两个人离开派出所，救援队的车子已经等在外面，朱小竹打开车窗，对着向薇他们招了招手："队长，这里！"

朱小竹看到韩湛惊呼了一声："你不就是刚才那个……"

韩湛倒是很自然地接上一句："对，我就是刚才困在烟囱上面下不来的那个。"

"队长，这是怎么回事儿？"姚天从车里伸出脑袋来问道。

"相见就是有缘，一起去吃个饭。"向薇笑吟吟地说道。

"吃饭？"朱小竹莫名其妙地看了看向薇，又看了看韩湛，有点犯糊涂。

两个人上车之后，向薇直接说道："先回队里，然后去我们常去的那家饭馆吧。"

冯军虽然一头雾水，还是老老实实地发动了汽车，带着一车人回到了救援队。

没过多久，几个人就在那家饭馆里落座了。

向薇随便点了几个菜，然后把菜谱往旁边一丢。到了这个时候，韩湛终于忍不住了，开口问道：“你到底打的什么主意？我觉得你好像并不仅仅是请我吃饭这么简单吧？”

“还算你没笨到家。”向薇看着他说，“当然没那么简单，我是想把你从那个地方带走。”

韩湛立刻就猜到了：“你是说，那些人……”

“具体情况我虽然不太了解，但是你掀起来的这个盖子太大！如果只是小打小闹的话，那就没什么可担心的。就因为你掀起来的盖子大，所以你才要加倍小心。在这个链条上挂着的人太多了，这些人唯利是图，你断了他们的财路，他们不会轻易放过你的。”

韩湛皱着眉，轻轻点了点头。

朱小竹几个人在一边听得一头雾水，终于忍不住了，朱小竹问道：“头儿，你在这儿打什么哑谜呢？我怎么什么都没听懂呢？他不是就爬了个烟囱吗？事情至于闹得那么大吗？难道那烟囱上面有神位，被他继承了？”

向薇没好气地瞪了她一眼：“闲着没事少打听，有这时间多锻炼一下自己，救援的时候少掉链子。”

朱小竹干笑了一声，不说话了。

向薇看着韩湛继续问道：“你呢？既然知道了这些，对之前的事情有没有后悔过？”

“做都做了，有什么可后悔的？人生会后悔的事情多了，这事不在其中，以后要是遇到了这种事情，我还是要管的。”

“二愣子。”向薇笑吟吟地看着韩湛说道，“不过现在就是缺少你这种二愣子，算是个稀罕物了。”

“朱小竹，一会儿你吃完饭开车送他回去，把东西取出来，退了房间，然后重新找个地方落脚。”说完向薇又摇了摇头，“不妥，要我说，你现在还是去卢乡吧。你不是要去那儿报到吗？那里应该有宿舍吧？”

“有，但是到职才能分配。”韩湛说道。

“那你就先去找个地方住下来。”向薇说道，“反正距离你到职也没剩几天了，离开这个是非之地比较好。”

“好。”

见韩湛还算听话，没有一根筋地犯犟，向薇这才放下心来。吃完饭，向薇带着徐有光和姚天回去继续值班，让朱小竹、冯军两个人带着韩湛回去取东西，并且还给他买了一张去卢乡的车票。

“头儿，”冯军有点不太理解，“这个叫韩湛的到底是什么人啊？我怎么觉得你好像对他格外关心！”

“是吗？”向薇笑眯眯地问道。

“对啊，把所有一切都安排得妥妥当当的。”冯军说道。

“可能是吧。”向薇懒洋洋地说道，“毕竟，这样的人，世上越来越少了，能保住一个算一个吧。”

又是一天的忙碌，向薇伸了一个懒腰，活动一下筋骨，桌子上关于救援队训练的大纲已经整理得差不多了，这是她这一段时间的心血呀。向薇觉得，这份应对各种需要的训练大纲如果可以贯彻下去的话，应该能够提高救援人员的安全系数。

窗外已经有了几分昏暗，时间早已过了下班的时间。

向薇整理了一下文件，把它放到抽屉里锁好，这才简单收拾了一下衣物，走出办公楼。

这时，侯行知手里举着一大束鲜花，笑吟吟地向她招了招手：“嗨！”

原本平静的向薇，脸色顿时一沉。

侯行知本来就英俊帅气，气质非凡，再加上今天特意地打扮了一下，如同男模一样的身材站在那里已经引起了许多人的注意，很多怀春少女忍不住频频地向他窥视，但是侯行知一概视而不见，手捧着鲜花，面带微笑地看着从办公楼里走出来的向薇。

侯行知对别人视而不见，同样，向薇对他也是视而不见，不仅视而不见，而且看到他出现，就忍不住头疼。

“你怎么又来了？”向薇恼火地问道。

“我本来今天在公司工作得好好的，突然聆听到了神的呼唤，他让我听从他的旨意，来到这一片土地上寻找我的方向。于是，我便来了……”侯行知把鲜花递了过去，“我带来了鲜花，希望这一片土地上开满艳丽的颜色，幸福而又温馨。”

“天啊！”向薇有些痛苦地揉了揉自己的鼻梁，“我这里是救援队，又不是花园，你老是把这些带过来做什么？上次你送过来的那些玫瑰，把整个救援队堆积得像是花圃一样，这已经够让人头疼的了。”

“那么，如果你不愿意接受这一束花的话，那我只好让它在这里静静地凋零了。”侯行知浅笑道，然后把这一束鲜花放到了大门旁边。

“哼！”向薇冷哼了一声，却没有说什么，花是侯行知带来的，他愿意怎么处理，那是他的事情，自己无权干涉，也不想管。

“那么，请问我是否有机会送您回家呢？”侯行知笑吟吟地说道，“放心，我已经换了一辆车。”

他伸手向后指了指，向薇发现路边停了一辆甲壳虫，黄色的那种，车顶上加了两个装饰用的耳朵，看着有点萌萌的。

“这辆车你是哪儿弄来的？”向薇皱着眉头问道。

“可是费了我不少的力气。”侯行知长叹了一声，“我跟我的下属借用的，用之前的那辆车和她交换了一下，现在我终于发现了……”

“发现什么了？”向薇问道。

“你之前不喜欢那辆车是对的。”侯行知说道，“我的那位下属个子不高，坐在车里只能露出一双眼睛，看着就像是无人驾驶一样。”

“扑哧！”向薇终于忍不住笑出声来，“多谢你的好意，我自己搭车回去。”

“那恐怕会很晚才能回家啊。”侯行知笑眯眯地说道，“现在正是下班的高峰期，你挤公共汽车回家我会很担心的。”

“没兴趣。”向薇淡淡地说了一句，转身就走。

“等一下！”侯行知连忙伸手拉住了向薇的手臂。

向薇脚下一停，低头看了一眼抓着自己手臂的手，然后抬头看了一眼侯行知，表情无比冰冷。

侯行知脸色一变，连忙举起手来，干笑着说道："别激动，不要激动，冷静一下，刚才都是下意识的行为，下意识的。"

"我希望这种下意识的行为，不要再有第二次了！"向薇冷冷地说道。

"我保证！"侯行知用力点头，"绝不会有第二次了！不过，向薇，请你赏个光，让我送你回家，我有些事情想要询问你一下。"

向薇皱着眉头有些拿不定主意。

"我保证是正经事！不涉及别的。"侯行知笑吟吟地说道。

向薇这才点头答应，坐上了侯行知的那辆甲壳虫。

车子驶入车流之后，侯行知才开口问道："我听说，你最近好像认识了一个人？"

向薇看了他一眼："我最近认识的人多了，你说的是哪一个？"

"一个男的，叫韩湛。"

向薇眉头皱得更深了："你问他做什么？"

"对他印象不错？"侯行知问道。

向薇没有说话，而是盯着侯行知看了一阵，突然冷笑了一声："行啊，少侯爷，你不在家里当你的贵族，什么时候改行当侦探了？怎么着？派人专门盯着我了？我这一举一动都躲不开你的眼睛了？！"

"不，没这个意思。"侯行知苦笑了一声，"我就是随便问一下，你要是不愿意说就算了。"

"虽然知道你说的是反话，不过，那又怎么样？"向薇淡淡一笑，"不错，我是认识一个叫韩湛的人，最近才认识的。"

"他人怎么样？"侯行知问道。

"人不错。"向薇随意说道，"怎么了？"

"我听说，你好像对他挺关心的？"侯行知追问了一句。

"你还真是孜孜以求啊！"向薇嘲弄地说道，"你不是在我身边布置了暗探了嘛，既然如此，你问问你的线人，为什么要问我呢？"

侯行知苦笑，对于别的女人他倒是还有点办法，面对向薇，他感觉完全没辙。

“我只是听到了一点风声而已。你要是不愿意说就算了。”

他安静地开车，向薇安静地坐在他身边。

最后还是侯行知忍不住了：“向薇，我还是想知道，那个韩湛究竟是……”

不等他把话说完，向薇就冷冷地说道：“停车！”

侯行知有点怕了：“咱们冷静下来，好好谈谈。”

“我现在不太想和你说话。”向薇突然笑了，只是这个笑容让侯行知有些不寒而栗，“我现在给你两个选择，第一个，就是你立刻停车，让我下车！这样对大家都好，一切平安喜乐。第二个，就是你别停车，我自己跳下去，明天你就会看到头版头条，著名的少侯爷涉嫌绑架，一女子跳车逃生。你自己看着办吧！”

侯行知的脸色青了又白，白了又青，最后无奈地长叹了一声：“我从来不是你的对手，一直如此，算了，我认输。”

说着，车子慢慢地停靠在路边，侯行知打开了车门锁。

向薇打开车门，从车里走下去，就在她即将关上车门的时候，侯行知突然问了一句：“为什么我们会相处成这样？”

向薇冷冷地看了他一眼：“一个巴掌拍不响，这种事情追究起来没什么意思。少侯爷，麻烦你以后不要太多地关注我，或者你应该好好地关注一下自己的公司，要么就换一个目标，这样对大家都好。”

说完之后，向薇随手关上了车门，扬长而去。

侯行知扶着方向盘，慢慢地吐出一口浊气来，在车里看着向薇顺着大道扬长而去，他突然用力砸了一下方向盘。

第五章

莫向光阴惰寸功

卢乡，韩湛作为选调生，被选派到了这里。这里原本是省里重点小型机械加工基地，在这个地方，有很多的小型机械加工厂，噪声、粉尘，恶劣的工作环境，轻易吓退很多人。韩湛却不在乎这些，他对卢乡的印象还不错。作为一名理工男，他学习的专业和机械制造有关，卢乡这种地方让他有一种很亲切的感觉，那种感觉就像是一条本来在鱼缸里游来游去的鱼儿，突然游到了海里一样，感觉出乎意料的舒服。

他被分配到了卢乡的一处办公室里，办公室的领导很热情：“小伙子，欢迎你到我们这里来。我看过你的学历了，很不错，而且选的专业也和我们卢乡有关，你是一个有缘人啊！来这里还适应吗？”

“挺好。”

领导笑道：“你叫韩湛是吧？我也姓韩，叫韩忠，咱们两个 800 年前是一家！有什么事尽管说话。虽然我们卢乡庙小，不过对有本事的人还是很敬重的，有什么要求你尽管提，我们尽量满足。”

韩湛立即说：“我还真有一个要求。”

韩忠刚才说的那些无疑都是漂亮话，说出来给人听听的，大家客气客气也就完了。没想到韩湛竟然不知道好歹，还真提要求来了，这让他心里略微有点不舒服，对韩湛的看法降低了一点。

“说说看。”

韩湛笑着问：“能不能给我找个厂子下放一段时间？”

“啥？”韩忠还以为自己听错了。

韩湛有点不好意思：“我也知道自己初来乍到的，就提各种要求实在是有点不太像话，不过，我还是想问，有没有合适的厂子，让我去学习一下？苦点累点我都不怕，我学的专业其实就是要去工厂里干才合适，在办公室里坐着，我学的东西恐怕发挥不出来作用。”

韩忠哈哈大笑，拍了拍韩湛的肩膀：“很多人到了这里，都是在办公室里坐着，有事没事出去溜达一圈就算是工作到位了。你自己竟然要求下到厂子里？你知不知道，那厂子里是什么情况？”

“无非就是工作环境差，忙，休息时间不规律嘛。”韩湛笑道，“我还年轻，不趁我挺得住的时候去学习该学习的东西，难道要等到七老八十吗？到时候会后悔的！”

韩忠满意地点了点头：“卢乡小型机械加工厂偏多，其中有个最大的机械加工厂，叫晨风机械加工厂，那里缺少驻派人员，你愿意去吗？”

“有活干吗？”韩湛笑吟吟地问道。

“那里可能最不缺的就是工作了。”韩忠笑呵呵地说道。

“那我去！一定去！”

……

时间飞快流转，日子过得很快，从上次见过韩湛之后，已经过了一个多月，向薇心中已经渐渐地忘却了韩湛这个人。

一名值班队员小跑着过来：“队长，107国道的某处桥梁东侧，一辆小轿车出了事故，卡在洞口与梁柱之间的缝隙里，车内有被困人员，情况紧急。”

向薇脸色一变：“冯军、姚天，带好切割设备，做好车体切割准备。”

大概20分钟后，三个人来到了出事地点，这里已经被封锁起来，其他车辆绕道行驶。交警带着向薇几个人来到了一座公路桥旁边，指着前方说道：“就是那辆车。”

向薇看了一眼，顿时一惊，果然情况很严重，车子就卡在公路桥的桥洞和横梁中间，距离地面有十几米的高度，看着摇摇欲坠，十分危险，隐隐约约地看到驾驶座上有个人，长什么样子看不清楚，这人动都不敢动一下，车子里的安全气囊已经弹出来了，把他死死地挤在座位上。

“头儿，这个位置有点危险。”冯军探出头来看了一眼，然后皱着眉头说道，“车子几乎完全处于悬空状态，就靠着梁柱的挤压挂在那里呢，这个平衡非常脆弱，只要稍有不慎就会掉下去。尤其糟糕的是，周围没有任何可以借力的平台，很难让人过去进行营救。”

“办法都是人想出来的。”向薇冷静地说道。

姚天仔细观察了一阵那辆车：“我有一个计划，那辆车是老式的轿车，这种车的后部应该有一个拖拽钩，我们可以把人员先吊放下去，用钢索挂住拖拽钩，暂时稳定住车体，让它不至于坠落。然后再派人从前方下去，打开车门，营救车内人员。”

“全部用吊放作业？”向薇仔细地观察了一阵，然后点点头，“我觉得可行！这样可以把营救的危险性降到最低。采取其他措施的话，很难保证营救的安全性。”

冯军点头表示赞同：“其他方法要不就是耗时，不知道在执行过程中会不会出问题，要不就是耗力，搞不好会造成更大的危险。”

“既然决定了就别废话了。”向薇一摆手，“先找固定物，然后进行营救吧。把安全索给我挂上！”

“头儿，您要下去施救？”姚天惊讶地问。

“不然还能是谁？”向薇说道。

“我可以去啊！”冯军说道。

“我也可以去啊！”姚天也跟着说道。

“我的体重比你们轻了很多，而且在力量上并不逊色于你们，所以这种时候，还是我下去比较稳妥。”向薇说道，“毕竟，等一下要把受难人员营救出来，安全索上悬挂的重量越低越好，所以，我下去是最合适的，这是最稳妥的方案！”

冯军准备好了一条钢索，用固定物固定好一头后，另外一头有一个铁钩，是用来挂在车后部，稳定车的。接着又给向薇穿上了一身防护服，后面用安全索挂好。

一切准备就绪。

“头儿，已经准备好了！一切顺利！”

向薇一挑大拇指：“顺利！”

她拿着那根巨大的钢索，从桥面上翻了下去，上面有机器拉扯着她，将她缓缓下放，一直到了车子的后部，向薇用铁钩挂住了车子后部的钩子，对车体进行了固定。然后，向薇打了个手势，上面的机器再把她缓缓地拉上去。到了上面之后，向薇没有停留，从桥梁的另外一侧再次翻了下去，这次，在机器的帮助下，她缓缓地来到了车门附近的位置。

到了车门附近，她小心地敲了敲车窗。

车子里的那个人被安全气囊挤在座位上，艰难地转过头来，两个人四目相对，向薇顿时愣住了。

“是你！”

车里被困住的不是别人，正是韩湛。

韩湛一脸的苦涩，已经完全不知道该说什么才好了，他一共就见过向薇三次，一次比一次尴尬：第一次在屋顶上悬空；第二次被困烟囱上；现在第三次更是变本加厉，连人带车被困半空。

“你厉害了！”向薇无话可说，她指了指车门，让韩湛打开车门。

虽然韩湛被安全气囊挤在座椅上，不过好歹胳膊还是可以活动的，他慢慢抬起手来，按了一下开关，“咔嚓”一声，车门应声而开。

通常情况下，安全气囊弹出后立刻就开始泄气，大概过上十几秒就会完全把气体排空，让人恢复行动能力。可是这辆车大概是太老了，不知道哪里出现了问题，安全气囊虽然在泄气，可是速度极为缓慢，所以到现在韩湛仍然被挤在座位上动弹不得。

向薇打开车门，然后问道：“你现在可以动吗？”

“有点吃力。”韩湛郁闷地回答。

“现在安全气囊怎么样了？里面的气放得如何？”

韩湛小心翼翼地动了一下：“好像可以了，能慢慢地出来。”

“你尽量小心，慢慢从车里面出来。一定要注意，动作不要太大，如果失去平衡，车子会掉下去。”

韩湛僵硬地点了点头，一点一点地从车里挪了出来，还好，这一次没有出现太大的问题。

向薇伸出手来对韩湛说道："好了，现在出来，抱住我，上面会有人拉我们上去。"

"抱，抱住？"韩湛脸色微微一红，"这个，这个不太好吧？"

向薇冷笑了一声："你还知道不好意思啊？知道不好意思你开车怎么不小心一点呢？快点过来！"

韩湛一咬牙，抓住向薇的手，拉着向薇靠过来，接着一把抱住了她的腰。

等到韩湛抱住自己之后，向薇这才松了一口气，这局面看起来简单，其实格外危险，稍有不慎，韩湛就可能有生命危险。

向薇用保护服上的绳子绕着韩湛缠了一圈，把他绑在了自己身上。这是增加了一道保险，防止他因体力不支而掉落。

韩湛身子有点僵硬，脸上表现出尴尬而又古怪的表情。就算是隔着一层防护服，韩湛也能感觉到从向薇身上传来一股淡淡的香味。韩湛还是第一次和女孩子这么近距离接触！这种感觉让他身上都有点微微发热了。

韩湛脸色通红，向薇第一时间感觉到了他的异常，她努力地把头扭到一边，然后向上打了个手势，在机器的拉扯下，两个人被慢慢地拉上了桥。

姚天和冯军一看到是韩湛，顿时就乐了。

"嗬，老熟人呀！"冯军笑嘻嘻地说道，"这是第几次了？"

韩湛脸上终于挂不住："这不是特殊情况吗？"

"特殊情况？"向薇问道，"又出什么事了？这次是被人追了，还是被车撵了？"

韩湛把头扭向一边："我现在不想和你们说话。"

向薇本来还想说两句，这时，一辆警车闪着灯在一边停了下来，几名警察从车上下来，快步走到了向薇面前，先向她敬了一个礼。

"同志，车上的那名驾驶员营救出来没有？"

向薇指了指一边的韩湛："驾驶员就是他了。警察同志，是不是他犯了什么错误？出事了吗？"

"他没有犯错误。"一名警察说道，然后一步就迈到了韩湛面前，握住韩湛的手用力摇了几下，"因为您的出现，避免了我们更大的损失，之前那边还没处理完，所以没来得及过来，现在我们特地来向您表示感谢。关于您车辆的损失，我们会给您一个交代的。"

"不用给我交代。"韩湛笑着说道，"这是我们公司的车，我当时也就是脑子一热，就这么做了，说起来现在还有点后怕呢。"

警察笑着说："车辆损失您不用担心，我们会向贵公司发公文的，修理费用我们也会协调解决。让您无后顾之忧。"

向薇实在是按捺不住心中的好奇："这到底是怎么回事儿？"

警察回答得很痛快："我们之前一直追踪着一个犯罪集团，不过这个犯罪团伙十分狡猾，给我们追踪带来了很大的困难。今天呢，我们得到了一个消息，犯罪集团今天有一笔交易，立刻安排便衣在交易场所附近潜伏下来，想顺藤摸瓜，抓捕整个犯罪集团。"

说到这里，警察苦笑着摇了摇头。

"不过，正在交易的嫌犯发现了我们，当即终止了交易，驾车逃跑，我们只好尾随追击。这些人都是亡命之徒，使用的车辆也进行过改装，速度很快！我们一直追到了国道，其中一个犯罪分子非常狡猾，开车的时候一直往人多车多的地方去，我们害怕伤及无辜，所以追击得非常吃力。眼看犯罪分子就要逃掉了，"警察指了指对面的公路桥，"就是这位先生，发现我们正在鸣笛追击嫌犯，当即奋不顾身，抢到了嫌犯的车道，阻止其继续前进。结果嫌犯刹车不及，将他的车撞飞了出去，正好卡在公路桥上了，而嫌犯的那辆车也被撞停，被我们包围了。现在那名嫌犯已经被我们捕获，还从他车上搜查出了大量的犯罪证据。如果不是这位先生见义勇为、奋不顾身，嫌犯怕是早已逃之夭夭了。"

另外一名警察叹着气说道："当时看到他突然用车别住了嫌犯的车，自己却被撞出了桥面，我的心都提到嗓子眼儿了！幸好得到你们的及时救援。"

等警察们离开，韩湛苦笑了一声："对不起！给你们添麻烦了！"

向薇半开玩笑地说："给我们添麻烦的人不少，但你是其中最多的一个。不过，我没有任何要责怪你的意思，这个世上可能需要更多一些像你这样的人。从某种意义上来说，我们是一样的，你是为了救人，我们也是为了救人。可能我们一次只能救一两个人，你呢，一次可能救很多人。救援，对我们来说是工作，但对你来说却是一种本能。你，才是真正的救援人员！”

向薇说完，立正站好，端端正正地给韩湛敬了一个礼。

……

在城市某处的一个咖啡馆里，侯行知安静地坐在一张桌子后面，桌子上有杯咖啡正冒着热气。他看着外面来来往往的人群，一个人沉浸在自己的世界里，若有所思。

过了没多久，有一个人坐到了他对面，侯行知脸上毫无表情，只是淡淡地问了一句：“来了？”

那人应了一声，从怀里拿出一个信封来，放在桌子上。

“这是这段时间她的活动轨迹，简简单单的三点一线——居住地、工作单位和事故现场，生活非常有规律。”

“这就是我喜欢她的地方，简单，直接，纯净的灵魂可以一望到底。”侯行知微微一笑，拿起了那个信封，“不过，我还是要对你的工作表示感谢。”

“不客气。”那人耸了耸肩膀。

“咖啡我来请。”侯行知笑着站起身来，“你慢慢享用。”

说完之后，侯行知拿着那个信封扬长而去。

没过多久，他便出现在停车场的车子里，侯行知打开信封，仔细看着上面的记录，里面都是关于向薇的信息，一举一动记录得十分清楚。不过，侯行知越看越皱眉头，表情越是凝重。

“又是这个韩湛！”侯行知低声嘟囔道。

除了详细的记录，还有几张照片，都是向薇和韩湛交谈的时候被拍下来的，你别说，拍的效果还不错，也不知道这个拍照的人当时躲在什么地方。

“这个事情，需要严肃对待了。”侯行知低声说了一句，把信封往旁边一扔，“到底这个韩湛是真的犯傻，还是有意为之？如果是有意为之的话，确实是一个值得尊敬的对手。制造事故让向薇去注意他，这主意倒是不错。说不定出其不意，能得到奇效。”

……

食堂的电视里正播放着地方新闻，主持人一脸严肃地播报：“各位观众朋友，根据群众举报，有关部门近日端掉了一个大型的犯罪团伙，犯罪嫌疑人打着销售理疗仪器的名义，以老年群体为目标，组织了大规模的诈骗活动，涉及金额巨大，省公安厅为此设置了专案组，对该团伙进行了彻底的追查，目前逮捕涉案人员 367 人，冻结涉案资金 1 亿多元人民币。这起案件的侦破多亏了一名群众的举报，在举报过程中这名群众的生命一度受到了这个诈骗团伙的威胁，但他不惧危险，敢于揭发这个诈骗团伙的罪恶行径，为公安机关破案提供了帮助，在此，省政府有关领导发出号召，要向这位勇士学习……”

这个时候，在电视屏幕上出现了一个人的照片，虽然做了马赛克处理，但是向薇还是一眼看出了这个人就是韩湛。

“啧啧，全省通报表扬啊！”姚天笑吟吟地说道，“这小子厉害了！”

“这是不是前段时间我们从烟囱上面救下来的那个？”冯军问道，“就是被咱们头儿用红烧牛肉诱惑下来的那个？”

“去！人家是见义勇为。”向薇没好气地说道。

“头儿，我看你这架势，好像早就知道这件事了吧？”朱小竹问道。

“知道啊。”向薇淡淡地说道。

“我明白了，怪不得那次他去派出所做笔录时神神秘秘的，队长你当时不是跟着一起去，处理的就是这事吧？”

“对。”向薇点点头，这事现在连新闻媒体都曝出来，再藏着掖着也没什么意思了。

“说起来,已经有一段时间没有听到关于他的事了。”朱小竹笑嘻嘻地说道，“过分老实了啊！”

“也有可能，是实在没什么高的地方让他爬了。”向薇撇了撇嘴，“行了，少说两句，赶紧吃饭，吃完饭休息一下，万一有救援任务还要出动呢！”

几名队员一听，顿时不敢说话了，埋头吃起了饭菜。

向薇吃了几口之后，若有所思：那个韩湛，最近一段时间的确是没有什么消息了，难道突然老实下来了？

第六章

绿林豪客夜知闻

“小韩，厉害啊！”卢乡办公室里，韩忠笑呵呵地对韩湛说道，“全省通报表扬，这可是难得的荣誉啊！啧，没想到，咱们这个小小的卢乡竟然藏龙卧虎，藏了这么一尊大神！”

“什么大神，就是喜欢管闲事而已。”韩湛笑着说道，他穿着一身工作服，满身油污，看起来疲惫不堪，“领导，中午我回去一趟，换洗一下衣服。”

韩忠笑着点点头，他很喜欢这个年轻人，不仅仅因为他也姓韩，还因为他年轻，有冲劲，有干劲，还有一股子不服输的精神。他在厂子里待了仅仅一个多月的时间，就已经为晨风机械加工厂带来了几项技术革新，大大地提高了生产效率。现在那边晨风机械加工厂的厂长已经有意无意地递过话来，想要让韩湛留在机械加工厂，待遇从优。不过这话韩忠没有和韩湛说过，在他看来，小小的卢乡，是留不住这条潜龙的。早晚有一天，韩湛会有自己的一片天地。

此时，卢乡的一栋宿舍楼外面，两个年轻人鬼鬼祟祟地左顾右盼，行踪可疑。

“哥，是这儿吗？”其中一个低声问道。

“就是这儿，我问过了，就是这栋楼，那人现在出了名，很多人都知道他住在哪里。”另外一个人低声说道。

“出了名了？哼！分明就是沽名钓誉，我们生意做得好好的，被他搞成了这个样子，招他了还是惹他了？”那个兄弟低声嘟囔道。

“所以我们这不就来了！”那个大哥冷笑了一声，“咱们总要让这小子知道，坏我们的事是要付出代价的，他给咱们捣乱，咱们就要他好看！”

“大哥说得不错。”那个兄弟点头，“住在哪个屋查清楚了吗？”

“就在上面，看到没有，4 楼中间那个房间。”大哥说道。

“咱们怎么进去？”那个兄弟皱着眉头说道，“门口有保安。”

“没事，不用担心，保安就是个摆设，等一下我们就往里面走，要是有保安问，我们就随便报个房间号混进去。”大哥低声说道，“然后我们就到那个小子的房间里埋伏好了，等他一来，我们就给他一个教训。”

做好准备之后，两个人一前一后向宿舍楼的入口走了过去。

两个人装出一副很轻松的模样，一边说笑一边往里面走。

门卫值班室老王发现情况有点不对，询问另一个门卫老刘：“刚才我看着好像进去了两个人，是干什么的？”

“说是前面厂子的职工，回来拿点东西，住 4 楼 402 的。”老刘笑道。

老王一皱眉头：“4 楼 402 的那位是个小伙子，不是他俩这样的，我怎么觉得有点不对劲呢。”

那两个混进去的，浑然不知自己的举动已经被人怀疑，一个人在那里望风，另外一个开始撬锁。两名保安冲上楼来，他们无处可躲，只能使劲用力一推门，强行进入韩湛的宿舍，把门关好。

两名保安冲到门口用力拍门，那兄弟两个顶着房门死活不开。

“他们两个在里面也跑不了！咱们堵在这里，赶紧报警。直接让警察治他们！”老刘边说边掏出手机拨打报警电话。

门里面的那个兄弟顿时慌了：“他们报警了，怎么办？”

“翻窗户出去！”大哥当机立断。

“哥，你疯了！”那个兄弟低呼了一声，“这是 4 楼！”

大哥瞪了他一眼：“4 楼一样有机会！咱们从窗户出去，旁边就是排水管道，然后顺着排水管和空调外挂机一点一点爬下去就能跑了。这楼里的保安就这两个，他们两个现在堵在门口，没人能发现我们的。难道你想被警察带回去？”

那个兄弟一愣，犹豫了一下，重重地点了一下头："大哥，听你的。"

说完，大哥打开窗户，翻身钻了出去，动作干净利索。他小心翼翼地挪到了窗台边缘，回头说道："赶紧跟出来，小心点。"

"哥，您放心吧，我心里有数。"那兄弟答应了一声，爬上了窗台，这个时候，那个大哥已经慢慢往下爬了，兄弟小心翼翼地挪到了窗台边，试图跟着下去。谁知道脚下一滑，人往下一沉。

"啊！"他大叫了一声，下意识地伸手去抓，一把抓到了什么东西，接着又是另外一声惨叫。

办公室里，向薇正在整理文件，值班人员急匆匆地跑了进来："头儿，卢乡有两个小偷入室行窃未果，在逃跑的时候试图顺着阳台下到地面，结果……两个人挂在空调架上了。"

救援队以最快的速度赶到了卢乡。

宿舍外面已经围了不少看热闹的人，几名警察在那里维持着秩序，疏散人群，让大家不要靠得太近，防止上面的人掉下来之后造成意外伤害。远远地就看到两个人挂在窗户外面，随时都有掉下来的危险。

救援人员到了4楼，几名警察堵在门口，防止大家挤进去。

向薇没有想到，在这里竟然看到了一个熟人。

"韩湛？"

韩湛连忙解释："这是我的宿舍，我本来是想着午休的时候回来换身衣服，结果就遇到这种事了。我可是受害者，完全无辜的群众。"

向薇摆了摆手："我先看看那两个人怎么样了。"

说完之后，她带着徐有光挤进了室内，在窗户边上探头向外看了一眼，发现这两个人挂在空调架上，还好，架子比较结实，不然，这两个人怕是已经送医院了。

两个挂在外面的人满脸惶恐地等待救援。

"徐有光，你带没带安全索？"向薇看了一眼，然后问道。

"带了。"徐有光说道。

“给我挂上，固定好，我争取过去用安全索把他们两个固定住，尝试着拖回来。”向薇说道。

“好。”徐有光没有任何犹豫。作为队长，向薇的判断是很准确的，也是目前最稳妥的做法。如果能用安全索固定住他们两个，哪怕是不能把他们拖拽上来，也可以为摆放充气垫争取时间。

他把安全索的一端固定好，另外一端给向薇缠上，做好了准备之后，向薇拿着另外两条安全索慢慢地爬出了窗户，拉着安全索的绳子一点一点往下顺，先到了那个大哥的位置，用安全索把他的腰部捆扎好，进行了固定，然后又把那个兄弟绑好。

等到完成之后，向薇额头已经微微出汗了，但是心里却放松了下来。

向薇这个时候终于有时间说话了：“行啊，你们两个，偷东西就偷东西吧，竟然还来这么一手，吊腊肉呢？这有多危险知道吗？学什么不好，学人家当小偷？”

“我们不是小偷，我们是为了……”

“闭嘴！”一边的那个大哥怒吼了一声，“你少说两句没人把你当哑巴！”

回到室内，向薇卸下身上的装备，然后对外面的警察说道：“等一会儿请你们派人来帮我们一把。外面的人我们已经用安全索固定住了，等楼下的充气垫充好气之后，再把人拖上来。”

对讲机里朱小竹报告充气垫已经准备完毕，几名警察进到屋里来，和向薇他们一起，将那两位从下面拖了上来。刚一拖上来，警察就把他们铐起来带走了。

“对了，请问谁住在这个房间里？”

“我！”韩湛伸出手来，“我住在这里。”

“刚才我们简单地询问了一下那两个人，经过他们交代，他们不是贼。”警察很认真地对韩湛说道。

“不是贼？”韩湛闻言一惊。

警察表情严肃：“他们并不是来偷东西的，而是专程为你而来的。韩先生，你之前是不是协助公安机关破了一起案子？”

“协助公安机关破案？”韩湛微微一愣，“有吗？”

向薇倒是对这件事印象深刻：“你躲在烟囱顶上那一次吧？”

“你是说那件事？”韩湛这才恍然大悟。

向薇奇怪地问道：“你怎么会不记得？那可是一件大案，全省通报表扬。你就这么忘了？”

“我没怎么当回事。”韩湛不好意思地说道。

“看来是了。”警察笑着说道，“韩湛先生，刚才那两个人交代，他们到这里就是有目的地来找你的。他们原来的计划是潜入你的房间里隐藏好，等到你回来之后，立刻把你堵住，让你吃点苦头，然后趁着晚上人多再溜出去，韩先生，我希望你这段时间里能够尽量注意一下，可能还有一部分犯罪分子并没有死心，试图做点什么，请你尽量减少外出，不要给他们可乘之机。不然的话，很可能造成严重的后果。”

韩湛站在那里有些发呆，向薇只好替他说道：“好的，他知道了。”

警察离开了好半天，韩湛才回过神来，他眉头紧锁，低声嘟囔道：“我明明是做了一件好事的。”

向薇摇了摇头：“你的确做了一件好事，可是这世上有的时候并不是做了一件好事之后就算完了，一件好事做完之后，可能会引起一连串的后果。比如这次，你查出的利益链条相当庞大，金额上亿元，不然的话也不会引起上面的重视。但是你想过没有，在这上亿元的利益链条上，牵扯了多少人进来？这可不是一个两个人可以做的事情。上亿啊，你动了多少人的蛋糕！砸了多少人的饭碗！这还都只是些小事，在这个过程中，有多少人因为你被牵扯进来，搞了个身败名裂！这些都是他们憎恨你的原因。”

韩湛轻轻点头。

“曾经有一个人和我说过一句话。”向薇摸着自己胸前的那枚戒指，“一个做好事的人，其实背负的东西可能比什么都不做的人要多得多，你觉得你做的是好事，没错，对好人来说，你做的是好事；但是对一些走在错误路上的人来说，你做的就是天大的坏事。他们可能会在背地里诅咒你，谩骂你，恶意中伤你，甚至报复你！所以，我现在问你一句，你后悔当初做了那件事吗？”

“我也想问一句，做了那件事之后，是感谢我的人多，还是讨厌我的人多？我是否因为这件事救了更多的人？”

向薇一愣，然后笑了：“你虽然触动了很多人的利益，但被你拯救的人会更多一些。”

“既然如此，那我还有什么好后悔的呢？”韩湛哈哈一笑，“反正做都做了，现在想那么多有什么用？反正事已至此，他们想要找我的麻烦，那我也没办法，只能小心一点了。大不了躲在宿舍和工作单位，尽量不要外出喽！”

向薇看着韩湛，突然笑了：“我要说，你是一个傻子。”

“啊？”韩湛一愣，“什么？”

“但是，你也是一个很有趣的傻子。”向薇笑吟吟地说道，“现在像你这样的傻子已经不多了，属于珍稀保护动物。”

“我不是傻子。”韩湛倔强地说道，“我只是相信一句话！”

“什么话？”向薇好奇地问道。

“义之所在，虽千万人吾往矣！”韩湛挺着脖子大声说道。

向薇静静地看着他，突然“扑哧”一声笑出声来。

这件事仿佛只是一个小小的插曲，接下来的时间里，韩湛继续该做什么做什么，仿佛这件事从来没发生过一样。只不过上下班途中小心了一些，尽量和人结伴而行，自己也不出门乱跑。

不过，一开始还好，渐渐地，韩湛觉得不太对劲了，他身边出现了一些风言风语，说什么的都有。

有的人说他就是为了争功，这才故意去干那件事的，欺负不了别人，只能找那些糊弄老头老太太的人的麻烦。

这还是轻的，有人还在传谣，说韩湛其实和那些人有很深的关系，主要是分赃不均，这才造成了他们一刀两断，韩湛回过头来就把人家卖了。

更有人说，韩湛其实是和那些老太太有了不可告人的秘密，结果发现被人骗了钱，这才如何如何的。

……

事实证明，人的想象是无限的，尤其是在编造这种流言蜚语的时候更是如此。周围的话越来越难听，也越来越离谱，这些话时不时地传进韩湛的耳朵里，让他开始有些迷茫起来。

终于有一天，事情发展到了极端，几个老头、老太太也不知道从什么地方得知了韩湛的住址，竟然找上门来，站在宿舍楼下面破口大骂，足足骂了半个多小时，这才被闻讯而来的警察劝退。从这件事开始，韩湛在卢乡变得家喻户晓，只是这名声并不都是好的，夹杂更多的是各种各样的流言蜚语。

韩湛一脸疲惫地走进了自己小小的宿舍，坐到凳子上，他浑身就像是散了架一样。从里到外都透着疲惫，这种疲惫不仅仅来自他的身体，还来自他的心灵。他突然感觉有些茫然，开始怀疑自己：做了这么多的事情，究竟是对还是错？这些事情对他来说，有没有意义？

就在这时，韩湛的电话突然响了起来，他低头看了一眼，顿时一愣，来电话的竟然是他的父亲。

父子两个自从上一次发生冲突以后，关系一直都不算特别融洽，彼此之间就好像隔着一堵墙一样，这堵墙并不高，甚至一抬脚就能跨过去。可是无论是韩湛还是他的父亲，都没有迈过这矮墙的意思。从韩湛离开家之后，这么长时间以来，父子两人一共就通过两次电话，还都是简单问候几句便草草结束了。

韩湛不清楚自己的父亲为什么突然打电话过来，不过还是立刻接通了电话。

“爸。”韩湛举着电话，喊了一声，明明心里有千言万语想说，可话到嘴边，却发现自己一句话都说不出来。

“嗯。”韩湛父亲应了一声。

然后两个人就这么举着电话，僵持着，谁都没有继续开口说下去。

过了好一会儿，韩湛正在犹豫要不要挂断电话的时候，韩湛的父亲突然开口说道：“听说你之前去当卧底，协助上面抓捕了一个犯罪团伙？”

“您怎么知道的？”

韩湛父亲冷冷地说道：“到处都在宣传，我能不知道？你是我儿子，别说只是把脸上打上马赛克，就算你全身都是马赛克，我也认得出是你。”

韩湛笑道：“您慧眼如炬。”

韩湛父亲冷冷地说道：“难道你还没有意识到问题的严重性？”

韩湛一皱眉头：“您这话是什么意思？”

韩湛爸爸冷笑道：“木秀于林，风必摧之！这次的事情搞得这么大，你难道没有意识到其中的危险吗？”

“危险？”

韩湛爸爸冷冰冰地说道：“这件事搞得太大了，上上下下惊动了很多人，而且这么大的事情，不少人都牵连了进去。这些人都对你印象不太好。不光是他们，那些被你救了的也未必能领你的情！他们但凡聪明一点，怎么会上这种当？”

“爸，我不觉得这件事我做错了。”韩湛倔强地说道。

“天真！”韩湛爸爸怒喝一声，“这世上的事情，难道都能用对错来区分开吗？这件事你做对了如何，做错了又如何？难的是后续的事情，你能不能承担得了随之而来的责任。”

韩湛闭上嘴巴，决定不和自己父亲讨论这件事情了，两个人对这件事的理解有所偏差，再聊下去也没什么意义。

他父亲却并不准备放过他。

“你尽快把工作辞了吧。”

“爸，你这是什么意思？”韩湛一愣。

“你难道还没有意识到自己的危险吗？再留在卢乡那种地方，搞不好是要危及自身的！”韩湛爸爸大声说道，“君子不立于危墙之下！你继续在那里待着，是在找死吗？”

“爸，这件事我不答应。”韩湛的态度十分坚决，“我不是找死，我只是有自己的坚持和追求，我在这里过得很充实。而且如果我现在回去，让那些人看到会怎么想？他们会认为我怕了，后悔了，对他们的谩骂和流言退缩了！不行，我绝不会这样回去的。我就是要让他们看看，我不但继续生活，而且生活得很好！他们那点小伎俩怎么可能对我产生影响？”

“你这头倔驴！”韩湛爸爸闻言怒吼了一声，“你这都是些什么想法？越是危险你越往上凑？你这是疯了！趋利避害，这是人之天性。你回来吧，让他们说好了，难道还能让你掉一块肉吗？”

“爸，不用说了，我绝不会回去的！如果没什么事的话，我就先挂电话了。”韩湛说完之后，直接挂断了电话。

“喂，喂……”韩湛的爸爸对着电话连喊了好几声，可是从那边传来的只有嘟嘟的忙音。

“这个死倔的脾气！”韩湛爸爸怒气冲冲地吼道，“怎么和一头驴一样！”

韩湛妈妈笑道：“那是你儿子，这股倔劲也是从你那遗传的。”

就在这时，她突然微微一皱眉头，捂住了自己的胸口。

韩湛爸爸一看她这模样，连忙问：“怎么了？胸口又疼了？”

“嗯，隐隐作痛，不太舒服。”韩湛妈妈皱着眉头说道，“感觉不太好。”

“最近你好像胸口总是疼，会不会有什么问题？”韩湛爸爸皱着眉头问道。

“不会吧？”

“身体这个事情可不是你说没事就没事的。”韩湛爸爸说道，“这样吧，明天我们去医院好好检查一下。如果有事就尽快治疗，如果没事的话，就皆大欢喜，你说呢？”

韩湛妈妈点了点头。

……

一辆奔驰车顺着一条小路，缓缓地驶进一条偏僻的小巷子里。

这条小巷子位于城郊，原本是村落，城市扩建的时候把这里并了过来，但是有一部分平房并未进行改建，所以留了下来，变成了租金低廉的棚户区；住在这里的不是来这里打工的，就是留在这里的老居民；街道两边是低矮的民房，还有夹杂在其中的小吃店、修理铺之类的小买卖。

这里很少有奔驰车这种豪车进入，因此当这辆车慢慢地驶入这里的时候，立刻就引起了很多人的关注。

车子驶入小巷之后，在一处稍微宽敞一点的地方停了下来，接着车门一开，侯行知戴着墨镜从车里走了出来。站在车边，他摘下墨镜左右看了看，然后微微一皱眉头。

最后，他迈步走进其中一家小吃店里。

一进小吃店，他眼前顿时一黑，一股子油腻腻的饭菜味道涌进了他的鼻子，熏得他有点想打喷嚏。不过侯行知还是忍了忍，没把喷嚏打出来。

小吃店老板客气地招呼道：“要吃点什么？”

侯行知没有说话，而是仔细打量了一番四周，最后把视线放到了房顶上，他突然没头没脑地问了一句：“你这房顶，结实吗？”

……

救援队里，向薇还在组织队员日常训练，对于这个，大家已经习以为常了。摊上这么一个训练狂队长还能说什么？大家每日的生活不是在执行任务，就是在训练当中。

“队长，西铭巷56号有险情需要您去一趟，有人又卡在房顶上了。”

“又？”

值班人员点点头：“报警人员就是这么说的。”

向薇有点无奈：“行，我这就安排人手过去。”

“不行。”值班人员苦笑着说道，“对方要求您亲自去一趟。”

“什么意思？”

值班人员也是丈二和尚摸不着头脑：“打电话的人说，您更有经验。”

没多久，救援队的车子缓缓地驶进小巷子里。

“应该就在前面了。”徐有光看着路边的门牌说道。

这个时候，向薇看到了让她感觉很糟糕的东西，前面有一辆奔驰车，就那么张扬地停在路边，和周围的环境有些格格不入。

“我就该猜到！”向薇脸色难看地嘟囔了一声。

“猜到什么？”朱小竹莫名其妙地问道。

向薇脸色难看地说道：“我知道这个傻子是谁了！”

朱小竹立刻来了兴趣：“是谁？是不是韩湛？”

“不是。”向薇冷笑着说道，“韩湛是真傻，这一个，是在装傻。”

她推开了车门，迈步走了出去。

救援队的车一停下就已经引起了别人的注意，那名小吃店的老板连忙迎了出来，哭丧着脸说：“各位，你们可算是来了，再不来我这生意就做不下去了。”

向薇向那个小吃店看了一眼，发现小吃店外面围了几个人，在房顶上隐隐约约地能看到一个人影，和韩湛那次几乎是一样的，同样都是上半身在房顶上，下半身悬空，不过这个位置看不清这人长什么模样。

向薇的到来惊动了房顶上面这位，他大声喊道：“是向薇吗？向薇来了？太好了，麻烦你了，快点救救我啊！救命，救命！”

“行了，还是按照上次救韩湛的办法，找几块板子搭在房顶上，让他爬下来吧。”向薇随口说道。

向薇抱着肩膀，一脸笑容地站在下面看着，一直看到侯行知从房顶上爬下来，在地上站稳了。

“少侯爷，挺有闲情雅致啊？”向薇笑吟吟地说道，“上面的风景好不好？”

侯行知笑着说道：“上面可危险了，那种上不着天，下不着地的感觉非常糟糕。”

“感觉非常糟糕你还要往上爬？”向薇撇了撇嘴，“我就想不明白了，你堂堂少侯爷，管着那么多事情呢，怎么有时间跑到这里来爬房子玩了？”

“这不是玩。”侯行知表情严肃地说道，“我可是很严肃的，我是为了拯救生命！”

“拯救什么生命？”向薇问道。

“猫啊！”侯行知说道，“刚才有只猫在房顶上……”

向薇淡淡地说道：“来，继续……”

“继续什么？”

“分享你刚编的故事。”

侯行知苦笑：“是真的有一只猫，我脑子一热，也没有多做考虑就上去了。”

向薇摇了摇头：“不管你是为了一只猫还是为了什么其他的，反正现在你已经下来了，我们的工作也完成了。这位市民，请你务必保证好自己的人身安全，不要不把自己的安全当回事！”

侯行知干笑着说：“你们救了我，所以能赏光，一起吃个便饭吗？”

向薇对着自己的队员一挥手，带着他们转身就要走。

“喂，向薇，别走啊！”侯行知喊道，“别急着走啊！等一下！”

可是向薇连头都不回，很快就上了车，扬长而去。

“唉！”侯行知叹了口气，接着微微一笑，“有个性，我喜欢！”

……

对张师傅交代了几句之后，韩湛走出了车间，身后那轰隆隆的机器声音渐渐远去，他习惯性地把手机掏出来看了一眼，微微一愣。

手机上七八条未接来电，全都是自己的父亲打来的。

韩湛皱了一下眉头，感觉这电话打得似乎有点不太正常，他连忙拨了回去，电话铃响了几下就接通了。

韩湛爸爸冷哼一声：“你多久没回家了？如果有时间的话，回来一趟吧。”

“啊，好。”韩湛连忙答应了一声。

韩湛爸爸直接挂断了电话。

爸爸的这通电话打得没头没脑，让人心里有些犯嘀咕，不知道他要做什么。但是韩湛觉得，这里面应该有事。

接下来的时间，韩湛一直有些魂不守舍，做事情也做不进去了，他终于回到了办公室，向领导老韩请了半天假。

等韩湛回到家的时候，日渐黄昏。

韩湛把车子停好，拿着钥匙就急匆匆地往小区里跑。

没跑几步，刚好从旁边过来一个人，韩湛一个没停住，直接向那个人撞了过去。

那人反应极为迅速，看到韩湛冲过来，立刻敏捷地往旁边一闪，躲开了韩湛的冲撞，反而是韩湛惊呼一声，一下子摔到地上。

“韩湛？”

韩湛抬头一看，发现向薇站在那儿笑呵呵地看着他。

“你在这里，难道有人需要救援？”

韩湛心里咯噔一下，联想起今天自己父亲那通古怪的电话，他心里不好的预感更强了。

“在你眼里，我是不是除了工作，没有别的事了？”向薇没好气地说道，“我在这儿住，下班后当然会出现在这里。”

“你在这里住？”韩湛惊讶地看着向薇，“我之前怎么没见过你。”

向薇笑道：“现在不是见到了吗？”

韩湛连忙点头。

“倒是你，”向薇看着韩湛，皱着眉头问道，“你怎么跑到这里来了？你现在不是在卢乡住宿舍吗？”

“我爸妈在这里。”韩湛随口说了一句，随即就想起来自己父亲那一通奇怪的电话，他立刻就紧张起来，向向薇摆了摆手，“不聊了，我还有点事，先走一步。”

看着他的背影，向薇笑着摇了摇头，抱着怀里的猫粮，走向一边的花坛。

当韩湛打开房门走进家里的时候，屋里的韩湛父母正在准备吃饭，桌子上摆着几样清淡的小菜，两个人相对而坐，只是脸上的表情都不太好。

韩湛一开门，立刻引起了他们的注意。

妈妈看见韩湛走进来，顿时惊喜微笑：“韩湛，你回来了，妈给你盛饭去。”

眼看自己的夫人离开了，韩湛爸爸这才低声问了一句：“回来了？”

韩湛老老实实地点了点头：“爸，家里一切都好吗？没出什么事吧？”

“等会儿再说。”韩湛爸爸压低了声音。

韩湛心里顿时一沉。

一家人终于能平平静静地坐在一起，吃一顿团圆饭了。

晚饭后，妈妈去看电视了，韩湛和自己的父亲负责收拾厨房，他压低了声音问：“爸，到底是什么事？”

韩湛爸爸手上微微一停：“这件事你妈本来不想让我告诉你，但是我觉得，你应该有知情权。”

韩湛更不安了。

韩湛爸爸低声说道：“你妈最近一段时间一直觉得胸口不太舒服，为了以防万一，我带她去医院做了检查。检查结果出来了……乳腺癌。”

韩湛手一颤，手上举着的盘子差点落到地上。

“你妈的病现在虽然是早期，但是对于癌症，任何的评判都不能说十分乐观。”爸爸很认真地说道，“现在只能说进行积极治疗，然后尽量让身体恢复。这其中，有一个愉悦的心情是十分重要的。今天你回来的时候也看到了，你妈在看到你的时候有多高兴，那种高兴是发自内心的。作为她的儿子，希望你在这个时候做出选择。卢乡实在是太远了，你不在她身边的话，她可能会不放心的……”

第二天早晨，韩湛早早就从床上爬了起来，开车往卢乡赶，卢乡距离市里实在是远了一点，开车的话也需要很长时间，韩湛脸色不太好，不知道是睡眠不足造成的，还是因为担心母亲的病情造成的。

尤其是一想到早晨自己刚爬起来，就发现母亲已经在厨房忙活，给自己准备早餐的情景，韩湛的眼泪几乎都要落下来了。那日渐衰老的背影，还有那斑白的头发，让韩湛一阵揪心般难受。

眼看卢乡在望，他扶着方向盘，心里已经做了一个重要的决定。

……

市中心最繁华地带的一家银行外面，门口的提款亭里，一个小男孩正在撕心裂肺地哭着，门外，朱小竹和徐有光两个人正在想方设法打开门锁，把小孩从里面放出来。

站在一边的向薇冷着脸面对一个喋喋不休的中年妇女。

“这银行是怎么回事？怎么孩子好好的就关进去了？这不是草菅人命吗？投诉，必须投诉！”那中年妇女情绪激动地说道，“还有你们，你们不是救援的吗？倒是快点动手啊！如果回头我们家的宝贝出了什么问题，我一定要告你们！”

向薇面无表情地说：“不过，任何救援过程中都有意外发生的可能。我希望你保持冷静，不要干扰我们的工作。”

那女人大声吼道：“你这是什么态度？你们就是这样为人民服务的？我要

找你们领导投诉！”

向薇看了她一眼，表情淡漠：“女士，请你冷静下来，我就是救援队的队长，如果有什么事情的话，你可以向我投诉。”

向薇淡淡地说道：“另外，派出所的同志已经开始调取监控记录了，来判定到底是谁该承担责任。”

女人大喊：“他们的破东西把我家孩子关在里面了，肯定是他们的责任！”

向薇回答：“一切以调查为主。”

就在这时，朱小竹喊了一声：“打开了！”

小孩子哭喊着跑了出来。那个中年妇女大喊了一声，就冲过去抱住了自己的孩子，“亲啊，宝啊”地喊个不停。

“别哭别哭！”她把那孩子抱起来说道，“我这就去找那些坏人算账去，他们敢关着我们家的宝贝，奶奶一定给你出这口气！”

朱小竹收拾好了工具，走到向薇身边低声说道：“头儿，这女的怎么这样？刚才我们开门的时候看了一下，里面的锁具被人破坏，电子系统出了问题，这才导致这个小男孩被关在里面。而且，这锁具很有可能是从里面被破坏的。啧，十有八九就是这个小男孩弄的。”

向薇瞪了她一眼：“咱们是救援队，不是法院，把人救出来就可以了。”

这时，一名警察从银行里面走了出来，高声问道：“谁是孩子家长？”

“我是孩子家长！怎么样？警察同志，银行那些人认罪服法没有？”

警察看了她一眼：“我们刚才调取了监控记录，已经发现了问题，当时你是不是站在旁边打电话，根本就没有看着你家孩子？”

“我没有！”中年妇女神色有点慌张。

“你不承认也没有用。”警察冷笑了一声，“摄像头都记录下来了。就在你刚才打电话没有注意你们家孩子的时候，他就趁着你没注意，钻进了这个提款亭里，结果里面的锁具感觉到有人进入，自动上了锁。如果这个时候他打开锁走出来就没事了。谁知道他在里面用随身带着的玩具对锁具进行了一定的破坏，触发了保护机关，这才把他锁在里面。我告诉你，这件事就是因为你监管不力造成的。你想抵赖是没有用的。”

“不可能，这不可能！”中年妇女大声喊道，然后往地上一坐，双脚乱蹬，“警察胡说八道了，冤枉好人啦！这都说的什么话啊！我们家孩子被关在里面了，怎么还成了我们家的错了。这还有没有天理了！”

这一招以前可能还好用，但是现在根本就起不了什么作用了。一群围观群众在旁边看着，嘻嘻哈哈地指指点点，有人直接掏出手机来把这一幕拍了下来，上传到了网络上。

警察不为所动：“你在这里闹也没有用，事实俱在，摄像头是骗不了人的。我劝你不要在这里闹了，不然的话……”

朱小竹和徐有光在一边觉得有趣，看得津津有味。向薇伸手一拉他们，淡淡地说道：“别看了，走了！”

就在向薇要上车的时候，停在路边的一辆车上，有人按响了喇叭。

向薇微微一愣，转头向那个方向看去，只见路边停了一辆并不太起眼的汽车。看到向薇转过头来，车子的玻璃慢慢摇了下来，一个坐在驾驶座上的男人向她招了招手。

“找你的？”徐有光低声问身边的朱小竹。

“不是。”朱小竹摇头，“找你的？”

“找我的。”向薇淡淡地说了一句，“是我的亲戚。”

她直接拿起手机，打开微信说了一句：“现在是工作时间，有什么事，回头再说吧。”

过了一会儿，那个男人向着向薇做了个“OK”的手势，慢慢摇上了车窗。

下班之后，向薇提着自己的包，走出了救援中心。

“嘀嘀！”又是两声喇叭声响。

向薇立刻露出了一个大大的笑容，然后一溜小跑地来到了那辆车旁边，车里的那个男人也走了出来，站在车旁笑吟吟地看着向薇。

向薇扑了过去，一下子搂住了那个男人的脖子，就像是树袋熊一样挂在他身上：“哥，什么时候来的？”

“今天刚到，办点事，顺便来看看你。”那个男人叫向强，是向薇的亲哥哥，见向薇扑上来，也张开怀抱，笑着说道，“找个地方吃口饭，车上还有一堆妈让我带来的东西。”

向薇这才心满意足，带着满脸的笑容上了车子。

而在不远处的一辆车子里，侯行知扶着方向盘，静静地看着那辆车越开越远，他脸上的表情让人有些捉摸不透，最后他轻叹了一声，摇了摇头，发动了车子，驶向了另外的一个方向。

正是用餐高峰期，饭店爆满，看着人挤人的热闹景象，兄妹两人索性定了个包间。

向强吃了几筷子面条之后，笑呵呵地看了向薇好一会儿，然后长叹一声：“时间过得还真是快啊！当初整天跟在我屁股后面的鼻涕虫，现在都变成大姑娘了。这容貌，这长相，都继承了咱们家的优秀基因，也不知道会迷死多少男人呢！”

“去，你这是夸我还是夸你自己呢？”向薇没好气地说道。

“当然是夸咱们两个呢！”向强大言不惭地说道，“啧，说起来，现在老爷子一提起这事来还是一肚子火气，咱们家从爷爷那辈就开始当兵，又传到了咱家老爷子这，结果到了咱们这一代，全家就你自己入了伍。更厉害的是，你最后竟然回到了这里。你说，这算不算冥冥之中自有天意？”

“有没有天意我可不知道。”向薇狡黠地说道，“但是我知道，因为这事，你没少挨老爷子骂吧？”

向强一听这个，脸色顿时一变：“你竟然还往我的伤口上撒盐。”

向薇闻言哈哈大笑，笑得非常得意。

“说真的，现在我在老爷子面前都不敢提你的事，只要一提起你，老爷子就是一通臭骂，什么难听说什么，什么我贪生怕死，只知道享清福啦，整天灯红酒绿地做买卖啦，还不如你一个女孩子啦！反正就是成了反面教材，遭受无情的批判！”向强嘟囔道，“我现在在老爷子面前走路都是蹑手蹑脚的，生怕动静大了一点，引起他的注意，对我又是一通臭骂。”

“哥，其实你也不错啦，生意做得那么大。”向薇笑呵呵地说道。

“别，这事你千万别提！”向强连忙摆手，“尤其是不能在老爷子面前提！

不然骂一顿是肯定少不了的！”

“至于吗？”向薇笑道。

“你够了！”向强瞪了她一眼，“咱们家的模范典型，怎么能理解我这种家里反面典型的艰辛和苦难。”

两个人说说笑笑，向强突然话锋一转：“小妹，这次我来的时候，可是带着任务来的。”

“任务？”

“咱妈亲自向我交代的任务。”向强说道。

“什么事？”

向强表情严肃地说道：“太后娘娘有旨！她让我过来问你一下，你准备什么时候结婚啊？”

向薇差点被面条呛到。

向强笑嘻嘻地说道：“咱家太后可是发话了，问你到底有没有男朋友，有没有给她个消息，有男朋友呢，就领回家让爸妈都看看；如果没有呢，就赶紧找一个。如果实在是没有合适的呢，就赶紧告诉咱妈一声，她好安排你相亲。我跟你说，咱妈现在已经把爸的那些老战友家里都了解了一遍，凡是有适龄的，未婚的男青年，都已经仔仔细细地考察了一遍。那天我偷偷看了一眼，发现咱妈手机里存的照片有十几个呢，都是适龄青年，你想要什么样的都能找到。我觉得吧，咱妈要是开个婚介所的话，肯定是金牌红娘，所向披靡，无人能挡的那种！”

“这是咱妈说的？”向薇一脸狐疑地看着自己的哥哥问道，“哥，你可别糊弄我。”

“咳，我糊弄你什么了？”向强不满地说道。

“妈什么时候开始管我这事了？”向薇冷笑着说道，“怎么不说说你，我嫂子呢？有影子没有？”

向强一下子哑巴了，干笑了两声：“我们现在正在说你的事情，不要转移话题。”

向薇撇着嘴说道：“论资排辈，连你都没找到女朋友，怎么就排到我这里了？这事根本就不合理。肯定是先说的你，然后你跑到我这里假传圣旨，其实根本的用意就是借助我的掩护，你自己可以顺利逃脱，我说的对不对？”

“你……”向强猛地瞪起眼睛，接着就像一个泄了气的皮球一样，嘟囔着说道，“你知道的太多了。”

“我就知道是这样。”向薇冷笑着说道。

“不过咱妈操心你的事情是真的。”向强立刻说道，“你看，小妹，你也老大不小了，是不是赶紧找个男朋友，实在不行，你租一个男朋友，哥出钱！先把咱妈这边糊弄过去。”

“已经到这么紧迫的时候了？”

“比你想象的还要紧迫！”向强哭丧着脸说道，“不但是咱妈催，咱家老爷子现在也开始了，明里暗里地递过话来，说是要抱孙子什么的，我现在都不敢迈进家门，一进家门就是这些话。我连话都不敢说一句，只能老老实实地听着。小妹，你抓紧时间找一个，吸引一下咱爸妈的火力，不然我就真的顶不住了！”

“那你是做梦！”向薇冷笑着说道，“为了自身的安全，愤然牺牲友军，哥，你这算盘打得不错啊！可惜，我是绝不会上当的！凭什么家里对你逼婚，我就要找个男朋友帮你分散注意力？”

“小妹，帮哥这一回。”向强哭求道，“哥哥我绝不会让你白帮忙的，这样，我看你现在整天上下班也挺远的，多耽误工作啊，要不我送你一套别墅？一套不够，要不两套？想要什么你开口就行。”

“不要。”向薇撇着嘴说道，“少用这些资本主义的糖衣炮弹来腐蚀我，我可不吃这一套！我是经过咱们家优良的革命传统教育出来的，哪能轻易中了你的阴谋？想要拉拢腐蚀我，那是白日做梦！”

“要我说，有这工夫，你还不如赶紧给我找个嫂子，这个比较现实，等有了嫂子，爸妈就不会催你了。”

“说得容易，”向强苦笑着说道，“上哪儿找去啊？我总不能随便到街上拉一个过来就喊一声老婆吧？”

“切，这是你的事。”向薇笑眯眯地说道，“我现在最主要的问题就是吃饭，然后回去睡觉，对了，把车上的东西给我送回去。我可是想死这些腊肉和香肠了。”

“不讲义气！”向强气急败坏地说道，“我白疼你这个妹妹了！”

“这叫大难临头各自飞。”向薇笑嘻嘻地说道，“其实，我还真希望你找不到嫂子呢。有你给我打掩护，我还能逍遥几年，不然的话，就要轮到我了。快吃快吃，吃完了之后土豪负责结账！”

向强手里拿着筷子，发呆了半天，郁闷地叹了口气：“我这都是造了什么孽啊，怎么就遇到这么一个妹子啊！”

向薇提着大号的袋子，难得心情不错，哼着歌走进了小区。她没有注意到，在不远处韩湛的父亲正搀扶着韩湛的母亲在小区里散步。

“刚才进来的那人是不是向薇？”韩湛母亲问道。

“看着好像是。”

韩湛的母亲一皱眉头：“刚才我看到有车送她回来的，车里的应该是她的男朋友，可惜了。”

“可惜什么？”韩湛爸爸奇怪地问道。

“本来我以为她是单身，我看着她有事业心也有上进心，人长得也漂亮，还想着如果单身的话，能不能介绍给咱们家韩湛认识一下。”韩湛妈妈怅然若失地说道，“可是现在还没来得及问呢，人家就已经有男朋友了。”

“你就属于那种咸吃萝卜淡操心的类型。”韩湛爸爸苦笑着说道，“你这都想的是些什么啊？韩湛该有女朋友的时候自然会有的，哪还用得着你来着急！”

“哼！你也就是现在这么说。”韩湛妈妈没好气地说道，“以后他要真的找不着女朋友了，你就该着急了！松开！”

然后韩湛妈妈用力一甩手，挣脱开韩湛爸爸的手。

“干什么啊？！”韩湛爸爸莫名其妙地问道。

“我不用你扶！我又不是没有腿，自己会走！”韩湛妈妈没好气地说道。

“这你生什么气啊？！”韩湛爸爸哭笑不得地说了一句。

可是韩湛妈妈根本就不理他，健步如飞，越走越远！

“慢点！别走太快！”韩湛爸爸喊了一声，急急忙忙地追了上去。

RC

第七章

而今迈步从头越

卢乡的机械厂里，韩湛和张师傅正在仔细地安装着一台机器，两个人时不时地交流一下意见。

当最后一颗螺丝拧紧之后，韩湛长出一口气，用手在额头上随便抹了一下，留下一道黑乎乎的印记。

“差不多了，张师傅，咱们通电开机试一下。”韩湛站起来说道。

“好，试试！”张师傅笑呵呵地点头，“我可是有点等不及了。”

接通电源后，那台机器开始缓缓地运行起来，并发出一阵阵低沉的轰鸣声，节奏非常稳定。

张师傅亲自上手，操纵着机器进行一系列的生产，脸上的喜色越来越浓。

“成了！”张师傅最后笑呵呵地说道，“速度比以前提升了三成，效率增加了，而且次品率目前看来很低，具体的统计数据需要运行一段时间才能拿到。不过就目前来看，这台机器是成了！”

韩湛满脸的喜悦：“这机器花了咱们不少的心思，不过现在看来，没有白费。”

张师傅哈哈笑道：“小韩，今天晚上可不能再走了，说什么也要陪着我这个老头子好好喝两杯。”

“好。”韩湛回答得很痛快，“今天这顿酒该喝！一来，是庆祝咱们成功；二来，也算是您老人家为我送行吧。”

“送行？”张师傅一愣，惊讶地看着韩湛问道，“几个意思？”

“我已经递交了辞职申请，准备回去了。”韩湛一脸怅然若失的表情。

“回去？！”张师傅皱着眉头问道，“回哪里去？”

“回家。”

“为啥？”张师傅问道，“我听说你干得挺好的，老韩那边对你评价也很高。而且我也看得出来，你这小伙子有决心，也有才华，毅力和韧性都是一等一的，绝不是那种待不住了想回去的人。突然回家，是有什么事情吧？”

韩湛点了点头：“家里出了点事。”

两天后……

韩湛站在办公室里，环视四周，这里虽然有点老旧，自己也没有在这里待过多久，但此时此刻，他对这里充满了感情，割舍不下。

从办公室里向外望去，机器轰鸣的厂区就在不远处，这一幕让他略有几分伤感。

带着几分惆怅，韩湛向众人一一道别。

看着那渐渐远去的厂区，耳边回响那轰隆隆的机器声，韩湛有一种感觉，说不定什么时候，自己还会回到这里的。

因为走得早，韩湛回到家的时候是中午时分，父母都不在家，可能不是在上班，就是去医院复查了。韩湛也不打算打扰他们，他默默地把行李放下，准备出去买点菜回来，给父母做一顿午饭。在卢乡的这段时间，虽然整天吃的是食堂，但是偶然也会自己下厨改善一下伙食。尤其宿舍用的是公共厨房，在那里韩湛认识了几个人，学了几手厨艺。他自己觉得挺不错的，准备好好地给父母展示一下这段时间学到的本领。

简单地换了一身衣服之后，韩湛就出门买菜去了。在小区附近买菜，韩湛自然是轻车熟路，买了几样青菜和肉之后，韩湛提着东西往回走，路过一家小超市的时候他停了下来，转身进去，从货架上拿了一袋猫粮。

小区里有几只野猫，韩湛一直想要喂一下，可总是忘记，今天终于想起来了。

提着一袋猫粮，韩湛喜滋滋地走进了小区，在一处角落停了下来。根据他的记忆，那几只野猫经常在这附近出没，一个个贼得很，而且一个比一个胖，每次看到那些猫，韩湛总有一种“这些家伙的伙食标准比自己高”的感觉。

打开猫粮之后，韩湛蹲在地上，把猫粮堆成一小堆，几只野猫顿时闻到了味道，从各个角落里钻了出来，聚集到韩湛周围，趴在那堆猫粮上大吃特吃起来。

“真能吃！”韩湛笑嘻嘻地说道，“看看这一只只肥的，说你们是长着长毛的猪都有人信！是不是一个个不缺饭吃呀？”

那些猫也不理他，埋头吃得兴高采烈，嘴里还发出一阵咕噜咕噜的声音。

“吃美了是不是？”韩湛笑道，然后伸手去摸猫，“我跟你们说，可不能白吃我的猫粮，吃我猫粮，得让我撸猫，这是公平交易！”

一边说着，韩湛的手搭在了一只猫身上，这只猫吃得正欢，也不反抗。

不过接下来的一幕就不对劲了，别人撸猫是从头到尾，顺着毛撸，韩湛也不知道是哪根筋搭错了，竟然从猫脖子开始，逆着毛向上撸！

被他撸的那只猫当时就急了，回头“喵”一声，喉咙里发出“呜呜”的怪声，对韩湛进行恐吓。

“嗬！”面对这种警告，韩湛没有警觉，毫不在乎地说道，“怎么？摸两下都不行？你可是吃了我的猫粮呀！今天我不能让你们白吃，偏要摸两下才行！”

说完之后，他伸手在猫背上逆势狠撸了几把，一下子把那只猫惹火了，对着韩湛怪叫一声，一爪子挠在了韩湛的手上。

“哎呀！”韩湛痛呼了一声，“你怎么还挠人呢？”

“废话！”这时有人在他身后说道，“你逆着毛摸它，它没挠死你就算脾气好的啦！”

韩湛一愣，回头发现向薇就站在他身后，一脸无奈地说道：“就晚了一步！我刚想要拦住你，你这手就伸过去了。韩湛你可以啊，不管干什么你都能把自己搞得那么危险。”

“我，我也不知道撸猫需要顺着来啊！”韩湛有些委屈。

向薇翻了翻眼睛，径直走到韩湛身边，然后伸手逆着韩湛的头发向上撸。

韩湛被搞得十分难受，挣扎了两下，不满地问道："你干什么！"

"难不难受？"向薇问道。

"当然难受了！"韩湛不满地说道，然后把自己的头发压平，"你自己试试啊，你自己试试难受不难受？"

"你都知道难受了，猫能不知道吗？"向薇没好气地说道，"这猫的脾气已经够好的了，要换成我是那猫，立刻就挠死你！"

"你说就可以了，没有必要演示一下吧？"韩湛有些理亏，郁闷地说道。

"演示一下是为了让你记忆深刻！"向薇说道，"走吧！"

"干吗？"韩湛莫名其妙地问道。

"还能干什么？去医院！"向薇说道。

"去医院干什么？"韩湛一脸的茫然。

"你到底有没有一点常识？！"向薇哭笑不得地说道，"去医院当然是去打针！你手被猫挠了，不去打个狂犬疫苗，你就准备这么硬挺着？"

"没多严重吧？"韩湛看了一下自己的手，刚才那只猫下手倒是挺狠的，他的手上留下了几道深深的血印，有一道还在流血。

"我自己回去贴个创可贴就可以了。"韩湛满不在乎地说道。

"我说你心大，你还不承认。"向薇没好气地说道，"那只猫可是野猫，绝对没有打过狂犬疫苗,也不可能有洗澡的习惯。身上的病菌多的超乎你的想象。你是想死于狂犬病啊？"

"呃……"韩湛干笑了一声，"不，不至于吧？"

"这种事不怕一万，就怕万一！"向薇冷笑着说道，"不要整天以为自己是刀枪不入的铁金刚，或者练了什么神功，百病不侵！你就是个大活人，是人那就是肉长的，受了伤也疼，得了病也危险。我见过很多大大咧咧，以为自己不会有事的人，最后在危险的时刻哭天喊地，不能自已的。这个世上最不缺的就是那种平时满不在乎关键时刻什么用也没的人。"

说到这里，向薇突然顿了顿，脸上的表情有些古怪，似乎是什么东西引起了她的回忆："你需要见过之后才知道，人的生命是多么脆弱。任何一点疏忽和意外，最终的结果都是死亡。”

韩湛沉默下来，脸上的表情变幻莫测，他突然想起了自己的母亲，不久之前娘俩还是有说有笑的，但是仅仅几个月之后，她就得了病，如果不是发现及时，韩湛几乎不敢想象会有什么样的后果。

“好了，别待着了。”向薇没好气地说道，“正义超人，赶紧走吧！”

“正义超人？”韩湛一愣，“你喊谁呢？”

“喊你呗。”向薇撇着嘴说道，“你难道不是正义超人吗？整天遇到一点什么事情，就想都不想地冲上去。我见过都不止一两次了。”

“那你也不能给我乱起外号吧？”韩湛低声嘟囔道。

“我就喜欢叫你这个，你能把我怎么样？”向薇冷笑着说道，“还是你觉得你给我惹的麻烦不够多，我不配给你起个外号？”

韩湛低着头嘟囔了一句不知道是什么话，向薇也没听清，不过她知道，韩湛嘟囔的肯定不是什么好听的话。

“喂！”向薇没好气地喊了一声，“我就问你，你到底要不要去医院？我现在可是很有耐心地在和你说话，你可不要把我的耐心消耗殆尽！”

“去！”韩湛挺着脖子说道，“有什么不敢去的？”

“就是去打个狂犬疫苗而已，不要搞得像是英勇就义一样。”向薇没好气地说道，“走吧，这点小伤也不用去远的地方，社区医院就能解决。”

不一会儿，韩湛坐在了社区医院的一间病房里，一个医生正在往他胳膊上涂着酒精进行消毒。韩湛的脸色有些难看，时不时地向旁边的注射器方向看上一眼，然后又迅速地收回目光，就好像那上面有电流，会电到他的眼睛一样。

向薇很快就注意到韩湛的反应，有些好笑地说道：“正义超人，你该不会是害怕打针吧？”

“胡说！”韩湛挺着脖子说道，“我怎么会害怕打针，这有什么可怕的？”

“如果不害怕打针的话，麻烦你不要抖得这么厉害。”打针的护士拿着注射器无奈地说道，“你这都要抖成水泥搅拌机了。”

接着，她抬头对向薇说道：“能不能麻烦告诉你男朋友一声，让他不要这么抖了？”

“谁说他是我男朋友了！”向薇脸上顿时一红，没好气地说道，“你看他配吗？”

韩湛没好气地说道：“我怎么就不……”

可是他一句话还没说完，就觉得胳膊上一疼，低头一看，护士已经把针头扎进了他的胳膊，并慢慢地推动注射器。

看着那注射器里的液体和那尖尖的针头，韩湛脸色越来越白，两眼发花，然后身子一歪，瘫在了椅子上。

“喂，醒醒，醒醒！”迷迷糊糊之中，韩湛似乎感觉到有人在他耳边喊着他的名字，“韩湛，韩湛，正义超人！”

同时，人中的位置上被人用力掐了一下。

他缓缓地睁开眼睛，结果发现向薇和那个护士站在他身边，一脸无奈地看着他。

“我，我怎么了？”韩湛迷迷糊糊地问道。

向薇哭笑不得地说道：“针头一扎进去，你就昏了。你是不是晕针？”

韩湛脸色还是有些发白，支支吾吾的不知道该说什么才好了。

“刚才我忘记问了，你怎么在这里？”

“这里是我的家啊！”

向薇说道：“我是说，你怎么突然回来了？从这里到卢乡，开车都要一两个小时，这还是不堵车的时候，你每天这么来回跑，还有时间睡觉吗？”

“我要是这样上班，那就是真疯了。”韩湛哭笑不得地说道，“其实是家里有了点事情，需要我回来，所以我就辞职了。”

“辞职了？”向薇一愣，“我听说你在卢乡干得不错啊。”

“你怎么知道的？”韩湛奇怪地问道。

“我怎么就不能知道？”向薇笑呵呵地说道，“我们救援队的一些设备就是在那里定制的，我也有朋友在那里，随便一打听就知道了。而且你在卢乡，我不是还去救援过一次嘛。”

两个人从社区医院里出来，一边向小区方向走，一边有说有笑，他们都没有发现，自己的一举一动都落到了有心人的眼里。

不远处，韩湛的父母正从一家菜市场里走出来，手上还提着几样小菜。

“老头子……”

“怎么啦？”

“你看前面！”韩湛母亲指着前面问道，“前面那个人，是不是咱们家韩湛？”

顺着她手指着的方向看过去，韩湛父亲嘟囔：“看着有点像，他不是在卢乡吗？怎么会在这里呢？”

韩湛母亲仔细看了几眼，然后“扑哧”一笑：“我这真是想儿子看花了眼，应该不是咱们儿子，你看，人家旁边还跟着个女孩呢，人家这是有女朋友的人。咱们儿子可是母胎单身，哪有什么女朋友啊！”

老两口说笑着，来到家门口。韩湛爸爸把钥匙往锁孔里一插，脸色微微一变。

“你出门的时候有没有锁门？”

一进门，两个人就闻到了一股饭菜的香味，听到厨房里叮叮哐哐的炒菜声。

听到动静，韩湛回头看了一眼，然后咧嘴一笑：“爸，妈，你们回来了？”

韩湛妈妈冲过来一把搂住了韩湛：“儿子，你怎么回来啦？”

“就是回来了呗。”韩湛笑着说道。

“还回去吗？”韩湛爸爸问道。

“不回去了，以后就在家里待着了。回头在市区里找个工作，卢乡太远了，来回差不多要四个钟头，太麻烦了。”

韩湛爸爸立刻明白了韩湛的意思，点点头说道：“嗯，回来吧，回来好，回来好。”

两个老人看着厨房里的韩湛忙里忙外，脸上的表情颇为欣慰。

“好啊，孩子懂事了。”韩湛爸爸轻叹一声。

“老韩，你没对他说什么吧？”韩湛妈妈突然问道。

韩湛爸爸干笑了一声：“我能和他说什么？”

“算了，不管你说什么，人都回来了。”韩湛妈妈笑道，“回来了我就高兴！”

接着韩湛妈妈脸色微微一变，回头仔细看了韩湛半天，突然开口说道：“老韩，你说，韩湛突然就这么回来了，会不会是因为那事？”

“什么事？”韩湛爸爸莫名其妙地问。

“你记不记得，刚才我们回来的时候，看到有两个年轻人从社区医院里出来？”韩湛妈妈脸上一副早已得知了一切的表情，“我说其中一个长得很像咱们家韩湛，你还说我看错了的那个。”

韩湛妈妈两眼放光地说道：“你想想，你没有把我的事告诉韩湛，可是他却突然回来了。说来说去，应该只有一个原因，就是他偷偷摸摸地有了女朋友了！”

“啊？”韩湛爸爸满脸惊讶地看着韩湛妈妈。

韩湛妈妈继续推理道：“你再想想，刚才他是和一个女孩子一起从社区医院里出来的，你说，会不会是他女朋友突然之间，那个什么了……”

“什么了？”

“有了！”

“有，有了？”韩湛爸爸低呼了一声。

韩湛端着盘子从厨房里走了出来，一边把盘子放在餐桌上，一边好奇地问道：“爸，妈，你们两个在这里聊什么呢？聊得那么高兴！”

韩湛爸爸刚要说话，韩湛妈妈已经抢先开口道：“哦，我和你爸正在说呢，咱们家儿子就是厉害，这才出去多长时间，就已经会自己做饭了！而且做得有模有样的！你看看这菜，看着就让人觉得好吃。”

“妈，这算什么？”韩湛得意地笑道，“我学了好几手呢，回头都给你做出来，你们好好尝尝！”

“学了好几道菜啊！”韩湛妈妈笑眯眯地问，“专门学的吗？”

“算不上专门学的。”韩湛笑道，“在卢乡的时候，看到别人做这个菜挺好吃的，所以学了两手，准备做给我最亲爱的人吃！”

“最亲爱的人啊！”韩湛妈妈意味深长地拉了个长音，“谁啊？”

“还能是谁？”韩湛笑道，“当然是你们了，除了你们还能有谁？”

韩湛妈妈笑弯了眉：“除了我们，就没有别人了？”

“别人？”韩湛一愣，“谁啊？”

“比如说，你其他的亲爱的人？”

韩湛听到这话愣了愣神，不知道为什么，脑海里不由自主地就出现了向薇的模样。他干笑了一声：“妈，你，你说什么呢？哪有别人，就只有你们。不说了，我继续做菜去了！”

韩湛说完，一转身就进了厨房。

韩湛妈妈意味深长地看着韩湛的背影，然后用肘顶了顶身边的韩湛爸爸：“看到没有？老韩，你儿子绝对是有亲密的女朋友了！”

韩湛爸爸顿时激动了：“我得去跟他问个清楚，带个大肚子的媳妇进门来吗？这要是传出去，我们两个脸面往哪儿放？”

“回头咱们先探探韩湛的口风，如果他要是不说的话，我们就要盯着，最好抓个现行！”

“什么现行？”韩湛爸爸又有点迷糊了。

“你傻啊！”韩湛妈妈没好气地说道，“你自己想想看，如果他们两个当真是做孕检的话，为什么不去别的地方，非要在我们这种社区医院做检查？”

“对啊！”韩湛爸爸一愣，轻轻点头说道，“社区医院又不大，虽然做个早期孕检是没问题，但是为什么要在这里做呢？”

“这还不简单？！”韩湛妈妈睿智地说道，“这就说明那姑娘住的离这里也不远！很有可能就住在这附近，所以本着就近原则，再本着去小地方不容易引起注意的原则，去社区医院比较妥当。”

就在这时，韩湛又从厨房里出来了，端着三碗饭放在桌子上，自己也坐了下来，笑着说道：“爸，妈，你们都尝尝，给点意见，看看我的手艺如何。”

韩湛爸爸的手机突然响了，他掏出手机来看了一眼，脸上的表情有些犹豫，但还是接通了电话。

“韩教授，我是孙可。”电话里传出来一个很热情的声音，“上次我们的那个提议，您考虑得怎么样了？”

韩湛爸爸表情有些犹豫：“我还在考虑。”

“哎呀，韩教授，这有什么好犹豫的呢？”孙可说道，“这完全是一件对我们双方都有好处、双赢的事情！我已经再三对您说了，您开发的高空云梯和高层住宅火灾逃生应急系统套装，是非常有价值的专利系统。我们公司对此有很大的兴趣，只需要您技术入股，不需要您出钱，我们负责全面的生产和销售。您得到了利润，可以继续新的研究，这不是很好吗？”

“孙总，您这么说倒是没错。”韩湛爸爸苦笑着说道，“可是，目前还没经过系统的测验，我不敢保证它的有效性。”

“韩教授，您实在是过于谨慎了。”孙可笑道，“据我所知，您已经对该系统进行了一系列的测试，测试结果非常完美。我觉得已经完全可以投入市场进行运营了。您应该知道，我国高层建筑日益增多，而且国家对人民的生命安全也十分关心，您的这一套系统可以称得上是天时地利人和！不向市场投放，简直是太可惜啦！韩教授，我知道您还有顾虑，不过这些事情我们可以坐下来详谈。请问您什么时候有时间？”

韩湛的爸爸犹豫了一下，最终还是说道：“明天我有时间。”

“好，那我亲自拜访您，和您好好地谈一谈这件事。”孙可说道。

等到韩湛爸爸挂断了电话，韩湛妈妈好奇地问道：“谁啊？”

“之前我跟你说过的那个孙总。”韩湛爸爸皱着眉头说道，“他想要买我的那两个专利，高层逃生的那两个。”

韩湛妈妈一皱眉头：“那两个专利还处于验证阶段吧？没有进行系统的全面性检测吧？”

“理论上的可靠性是没有问题的，但是检测上还有几个环节没有进行。我倒是有信心，这两套设备是没有什么问题的。”

“那你自己看着办吧。”韩湛妈妈淡淡地说道，“这是你的专利，具体的也只能你自己去谈了。”

“我明白的。”韩湛爸爸轻轻点头，不再说话了。

救援队的食堂里，向薇端着盛好了饭菜的托盘走到餐桌旁边放下，然后拿出一个饭盒来打开放在一边。

朱小竹笑嘻嘻地凑了过来："头儿，你这是拿了什么好吃的啦？"

她一边说着，一边探头向饭盒里面看了一眼，接着惊呼了一声："哎呀！香肠！"

"你可以吃，但是不许全吃光。"向薇淡淡地说道，"我自己的存货也不多，吃一两片尝尝味道就可以了。"

"哎呀！"朱小竹笑道，"头儿，你很少会这样小气啦，明白了，这香肠肯定对您有着非同一般的意义，对吧？谁送的，男朋友？"

"少废话！"向薇冷笑着说道，"想吃就吃，不想吃就算了。哪来的那么多废话！"

"吃，必须吃！不吃是傻子。"朱小竹笑道，然后从向薇的饭盒里夹出来两片香肠，放在嘴里仔细咀嚼，然后意味深长地点点头，"香，太香了，明白了，这口味绝对不是男朋友能做出来的，那些大猪蹄子哪有这种手艺。"

"哟，听着有点过来人的意思。"向薇笑吟吟地说道，"有男朋友了？"

朱小竹脸上微微一红，笑了一声："那种东西应该是和我绝缘的吧？"

"凡事啊，不要说得那么绝对。"向薇慢条斯理地吃着饭，"这种事情是说不好的，说不定什么时候就突然落到了你头上。"

"还说我是过来人呢，头儿，我觉得你才是过来人啊！"朱小竹笑道，"你有男朋友吗？"

向薇手上一停，心里微微一痛，脸上的表情也渐渐地淡了："不要问那么多了，赶紧吃饭，吃完饭午休一下，说不定下午还有任务呢。"

看到向薇又恢复了那张毫无表情的脸，朱小竹吓了一跳，也不敢说话了，笑着点了点头，老老实实地吃饭。

向薇就像是和谁比赛一样，三两口吃完了自己盘子里的东西，放好了托盘，转身走出了食堂。

等到向薇离开，食堂里那股严肃的气氛才算是放松了一些。

"吓死我了。"朱小竹捂着胸口嘟囔道，"刚才头儿的脸色怎么突然变了？

那眼神冷的，感觉差点把我的魂儿都冻上了。”

“啧，谁让你不知深浅地说话来着？”徐有光冷笑着说道，“活该！”

“我说什么了？”朱小竹莫名其妙地问道。

“你不是问咱们头儿有没有男朋友吗？”徐有光说道。

“这种事情有什么不对的吗？”朱小竹更加莫名其妙了，“犯什么忌吗？”

“在别的地方是不犯忌，但是在这里，就是犯忌。”徐有光低声说道，“你们几个来的时间不长，对这事不太了解。我听说，早些年咱们头儿是有一个男朋友的，和她关系很好，一起从部队退役，然后一起到了救援队。”

“然后呢？”朱小竹低声问道。

“然后就没有然后了。”徐有光轻叹了一声，“我打听了一圈，好像只有几个人知道这件事，一个个对这事都忌讳得很，一提到这个就装哑巴。不过我推测，可能是人没了。”

朱小竹脸色一变：“怎么没的？”

“具体是怎么没的，我没问出来。”徐有光叹了口气，“不过我猜，很有可能和咱们这工作有关。”

“救援的时候出事了？”朱小竹低声问道。

“这是你说的，我可没说。”徐有光苦笑着摇了摇头。

朱小竹脸色很难看，随即又强笑了一声：“这也是没办法的事情，干咱们这行的，本来就是这样的，我……”

说到这里，她也说不下去了，摇了摇头，轻轻叹了口气。

办公室里，向薇呆呆地看着窗外，那里阳光明媚，有两只小鸟正站在树枝上叽叽喳喳地叫个不停。向薇轻轻地抚摸着胸前的那枚戒指，两眼无神，显然已经陷入了沉思。

火光，瞬间铺满了她的视线，在熊熊燃烧的火焰中，一个身影义无反顾地向着那团火焰冲了过去，从容，坚决，没有回头。

惊天动地的爆炸声突然响起，火焰瞬间吞没了那个人的身影。

“啊！”向薇猛地从睡梦中惊醒，发现身上全是冷汗，她这才明白，自己刚才不知不觉地睡着了，而那个可怕的场面，再次充斥了她的梦境。

而此时，在办公室门口，一名救援队员正惶恐地看着向薇。

“头儿，您，您这是怎么了？”。

“没事，”向薇勉强笑了一下，“有什么事吗？”

“有人打电话来寻求救援，”那名队员连忙说道，“需要我们出动。”

向薇站起身来往外走：“我带人过去，现场在哪里？”

“天祥广场。”那名队员说道，“那边有个小型的游乐场，就在那里面。”

“是什么事？”向薇问道，“该不会是有人挂在过山车上了吧？”

本来向薇只是想要开个玩笑，缓解一下自己的心情，谁知道那名队员一脸苦笑地点头：“头儿，你猜对了。刚才接到的电话说，正在运营的游乐场里，因为设备故障，导致一辆过山车在运行过程中停在了半空。需要我们紧急救援！”

“还真有这事？”向薇哭笑不得地说道，“好吧，小型车辆恐怕是没有用了，换大型车辆，我这就带人过去！”

没过多久，一辆大型救援车辆就从救援中心开了出去。

此时，在游乐场里，一群人围在过山车的轨道下方，工作人员正在疏导游客从这里离开。天祥广场是一处户外广场，带有一个小型的游乐场，今天到这里游玩的人显然没有想到，这里竟然会有这么大的热闹可看。

不过对于别人来说是看热闹，对于挂在过山车上的人来说，那就是折磨！

过山车嘛，就是一个在架子上乱转的游戏设备，天祥广场的这辆过山车最后还有一个精彩节目，就是顺着垂直地面几乎 90 度的轨道，攀爬到轨道顶端，然后从上到下，呼啸着冲下去。那种巨大的失重感和坠落感，会带给人极大的刺激，所以这辆过山车一直都是天祥广场的热门游乐项目。

但是今天，这个热门游乐项目完全成了一些游客的噩梦来源，机械出故障的时候，车子正在顺着轨道一路向上攀爬，还差一步就到顶点了，可偏偏在这个时候，车子因为机械故障停了下来，挂在了 90 度角的顶端，结果一车的游客无奈之下只能面对这样一个场面：向前看是天空，向后看，十几米的高度，这种悬在半空，不上不下的感觉，实在是非常糟糕。

向薇带着手下的几名队员从救援车上下来，一眼就看到了那辆被悬挂在半空中的过山车。

“我是救援队的队长，负责此次救援任务。能不能向我们简单介绍一下情况？”

负责人额头上都是汗水，不知道是热的还是紧张的。

“车上一共有 20 名游客，本来一切都很顺利，这机器投入运行之后，我们的维护也很精心，今天不知道怎么回事，突然之间就停了，而且还是在这么个关键位置上，真是很要命！”负责人苦笑着说道。

“机器故障什么时候能排除？”向薇认真地问道。

“这个，这个不太好说。”负责人苦笑着说道，“我们的维护人员进行了检修，问题暂时还没有解决，我们已经向厂商申请了技术支持，但是想要完全排除故障，还不知道要到什么时候。”

“也就是说，短时间内，是不能靠着机器运行，把这些游客放下来？”向薇问道。

“是这样的。”

“那我们只能采用第二套方案了。”向薇抬头看着那辆过山车，“我们带来了云梯，不过云梯有高度限制，你们这过山车的高度是多少？”

“我们这种垂直过山车的高度不算特别高，算是过山车里比较小型的，高度是 30 米。”负责人说道，“现在过山车悬挂的位置大概在 25 米到 30 米之间。”

“还好。”向薇点点头，虽然她能估算出过山车的高度，但是这种事情还是有个准确数值比较牢靠。

“我们带来的云梯车高度大概在 50 米。”向薇看着负责人说道，“这是本市最高的云梯车了，如果超出这个高度就会很麻烦了。”

“50 米？ 50 米的话肯定没有问题的。”负责人连忙说道。

负责人开始安排工作人员对人群进行疏散，眼看着人群已经疏散得差不多了，向薇摆了摆手，对徐有光说道：“把车子开到过山车下方，把云梯升起来，挂上护栏，把保险绳给我系上。”

“头儿，又是您亲自出马？”徐有光问道。

“有什么问题吗？”向薇冷冷地问道。

“我觉得，我们也可以的。”朱小竹在一边说道。

“需要你们的时候，你们肯定跑不了。”向薇淡淡地说道，“而现在，只需要你们把我送上去！这是命令！少啰唆！”

朱小竹和徐有光互相看了一眼，无奈地摇了摇头。

得益于向薇长久以来对手下队员的操练，所以朱小竹他们的动作很快，没多大工夫就做好了准备，车子停在过山车下方，向薇站在了云梯上的安全篮内，手里拿着一个喇叭，对着上方大声喊道：“请各位游客不要恐慌，保持冷静，我们现在就开始对各位进行救助！只要大家服从安排，我们一定保证大家的安全。再说一遍，请不要恐慌，防止对我们的营救工作造成不利的影响。”

向薇喊话的时候，云梯已经升了起来，安全篮也慢慢上升，渐渐地到达了过山车的顶端，一切都非常顺利。

向薇站在安全篮里，对正在惶恐不安的游客说道：“各位游客请保持冷静，不要慌乱，服从我们的安排，这样才能最大限度地保证人身安全。你们一定要……”

说到这里，向薇突然一愣，只见过山车的第一排，韩湛满脸恐慌地坐在那里，对着向薇尴尬一笑。

向薇翻了翻眼睛，这里绝不是一个适合聊天的好地方，所以她干脆不理会韩湛，只是程序化地说道：“好，第一排的游客，现在我先给你们捆上安全绳，请你们慢慢解开身上的安全带，然后把你们救援下来。过程可能有点危险，但是请务必保持冷静，有安全绳保护，大家会安全的。”

她一边说着，一边把安全绳绑在了韩湛腰上，然后这才小心地解开了韩湛的安全带。在向微的帮助下，韩湛慢慢地离开座位，进入云梯车的安全篮。按照这个步骤，向薇慢慢地解救了四五名游客，这才发了个信号，安全篮慢慢下降，把他们送回了地面。

“好了，各位请先下去，我要继续上去救助其他游客。”

几名游客从安全篮下到地面，有两位直接腿一软，跪坐在了地上，在高空中悬挂了那么长时间，那种感觉绝对不好受。

旁边有游乐场的工作人员赶紧过来，把他们搀扶到一边。韩湛没有离开，而是站在原地看着向薇的安全篮慢慢地再次升空。

“咦！”朱小竹负责地面协调，看到韩湛她顿时惊呼了一声，“怎么是你？”

韩湛有些不好意思地和朱小竹打了个招呼：“又见面了。”

“最近一段时间，见面有些频繁啊！”朱小竹笑眯眯地说道，“啧啧啧，了不得，这都多少次了？第一次在房顶上，第二次在烟囱上，第三次在桥上，这第四次更厉害了，在过山车上。你这是准备破纪录啊！”

“我也不想啊。”韩湛苦笑着说道，“我本来是到附近来找工作的，结果看到这边的游乐设备觉得挺有趣，想坐上去试试看，谁想刚爬到顶端就停了，我很惨的好不好？”

“得了吧，你又不是惨一次两次了，俗话说得好，一回生两回熟，你这已经算是熟能生巧了吧？”朱小竹笑着调侃。

韩湛叹了口气：“我现在只有一个感觉！”

“什么？”

“我怎么这么倒霉呢？”韩湛郁闷地嘟囔道。

“我觉得你应该去找一个算命的看看，你这应该算是五行欠‘高’啊！”朱小竹笑得十分欢畅。

韩湛连说话的劲头都没有了，只是仰着头，看着向薇继续解救人员。

而在云梯上的向薇，现在情绪也不怎么好，因为她看到了另外一个不想看到的熟人。

那人看到向薇上来了，顿时微微一笑：“我的公主驾着五色祥云来接我了？”

“……”看着侯行知那张脸，向薇连说话的力气都没了，先是韩湛，然后是侯行知，这两个人也不知道都中了什么邪！跑到同一辆过山车上，更邪门的是，这两个人竟然还同时挂在了这里，场面巧合得让人哭笑不得。

在地面的朱小竹看到侯行知出现在自己面前，也同样是一脸的惊诧。

侯行知倒是挺镇定的，对着朱小竹摆了摆手：“嗨！”

朱小竹脸上微微一红，抬起头继续观察往上攀升的安全篮。

侯行知笑了笑，扭头看了一眼站在一边的韩湛，脸上的笑容变得有点别扭，他自己也没想到，两个人竟然以这种方式在这里见面。

20 名游客，安全篮上下了 5 个来回才把所有人解救下来，过程谈不上多完美，但是起码所有游客都清楚，这件事与他们性命攸关，所以还算配合，除了有些人因为太害怕，解救的时间稍长了一点，耽误了时间，整体救援时间不到 3 个小时就结束了。

那名游乐场的负责人一直在下面看着，生怕出现一丁点问题。真要出了问题，这责任他绝对扛不起，哪怕只有一个游客出了事，他都要吃不了兜着走。看到所有被困游客都平安了，他心里这块石头才落了地。

“谢谢，谢谢！”负责人对向薇一个劲地道谢。

“不用谢我。”向薇摆了摆手，“机器的情况怎么样？”

“到现在还没有修好。”负责人尴尬地说道，“有个关键部件出了问题，备件也短缺，已经紧急联系厂商给我们发件了。”

“把人都接下来是对的。”向薇笑了笑，“不然的话，这些人还不知道要在上面困多久呢。”

负责人笑得十分尴尬，出了这事，他肯定是要承担责任的，不过游客没事，承担的责任就相对小一些。

“好了，剩下的你和这些游客解决吧。”向薇说道，“起码要安抚一下游客的情绪，不然闹起来会很棘手的。”

“是，我知道的。”负责人连忙点头，这种事情他当然明白，也知道这个时候是关键时刻，如果一个处理不当，只会带来更大的损失。

所以他带着人急急忙忙地跑去安抚那些游客去了。

向薇回过头来，看着身后的两个人一皱眉头：“你们两个怎么还在这里？”

“就是和你打个招呼，这次又要谢谢你了。”韩湛干笑了一声。

“我都麻木了，”向薇撇着嘴说道，“要是哪天不在高的地方遇到你，这才让人惊讶。”

“呃，是。”韩湛干笑着说道，“没什么事的话，我就先走了。”

“嗯。”向薇轻轻点了点头，韩湛摆了摆手，转身离开了。

“很有意思的一个人，不是吗？”侯行知看着韩湛的背影，笑吟吟地说道。

“你怎么还在这里？”向薇没好气地问道。

“当然是为了向拯救我的人表示一下感谢。”侯行知笑着说道，“这一次意外还真是让人心惊肉跳。不过因祸得福，能看到你，我觉得这次经历并不像看上去那么糟糕。”

“对你来说可能是这样，但是对我来说不是。”向薇冷笑着说道，“这次的事情和你没什么关系吧？”

“什么关系？”侯行知莫名其妙地问道。

“就像上次有人把自己困在房顶上那样。”向薇说道。

侯行知哭笑不得：“我向你保证，这次的事情和我没有任何关系！上次是上次，卡在房顶上我能办到，但是让过山车停在半空，你以为我是什么人？”

“以你的能力，是有可能做到这件事的，不过你的确不是一个丧心病狂的人。”向薇一笑，“把一车的人困在上面，你可没疯到这个地步。”

侯行知长出了一口气：“我还以为你怀疑我呢，那我可是跳到黄河都洗不清了。”

“我只是有些好奇，你看起来不像是能坐着过山车乱转的人啊！”向薇说道。

“你是这么看我的？”侯行知有些不好意思地摸了摸自己的脸，“我的公司距离这里不远，所以有时候我也喜欢到这里转转，散散心，过山车我倒是挺喜欢的，坐上去那种扔上抛下、跌宕起伏的感觉，可以让我感受一下人生的起落。不过那是之前……”

说到这里，侯行知苦笑着摇了摇头：“出了这事之后，我恐怕很长一段时间都不会碰这个东西了。你觉得我应该玩什么项目比较好？摩天轮还是飞碟机？”

“随便你。”向薇毫不客气地说道，“只要别给我惹麻烦，你坐什么我都无所谓。好了，这位游客，麻烦你让一下。”

“啊？”侯行知一愣。

“麻烦你让一下！”向薇很认真地说道，“救援任务已经完成了，我现在要回去了。”

“哦，”侯行知低头看了一下手表，“已经到这个时间了，你就算回去也要下班了吧？不知道我有没有这个荣幸，请你吃个晚饭？”

“没有。”向薇回答得很干脆，“麻烦你让一下，不要耽误我们的工作。”

“好吧，好吧！”侯行知让到了一边，“工作要努力加油啊。”

目送着向薇的救援车辆远去，侯行知嘴角一勾，露出一丝笑容。

“侯总，”侯行知的女秘书不知道什么时候出现在他的身后，手里拿着一份文件淡淡地说道，“我们已经通知了律师事务所，您的专属律师将会负责这件事的。他会帮您将这家游乐场告上法院，索取应得的赔偿。”

“不必了。”侯行知摆了摆手。

女秘书一愣，看着侯行知。

侯行知笑吟吟地看着她说道：“虽然今天经历了一些危险，但是总体上来说，过得还算有趣，挺让我满意的，所以，我决定不起诉了。”

向薇回到小区的时候，顺路又买了一袋猫粮，她有点喜欢上了这种在小区里转一转顺便喂喂猫的生活，这种生活让她觉得很舒服，也很享受。在喂猫的时候，那些救援中遇到的种种危险和磨难都会被她暂时遗忘，只剩下这片刻的安宁。

但是这一次，向薇在花坛旁边看到了熟人韩湛。他蹲在那里，几只猫围着他转来转去，显然韩湛也在喂猫。

“慢点，不许抢！都有都有！”韩湛一边嘟囔一边在一只猫身上摸来摸去，“好好感受一下啊！今天我可是顺着毛摸的，你要是再挠我，那我就和你没完了，答应你们的小鱼干想都不要想。”

“你还挺有闲情雅致。”向薇在他身后说了一句，笑呵呵地走过去，“刚才还挂在过山车上，现在就有闲工夫在这里喂猫了。”

韩湛回头看了一眼，发现来的是向薇，苦笑着说道：“我现在最不缺的就是闲工夫了。”

“怎么了？”向薇奇怪地问。

“失业了呗。”韩湛苦笑道，“直接从卢乡辞职就回来了，也没有下家接纳，天天都在找工作。今天之所以被困在过山车上，也是因为面试之后无聊，去坐了一下，结果就被困住了。”

“扑哧！”向薇忍不住笑出声来。

“你还有没有一点同情心了？”韩湛没好气地说道，“我这正因为没工作痛苦呢，你还在那里笑。”

向薇撇了撇嘴：“你想找什么工作？看看我能不能帮上忙。”

“我也不知道。”韩湛叹了口气，“我的专业是机械，我也挺喜欢这个的，所以在卢乡我过得很充实。但是回来之后我发现，这个专业好像并不吃香，这里没什么工厂，我又不想去办公室里当文员。我还是喜欢那种机器在耳边轰鸣的感觉。”

“那可难了。”向薇摇头苦笑，“现在市里哪有什么工厂了，这里寸土寸金，在这里盖工厂，成本都合不上的。”

“所以，只能随缘了。”韩湛站起身来，拍了拍身上的猫毛，“不管怎么说，还是要感谢你今天的救命之恩。”

“我对你的救命之恩可不止一次了。”向薇撇着嘴说道，“我现在就盼着以后千万不要再遇到你了，越救越高，以后可能要到火箭上对你展开救援了。”

“不会不会。”韩湛干笑着说道，“我可没那个本事上火箭。我先回去了，再见。”

“再见。”向薇点点头，低下头专心致志地继续喂猫。

韩湛看了向薇一眼，转身向自己家走去。

刚一进门，一股饭菜香味就飘进了韩湛的鼻子里。

韩湛妈妈端着一盘菜放到桌上：“回来得正好，赶紧坐下吃饭。”

韩湛答应了一声，洗洗手，换了一身衣服，坐到桌子旁边。

吃了几口饭之后，韩湛的父母对视了一眼，然后韩湛的父亲韩同江慢条斯理地开口问道：“今天工作找得怎么样了？”

“不是很顺利。”韩湛老老实实地说道，“跑了几个地方，都是让我回来等消息，还没有什么眉目。”

韩同江点点头，犹豫着说道：“如果你没有什么地方可去的话，不如到我那里试试看。”

“您那里？”韩湛一愣，“学校要招人吗？”

很快他摇了摇头：“爸，我觉得学校的工作不太适合我，我还是更喜欢一些具体的工作，喜欢到处乱跑。”

韩同江没好气地说道：“我说让你去学校了吗？”

“那是去哪里？”

“是这样，我手头上有两个专利，是关于高空逃生的，你也知道，近些年来高层建筑不断增加，对这一类设备的需求也越来越大。有人看好这两个专利的市场前景，希望我能以技术入股，合资开一个公司，我占其中一半的股份，负责设计和研发。我一直在考虑这件事，但是禁不住他们反复劝说，我决定还是试一下比较好。现在公司已经开始筹备了，我这边工作比较忙，脱不开身，而公司那边最好有人去看着一点，这才能让人放心，所以我想让你代表我，去参与这个公司的运营。”

“我？”韩湛惊讶地问道。

“对。”韩同江点头，“你正好学的是机械工程，又在卢乡有过工作经验，所以我想来想去，只有你是最适合这个职位的。你现在不是正好没有工作吗？干脆就去公司帮忙吧。”

韩湛有些犹豫：“爸，靠您的关系进公司，好像有点不太好。”

“说什么呢？！”韩同江没好气地瞪了韩湛一眼，“我不是让你到公司里去作威作福的！我是让你去公司里做产品的！技术研发和后续维护这一块，你必须承担起责任来！你不是学机械工程的吗？这也是学以致用，不然你想去哪儿？还想回卢乡不成！”

“不是。”韩湛连忙摇头，“我，我不是那个意思。”

“不管你是不是这个意思，这件事就这么定了！”韩同江瞪着眼睛说道，“你现在也没有挑三拣四的权利，有份工作就要好好地做好，听明白没有？”

韩湛低头扒了几口饭，老老实实地点了点头：“听明白了。”

“明白了就好。”韩同江虎着脸说了一句。

“行了！”韩湛妈妈没好气地说道，“有点什么事就要骂孩子一顿，孩子招你惹你了！”

然后她又向韩湛说道：“儿子，你爸呢，也是为了你好，反正你现在也没有找到工作，就先干着嘛，要是发展得不错就继续，如果感觉不好，回头有什么好工作你再换。”

“你怎么能这么说呢？一点责任心都……”韩同江急了，瞪着眼睛说道。

“这事就这么定了！”韩湛妈妈狠狠地白了他一眼，把韩同江剩下的话都堵回了肚子里，“听我的！”

“嗯。”韩湛老老实实地点了点头，韩同江彻底地没了脾气。

“爸，回头把您的设计图纸给我一份。”韩湛说道。

“干什么？”

“您让我去做技术，我总要知道这东西是什么样子的吧？一问三不知，还不是丢您的脸？”韩湛苦笑着说道。

“也是。”韩同江点点头，“可以，回头就把资料给你一份。”

第八章

男儿有求安得闲

救援中心里，向薇正在整理自己的资料，朱小竹从外面走了进来。

“什么事？”向薇沉静地看着她。

“没什么要紧事，”朱小竹笑吟吟地说，“就是问一下今天下午的安排。”

向薇一边整理东西，一边笃定地说：“来问安排是假，来打探我的去向是真的吧？”

“瞧您这话说的，好像我是特务一样，我是那种人吗？”朱小竹笑着。

“是！”向薇点点头，笑吟吟地说道，“就是。”

朱小竹干笑了两声，都不知道该如何回答了。

“行了，满足一下你们的好奇心吧。”向薇淡淡地说道，“我今天下午的确是有个会，是新的设备碰头会，下午你们随时警戒，有任务就出任务，没任务就可以休息待命了！”

“好耶！”朱小竹用力地挥了一下拳头，两眼放光。

“不要高兴得太早。”向薇冷笑着说道，“休息可以，不过不能给我放羊，要是出了什么问题，我唯你是问！”

“放心！”朱小竹立刻行了一礼，大声说道，“保证完成任务，绝不会出现问题。”

“嗯，这可是你说的。”向薇点点头，拿着资料走出了办公室。

在车上，向薇仔细翻阅着手里的资料，看得很仔细，上面是关于这次会议的一些介绍。

“头儿，”开车的是徐有光，他一边开车一边问道，“这次到底是什么会议啊？你这个一线行动人员还要列席？”

“是有厂家准备生产一批新型的救生器材投放市场。”向薇翻阅着手里的资料说道，“这种器材用于高层逃生，如果确实能达到设计要求，应该会有不错的应用价值。厂家想要听取一下我们的意见，毕竟在救援方面，我们更专业。”

说着，她合上了手里的资料，淡淡地说道：“这个厂家能量不小，把人情托到了咱们领导那里，领导方面也觉得这种设备如果投入使用的话，确实会起到很积极的作用，所以就安排我去一趟。”

“那他们可是找对人了，您是这方面的专家了。”徐有光笑嘻嘻地说道。

“谈不上什么专家。”向薇随意地说道，“只是见得多一点而已。”

然后她拍了拍手里的技术资料：“单纯从这份介绍上来看，这个器材确实有点意思，但是这种套路很多，往往都是吹得天花乱坠，实际上很难说有什么太大的作用。不过，这次能找到我们，可能是对自己的产品还是有一定信心吧。”

拿着这份资料，向薇走进了天河大厦，问明了地址之后，向薇乘坐电梯直达 17 楼的位置。一出电梯门，迎面就是那个公司的前台，大型的公司 logo 被放在很醒目的位置上，生怕别人看不到似的。

向薇径直来到了公司前台，负责接待的小姑娘连忙站起来，先向向薇行了一礼，然后问道：“小姐您好，请问有什么可以帮助您的吗？”

还没等到向薇说话，旁边有人喊了一声：“向薇！”

向薇转头看去，只见西装革履的韩湛从里面走了出来。

不是第一次见到韩湛了，可是这一次的感觉有点不同，以前见到韩湛的时候，不是一身休闲服，就是一身折腾得脏兮兮的工作服，还有几次根本就是在救援现场见到他的，所以那模样要多狼狈有多狼狈，看起来惨兮兮的。但是这一次，韩湛西装革履，头发打理得一丝不苟，身子挺得笔直，走路的时候很有一点成功人士的派头。看到韩湛出来，那个前台小姑娘的眼睛都亮了。

她恭恭敬敬地向韩湛行了一礼，喊了一声：“韩总。”

向薇倒是饶有兴致地把他从上到下，再从下到上打量了好几番，抿嘴一笑说道："韩总？你在这个公司里上班？"

"我们进去聊。"

公司里的人不算太多，大家各司其职，井井有条。

"这里主要负责业务办理，现在正在联系厂家负责后续设备的生产。"韩湛一边走一边介绍道。

"你在这里负责什么？"向薇笑着问道。

"技术支持。"韩湛说道。

"这倒是个适合你的职位。"向薇点点头，"这个公司具体是什么情况？"

韩湛很认真地说道："这是个新创公司，我父亲那里有两个专利，就是应用于高空救援的。有一位孙总对这两个专利非常感兴趣，所以三顾茅庐，终于征得我父亲的同意，以技术入股，一起建立了这家公司。我父亲非要让我过来负责技术支持。所以，我就来了。"

向薇突然想起一件事来："对了，是不是你提议让我到这里来的？"

"被你发现了？"韩湛不好意思地笑道，"这些东西我研究过，大部分都是我父亲闭门造车自己研究出来的，虽然有人指点，但是专业程度肯定比不过你们这些一线的救援人员。于是我觉得，要想更好地发挥这东西的作用，就必须让你们一线人员来鉴定一下，进一步完善设计。"

"想法不错。"

会议室内已经有几个人在等着了，其中有一个中年男人在陪着客人说话。

向薇一进去，那个中年人站起身来毕恭毕敬地伸出手来："这位就是向队长吧？我听张局长说过你。"

"你好。"

"这位是我们孙总。"韩湛介绍道。

孙总笑着说道："来，我给向队长介绍一下，这两位都是我们请来的专家，都是在国内救援器材上有着相当造诣的前辈。"

向薇连忙握手问好，这两个人的名字向薇都有印象，以前都听说过，确实是老前辈，这让她肃然起敬。

其他还有几个人，是孙总邀请来的厂商和相关单位的负责人。

一群人在会议室里坐下，孙总笑呵呵地先站了起来："各位，这次我们举行这个碰头会的目的大家应该都很清楚了吧？本来按照我的意思，是要举办一个新闻发布会的，但是这套设备的发明人，韩同江教授不太愿意大张旗鼓地做这件事。我只好同意他的意见，折中一下，做一个小规模的产品介绍和演示会。先请我们的技术支持，同时也是韩同江教授的儿子韩湛先生，为大家介绍一下这套设备！"

在一阵掌声中，韩湛走到了前面，他也是第一次面对这种场面，所以显得略有几分紧张。不过，自己父亲这一套设备的设计图，他已经研究过好几遍了，各种数据已经烂熟于心，在稍微调整之后，韩湛开始慢慢进入状态。

整个过程中，他侃侃而谈，对这套设备的研发背景、使用前景，还有各种应对场面都进行了详细的介绍，除了一些关键部分做了技术保密之外，其他地方介绍得非常详细。

与会人员听了频频点头。

向薇一边听，一边仔细地做着记录，脸上的表情也从一开始的放松，慢慢地变得严肃起来。

韩湛介绍完之后，很认真地问道："各位，我已经说完了，现在大家还有什么问题可以来问我。"

有人提出了一些问题，韩湛都进行了很详细的解答，就在这时，向薇突然举起手来。

"向女士，请问您有什么问题？"韩湛看着向薇，莫名地竟然有些期待。

向薇认真地说："刚才听了你的介绍，我对这套设备很感兴趣。这套设备毫无疑问可以拯救更多的生命。但是我想问的是，这套设备是否经历过严苛的恶劣环境测试？"

韩湛一愣："恶劣环境测试？"

向薇点点头："我是一线的救援人员，在救援的过程中往往会面对很多特殊的情况。其中最常见的就是各种比较复杂和恶劣的环境。比如火灾，或者酸性物体腐蚀，或者其他各种场面。我想问的是，这套设备是否进行过恶劣环境测试？”

韩湛的表情有些犹豫。

旁边的孙总笑呵呵地站了起来：“向女士说的的确是救援工作中可能面临的问题。不过，请相信我们的技术实力，在此之前，韩教授已经对这一套产品进行了各种各样的试验，所以这套产品的可信度是非常高的。完全可以胜任极端环境下的高楼救助行动。”

然后这位孙总又说了几句话，都是对这套设备各种各样的夸奖，简直把这东西吹得天上少有，地下全无！反正应用前景非常广泛，一副只要你们投资进来，就一定可以赚大钱的模样。

他说完了之后，有两位专家站起来发言，两个人说的话和孙总差不多，对这套设备进行了高度的评价，觉得这套设备为高空救援提供了一个非常好的方案！可以说是高层建筑的福星。经过专家的介绍之后，会场里面的气氛顿时热烈了起来，很多人都在窃窃私语，讨论着这套设备的应用前景。

毫无疑问，在高层建筑日益增多的今天，这套设备的应用前景非常广泛，大家越聊眼睛越亮，看着那套设备，就像是看着金矿一样。

眼看气氛差不多了，孙总笑呵呵地站了出来：“各位，俗话说得好，耳听为虚眼见为实，不论我们说得如何天花乱坠，这套设备到底好不好用，在大家心目中还是存疑的。所以，我今天为大家准备了一场现场演示。”

说完，他对着外面喊了一声：“小周！来！”

房门一开，一个年轻人从外面走了进来，向人们点头致意。

孙总环视全场，脸上带着一丝得意的表情：“各位，还是刚才那句话，耳听为虚，眼见为实。”

韩湛脸色顿时微微一变，似乎明白了这位孙总想要做什么了。

他连忙向前一步，压低声音在孙总耳边说：“你考虑清楚。”

“我考虑得很清楚。”孙总微微一皱眉头，然后笑着说道，“小韩啊，你要对我有信心，更要对你父亲有信心，我对他这套设备是很信任的。你放心，绝对不会出问题的。”

一边的向薇脸色也变了：“孙总，请问这次试验有完全的安全保证吗？”

“放心放心，万无一失！”孙总笑吟吟说道，“韩教授本身就是最好的安全保障。”

说完之后，他朝着小周点了点头。

小周打开窗户，先把一套设备挂在了外面，然后身上绑好了安全索，直接打开那套设备冲出了窗外。

“哇！”屋里的众人发出了一阵惊呼声，虽然大家已经预料到孙总可能要进行真人试验，但是没想到这试验说开始就开始，完全没有给人一点反应的时间。

可这个时候人已经跳出去了，众人连忙挤到了窗边，观看这台设备的试验效果，只见那个小周此时已经借助这套设备，缓缓地落到了地上。看起来试验非常完美。

看到那个小周在地面上向着上方招手，众人这才松了一口气，然后纷纷鼓掌。

孙总一脸得意，这次会议显得格外成功。当他宣布会议结束之后，立刻有不少人一拥而上，挤到孙总身边开始问东问西地了解设备的相关情况。

现场只有向薇和韩湛两个人脸色铁青，看起来并不是很好。

向薇转身向外走去，韩湛心里一沉，连忙追了出去。

“向薇，这件事我是真不知道。”

“韩总，”向薇脸色冰冷，看着韩湛说道，“你完全没有必要向我解释这些。”

“我不是这个意思。”韩湛额头冒汗，有些着急地说道。

“我就不明白了，韩总你是什么意思？”向薇冷笑着说道，“原本我以为这只是一次碰头会，想要借助我的经验，来完善这个产品。但是让我万万没想到的是，我还是太单纯了，这分明就是让我来站台，为你们的设备来做宣传。韩总您真是打得一手好牌啊！”

“这真的不是我的本意！”韩湛哭丧着脸说道，“你听我解释，这件事之前那个孙总也没有向我提过，我也是刚刚才知道，我知道的时间并没有比你早多少！”

“你以为我会相信你说的话？”向薇冷笑着说道，“你这些话还是留给那些准备买产品的人说去吧。”

“向薇，你听我解释！”韩湛大声喊了一句，“这件事我是真不知道。”

“你没什么好解释的！”向薇的声音比他的还大，“我何德何能，要听你来解释？我不知道你到底知道什么！但是我分明看到了这就是个卖产品的现场，而且还肆无忌惮地让一个活人去贸然试验这么一款危险的产品。这种产品的本意是为了救人，而不是害人的！”

说完之后，向薇连给韩湛解释的机会都没有，转身就走：“行了，这件事到此为止，韩总，麻烦你以后再有这种事情，不要再找我了！”

等到向薇的话说完，她已经走出了公司，没了人影。

韩湛站在原地，脸色青一阵白一阵，不知道该说什么才好。周围的几个员工都在偷偷摸摸地向这边看过来，眼神十分古怪。

孙总从会议室里走了出来，脸上还带着得意的笑容，显然刚才的效果非常出彩，这一次的会议让他狠狠地捞了一笔。

他走到韩湛身边拍了拍他的肩膀：“怎么了？小韩，和女朋友吵架了？”

“啊，没有！”韩湛脸上微微一红，连忙摇头。

“这有什么可隐瞒的？”孙总笑吟吟地说道，“谁都有过年轻的时候，你们都还年轻，不要被这些小事情缠住了手脚，你现在应该以事业为重，那些儿女私情什么的，能放就放，不要想得太多。好了好了，今天的效果不错，晚上一起喝一杯？”

韩湛勉强笑了一下，婉言拒绝:“不了，孙总，我觉得有点累，先回去了。”

看着韩湛离开的背影，孙总脸上的笑容转为嗤笑：“和他爹一个德性，一身知识分子的臭架子。”

韩湛回到家里的时候，有些魂不守舍，手里还拿着一套他父亲设计的逃生系统。

回到家里的时候，韩湛的母亲正在客厅里看电视，连续的治疗之后，她的精神状态算不上太好，显得有些疲惫。看到韩湛回来，她脸上才勉强露出了一个笑容。

没过多久，韩同江就回来了，晚饭时三个人坐在餐桌旁边，韩同江手里端着饭碗，用一副淡然的口气问道：“今天公司的会议怎么样？”

“爸……”韩湛犹豫了一下，“我想问你一件事。”

“什么事？”韩湛爸爸随口问道。

“您的那套设备，之前有没有进行过严酷环境下的检验？”

“严酷环境下的检验？”韩湛爸爸一愣，皱着眉头说道，“没有进行过，但是我觉得没有必要吧，承重数据基本上已经达到了设计要求，经过各种试验之后，适应性很好。你说的严酷环境检验是什么意思？”

“今天有人提出了一个问题。”韩湛放下碗筷说道，“如果这一套设备要应用在救援体系当中的话，可能会面对各种极端的状态，比如持续高温炙烤、强酸腐蚀等一系列的极端环境。我们的设备能不能通过这些测试？”

韩同江眉头一皱：“有这个必要吗？”

“我觉得很有必要。”韩湛用力点头，“提出这个问题的是一线的救援人员，我觉得她这个问题提得很好，有很大的参考价值。如果因为设备的某些缺陷造成损伤，那可不是设备损毁这种简单的问题了，那可是一条条鲜活的人命！”

韩同江思考了一下，用力点头：“不错，你这个意见很好，很有价值。你说得也很对，这可不是简单的设备损坏问题，这是性命攸关的大事。这样吧，这段时间你先不用去公司了，我们两个好好研究一下设备的耐受情况。然后看看有没有问题。如果没有问题，皆大欢喜，有问题的话，那就及时纠正！”

韩湛的脸上终于露出了一个笑容，向自己的父亲点点头：“好的，爸。”

接下来的时间，韩家父子对设备进行了各种严苛的试验。

三天后，韩湛仔细地查看着试验记录，缓缓地说道：“爸，现在基本上已经可以确定了，这套设备在设计和材料上有一处致命的缺陷！”

“是的。”韩同江重重地叹了一口气，“设备的一处连接装置在遇到高温的情况下，会慢慢膨胀，然后当这个连接设备在受到重物拉扯的时候，就会脱落，整个设备就会失灵。”

“这可不是小问题啊。”韩湛苦笑着说道，“如果没发现这个问题的话，整套设备贸然投入市场，很可能埋下严重的事故隐患。”

“对，这套设备是高楼逃生使用的。”韩同江点头说道，“而高楼逃生中，很大一部分的险情来自火灾，如果在火灾发生时，持续的火焰炙烤对设备的连接产生了影响，而那些遭遇意外的人却不知情，贸然使用了这套设备的话，那后果……”

“不行，必须把这个情况立刻告诉那个孙总。”韩同江当机立断道，“我们不能等到危险发生之后才想办法补救！这个连接装置需要重新设计，而且要在极端严苛的环境下进行测试之后才能使用。”

“对。”

“我这就给他打电话。”韩同江掏出电话来，拨通了孙总的电话。

此时，孙总正坐在办公室里，面前堆着厚厚一摞合同，都是关于设备采购和经销商申请的，在孙总看来，这就是一摞又一摞的金钱，像山那么高的金钱。

“这位韩教授还真是我的福星啊！”孙总满意地嘟囔道，“幸好我得到消息比较早，不然就被人抢先了。”

就在他得意的时候，一阵电话声响把他唤醒了，孙总拿起手机来看了一眼，顿时笑逐颜开：“财神爷来电话了。”

但是很快，他脸色就变得有些难看。

“你确定？”他问道，接下来就是沉默，过了好久之后，孙总才脸色阴沉地说了一句，“好的，我知道了。”

挂断电话之后，孙总默默地盯着桌子上的那些合同，过了好久，他才拿起办公室里的内部电话：“小吴，我们收到的合同预付款有多少？”

“迄今为止一共有 1115 万元。”

“这么多？”

“是的，客户对我们的这套设备很满意，有几家房地产开发商已经准备直接将这套设备运用到自家楼盘，作为开发项目的一个卖点了。”

“知道了。”孙总挂断了电话。

“1115 万，1115 万……”孙总低声嘟囔着什么，脸色越来越古怪。

……

向薇心里还是觉得有一股火气令她很不舒服。

她的手机突然响起，向薇脸色顿时一变，来电话的正是韩湛，她撇了撇嘴，直接挂断了电话。

但没多久，韩湛再次把电话打了过来，向薇又一次毫不犹豫地挂断。

两个人挂了打，打了挂，最后向薇火了，接通电话直接吼道："你神经病啊，打电话来干什么？"

"你终于接电话了。"韩湛长出了一口气。

"没什么事我就挂了！"

"别，别！"韩湛连忙喊道，"我这有重要的事情要和你说！"

向薇冷笑了一声："不会是又有什么重要的会议让我出席吧？对不起，不感兴趣！"

"我们那套设备有问题！"韩湛冲着电话里大声喊道。

"什么？"向薇一愣，脸色顿时一变，"你说什么？"

"你说的是对的。"韩湛苦笑，"那套设备存在严重缺陷。"

"怎么回事？你把话给我说清楚。"

"是这样，上次你和我说过，这套设备必须要经过严苛的环境测试之后，才能确定能不能使用。"韩湛语气很严肃，"我觉得你说的没错，所以我们对那套设备进行了严酷环境的测试。结果……"

"结果怎么样？"

韩湛叹了口气："经过我们的测试，其中有一个部件在高温环境下容易变形，会影响到设备的连接，从而导致灾难性的后果！我给你打电话的原因就是想要亲口向你说一声谢谢。因为你的提议，很可能拯救很多条人命。如果这种有缺陷的设备贸然投入市场的话，后果不堪设想。"

"你确定吗？"向薇严肃地问道。

"我十分确定。"韩湛说道，"这件事是我和我爸爸两个人一起完成测试之后得到的结果，我和你说过，我爸是这套设备的发明人，他拥有全部设备的专利。"

向薇叹气："我只是担心会有意外，但是没想到，竟然有这么严重的后果。”

“所以，我要感谢你的担心。”韩湛说道，“我爸已经给那个公司去电话了，让孙总延后设备发售，等待我们重新对设备进行改进。”

“真的？”向薇问道。

“当然是真的。”韩湛笑道，“我们是要救人的，不是谋财害命！既然做出了这套设备，那么就需要它去拯救更多的人，而不是去杀人。”

“这可是一笔很大的损失啊！”

“那也比真出了事情之后的损失要好。”韩湛说道，“到时候真出了人命，那可是倾家荡产都不够赔的。”

“倾家荡产？”向薇冷笑了一声，“如果真的出了事，你放心，肯定是要偿命的，你没有倾家荡产的机会。”

“所以说，这次是救命之恩啊！”韩湛笑道，“谢谢！”

“不客气。”向薇笑道，“你们能认识到错误，这就是好事情。接下来怎么办？”

“接下来我们要对这套设备进行再改进。”韩湛认真地说道，“这套设备本身是很有价值的，重新研发完善之后，对救援来说很有意义。”

接着韩湛笑道：“我和我爸都认为以后决不能闭门造车了，以后我会征询你的意见，毕竟你是战斗在救援一线的人，你的意见对产品的改进有着至关重要的作用。”

“这个完全可以。”向薇笑吟吟地说道，“只要不是之前那种莫名其妙的会议，我完全可以提供协助。毕竟能够拯救更多的生命，也是我们救援人员的初衷。”

“我就知道你会同意的。”韩湛笑道，“那我们以后再联系。”

“好的，以后再联系。”向薇笑着说道。

挂断电话之后，向薇突然觉得心情前所未有地好，感觉好像之前堵在心里的那块石头被人一脚踢开，彻底地轻松了。

……

“爸，这个构件不但是结构有问题，在安全上也有一些问题，必须对结构重新设计，而且我建议加上一个阻断保险装置，当发生突发情况的时候，起到两重，甚至三重防护的作用。”韩湛举着一个构件对自己父亲说道。

“嗯，可以。”韩同江点点头，“你的想法很好，很大胆，的确是提高了安全系数。但是重新设计结构需要时间，而且还需要合适的材料……”

“这个可以解决，我们现在最重要的就是安全性。”韩湛说道。

“嗯，按照你的意思办吧。”韩同江点头说道。

就在这时，一阵急促的电话铃声响起，韩同江掏出电话来看了一眼，接通了电话。

电话刚一接通，里面就传出一阵急促的声音：“韩总吗？出问题了！”

韩同江微微一愣：“什么问题？！”

接着，韩同江的表情越来越阴沉，越来越难看，他“呼”的一下站了起来，举着电话大声吼道：“真的吗？”

电话里的人不知道说了一句什么，韩同江两眼一黑，身子一晃，一下子歪倒在沙发里，手机掉落在了一边。

“爸！”韩湛惊呼了一声，冲了过去……

不久之后，医院里，韩湛在一间病房外面和一名医生说着话。

“患者整体情况比较稳定，经过诊断，应该是突然受到巨大的刺激之后，产生了应激反应，从而导致昏迷。患者有心脑血管的疾病，可能对他也造成了一定的影响。不过值得庆幸的是，情况并不严重。”医生很认真地说道，“接下来的一段时间里要注意休息，千万不要过于劳累或者受到太大的刺激。”

“好的，谢谢大夫。”韩湛连忙点头道谢。

医生和他又交代几句注意事项之后转身离开，韩湛走进病房，来到了韩同江的病床前。

韩湛勉强笑道：“大夫说了，您没有大碍，休息几天，注意饮食就可以了。”

“唉！”韩同江叹了口气，伸手拉住韩湛的手，“儿子啊，一失足成千古恨，我一辈子都小心谨慎，最后却出了这么一摊子事情。现在担子全压在你身上了。这，这……”

“爸，您不用说了，咱们是父子，俗话说得好，打虎亲兄弟，上阵父子兵。

之前一直都是您为了我挡风遮雨，现在也到了我回报您的时候了。您放心，这件事我一定帮您处理好。”

“嗯。”韩同江点点头，“还有你妈那里，你也要照看好她，她的情况也不是很好。”

“好。”韩湛点点头，“爸，您就放心好了，这些事我都会处理的。”

从韩同江的病房里出来之后，韩湛脸色慢慢变得凝重起来，良久之后，他轻轻叹了口气，从医院出来，直奔位于天河大厦的公司。

一进公司，韩湛就感觉到整个公司里的气氛有点不对劲，这里似乎正在酝酿着什么，有着一种让人压抑的气氛。很多人已经无心工作，低头窃窃私语，看到他出现在公司里，很多人都在盯着他看，那种眼神韩湛很陌生，好像有些渴望，又有一些担忧，看起来十分复杂。

听说韩湛来了，公司里的一名管理人员急匆匆地赶了过来。

“韩总，您可算是来了。”那名管理人员低声说道。

韩湛看了一眼那人，他记得他的名字，好像是姓张，叫张进。

韩湛问道：“具体情况是怎么样的？能跟我说一下吗？我父亲那里没有交代得很清楚，只是向我大概提了一句。”

张进低声说道：“韩总，请这边来，我跟您说一下现在我们公司面临的情况。”

两个人走进一间会议室，张进左右看看没有人，这才把门关上，看起来就好像防备特务一样。

做完了这一切之后，张进来到了韩湛身边，低声说道：“韩总，我们公司现在的情况很不妙。之前一切都非常顺利，公司运营正常，客户很多，对我们的产品也非常满意，收获了很大一批订单，公司已经开始联系厂商进行批量生产了。可是不知道怎么回事，孙总突然失踪了。”

“孙总怎么失踪的？”韩湛问道。

“三天前人就没影子了。”张进苦笑着说，“那时候还没觉得会出什么事，毕竟公司发展很好的。但是连续两三天都没见到他的人影，大家这才觉得有点不对劲。尤其是联系厂商之后，需要一笔资金做定金，这件事需要孙总亲自审批，但是根本就找不到人。不但孙总人没有了，而且公司财务总监人也不见了。我们这才觉得情况不对。”

“财务部门做了清点没有？”韩湛连忙问道。

“公司财务部的同事查了公司账户，发现里面绝大多数的款子已经被人提走了。”张进脸色难看地说道，“现在公司账户上的余额很少，可能连下个月的工资都没办法开出来了。”

韩湛表情凝重，意识到这件事情可能有些麻烦了。

就在这时，一阵敲门声响起，张进一愣，看了一眼韩湛，韩湛轻轻点头。张进过去把门打开，一个戴着眼镜的女人站在门口，门开了，她向张进和韩湛轻轻点了点头。

“你是公司法务部的刘女士吧？”韩湛犹豫着问道。

“是的，韩总，我是刘茵，公司法务部的人。”这个女人表情严肃地说道，然后把一份资料递了过来，“我听说您来了，觉得您可能会需要这个。”

“这是什么？”韩湛迷惑地接过资料。

那个女人推了一下自己的眼镜，很认真地说道：“这是公司的所有权文件，我查了一下，发现公司的所有权已经进行了变更，也就是说，您现在是公司的所有人了。接下来，您必须要承担相应的责任……”

“可是，孙总跑了啊！”韩湛惊讶地说道，“为什么我成了公司的所有人？”

“可能是当初您和他签订合同的时候，没有发现合同上的漏洞，所以……”刘茵说到这里不说话了。其实她不说韩湛也明白了，说白了，就是自己和父亲都中了人家的阴招，人家在开公司之前，就已经想好了退路，准备把烂摊子甩给别人。

可是事到如今说什么都没有用了，那个孙总已经跑得没了影，而公司上上下下还有这么一大堆人要自己管，韩湛第一个反应就是：干脆宣布公司破产，彻底不干算了。

刘茵似乎看出了韩湛的想法，淡淡地开口说道：“韩总，如果您不准备干的话，恐怕会很麻烦。”

“什么意思？”韩湛一愣，问道。

“因为此前我们已经接下了一批订单，订单上规定了我们的交货日期，合同已经成立，我们必须完成订单。如果订单没有完成的话，我们需要赔偿对方高额的违约金，您会背负很大的一笔债务。”刘茵说道，“也就是说，您如果解散了公司，那么，就说明我们无法履行合约，您的债务，恐怕会非常庞大……”

韩湛脸色发白，这种情况比他想象的还要糟糕好多倍，不但被人卷走了资金，而且还背负了大量的债务，说到底，他不过是一个刚刚毕业的年轻人，这么庞大的压力一下子落在他的身上，压得让他几乎喘不过气来。

张进看了刘茵一眼，说道：“韩总，如果没什么事的话，我们先走了，如果您有什么需要的话，可以喊我们。”

“好，好的。”韩湛勉强笑道，“我有事的话会喊你们的。”

张进和刘茵两个人从会议室里退了出来，张进低声问道：“情况是不是已经无法挽回了？”

“现在的情况可以说非常糟糕。”刘茵直白地说道，“公司的资金流已经枯竭，人心惶惶，随时都有倒闭的可能。但是，也未必没有一丝生路。”

张进突然明白过来了：“你的意思是，那批订单？”

“对。”刘茵推了推眼镜，“就是那批订单！我们公司之前能够进展顺利，就是因为我们的设备市场前景被人看好，所以大家愿意下单订购。现在不知道出了什么事，姓孙的卷款外逃，造成公司危在旦夕的局面。但是，如果能够成功地生产出来那批货，公司就能被盘活，不但能盘活，以后的发展也可能会很好。”

“话虽如此。”张进是老油条了，他摇着头低声说道，“可是，我们知道这些，难道姓孙的不知道？他既然跑了，肯定是这订单出了问题，到了他也解决不了的地步。不然他能看着这些钱不赚吗？”

“现在刚刚是月初。”刘茵淡淡地说道，“想要知道结果，小韩总还有一个月的时间。如果到时候处理不了这件事，那么……”

“那么怎么样？”张进问道。

“就可以联系下家了。”刘茵轻叹一声说道。

“卞家？卞家哪是那么好找的。”张进苦笑着说道。

“总算还有一个月的时间让我们观望。”刘茵低声说道，“反正是死是活，只能到时候再说了。”

“对啊，是死是活，到时候再说了。”张进轻轻点头说道。

两个人并排离开了这里。

韩湛一个人坐在会议室里，两眼发直，脑子里乱成了一团，这个烂摊子对他来说实在是太难了一点。他不过就是个刚毕业的年轻人，要经验没经验，要资金没资金，面对这场面，似乎没有任何希望。

过了许久，韩湛一咬牙，就算没希望，那也必须要想办法坚持下去，决不能就这么放弃了。自己家里现在的情况已经很糟糕了，母亲身患重病，正在慢慢休养，父亲现在看来也指望不上，如果自己再不想办法，家破人亡这件事，可不只是说说而已，是真的有可能发生的。

他突然之间很想找人倾诉一下心里的苦闷，哪怕是发发牢骚也好。

韩湛掏出手机来，打开通信录翻了几下，最后停在了向薇的名字上，他突然有一种莫名的渴望，渴望在这个时候和向薇聊上几句，哪怕是随便说说话也好。

犹豫了片刻，他还是拨通了向薇的电话。

此刻向薇正在办公室里整理材料，听到电话铃响起她微微一愣，看了一眼来电显示之后，向薇有些啼笑皆非，拿起电话来接通。

“喂！”向薇笑着问道，“稀奇了，今天这是吹了什么风了？你竟然给我打电话？”

“一股妖风。”韩湛无奈地说道。

听到韩湛的语气，向薇微微一愣：“出事了？”

“嗯。”韩湛叹了口气。

向薇刚想要追问，就在这时，办公室的门突然被人撞开，有人冲进来大声喊道：“队长！紧急情况。”

向薇一惊，连电话都忘了挂断，猛地站起来问道：“什么紧急情况？”

“杜兰公寓发生严重事故，需要我们紧急出动，对人员进行救援。”那名值班人员大声回答道。

“糟了！”向薇心里顿时一沉，重大事故也就意味着重大险情，可是此时救援中心里剩下的人并不太多，恐怕无法应付这次险情了。

可即便如此，向薇也不能对此置之不理，这是她的责任，也是救援队的任务。

“还有谁在？都叫上，立即出发！”向薇大声说道，然后夺门而出。

韩湛举着电话，表情有些发愣，刚才向薇没有挂断电话，向薇和值班人员之间的对话，他完完整整地听进了耳朵里。

“杜兰公寓！”韩湛一皱眉头，这是市里的一处高档公寓，位于市中心，有20多层的高度，最关键的是，那里距离天河大厦并不太远，跑步就能过去。

韩湛挂断了电话，立刻夺门而出，不顾众人奇怪的目光，冲出了公司，直奔杜兰公寓去了。

公司里，张进和刘茵两个人面面相觑，搞不懂韩湛到底在做什么，难道说，这位年轻的韩总，因为受不了巨大的压力，跑了？

此时，徐有光开着一辆云梯车正在向杜兰公寓前进，向薇坐在车上，脸色十分凝重。

“头儿，情况不是很好。”朱小竹低声说道，“杜兰公寓那边出现了火警，在17楼的位置上出现了燃烧点，虽然人员经消防通道进行了撤离，可是在18楼，也就是火警发生的位置楼上，出现了意外。两名老人和一名幼童由于房门操作不慎，被反锁在里面了，现在火势蔓延得很厉害，需要我们对18楼的人员进行紧急救援。”

“18楼！”向薇脸色难看，“云梯车的高度不够。”

“对。”朱小竹脸色凝重地点头说道，“我们的云梯车只有50米的高度，想要伸到18楼的高度，是完全不可能的。”

“那就只有一个办法了，上到楼顶，从楼顶进行悬挂作业，把人放下去之后，再把需要救援的人员吊上去。”向薇说道。

“这样的危险系数很大。”朱小竹严肃地说道，“杜兰公寓有25层高，从楼顶到救援位置之间有7层楼的高度，再加上高层建筑之间的侧风，会给救援工作造成很大的困难。”

“有困难也没办法，这是我们的责任！”向薇表情严肃地说道，“我曾经无数次和你们说过，我们就是干这行的，危险时时刻刻与我们相随，这个时候，就到了我们与危险作战的时候了。”

朱小竹深吸一口气，然后脸上露出了一丝笑容，她对向薇点头说道：“头儿，您说得对，既然当初选择干这行，那就没有什么可抱怨的，努力把事情做好就可以了。我可是连男朋友都没有的人，等这次回去，一定要找个男朋友。”

“好！”向薇笑着点头说道，“到时候我帮你找，肯定找一个最好的！”

“有头儿您这一句话，那我就放心了。”朱小竹笑嘻嘻地说道。

朱小竹和向薇互相看了一眼，相视一笑。

车子很快在杜兰公寓前面停了下来，这里不仅仅有救援车辆，还有消防车也开了过来，但是开过来也没有用，消防车的消防水龙头射高根本就不够，只能站在下面干瞪眼。几名消防员已经穿着防护服冲进了杜兰公寓里，准备利用杜兰公寓内部的消防设备来灭火了。

向薇抬头向上看，17 楼的位置浓烟滚滚，一对男女站在楼下声嘶力竭地号啕大哭，应该是 18 层被困人员的家属。

“头儿，”朱小竹拿着两套设备从云梯车里走了下来，脸色有些凝重，“人手不太够。”

向薇回头看了一眼，徐有光站在朱小竹身边，身上穿着防护服，还有一套悬挂设备。

“这设备需要两个人来操作，我们现在一共就三个人，如果有两个人去操作机器的话，只有一个人可以进行吊挂作业，救援人数太少了，被困群众有三个人。”朱小竹说道。

“没办法，事情发生得太紧急，其他人员已经派出去了，只剩下我们三个了。”向薇深吸了一口气，“不过，就算只剩我们三个，也要去，这是我们的责任。”

三个人点了点头，就要冲进公寓里，就在这时，旁边有人分开人群，向这边冲了过来。

几名保安连忙过来想要拦住他，结果那人急了，对着向薇他们大声喊道：“向薇，这里，这里！是我！”

向薇一愣，转身一看，只见韩湛向她努力招手。

“你来干什么？”向薇皱着眉头问道。

“你们的人员是不是不够？”韩湛大声问道，“我是来帮忙的！”

向薇犹豫了一下，对着那保安喊道：“让他过来！”

几个保安这才放开韩湛，让他跑到了向薇身边。

“你们的人手不够对吧？”韩湛微微喘着粗气，很认真地对向薇说道，“我最近一直都在研究救援有关的设备资料，你们这种机器需要两个人来操作，上面有两套吊索，可是今天你们只来了三个人，肯定是人手不够用了。别的我虽然帮不了你们，但是操作这台机器我还是能办到的！别忘了，我可是工科毕业的，操作机器对我来说并不太难。”

“你真的能做到？”向薇皱着眉头问道。

“救援任务我肯定是不行，你们是专业的，但是操作机器我肯定没问题。”韩湛点头说道，“这套机器我之前了解过，我具备操作能力。”

向薇盯着韩湛看了几眼，然后一点头：“让他上！”

“头儿，”一边的朱小竹有些担心，“他不是我们的成员，这样是不是有些危险？”

“现在不是考虑这个的时候，时间紧迫，被困人员是老人和孩子，如果我们耽误的时间久了，浓烟和窒息就会对他们造成影响。”向薇说道，“我决定了，就让他上！给他一身防护服。”

说完之后，向薇转身就向公寓里面走去。

韩湛一边套着防护服，一边说道：“相信我，绝对没问题。”

朱小竹看着他撇了撇嘴：“我不是相信你，我是相信我们队长！”

说完之后，她一转身，冲进了公寓里。

接着，韩湛和徐有光两个人也提着机器跑进了公寓楼。

不过很快他们就遇到了问题，因为火警，公寓的电梯已经停止使用了，他们必须携带设备尽快跑到楼顶进行作业。

向薇等几个人倒是无所谓，提着东西就往上跑，可是韩湛就麻烦了。

这可是25楼的高层建筑，这一路跑上去的话，估计要累吐血了。

可是韩湛别无选择，只能一咬牙，跟着他们一起往楼顶狂奔。

顺着安全通道一路向上，这个时候终于体现出向薇平时训练的好处来了，朱小竹、向薇和徐有光三个人虽然跑得额头冒汗，却并没有太严重的不适。唯独韩湛，脸上已经全是汗水，同时大口大口地喘着粗气。

幸好之前在工厂里到处乱跑，练出了一点体力，不然韩湛严重怀疑就是这一通爬楼梯，都能让他跑死过去。

几个人好不容易冲到了楼顶，浓烟从楼下飘了上来，向薇站在楼边，隔着护栏向下看了一眼，顿时一阵眩晕，25楼的高度可不是开玩笑的。

“我来，”向薇退了回来，深吸一口气说道，“把防护装备给我套上！”

“我也来，”朱小竹也站了出来，“也给我套上！”

向薇点了点头，下面浓烟滚滚，不知道被困人员是什么状态，这种情况下，两个人一起协同作业效果会比较好。

韩湛蹲在那里开始操作机器，徐有光则走过来帮助向薇和朱小竹两个人穿上救援设备。

“好了！”韩湛举手打了个“OK”的手势。

这时徐有光也已经帮向薇和朱小竹穿戴完毕，并且进行了全面的检查，确定安全之后，打了个手势。

韩湛开动机器，徐有光趴在护栏位置随时进行监控，安全索慢慢放下，将朱小竹和向薇两个人慢慢地放到了18楼的位置上。

这个时候，17楼的浓烟已经冒了上来，开始灌进18楼的房间里，房间里烟雾缭绕，简直是伸手不见五指。不仅如此，屋里的温度还在持续升高，越来越热，而且已经出现了几处起火点。

“头儿，什么都看不见！”朱小竹隔着防护罩喊道。

屋里的火光让向薇浑身微微发颤，那是源自灵魂的恐惧，就在这一瞬间，她仿佛又回到了那一天，在巨大的火光和爆炸声中，一个人影渐行渐远。她不由得呼吸急促，眼睛发直。

“头儿！”一边的朱小竹喊道，“你怎么啦？！”

“我，我没事！”向薇这才回过神来，屋里的火苗让她浑身发抖，恐惧几乎蔓延到她的全身，但是这种恐惧很快又化为力量，让她想要前行，想要战胜。

“头儿，浓烟太大！”朱小竹在一边说道，“什么都看不清啊！”

“那就进去摸！”向薇突然喊了一声，第一个冲进了浓烟里，朱小竹没有丝毫犹豫，跟着一起冲了进去。

两个人进入房间之后，靠着摸索一路前行，屋子里布满了各种杂物，对他们的前进造成了很大的影响。到了烟雾最浓的地方，两个人连对方的踪迹都看不到了。

“小竹！”向薇喊了一声，“你左我右，分开找！”

朱小竹答应了一声，两个人分开。

向薇向右一直找到了一处房间，推开房门，在浓烟中一路前行，突然觉得脚下踢到了什么东西，触感非常软，根据经验，她立刻断定自己碰触到的就是人体。

向薇一弯腰，果然发现地上躺着一个人，在胸口一压，还有微弱的起伏，再往旁边一摸，发现也有人在，总共是两个大人和一个小孩，与房间里的人数相符合。

向薇顿时一喜，在浓烟中寻找需要救援的人员是最难的，不过现在既然找到了，事情就好办多了。

“小竹！”向薇向外面大声喊道，“到这边来！我找到了！”

一边说着，她一边试图搀扶起倒在地上的人，可是倒在地上的三人显然已经失去了知觉，身体十分沉重，向薇估算了一下，自己最多就能扶着一个人，再抱个孩子，想要把三个人带到外面，需要朱小竹的帮忙。

“小竹，快点，这边需要你帮忙！”向薇再次喊道。

这时，一个人影跌跌撞撞地跑进了房间，向薇头都没回，一只手搀扶起一位老人，另外一只手抱起了那个小孩子，拼命向外拖拽，同时她大声喊道：“快点！小竹，快点帮忙！”

“头儿！”朱小竹大声喊道，声音发颤，“情况不对，我刚才摸进了厨房，里面，里面有液化气罐！”

“什么？！”向薇脸色一变，“液化气罐？！”

“对！”朱小竹大声喊道，“而且附近已经出现起火点，随时有爆炸的可能！”

“那你还愣着干什么？！”向薇怒吼道，“快点帮忙把人抬出去！”

“是！”朱小竹这才反应过来，立刻冲过来，拖着地上的另一个小孩向阳台挪去。

第九章

粉骨碎身浑不怕

杜兰公寓浓烟滚滚，谁也不知道那里现在是什么情况。

这时，一辆“采访专用车”飞奔而来，停在了人群外面。车门一开，一名打扮得体、面容姣好的女子从车里走了出来，她迅速地整理了一下自己的衣服，仔细补了一下妆，做好了播报的准备。摄影师也扛着器材从车里钻了出来，抬头向楼顶张望。

“好像情况很严重。”那名摄影师说道，“不知道现在上面怎么样啦！”

女子瞪了摄影师一眼：“快点做准备，马上进行直播！”

一切准备就绪，女子手持话筒，表情严肃地站在摄像机前，摄影师做了个手势之后，她开口说道：“各位观众，大家好，我是记者何欢。正在我市杜兰公寓下方，今天这座公寓突发火灾，有人员被困在楼上，具体伤亡情况现在还不知道。”

这时，摄影师切了个镜头，能看到杜兰公寓上方浓烟滚滚，然后又切回到何欢身上。

何欢继续说道：“大家现在可以看到，现场群众很多。这里停着几辆消防车和一辆云梯车，相关救援人员已经进入大厦开始实施救援了。”

就在这时，人群中突然发出一阵惊呼，何欢抬头望去，只见从楼顶垂下两条绳索，正在将人慢慢地吊往高处。

何欢不愧是一名有经验的记者，只是微微一愣，立刻就回过神来，表情严肃地对着摄像机说道：“各位观众，我们的救援人员已经开始救援了，让我们继续关注进展情况。”

在18楼的阳台上，向薇和朱小竹将一名老人和一名儿童固定在安全索上，然后打了个手势，机器缓缓转动，把人慢慢地向上拉去。看着缓缓上升的两个人，向薇仍心急如焚，因为屋内有一罐液化天然气在烈火的炙烤下随时有爆炸的危险。

向薇和朱小竹两个人正在和时间赛跑，谁都不知道下一刻究竟会发生什么。不过眼看俩人慢慢升到了楼顶，她们才同时松了一口气，起码先把人救了出来。

两根吊索很快又放了下来，向薇动作麻利地把剩下的一个小孩固定好，把另外一根安全索往朱小竹那边一推："小竹，你上去！"

"头儿！"朱小竹坚决不同意，"你必须上去！我们需要你指挥！"

向薇没好气地骂道："都这时候了，还需要什么指挥？"

"越是这种时候，越需要！"朱小竹大声说道，"头儿，你赶紧上去！我没问题的！你要是不上去的话，我就回到火里。"说着，朱小竹就要往屋里冲。

"你！"向薇表情一滞，怒骂了一声，"你有种，看我回去怎么收拾你！"

不过她也知道，时间就是生命，她立刻把安全索捆在身上，向上面发了个信号，随着绳索慢慢上升，她距离阳台也越来越远。

这一段距离大概也就一分钟，可是向薇却感觉好像有一年那么长！到了楼顶，一只大手拉住向薇，将她拖了上去，然后又把那个小孩抱了上来。

向薇刚一解开安全索，立刻大声喊道："快，快把安全索放下去！小竹还在下面，下面有液化气罐……"

她的话音刚落，"砰"的一声巨响，一团火光从18楼的室内迸发出来，液化气罐像炸弹一样将楼体炸了个大洞，站在阳台的朱小竹措手不及，被冲击波直接撞了出去。向薇疯了一般爬到护栏那里向下看，正好看到朱小竹被炸飞坠落的瞬间……

"小竹！"向薇声嘶力竭地吼了一声，向着朱小竹坠落的方向伸出手去，似乎想要把她重新抓在手里。由于用力过猛，她整个人几乎都要冲出护栏了。

"小心！"向薇身后有人伸手，一把将她拉住，拖了回来。拖住她的不是别人，正是韩湛。

“你放开我！”向薇拼命挣扎，泪水无法遏制地流了出来。

韩湛感觉向薇就好像是一头蛮牛一样，力气是如此之大，可是他不敢放开，生怕稍有不慎，向薇也会跌落下去。

医院里，韩湛呆呆地坐在走廊里，似乎已经失去了思考的能力，就连向薇走到他身边，也一无所知。向薇轻轻叹了一口气，坐到了韩湛身边，把手里的一瓶矿泉水递了过去：“喝点水吧。”

韩湛还是麻木地坐着，完全没有任何要动的意思。

向薇眼圈发红，她努力地控制着自己，让自己不要哭出声来，最后她吐出一口气来，好半天才开口说道：“我们救出来的人已经抢救过来了。医生说很危险，如果再晚一会儿的话，可能人就麻烦了。”

韩湛还是呆呆地看着墙壁，不发一言。

向薇面向墙壁，狠狠地在上面砸了一拳，发出“砰”的一声。泪水无法遏制地从眼眶中流了出来，她把头埋在手臂里，同时低声骂道：“混蛋！朱小竹你这个混蛋！为什么就这么走啦？为什么走得这么急？”

“头儿！”就在这时，旁边突然有人开口说话，“值了！”

听到这声音，向薇一愣，转头向声音传来的方向看去，只见一群人站在医院的走廊里，身上穿着救援队的制服，这是她的队员们，是所有救援队的成员，只是此刻，泪水遍布他们的脸颊。

“头儿！”最前面的是徐有光，他的声音有些哽咽，“真的值了！”

说话间，他向前一步，站在向薇面前：“虽然小竹走了，可是她一条命，换回来三条命！真的值了啊！”

“没错！”姚天也站到了向薇面前，“您曾经不止一次地对我们说过，我们做的就是拼命的工作，有的时候就要以命换命！今天小竹虽然走了，可是她是英雄，她一条命换回来的是三条鲜活的生命。这不就是我们一直在追求的东西吗？我们一直训练、学习，等待的不就是这一刻吗？我们就是来牺牲的！”

“对！”冯军用力点头，“小竹虽然先走了一步，但是下一次，可能就是我！”

“还有我！”姚天说道。

“还有我！”徐有光说道。

“还有我！”所有的队员在他们身后大声回应道。

“当然，还有队长你！”徐有光说道，“我们都已经做好了准备，既然来到了这里，我们义无反顾！”

向薇嘴唇微微发颤，突然用力一抹脸上的泪水，庄严地向着自己的队员们敬了一礼。

所有队员表情严肃地回了一礼。

“你们说得没错！”向薇大声说道，“我们，都已经做好了准备。”

“对！”所有救援队员一起点头，“我们已经做好了准备。”

韩湛呆呆地看着这一幕，直到这时，他才突然惊醒过来，下意识地说道：“为什么，为什么要去牺牲呢？我们应该做的是拯救！不但拯救别人，也要拯救自己！这种事情决不能再发生了！绝不！”

“这是我们的使命。”向薇回过头来看着他说道，“虽然在救援过程中，我期望每一个生命都能好好地活在世上，但是在危险来临之际，作为一名救援人员，我们也必须做出自己的抉择。”

“抉择？勇气？”韩湛喃喃自语，脸色还是有些苍白，朱小竹在他面前凋零的那一幕，对他的打击实在是太大了。对于向薇来说，她痛失了战友和部下；对韩湛来说，则是第一次看到一个鲜活的生命在他面前就这样凋零。那高楼下血红的印记，已经成为他脑海中挥之不去的记忆。

看着韩湛呆滞的模样，向薇心中微微叹了一口气，朱小竹的离开对她的打击是巨大的，可是，这种工作的危险性，让她已经做好了心理准备。尤其是那个在她脑海中徘徊不去、燃烧着的梦境，不但是她的噩梦，更是时刻在提醒着她生命的脆弱和无奈。所以，她反而要比韩湛更快地认清现实，从而让自己冷静下来。因为，自从她成为救援队队长之后，她就要肩负着这一切，无法摆脱，也不能逃避。

韩湛不知道自己是怎么从医院里走出来的，他只觉得脑子里嗡嗡作响，整个人浑浑噩噩。他踉跄着坐到了街边，脑海里像放电影一样不断播放着此前与朱小竹的一切过往，那冲天的爆炸和朱小竹满身的血迹，却始终挥之不去。

“请问，您是韩湛先生吗？”就在这时，旁边有人问道。

韩湛一愣，抬起头来，发现一名手持话筒的美女站在自己身边，正认真地看着自己，眼神中有着某种期待。这个美女正是记者何欢。

“你认识我？”韩湛莫名其妙地问道。

“您之前协助公安部门破获了一起大型的诈骗案，那个时候就给我留下了深刻印象，本来想筹划着对您进行一次专访，后来得知您在卢乡工作，等我们赶到那里时，才得知您已经辞职，阴差阳错，直到现在我们才见面。”

“你好。”韩湛淡淡地点了点头。

何欢充满期待地问韩湛：“韩先生，我可以采访您一下吗？”

“采访我？”韩湛一愣，“为什么？！”

“您是否参与了今天杜兰公寓的救援？”何欢问道，“我当时在楼下进行直播，看到您和一批救援人员从公寓里出来了。想必，您对这次的事件有所了解吧，我发现有一名救援人员因公殉职，您能给我们讲述一下究竟发生了什么吗？”

“为什么要采访我？你们真正应该采访的人，在那里……”韩湛苦笑了一声，伸手指向身后的医院，“参与救援的人员都在那里，无论是生还的，还是遭遇不幸的。我不觉得我有采访的价值。”

“这个……”何欢摇了摇头，“我知道，只是，救援队的队长明确拒绝了我们的采访。”

“我也拒绝，很抱歉，我不配，也不值。”韩湛摇头说道，“比我更值得大家敬重的人还在里面，再见。”

何欢看着韩湛的背影离去，韩湛走得并不太快，可是却十分坚决。

“我们接下来怎么办？”摄影师举着摄像机有些茫然无措地问道。

“先回去吧。”何欢淡淡地说道，“在这个让人伤心的时候，提出任何问题都是不礼貌的。如果可以的话，我们下次再去采访他们吧。”

……

韩湛出席了为朱小竹举行的遗体告别仪式。

朱小竹已被追认为烈士，她的家人能领到230万元的抚恤金，这其中包括烈士褒扬金、因公牺牲一次性抚恤金、一次性工亡补助金等。这笔钱，可以让朱小竹的父母能好好地生活下去，国家代替逝去的英雄，尽到了为人子女的责任。这也是一种尽力的弥补。

下午2点，市消防总队派出专人护送朱小竹的骨灰前往烈士公墓。沿路数千名群众不约而同地走到街头，目送着英雄离开。很多人默默流下了伤心的泪水，为朱小竹失去年轻而又美丽的生命而惋惜。之前虽然不认识朱小竹，但在她牺牲之后，人们却将她的英雄事迹永远流传，将她的名字铭记心间。

英雄永垂不朽!

韩湛庄严肃穆地向朱小竹的遗体三鞠躬。简单而又庄重的仪式，为一位英雄在这个世上画上了一个句号，而其他的英雄，将会继续一往无前。

仪式结束之后，韩湛慢慢地走出大厅，外面的阳光照在他的身上，让他觉得浑身暖洋洋的，那是生命的温暖，这种温暖，让他很放松。

一阵轻轻的脚步声响起，一股熟悉的香味钻进韩湛的鼻子，他一愣，转头一看，果然看到向薇站在他身边，同样眯着眼睛，静静地感受着那阳光照在身上的感觉。

韩湛发觉，向薇好像变了，具体什么地方发生了改变，韩湛也有些说不清楚，他只是有一种感觉，如今的向薇比从前更加凌厉和坚决了。

“感觉怎么样？”向薇突然开口问道。

“这话好像应该是我来问你才对。”韩湛苦笑着说道，“我本来以为，应该是我来安慰你的。”

“你？”向薇瞥了他一眼，“不行，你不够，远远不够！”

“为什么？”韩湛一皱眉头。

“你的心不够坚强。”向薇轻轻叹了口气，“没错，你充满了正义感，只要感觉到不公平，你就敢于冲上前去，伸张正义。但是，那是在你不知道后果的前提下才会这么做的。你从来没有想过，如果你失败了会怎么样。现在，你看到了，结果并不一定是很美满的。”

“是啊。”韩湛的神色有些黯然，“现在回想起来，我以前的所作所为似乎更多的是冲动与无知，和你们比起来，我实在是差得太多了。”

“现在如果有一件危险的事情出现在你面前的话，你会怎么去做？”

“我……”韩湛一愣，犹豫了片刻，轻叹了一声，“我可能会想很多事情，但是，我相信自己最后还是会去做的！江山易改，本性难移。这是我的本性。”

“如果你真的能做到这些，那你才真的有点意思了。”

韩湛苦笑了一声，并不觉得向薇这句话是在夸他：“你呢？你是什么感觉？”

“同样的伤感，同样的难受，但是我不会害怕，也不会畏首畏尾。”向薇的声音很坚定，“我会继续坚持下去！因为我知道，这是对的事！我虽然有可能牺牲，但是我却能拯救更多的生命！从我第一天进入这行开始，就已经明白了这件事。而且在经历过这么多事情之后，我会更适合这一行的。”

“可是，为什么不想着去避免这些呢？”韩湛突然有些激动，“去避免这些牺牲。”

“这世上，有些事情是必须牺牲才能换回来的。”向薇轻叹了一声，“这是避免不了的！”

“但是，我们起码可以减少牺牲！”韩湛突然觉得自己的思路前所未有的清晰。

“什么意思？”向薇满脸疑惑地看着他。

“我们可以想办法把牺牲降到更低的程度，让更多的人好好地活着。”

向薇心里微微一跳：“你这话是什么意思？”

“我的意思是，我们可以去从事危险的工作，但要借助科技手段让危险降到最低。”韩湛的情绪有些激动，“我知道我要做什么了，我知道了！”

“你到底在……”向薇莫名其妙地还想要问一句，但是突然间脑海中有一道闪电划过，一下子明白过来了，“你是说，你的那套设备！”

“对，就是那套设备！”韩湛用力一挥拳头，“高楼逃生设备！之前我还在犹豫这套设备有没有继续研发的必要，可是现在，我突然觉得，必须将这套设备做好，将它完善，它本来就是为了拯救生命而存在的，应该让它去拯救更多的生命才对！”

向薇仔细思考着韩湛的话，突然想到那天在天河大厦看到的现场演示效果，借助这一套设备，一个人迅速完成了逃生。那套设备不但搭设简单，而且使用方便，运行速度非常快，如果能投入使用的话，可以在很短的时间内完成救援。

向薇来来回回地走了几步，皱着眉头思考着那天看到的场面，整个设备从搭建到使用，不到一分钟，也就是三十多秒的时间。使用非常简单，只需要经过简单的训练就可以很好地操作。如果当时的楼层上安装了这么一套设备的话，人员撤离和逃生就不需要使用吊索这种缓慢而又危险的工具了。

“那一套设备可以供多少人使用？”向薇突然停下来问道。

“按照设计要求，一套设备可以让三名人员迅速完成逃生。”这一段时间，韩湛对那套设备进行了反复的研究，相关的数据已经烂熟于心。

“三名人员！”向薇眼睛一亮，“也就是说，那天执行救援的时候，只需要两套设备，就能把人员安全撤离？”

“是的。”韩湛点头说道，“不仅如此，这套设备可以进行回收再利用，成本也可以控制。而且还能随身携带，直接使用。”

“呃，如果真是这样的话，那……”向薇突然想到了朱小竹，心里微微一痛，如果当时有这样一套设备的话，情况可能会完全不同。

“但是，之前你不是和我说过嘛，那套设备的设计有一些缺陷，一个连接的地方受热的时候会发生变形，从而锁死，造成逃生失败。”

“但是，这个问题并不是不能克服的，需要时间去重新设计。”韩湛接着苦笑了一声，“可问题是，我们现在并没有太多的时间来设计这个了。”

韩湛把公司里发生的事情向向薇说了一遍。

“也就是说，之前那位孙总已经卷走了公司里所有的流动资金，现在公司账户上的资金可能已经不够发放下个月的工资了。”韩湛苦笑着说道，“更要命的是，我们只有一个月的期限来完善和生产设备，如果违约的话，我们必须支付高额的违约金。”

“怎么会这样？”向薇问道。

“我也想问这句话，为什么会这样？”韩湛叹了口气，“但这就是残酷的现实，时间、金钱，什么都缺。现在的办法可能就是宣告公司破产，设备暂停生产，然后清算现有的资产来进行偿还债务了。”

向薇眉头紧皱，她在原地来回走了几圈，脸上的表情让人有些捉摸不透。突然，向薇停了下来，看着韩湛认真地说道：“我问你一句，这套设备如果时间和资金充足的话，能不能研发出来？我是说那种成功的、可以完美利用的设备，而不是现在这种不靠谱的半成品！”

韩湛用力点了点头：“我可以向你保证，绝对可以完成的。毕竟这套设备的整体设计并没有出现太大的问题，只是材料和局部设计还存在缺陷，如果给我时间进行修改和研发的话，我有把握把它彻底完善。”

“那么，你需要多少时间来完善设计？”向薇问道。

“最少需要两个月。”韩湛盘算了一下，给了向薇一个数字。

“好，那我就信你一回！”向薇用力点头，“你先回去吧。”

“啊？”韩湛一愣，“回去？”

“对，”向薇点点头，“回去之后把订购产品的企业订单给我发一份过来。”

“你要做什么？”韩湛莫名其妙地问道。

“你不要管了。”向薇淡淡地说道，“我可以给你时间，也可以帮你疏通关系，拿到投资。你要记住你的承诺，两个月的时间，拿出你的产品给我看！当然了……”

向薇微微一笑：“我也不会让你自己一个人瞎忙，我会协助你进行研发。我想，一个专业人士的建议，对你来说应该是很有用处的吧？”

“对。”韩湛用力点头，“这个很有必要！闭门造车是要不得的。”

“很好。”向薇点了点头，然后瞪了韩湛一眼，“既然如此，你还在这里做什么？”

“啊？”韩湛一愣，呆呆地看着向薇。

“赶紧去把资料整理一下发给我。”向薇冷冰冰地说道，“时间就是金钱，而且对你这套设备来说，时间就是生命！”

“好的，我明白了。”韩湛用力点头，转身一路小跑地离开了这里。

向薇抬头看着天空，湛蓝的天空下，她仿佛能看到朱小竹那爽朗的笑容。

韩湛的动作很快，没多久，向薇就拿到了一份资料，她仔细研究之后，拨通了一个电话。电话那边传来了侯行知惊喜的声音：“向微，你竟然会主动给我打电话！”

“我和你说件正事。”向薇把关于韩湛和他的那套设备的事情说了一遍。

侯行知安静地听完之后才开口问：“你看好这个项目，希望我能向他注资？”

“1500万，公司就能起死回生。少侯爷，你可以去查一下这个项目的状况，你不会亏本。”

“你等我一下。”侯行知随口说了一句就挂断了电话。

“真是的！究竟在搞什么鬼？”向薇郁闷地嘟囔了一句。

就在这时，一阵轻轻的敲门声响起，向薇喊了一声：“进来！”

房门一开，姚天从外面走了进来，有些犹豫地问道：“头儿，您没吃饭吧？我给您打了点饭来。”

向薇看了一下时间：“这么晚了？”

“头儿……”姚天低声说道，“您不用太伤心的，我们……”

说到这里，姚天突然说不下去了，呆立在那里，身子微微发颤。

向薇静静地注视着那个饭盒，也没有开口说话，办公室里的气氛有些压抑。她原本努力暂时放下朱小竹的事情，但是此时此刻，她一直回避的东西，再一次被赤裸裸地摆在了面前。

“没事，你放心吧。”向薇声音发颤地说，“我没事的，你去吃饭吧，吃完了就回去，好好休息。”

姚天点了点头，转身离开了房间。

向薇低头看着饭盒，脸上的表情难以捉摸，最后，她轻轻地叹了口气，打开饭盒，慢慢地吃了一口米饭。

一个小时后，她的电话突然响起，正是侯行知打过来的。她接通了电话，带着点火气地问道：“行就行，不行我另外找别人，你直接躲开就没意思了。”

侯行知也不恼，笑着回话：“我在你们单位外面。”

向薇连忙站起身来，急匆匆跑到外面，果然，侯行知的轿车就停在那里，车窗摇开，他向她招了招手。向薇坐上了副驾驶座，两人再次谈起这次合作。

侯行知直入主题：“我是商人，在商言商，要想达成这笔合约，我必须弄明白几件事。”

然后不等向薇说话，他伸出一根手指来：“第一点，我要知道你现在的状态怎么样，会不会因为战友的逝去而导致情绪上的巨大波动。如果是这样的话，我是不会考虑给你钱的。盲目投资有很大的可能会遇到商业诈骗，从而造成巨大的损失。这种损失不仅是经济上的，有的时候更是精神上的！”

“少侯爷，你的消息还是那么灵通。”向薇眼中闪过一丝伤感，“我早就知道，这一行，牺牲是在所难免的，可是因为害怕牺牲，就止步不前，那是更大的危险。我要做的，只是从这一次挫折中站起来，然后从中汲取教训，取得胜利。”

“所以说，这套救援设备，就是你汲取的教训？”侯行知问道。

向薇的回答斩钉截铁：“我有很大的把握。”

侯行知点点头：“我相信你，但是我也必须负责把关，不能让人随便就把钱骗走吧！”

“三句话不离‘骗’这个字！”向薇没好气地说道，“这里有设备的相关资料，可以给你看一下。”

向薇掏出手机，把里面存的资料一一向侯行知展示，最后向他说明了自己那一次在会议上见到的场面。

“你是说，那个人当时就用这个设备从 17 楼顺利逃生，而且安全落地？”侯行知感兴趣地问道。

“亲眼所见。”向薇点点头，“虽然当时我很生气，因为实际上我是被人算计了，以救援队长的身份为他们站了台，可是现在仔细想想，那一次的成功也说明了很多问题。起码这套设备如果解决了一些关键性的技术问题，会对救援工作有很大的帮助。不但可以在高层建筑上普及，而且还能作为我们一线救援人员的随身设备，在关键时刻派上用场。”

侯行知盯着向薇手机上的东西看了半天，眼睛越来越亮：“有意思，非常有意思！”

“你感兴趣？”向薇问道。

“岂止是感兴趣，简直非常感兴趣！”侯行知哈哈一笑，“这套设备的潜在价值非常大！那位孙总的眼光非常不错，能看到这套设备的价值，并且果断地进行了投资。如果他继续坚持下去的话，肯定会很有前途。无奈他只是一个投机者，遇到危机时，第一个念头不是把这东西继续做下去，而是卷款跑了，白白扔掉了这一套好东西。”话锋一转，侯行知主动进入了谈话的主题。

“我可以给你提供一笔款子，不过不是 1500 万！”

向薇微一皱眉："多少？”

“3000 万！”侯行知伸出三个手指头来，笑呵呵地说道，“我要 30% 的股份。”

向薇一愣。

“我要的真不多啊！”侯行知苦着脸说道，“不过是 30% 的股份而已，他还剩下 70% 的股份呢！我这不是白要，是给他钱的。你可以跟他商量一下，但是我觉得，他同意的可能性很大。”

向薇点点头："那我问一下。”说着，拿着电话走了出去。

侯行知倒是一点都不着急，悠哉地等着，过了没多久，向薇返回："他同意了！你什么时候去办股权分配证明？”

“明天就去。”侯行知笑道，“还有一件事我需要问一问怎么处置，那些下了订单的商家，应该怎么协调？如果赔偿违约金，这 3000 万砸进去，都未必够。”

向薇平复了一下情绪："你在本地的商圈里比较有人脉，如果你向这些人打声招呼，能不能把订单延后两个月？我会和公司说说，在供货价上提供适当的折扣。”

侯行知微微一笑："我有个朋友，和那家公司签订合同的大部分人都认识，签署一份补充协议，将合同延后并不是太难的事。但是，我仍是要重复一遍……”

“在商言商？”

侯行知笑着点了点头。

“只要你朋友能办成这件事，我建议公司将供货价格压低，给其他商家九折，他那边七折。你觉得怎么样？”

侯行知有些犹豫。

“七折是个不错的折扣了，我完全可以给其他商家一个比较合理的折扣，探讨一下能否将订单延后。”

侯行知轻轻摇头：“向薇，这一招如果有用的话，你会直接来找我吗？目前最好的解决办法，其实是有人能给你们下一笔订单来稳定人心。”

向薇没有说话。

“其实现在你们与其说缺少时间，倒不如说是缺乏必要的信息来稳定那些下了订单的企业。”侯行知笑道，“孙总已经跑了，谁知道你们现在这种做法会不会只是一种缓兵之计呢？万一你们只是想要拖延两三个月，然后也逃跑呢？人心惶惶才是最可怕的。如果有人在这时候下了一个订单，而且出面稳住那些人，实际上等于是为你们进行了背书，安抚了他们的情绪。这样一来，你们才有足够的时间进行后续操作。我说的对吗？”

向薇叹了口气：“你这个人的脑子是很好用的。”

“谢谢夸奖。”

向薇继续说了下去：“我之所以先找到你，只是你的身份适合来办这件事。”

“什么意思？”

侯行知开始皱眉了，根据他对向薇的了解，向薇绝不是一个爱财的人，既然她不遗余力地推进这件事情，就说明她在其中有着某种目的。

向薇淡淡地说：“因为根据我的了解，这套设备不但对高层建筑有着很重要的作用，而且还可以运用到救援工作里。如果这套设备能够进行推广的话，救援人员和被救援人员的生命，都会得到更多的保障！现在公司已经有了充足的资金，而且我也有把握从别的地方拿到订单。如果订单到手，赔偿违约金并不是什么难题。况且那些厂商未必很看重违约金，毕竟后续还有巨大的合作空间。”

侯行知思索了半天，突然长叹一声：“从大学第一眼看到你开始，我就知道你是我的命中克星！从来没有一次能让我占据上风！向薇啊，向薇，你说，我该怎么办才好呢？”

“你想要怎么办是你的事情。”向薇一笑，“不过，刚才你的那一番话，我是否可以理解为，你愿意帮这个忙啦？”

“我想，我没有不帮忙的理由。”侯行知微微一笑，“在商言商，这个合同很有价值！”

他略一欠身，对向薇伸出了手：“那我们成交！”

“成交！”向薇和他握了一下手，“我会让公司法务部门尽快将新合同送来。合作愉快！”

当天下午，公司法务的刘茵在被通知修改合同之后，整个人感觉都是飘的，本来焦头烂额的一件事，却突然出现了转机。

整个公司的气氛也变得热烈起来，虽然公司的业务没有完全展开，但是有资金，有渠道，手握大笔的订单，毫无疑问，这样的公司前景光明，员工的心也彻底安定下来。天河大厦的公司里，气氛变得和之前完全不同了，张进和刘茵两个人站在走廊里，低声说笑。

“小韩总挺有本事。”张进低声笑道，“3000 万啊，有了这笔钱，公司一下子就盘活了。”

“先不要高兴得太早。”刘茵的语气淡淡的，“现在还只是解决了一个问题，我们还有一批订单没有处理。如果这个问题不解决的话，情况仍然会很糟糕。”

“这倒是个问题。”张进一笑，看着刘茵说道，“我想问一句，现在这个阶段，你还想要离职吗？”

刘茵没有说话，只是淡淡一笑，转身离开了这里。

张进摇了摇头，回到了自己的办公桌旁，打开电脑，悄悄地删掉了电脑里的几份面试邀请。

第二天，侯行知和韩湛在一份合同上郑重其事地签了字，然后交换了合同文本。拿着这份合同，韩湛的心情轻松了许多，资金问题解决，剩下的就是研发问题了。

“好了，资金问题我已经帮你解决了，接下来我会帮你解决预订合同问题。”

向薇很认真地对韩湛说道，“但是，我要的结果呢？你什么时候给我？”

“我已经展开研究了，”韩湛很认真地对向薇说道，“但是，之前有一点小小的问题。”

“什么问题？”向薇一皱眉头，看着韩湛问道。

“我没有合适的地方进行组件加工，如果没办法进行加工的话，组件的可用性试验就会很麻烦。”韩湛认真地说道，“但是现在问题解决了。”

“你是说资金？”向薇问道。

“对。”韩湛笑着点点头，“资金问题解决之后，我准备买一处厂房，进行研发和试验。此前公司的思路是将生产外包，这种想法没有什么不对，但是想要把设备做好，公司必须有自己的研发和生产能力，这是基础，也是核心。等到公司做出产品之后，再把产品生产外包出去，这才是合理的做法。”

“可以。”向薇点点头，“你已经有目标了？”

“有了。”韩湛笑道，“有资金注入之后，我就可以去和他们谈这个事情了。”

“厂房在哪里？”向薇问道。

“卢乡。”

“卢乡？”向薇一愣，然后苦笑着摇了摇头，“你对那地方还真有感情。”

韩湛很认真地解释：“卢乡这个地方，在此之前是我们省小机械加工的基地，因为近些年的快速发展，卢乡面临着设备老旧、产品滞销等一系列问题，没有自己的拳头产品，就越发没落了。我上次去的时候，虽然还有一些工厂在开工，但是机器开工不足，没有效益。不过，卢乡也有它自己的优势，那里有厂房，有机器，也有熟练的技术工人，只要能在那里扎下根，整合产业，效果会很不错。”

向薇上下打量韩湛，微微一笑：“这些我不太懂，不过听你说得头头是道，那就相信你一回！这件事你看着办吧。我去帮你把订单的事情办妥！”

在留下人员处理公司事务之后，两个人根本没有休息，立刻赶往卢乡，迎接他们的是卢乡办公室的韩忠。

韩忠笑着迎了上去和韩湛握了握手：“早就知道你会回来，但是没想到这么快！”

“那是因为我心急如焚。”韩湛笑道，“领导，这次我回来可不是空着手来的。”

“知道知道。”韩忠哈哈大笑，“你是来救命的。多余的话我也不多说了，我们卢乡的情况你肯定了解，来的时候已经有目标了吧？”

韩湛点点头：“曙光。”

“就知道你会选择那里。”韩忠笑道，“论眼力和专业性，你小子是一等一的。”

“曙光是什么地方？”向薇低声问道。

“曙光是卢乡的一个机械厂，和卢乡其他厂子一样，那里原来做的也是机械加工。无论是规模还是能力，都很不错，属于整个卢乡排名前三的机械厂。”韩湛笑着说道。

“你把目标定得那么高？”向薇皱着眉头低声问道。

韩忠苦笑着接过话来：“那是以前喽！说真的，曙光机械厂风光的时候那是真风光！在整个省里都很有名气。就像小韩说的，在整个卢乡也是排名前三的大厂子。但是后来随着设备老化，加工业疲软，已经垮下去了，就像现在的卢乡一样。整个卢乡当初都是机器轰鸣，但是现在能开机的都没有几个厂子，工人更是少得可怜，只能勉强苟活喽！”

然后他对韩湛说道：“你小子知道底细，我瞒也瞒不住，就不说那些骗人的瞎话了。”

“您想骗我，那也要能骗得住才行啊。”

韩湛笑嘻嘻地说了一句，然后他继续对向薇说道：“不过，曙光机械厂虽然不行了，但是厂房面积够大，里面配套的机械设备虽然老旧，不过却齐全，有些老工人还在厂子里，所以机械维护也不错。开机率能达到 80% 以上，对我们初期生产很有利，而且最让我感兴趣的是，里面有个烟囱！”

“烟囱？”向薇先是一愣，然后“扑哧”一声笑了出来，“怎么？你对烟囱就那么痴迷？看到一个就想爬上去试试？”

“不是！”韩湛脸上表情有些尴尬，匆忙解释道，“我的意思是，那个烟囱虽然现在已经不能使用了，却是一个很好的试验场地。我们可以围绕着那里建一个试验区域，对我们生产的各种救援设备进行试验和评估。”

“主意不错。”向薇眼睛一亮，轻轻点头，“设备在大规模生产之前，一定要进行必要的试验。”

韩湛笑着说：“当然了，还有最重要的一点，就是曙光便宜。”

“便宜？”向薇一愣。

“当初真是养了个特务在家里。”韩忠在一边苦笑着说道，“我们卢乡这点家底都已经被你摸清了！什么都知道！不错，曙光的确便宜，或者说，卢乡各个工厂都不贵。现在小型机械制造和机械加工市场不是很乐观，再加上卢乡的产能退化严重，所以基本上只能卖个地皮钱。”

“更有意思的事，卢乡的地皮也不值钱！”韩湛笑道。

韩忠捂着胸口苦笑着说道：“再说下去，我这心脏病都要犯了。”

韩湛毫不留情地说道：“要是这些厂房能转让并且盘活的话，您老人家做梦都要笑醒的！您可别瞒着我，我知道卢乡现在还有不少优惠政策，这些我都熟，回头一个都不能少了！”

“你……”韩忠死死地瞪着韩湛，最后无奈地点了点头。

随后，向薇跟着一起去看了一下那家曙光机械厂，果然像韩湛说的那样，曙光机械厂占地面积很大，厂房虽然老了一点，但是盖得很结实，里面的机械设备有很多，不过同样看起来老旧。对于这些，向薇是不太懂行的，反倒是韩湛把每一台机器都看了一遍，说得头头是道。

厂房里还能看到几个老工人，这些人和韩湛也是出乎意料地熟悉，见面之后互相亲热地打着招呼。

转让合同很快就拟定好了，韩湛拿到了一个便宜到不像话的价格，而且还包括种种政策扶持。向薇看了一下韩忠的脸，发现这位卢乡领导干部的脸上，不知道是哭还是笑。可能是一方面有些心疼，另外一方面又有些庆幸，两方面交织在一起，才会造成这种扭曲和矛盾的表情吧！

在律师帮助下，三天时间，所有的流程基本上就走得差不多了，曙光机械厂现在属于韩湛了。

当天傍晚，韩湛和向薇驱车离开市区，直奔卢乡，韩湛还带了一整套的设计图纸，准备带着厂里的工人加工一个样品出来。

“这段时间，你就准备住在卢乡了吧？”向薇还有救援队的工作，所以今天陪同韩湛来了之后还要回去。

“对，宿舍都准备好了。”韩湛点了点头，表情有些惆怅，“其实，我应该回家的，家里还有那么多事情呢。”

接着他又摇了摇头：“不过我爸发话了，让我把这件事先解决了，其他的事情随后再说，谢天谢地，我妈最近情况稳定，不需要人照看。”

两个人一路闲聊，到了卢乡。

等车子到了曙光机械厂的时候，韩湛顿时一愣。

只见在曙光机械厂的门前有几个人等在那里，而且这些人他全都认识，基本上都是自己在卢乡蹲点的时候认识的各个厂子的老员工。

“这些人是谁啊？”向薇看到这场面有点发愣。

“亲人。”

韩湛打开车门走下了车，守在门口的几个老工人立刻就围了上来。领头的正是之前和韩湛一起合作改进机器的张师傅。

看到韩湛从车上下来，那位张师傅笑呵呵地说道：“韩厂长，您来了？”

“您可别这么说，在您这儿，我永远都是小韩。”

“那我就托大，喊你一声小韩了。我们这是来找小韩你讨碗饭吃。”张师傅大大咧咧地说道，“我们听说你在这里接手了曙光，应该是需要人手吧？我们这些老家伙虽然年纪大了点，做工的本事可不含糊，这些你都是知道的。怎么样？你要不要我们？”

韩湛惊讶地看着面前这些人：“你们要到曙光来工作？”

“小韩，我也知道这有些唐突。”张师傅不好意思地笑道，“不过，我们大家信得过你，觉得你是个有本事的人，想来碰碰运气。”

“可是，各位都是厂子里的技术骨干啊。”韩湛说道。

“什么技术骨干……”张师傅自嘲地笑道，“别人这么说也就罢了，你也这么说？最近这些年卢乡是什么样子你也不是不知道，开工率低得吓人，我们这些厂子都是开两三个月，歇大半年，就这样还时有时无，不知道什么时候就彻底停了。我们虽然有些手艺，可是这有什么用？机器不开，我们这些手艺有和没有又有什么两样！我们听说你接手了曙光，知道你肯定有办法，所以就到你这里来报到了。我们都商量好了，不让你为难，你的厂子刚刚开始着手建设，一开始肯定没有什么工作，我们也不会让你空耗工资。我们就是想来问一句，如果你有一天厂子运转起来了，需要人手，我们这些老兄弟能不能来帮个忙？”

“我举双手欢迎！”韩湛笑着说道，“各位可都是宝贝，你们要来的话，我求之不得啊！”

“好，那我们一言为定！”张师傅笑道。

“如果你们现在能来，我也欢迎。”韩湛笑道，“我最近正在研发一套设备，正好需要各位来帮忙，行吗？”

“这个完全没有问题！”张师傅哈哈大笑，“我们绝对信得过你！”

向薇在一边带着笑容看着这场面，她的目光不时地在韩湛和这些老工人身上游走，看着他们的笑容，向薇发自内心的高兴。韩湛在这里受欢迎的程度，简直出乎她的意料。在这里，她切切实实地看到了设备研发成功的希望。

一阵电话铃声把向薇从这种氛围中唤醒过来，她看了一眼来电号码，然后接通了电话，还没等到她开口说话，姚天的大嗓门就传了出来：

“头儿，你在哪里？！”

“怎么啦？”

“是冯军，冯军！”姚天说道，“冯军出事了！在中心医院！”

向薇的心顿时揪了起来，脸色一下子变得惨白。

“我一会儿就到。”向薇不等他把话说完，立刻挂断了电话，然后对韩湛喊了一声，“韩湛！”

韩湛正和那些老工人说话，听到声音立即回过头来。

“车钥匙给我，我有急事回去一趟。”向薇表情严肃。

韩湛不敢怠慢，连忙把车钥匙扔了过来。

向薇没有耽误，直接开车就往市里赶，一个多小时后，她就出现在市中心医院。

在这里，她终于看到了满脸焦急的姚天："怎么回事儿？"

看到向薇，姚天一惊："头儿，你终于来了，我……"

"少废话！"向薇骂了一句，"说，到底出什么事了？"

"头儿！"姚天连忙说道，"是这样，今天是我和冯军负责夜班，你离开之后，我们接到了一个报警信息，一个两岁多的小孩子出现了意外情况。他们家里只有奶奶一个大人在家，她在做饭的时候，忘记关窗，那个小孩子顺着窗户爬了出去，结果从防盗栅栏的缝隙中滑了出去，落到了楼下5楼的防盗网上，情况十分危急。我们两个人立刻出动，赶到了现场，当时小孩子的情况已经很危急了，因为小孩子比较好动，还不知道害怕，在5楼的防盗网上滚动，随时都有跌落的可能性。为充气垫充气，有些来不及了。无奈之下，我们只能一边给气垫充气，一边让冯军悬挂安全索，从楼顶上垂下来救助那个小孩。一开始一切比较顺利，孩子救助成功，已经顺着窗户送回了6楼，由她奶奶接着。冯军正准备顺着安全索返回顶层的时候，出现了问题。那里是老城区，房屋比较老旧，悬挂安全索的地方出现意外断裂，冯军直接摔了下去。幸好下方的充气垫还在充气，形成了一定缓冲，不过还是摔得很厉害。送到医院之后，说是要手术，我就把他送进了手术室。"

向薇脸色铁青，站在那里一句话都说不出来，又是一次高空坠落！这段时间连续发生的这种事件，已经搞得她有些心力交瘁了，第一起事故造成了朱小竹的牺牲，现在又是冯军！看来，让韩湛制作出逃生工具的事情，已经刻不容缓了。

她看着姚天，很认真地问道："冯军的情况怎么样？有没有生命危险？"

"没有生命危险，但是也很严重。"姚天哭丧着脸说道，"肋骨骨折，骨刺可能伤到了内脏，所以需要手术治疗。具体的情况，我也不太清楚。"

向薇深吸了一口气，然后对姚天说道："你先回去吧！"

"啊？"姚天一愣。

"你先回去，这里我看着。"向薇努力控制着自己的情绪，尽量让自己的情绪显得不那么紧张，"救援中心那里人手不足，你先回去继续值班，这里我来照看。而且我是队长，有什么问题需要和院方协调的，也方便处理。"

姚天还有些犹豫，向薇伸手拍了拍他："我在这里，你就放心吧，你不是也说了嘛，没有什么生命危险，所以，不会有事的。你先回去，有消息我会通知你的。"

等到姚天离开之后，向薇低下头，把脸埋在了手里，深深地吸了一口气，然后重新抬起头来，让自己看起来精神一些。

在手术室外面等了差不多一个小时之后，手术室门打开，一个戴着口罩的女大夫走了出来："谁是冯军的家属？"

向薇站起来走到大夫身边说道："我是他的队长。"

大夫摘下口罩，对着向薇点了点头："可以了，手术很成功，病人已经脱离了危险，现在就要移送病房，慢慢休养就可以了。"

向薇从大夫脸上看到了一丝挣扎，就像是生存在夹缝中的人，有两种力量正在撕扯着她一样。只是这一丝挣扎很快就消失不见了，就好像从来没有出现过一样。

向薇也不好追问什么，只好和这位大夫客气了几句之后就转身离开。她先去病房看了一下冯军，不过冯军现在麻药劲还没有过去，仍然处于昏迷之中。于是向薇给姚天打了个电话，报了个平安。

她打着哈欠走出了医院，从医院到停车场要经过一处天桥，顺着楼梯走到了天桥顶端，一个身影引起了她的注意。那个人影站在天桥中间，静静地看着下方川流不息的车流。看着那个身影，向薇感觉到一丝熟悉。

她慢慢地走过去，借助着路灯的光亮看清了这个人影的模样，就是之前那个给冯军做手术的女医生。

不过，此刻这位女医生的目光呆滞，直勾勾地盯着下方的车流，身体微微前倾，让向薇有一种不太好的预感。

走到了那名女医生的身边，靠在了栏杆上，向薇缓缓开口说道："很久之前，我也喜欢站在这里，看着车来车往，但是现在，我很少这么做了。"

女医生转过头来看了向薇一眼，她显然也认出了向薇："是你？"

向薇笑着点了点头，向她伸出手来："很高兴认识你，自我介绍一下，我叫向薇。"

那个女医生稍显犹豫，也伸出手来和向薇握了一下："你好，顾颜。"

"谢谢你今天救了我的队员。"

女医生表情淡漠："我的职业就是为了拯救生命而存在的。"

"从某种意义上来说，我们应该算是同行。"向薇一笑。

"同行？"女医生一愣。

"不。"向薇摇摇头，"我是城市救援队的队长。你今天救的那个人，是我的队员，今天他在执行救援任务时出了一点意外，结果搞成了这个样子。"

女医生偏着头想了一下："从某种意义上来说，我们的确是同行，同样都是为了拯救别人而存在的。"

"嗯。"向薇轻轻点头，"不过，想要拯救别人容易，但是想要拯救自己却难了。"

顾颜微微一皱眉头："你这话是什么意思？"

"我说过，很久之前，我也喜欢站在这里，看着车来车往，会看很久……"向薇淡淡地说道，"有的时候，我觉得下面是一条闪烁着五颜六色光芒的河流，我如果在那里的话，会不会融入那条河流里呢？"说话的时候，向薇轻轻摩挲着胸口的那枚戒指，脸上有淡淡的忧伤和叹息。

女医生身子微微一颤，用手死死地攥紧了护栏。

"我还有事，先走一步，再见。"

向薇看着她的背影，轻轻叹了口气，也不知道该说什么比较好，两个人只是萍水相逢，今天是第一次见面，说太多的话，并不合适。

她无奈地摇摇头，顺着天桥走下去，来到停车场，就在她准备发动车子离开这里的时候，突然听到旁边的车子发出一阵吱吱呀呀的声音。

向薇一愣，向旁边看去，结果发现顾颜正坐在驾驶座上，一只手扶着方向盘，另外一只手努力地试图将车子打着。

向薇想了一下，走到顾颜的车边，伸手轻轻敲了两下车窗。

"需要帮忙吗？"

顾颜犹豫了一下："车子打不着火了，不知道是什么情况。"

"这个……"向薇苦笑了一声，对于这种情况，她也是有心无力，如果是韩湛在这里，说不定还能讲出个一二三来，她对此是毫无办法。

“你再试一下吧。”向薇说道，“然后再想办法。”

顾颜尝试着启动汽车，连试了五六次，都没有成功，最后两个人彻底放弃了。

“这么晚了，也不一定能叫到拖车，看来这是天意。”向薇笑道，“走吧，坐我的车，我们一起去吃个饭，然后我送你回家。你家住在哪里？”

顾颜犹豫了一下，无奈地报了下地址，巧得很，顾颜住的地方竟然距离向薇的小区不远。

“真巧。”向薇笑道，“你住的地方距离我住的地方不到500米，这可是绝对的顺路。”

两个人上了车，向薇直接开车到了附近的一家饭店。

“竟然是这里！”顾颜看到那家饭店的招牌顿时一愣。

“你也知道？”向薇惊讶地笑道，“我很喜欢这家饭店，这里的烩蘑菇相当不错！”

“还有糖醋鲤鱼。”顾颜脸上终于露出了一个笑容。

“对对对，那个配饭吃绝对是一流的！”向薇哈哈笑道，“看来我们很谈得来啊！能吃到一起的人，绝对错不了！”

这家饭店的菜上得很快，没多久桌上就摆上了菜肴，两个人风卷残云般扫光了桌子上的饭菜，向薇一抬头，忍不住笑了，她发现顾颜的吃相竟然和自己一样。

两个人相视一笑，顾颜突然问道：“你当初为什么会加入这一行？”

向薇一愣：“你是说救援？”

顾颜轻轻点头：“我很难想象，你这么漂亮的姑娘会去救援队，而且还当上了队长。”

“这个和漂亮不漂亮没有关系吧。”向薇笑着说道，“不过既然你问起来了，不妨说说，我当初之所以加入救援队，是因为受到了某个人的影响。”

“某个人？”顾颜玩味地一笑，“男人？”

向薇很大方地点了点头：“不错，是个男人。”

“有趣。”顾颜点点头，“现在那个男人在哪里？”

“走了。”向薇低着头说道，顾颜无法看到她的表情。

“不在救援队了？”

向薇点点头。

“果然。”顾颜冷笑了一声，“天下的男人都是一个模样，不负责任，甜言蜜语地把你哄骗到手之后，然后就弃若敝屣，一走了之。”

向薇抬起头来，勉强笑了一下：“也许吧。”

“你后来没有去找他吗？”顾颜追问道。

“去找他？”向薇身子一颤，苦笑着说道，“曾经有那么一阵子，我很想去找他，很想很想，但是最后，我忍了下来。”

“这就对了！那样的男人，走了便走了！”接着，顾颜轻轻叹了一口气，表情有些黯然，“可是说得轻巧，哪里有那么容易忘记？”

向薇一句话都没有说，只是在轻轻摩挲着胸前的项链。

顾颜看了一眼向薇，注意到了她身上的项链，然后微微一皱眉头：“这是他送给你的？”

“对。”

“为什么还留着？”顾颜问道。

“因为忘不掉。”向薇苦笑了一声，“而且不知道什么时候会忘掉。”

顾颜皱了皱眉头：“我以为你是一个很干脆的人。”

“别的事情可以干脆，但是这件事，不行。”向薇淡淡地说道。

“这么说，你现在还关注着那个男人？”顾颜问道。

“关注？”向薇一愣，“算是吧。”

“他到底哪里好？”顾颜又问道。

“说不上来，当你觉得他好的时候，他全身都是好的，当你觉得他糟糕，哪怕他是金子做的都会觉得俗气。”向薇勉强笑道。

“真谛。”顾颜点了点头，沉默了片刻，开口问道，“那个男人现在在什么地方？”

“在一个我到不了的地方。”向薇苦笑道，“起码现在还到不了。”

“难道在国外？”顾颜问道。

“恐怕比国外要远一点。”向薇说道。

“比国外还远？”顾颜撇了撇嘴，“难不成在火星？”

猛然间，她脸色一变，想起了一种可能。

顾颜犹豫着开口说道：“难道说，他已经不在这里了？”

“嗯。”向薇很坦然，轻轻点了点头，“走了。”

顾颜脸色一白：“对不起，我，我不是有意提起这件事的。”

“没关系。”向薇淡淡地说道，语气很平静，“人，早晚有那么一天的。起码，他走得很坦然，我想，他也不会后悔的。”

顾颜不知道该说什么才好，低下头默默地看着桌上的饭菜。

这时，反而是向薇笑了笑，开口问道：“你呢？你怎么回事？”

“什么怎么回事？”顾颜反问道。

向薇说道：“我看得出来，当时你在天桥上的时候，是想要跳下去的。我也曾经有过那种经历，所以一眼就能看出来。也是因为男人？”

顾颜点点头：“不过显然没有你那么高尚。那个人只留下了一句话，然后人就没了影子。好像已经去了国外。”

“这可没有什么高尚不高尚的，我们的心情其实都是一样的。”向薇叹了口气，“我们都是以救人为工作的，却挽回不了身边的人。”

“是啊。”顾颜轻轻点头，“我可以拯救很多病人，却独独无法拯救自己。我的心情，很糟糕。”

“可以理解。”向薇点了点头。

“我想问你，当初你是怎么走出来的？”顾颜问道。

“两样东西帮助了我，”向薇伸出两根手指，“时间和希望。”

“时间我可以理解，什么是希望？”顾颜问道。

“希望来自我救助过的人眼中。”向薇低声说道，“也许，希望给我一个并不完美的结局，但是，我却可以让更多的人拥有了希望。每当看到他们眼中的喜悦和感动，我突然觉得自己很有价值，我在他们身上看到了我自己苦苦寻找的东西。”

“在你救助过的人眼中？”顾颜神色有些迷茫，恍惚间，一个个人影出现在她脑海里，都是经过她手救助过的病人，其中当然有让人愤怒的事情发生，但是更多的，却是他们眼中的感激和希望，那些，似乎就是力量。

顾颜轻轻吐出了一口气，对着向薇笑了笑：“很高兴认识你！”

“我也是！”向薇举起了手里的水杯。

顾颜也举起水杯，两只水杯轻轻碰到了一起……

第十章

化作春泥更护花

在卢乡的工厂里，刚刚抵达这里的韩湛就已经开始了工作，在他身边有两三个老工人，都是卢乡最出色的老师傅。

领头的还是那位张师傅，他手里拿着韩湛给他的那张图纸，仔细观察着。

“现在最大的问题就是构件遇热之后就会变形，对设备的使用造成了极大的影响。”韩湛叹着气说道，“这不仅仅是材料问题，也有构件的设计问题，这个构件在安全性上设计得不够周全，我的意思是不仅要从材质上下功夫，还要重新对这个构件进行设计。”

张师傅和周围的几位低声交谈了几句，然后很认真地对韩湛说道：“我觉得这张图纸大体上设计不错，但是除了你说的那个问题之外，有几个细节还可以继续改进一下。这个咱们随后再谈，现在说说你的那个构件问题。我们几个老家伙交流了一下，我们记得当初卢乡生产过一种小型机械，这种机械是一种农机，不过被更现代化的农机淘汰掉了。不过，上面有几个关键的设计还是很有参考价值的。”

韩湛眼睛一亮：“真的？！”

要知道，机器的性能可能会老旧，但是构件设计上却不能说老旧，只能说更精良，误差更小，结构上可能一百年前和一百年后的机器都差不多。最常见的一件东西就是螺丝，当螺丝刚刚出现的时候就是这个样子，用了这么多年，仍然是这个样子。如果真的有构件可以参考的话，无疑会大大地缩短研发时间。

“当然了。”老张撇着嘴说道，“但我们只是说有参考的价值，并没有说那个机械结构就能完全匹配你这个设计。”

“有一个参考的东西也好！”韩湛笑道，“有了参考，我们就可以慢慢地改进，现在最大的问题就是缺乏一个方向。”

老张点头表示同意：“我记得当初那套设备有一份设计图，曙光厂当初也加工过这种机器，找一找的话，说不定还能找到。”

韩湛当机立断：“去档案室，说什么也要把它找出来！”

第二天一早，向薇再次来到了卢乡。

见到她，韩湛兴奋地迎上来：“来得正好，快帮忙看看，设计上还需要怎么改进？需要添加什么功能吗？”

向薇立刻投入到了和韩湛的探讨中，她的观点和那些老工人完全不同，从实用的角度提出一些问题，这些问题之前韩湛都没有想到过，往往一句话让韩湛或茅塞顿开，或眉头紧皱。

讨论完毕，韩湛被向薇撵回去休息了。

对于卢乡这个地方，向薇以往的感觉谈不上太好，这里破败、落后，只有几家工厂在苦苦地支撑。一到白天,周围的机械轰鸣声震得让人头疼。然而，今天这里的轰鸣声却有些悦耳，有些让人兴奋！韩湛的新设备一旦投入生产，将有无数的鲜活生命获得被救援的机会，这是多么高尚而神圣的使命！无数个救援队员不就是为的这个吗？

想到这里，向薇的心情就变得愉悦起来。曾经逝去的已无法挽回，向薇现在要做的，就是不要让悲剧重演。

回到自己的办公室，向薇打开抽屉，从里面拿出一份文件来，只见文件的封面上写着：城市应急救援三原则。

这些材料是她根据自己的救援经验整理出来的。除了《城市应急救援三原则》，向薇还详述了救援人员的训练计划，以及各种救援设备的使用方法和适用场所。不过，一旦韩湛新设备研发成功，这些材料还要进行更新。

就在这时，房门被推开了，救援中心的领导走了进来。

向薇连忙站起来：“领导好。”

“坐下。”领导笑着伸手向下压了压，“今天上面有一份文件传达了下来。你要看一下。最近又到了汛期，领导通知各部门，一定要做好防汛抗汛的准备，一定要把人民群众的安全放在首位。救援中心是市里面的救援专属部门，在这个时期，你们一定要提高警惕，千万不能出现问题，明白了吗？”

“是！”

这类文件向薇并不陌生，每年一到汛期，总会下发，提醒各部门注意防汛。早些年，因为各地的水利设施不太完善，防汛的压力很大；最近几年，随着国家的发展，各种水利设施不断完善，汛期造成的影响已经越来越小了。不过，这并不等于救援队就可以马放南山了。因为连续的暴雨极易产生较大危险，给国家和人民带来较大损失。每当这个时候，救援队必须严阵以待，随时准备救援。

韩湛迷迷糊糊地醒了过来，他抬头看了一眼外面，黑乎乎的一片；再看看时间，已经大半夜了。这一觉睡的时间有点长！

他简单地抹了一把脸，走出了房间，外面负责值夜人员看到他出来，笑着迎了过来。

韩湛打了个哈欠：“我睡觉的时候有什么人找过我吗？”

“老张他们来过。”

韩湛一惊：“张师傅他们来过？你怎么不叫醒我呢？”

“是张师傅不让我叫醒您的。”工作人员说道，“他们说，让您好好休息一下，醒了以后喊他们一声就可以，准到。”

“他们还说什么了？”

“他们还给您带来了几件样本。”工作人员说道，“说您一看就知道怎么回事。”

韩湛迫不及待地把样本托在手上仔细观察，突然眼睛一亮。

“好！”韩湛惊喜地说道，“这东西应该可以！”

说着，提着这几件样本就往档案室走去。

“韩总，”那个工作人员连忙喊住他，“除了老张他们，还有一些人来了。”

“谁啊？”韩湛莫名其妙地问道。

“是个记者，说是要采访您。”工作人员说着，把何欢的名片递了过去，“看您没起来，就留下一张名片走了。”

韩湛接过那张名片随意看了一眼，随手放到了口袋里：“行了，我知道了。”

当向薇从救援中心里走出来的时候，旁边的车子有人按响了喇叭。

向薇一愣，转头看去，接着眉头一皱，只见那辆车的车窗慢慢摇了下来，侯行知从里面探出头来，向着向薇招了招手。

向薇翻了翻眼睛，本来不想搭理他的，可是侯行知喊了一声：“那边的美女，麻烦你不要这么疏离我嘛！我好歹也算是帮过你喽，一起吃顿饭不算过分吧？”

就在这时，一辆轿车停在附近，有人打开车窗高声喊道：“向薇，这里！”

向薇回头一看，脸上顿时一喜，来的竟然是顾颜。

向薇看着侯行知笑道：“我今天晚上有约了，要不，我们换一个时间吧。”

她一路小跑地冲向了顾颜的车子。

看着她的背影，侯行知轻叹一声：“爱情啊，甜蜜的爱情，你是如此让人痴迷和沉醉，你可以让盲人比明眼人看得还清楚，你能让聋子听到每一声心跳，你能让天使堕落在凡间，你能让魔鬼疯狂地咆哮，焚毁面前的一切……”

说话的时候，侯行知的表情越来越狰狞，当他说到最后一句的时候，突然抡起拳头，狠狠地砸在车子里的影音系统上。

“咔嚓”一声响，影音系统的屏幕出现了一道触目惊心的裂纹，而侯行知的手上则缓缓地渗出了鲜血。

“舒服多了。”侯行知低声说了一句，浑然不顾手上的伤痕，启动了车子扬长而去。

向薇一路跑到顾颜的车边，顾颜表情古怪地上下打量了她几眼。

“那边那位是谁啊？”她向着侯行知的车翘了翘下巴，“似乎是一个男人。”

“一个朋友，也仅仅是一个朋友。”向薇说道。

“嗯，我同意，对于这些男人，还是保持着朋友的关系比较好。最好离远一点，都是一些害人的东西。”顾颜撇了撇嘴说道。

“没错。”向薇笑着点了点头，“你今天怎么有时间过来了？”

“之前你请我吃饭，还送我回家，所以今天轮到我回请你了。”顾颜笑道。

“就为这个？”向薇哭笑不得地说道，“完全没有必要啊，你不是已经救了我的队员吗？”

“不一样。”顾颜摇了摇头，“救人是我的职责，也是我的工作。救了你的队员只是做了我应该做的事情，人情归人情，工作归工作，晚上有时间吗？”

“有时间。”

顾颜一笑：“上车吧。”

两个人没去别的地方，又到了之前那个小餐馆，点了几样两个人都喜欢的菜，顾颜突然问道：“要不要喝酒？”

“喝酒？”向薇一愣，然后摇头，“算了吧，明天还要上班。”

“上班？”顾颜一愣，然后自嘲一笑，“对啊，还要上班。如果喝了酒的话，上班时手会抖，作为一个医生，手是不能抖的，不然真的会出人命。”

“怎么？”向薇看着她认真地问道，“有什么烦心事？”

“我的烦心事来来回回就那一件。”顾颜轻叹一声，“除了那个讨厌的人之外，还能有什么？”

“他找你了？”

“嗯，明明都已经散了，竟然还要打电话来。”顾颜笑了一声，“我已经删除了他的一切联系方式，屏蔽了他的电话号码，真难得，他竟然还能换一个电话号码打过来，我还以为是快递小哥呢。”

向薇撇了撇嘴：“怎么？他还想和你旧情复燃？”

“旧情复燃个鬼！”顾颜哈哈一笑，只是笑中似乎带着泪水，“说的还是当初说的话，连一个字都没有变动过。我听说，他现在过得可不怎么好，谁知道他打的什么鬼主意。”

“那你应该高兴啊。”向薇一笑，“这是好事啊！看到他过得不好，就应该开心，应该大声笑出来。”

“对！”顾颜用力一拍桌子，“我应该笑出来，笑得特别高兴才对！真是太高兴了！哈哈哈哈……”

顾颜放声大笑，小餐馆里回荡着她的笑声，周围的客人频频侧目，可是她却不管不顾，越笑声音越大。

向薇心中暗暗叹了口气，不知道顾颜什么时候才能走出这一段阴霾的日子。

两个人谁都没有注意到，不远处的电视上正播放着气象云图，太平洋上，一个风暴正在慢慢形成。

几天之后，向薇再次来到了曙光机械厂，她在车间里见到了韩湛。他还是那副狼狈和邋遢的模样，胡子拉碴，头发乱如鸡窝，身上穿着一身工作服，手里捧着一样东西，脸上的笑容十分灿烂。

“成了！终于成了！”韩湛指着手里的东西说道，“向薇，你快看，这就是我们这段时间的研究成果。”

向薇仔细打量着韩湛手里的东西，从外表看来，和之前向薇看到的设备区别并不是很大，只是在几个位置上做了小小的改动。不过从韩湛那兴奋的模样可以看出来，他对手里的这套设备相当满意。

向薇笑着问：“做过测试没有？”

“最终测试还没做。”韩湛笑道，“但是之前已经做过耐久测试和恶劣环境测试。结果证实新产品安全性、可靠性远远强过老一代产品，构件比之前更简单了，可靠性得到了很大的提高，维护成本降低不少。现在只差最后一步了。”

“就是实操作业？”向薇问道。

“对，”韩湛点头，“跟我来。”

他带着向薇和厂里的那几个老工人，一起来到了曙光厂的后院。向薇发现，这里的环境和之前有了很大的变化：烟囱进行了改造，外面搭上了架子，一些地面也经过了整修，看起来一副大兴土木的模样。

“记得我和你说过的吗？”韩湛笑着说道，“我要在这里做一个试验场地，模拟各种恶劣环境下的救援行动，这个烟囱现在就是高楼模拟救援场地了，这里已经进行了改造，可以达到测试要求了。等一下我们就要在这里测试一下这个设备的可靠性。”

“准备怎么测试？”向薇问道。

“初步准备用和真人等重的假人先进行几次模拟试验。”

“嗯。”向薇轻轻点头，心里却在打着另外一个主意。

这个时候，有人已经带着两套设备爬上了烟囱顶端。那里搭建了一个平台，还做了护栏，看起来像一个阳台。

那人把设备固定在平台上，然后抱起一个假人，用设备固定好，然后从上面扔了下来。

一群人屏息静气，看着假人从高空降落，然后设备安全打开，假人稳稳地落到了地面。

“嗷——”下面的人顿时发出一阵欢呼声。

韩湛激动得不能自已，下意识地一把搂住身边的人，来回乱跳。

“喂，你抱够了没有？”在韩湛怀里的人冷冷地说了一句。

韩湛低头一看，顿时大惊失色，他怀里抱着的不是别人，正是向薇。

韩湛触电一样松开了向薇，向后退了一步，干笑着说道：“那，那个，我，我不是故意的！”

向薇冷笑了一声：“你做贼心虚吧？”

“不是，我，我这不是做贼心虚。”韩湛干笑着说道。

“不是做贼心虚是什么？”向薇撇了撇嘴，“还是说我真的那么吓人，你看一眼就跟遇到鬼似的？”

“不是，我，我真的不是这个意思。”韩湛尴尬得要哭了。

向薇终于“扑哧”一笑，决定不逗他了：“行了，开个玩笑而已。继续试验吧，还有什么项目？”

“那个……”韩湛笑了一声，摸了摸自己的鼻子，“还有载重试验。现在只是一个人的重量，我们要知道它最多能够承担多大的重量。”

“设计重量是多少？”向薇问道。

“500 公斤拉力。”一说到专业问题，韩湛马上恢复了常态，“也就是大概一次可以救援三四个人。”

“500公斤？这可不是个小数目啊。”向薇两眼放光，“也就是说，如果室内是4个人被困的话，只需要有人携带两部这种设备上去，就可以一次性把人都救出来了？”

“对，理论上是这样的。”韩湛点头说道。

“明白了，现在一切都只是理论。”向薇点点头，“那你还等什么？”

“啊？”韩湛一愣。

“继续试验啊！”向薇没好气地说道。

“哦哦！”韩湛连忙点点头，拿出对讲机来说道，“继续试验，缓慢增加，现在增加到200公斤。”

过了一会儿，上面推下来悬挂了200公斤重物的设备，安全落地。

然后是300公斤，同样安全落地。

到了400公斤的时候，所有人都开始紧张起来，结果还是安全落地。

终于，试验加码加到了设计使用的极限重量——500公斤。

这一次仍然是安全落地！等到重物落地之后，韩湛几个人立刻上前去，仔细检查设备。

张师傅笑呵呵地说道：“我看可以，没什么问题，设备使用良好，所有部件都很完美，没有出现损坏痕迹。也就是说，这几次重量测试通过得非常轻松，并没有对设备造成太大压力。”

“没错。”韩湛笑道，“接下来我们可以进行下一步了。”

“是什么？”向薇问道。

“是构件测试。”韩湛说道，“经过我们几个人的共同探讨，决定对这套设备上一些易磨损的构件采用可更换模式，可以在拆装和养护方面节省成本和时间。原来的那套设备一旦部件破损，只能整体更换，浪费严重。”

“这个设计很好啊！”向薇眼睛一亮，“这样一来，就能极大地降低成本。没想到你还有一手！如果整台设备全部更新，那么成本必然会上升，给客户带来经济压力，势必影响产品的销售。但是经过你们这样的改进，节省了成本，产品的价格更具有竞争优势，更具有推广前景呀！”

韩湛一脸的迷茫，看着向薇问道：“是这样吗？”

“难道说，你设计这个功能的时候，完全没有考虑这些？”

韩湛老实地摇头：“我只是觉得可以降低维护成本，这样在使用的时候也不会因为担心损耗畏首畏尾了。”

向薇摸着自己的额头，一脸无奈：“好吧，如果别人这么说的话，我肯定不信，但是你这么说的话，我就信了。别说废话了，赶紧测试！”

测试结果非常成功，整体设备在快速更换部件的情况下，完成了安全性测试，表现可以用“完美”两个字来形容。

“接下来是不是该轮到我上场了？”向薇笑吟吟地问道。

“什么？”韩湛看着向薇，搞不懂她的意思。

向薇笑道：“想要知道设备的可靠性，单凭这种实验还略有不足，我觉得应该让真人上去实操一下，感受一下这套设备的效果，然后提出问题，继续改进。所以，我来试试好了。”

“你别上去。”韩湛吓了一跳，连忙说道，“我们有测试人员。”

“你们的测试人员有专业的背景吗？受过什么样的训练？还是说，他参与过救援行动，有着丰富的经验？”向薇看着韩湛问道。

面对向薇这一连串连珠炮一样的问题，韩湛一句话都说不出来，站在那里手足无措，像向薇这种专业人员哪里是那么容易找到的？他们的测试人员只有一个优点，胆大而已。

“所以，你如果真的想要知道这套设备的不足，那么就必须让我这样的专业人士进行测试。”向薇很认真地说道，“及时发现问题之后努力改正，这才是正确的态度。我们做的事可以说是人命关天，我这样的专业人员提出的意见才是最有价值的。我们总不能等到危急时刻，需要使用这套设备的时候才发现问题吧？那样就晚了。”

韩湛犹豫了一下，他想找个理由来劝服向薇，可是绞尽脑汁也没有想出来。

没多久，向薇就出现在烟囱顶端的平台上，她身上已经穿上了完整的防护服，和真实救援时的一样。她从上面向下看了一眼，这里距离地面确实很高，但是向薇一直都在做救援工作，登高望远的时候多了，对这种高度并没有感觉有多恐怖。

韩湛举着对讲机喊道：“怎么样？向薇，准备好了没有？”

“准备完毕。”向薇回答道。

“来吧！”

向薇快速地启动那套设备，然后往身上一挂，开始操作，没过多久，她就被安全地送到了地面，全程没有出现任何问题。

“漂亮！”看到这场面，韩湛忍不住喊了一声。

然后他带着一群老工人一拥而上，围到向薇身边。

“怎么样？感觉如何？有没有不适感？或者其他不良反应？”

“有一点小毛病。”向薇笑着说道，“我会给你写一份意见，按照这个稍微改进一下就可以。这套设备我很喜欢。”

向薇拿着 5 套设备回到了救援中心，把这些设备摆在了救援中心领导的桌子上。

“这个是什么意思？”领导摆弄了几下这些设备问向薇。

“这是我的一个朋友刚开发出来的救援设备。”向薇认真地说道，“高空云梯和高层住宅火灾逃生应急系统套装。这两套设备已经获得了国家专利，在救援时会有很大的作用，所以我拿回来几套想要试用一下。”

领导轻轻点头，然后问道：“这东西怎么样？可靠吗？”

“可靠性已经经过验证了。”向薇笑道，“我亲自穿着试过几次，安全性没有问题。现在想让队员试用一下，看看效果，收集一下反馈意见，以便进一步完善。”

“这样啊。”领导表情严肃地说道，“你，我是相信的，不过，我还是要提醒你一句，我们面对的是鲜活的生命，每一次救援都可能面临各种各样的危险，我们必须把生命放在第一位。这套设备你可以尝试使用，但是，我要你完全保证设备的安全性，能做到吗？”

“请领导放心，设备绝对可靠！”向薇用力点头，“绝不会出现任何问题。”

领导笑了笑：“当然了，如果这套设备真的有重要作用的话，记得打个报告上来。”

救援中心楼内，全体队员集合在一起，看着向薇面前摆着的5套设备。

“你们大概在猜我为什么要把你们集合起来吧？”向薇笑吟吟地看着面前的队员说道，“放心，今天我不是要让你们训练，你们可以先松口气了。”

下面的队员顿时一阵哄笑。

“今天我把你们召集在一起，就是为了这个东西。”向薇指了指这几套设备。

队员们早就被那些设备吸引住了。

“这是我们新到的设备。”向薇认真地说道，“都是用来高层救援的，我们一共到了5套设备，这5套设备送过来的目的就是为了让我们进行试用，找出其中存在的问题，然后弥补。当然了，这些设备之前已经通过了安全性验证，是完全没有问题的。”

“高空救援用的？”队员们顿时来了兴趣，随着高层建筑物不断增多，高层建筑救援也越发重要，高空作业的危险性不言而喻，不说别的，就说最近朱小竹的事，就是全体队员心中永远的伤痛。

“对。”向薇点点头，“和传统的高空救援装备比起来，这套设备具有占用空间小、携带方便、使用灵活等特点，对救援难度极高的超高层建筑有着很大的作用。大家都知道，我们最高的云梯车只有50米。对于一二十层的高楼基本上是没有任何作用的。遇到这种高层救援的时候，我们必须借助吊索等设备，可是这些设备的危险性很大，并且很容易受到侧风等因素的影响，现在这套设备解决了这方面的问题。我觉得大家有必要尝试一下。”

“如果真的能避免一些高空救援问题，我觉得这个东西很有使用的价值。”姚天第一个开口说道。他对这件事感同身受，朱小竹就是在高层救援任务时出的问题。教训实在是太惨痛了。

“嗯，现在我和你们说一下使用时的注意事项。另外，我还向领导申请了，今天我们可以用救援中心的高楼进行训练，务必要让你们掌握这套设备的使用方法。”向薇说道，“这是救人的东西，我们要用它来拯救生命，无论是救援人员还是被救援人员。”

一群人点头，然后围成一圈，开始听向薇讲解这套设备的使用方法和注意事项。好在这套设备使用起来并不复杂，只需要简单的培训就可以掌握要领。

队员们在向薇的带领下，用这套设备做了几次练习。其效果受到了所有队员的一致好评。

“好东西！”姚天感慨道，“这东西真不错，使用和携带都非常方便，操作简单，结实耐用，在救援的时候起到的作用非同小可啊！”

姚天又说：“我提一个小小的意见，卡扣在使用的时候会有点不太舒服，尤其是在穿上防护服的时候，穿戴会更吃力一些。能不能把这个方面稍微改进一下？”

“好，这个算一个。”向薇点点头。

“还有！”徐有光在一边举起手来，“我觉得，这个设备能不能提供一些绝缘防护，救援时，除了火灾，还有漏电的风险，如果稍有不慎，很容易出现问题的。”

“嗯，这个我提过，已经着手改进了。”向薇点头说道。

这两个人一说完，其他队员就好像是打开了话匣子一样，你一句我一句地说开了。向薇把这些意见认真地记录下来，准备让韩湛那边进行改进。

就在这时，向薇的手机突然响了起来。

“向薇，你在哪里？”电话里传出救援中心领导的声音，声音非常严肃。

“我在后面和队员们探讨新设备的使用。”向薇连忙说道。

“暂时把这些事情先放一下。”领导表情严肃地说道，“你现在立刻就到我这里来，有急事。”

“好。”向薇立刻答应了一声。

挂断电话之后，她把笔记本扔给徐有光：“徐有光，你负责继续记录，把所有人的想法和意见都记录下来，汇总后拿给我，我现在有急事。”

“好！”徐有光立刻答应了一声。

向薇安排好了之后，立刻来到了领导的办公室，一进去她就发现，领导已经收拾好东西等着她了，向薇一进门，领导向她点了点头：“收拾一下，和我一起走。”

“我随时都可以出发。”向薇连忙说道。

领导点点头：“路上说。”

两个人一路来到停车场，上了车，等车子开出了救援中心，领导这才开口说道："我刚才接到了一个通知，现在有一个重要的情况，需要各级部门都去开一个碰头会。你是一线救援人员，你也要跟着一起去。"

"领导，究竟是什么事？"向薇忍不住问道。

"好像是要出大事了，"领导表情严肃地说道，"不然不会有这样的死命令，有关人员都要出席。反正你做好准备，也要做好记录。"

"明白。"向薇点点头。

车子一直开到了市政府停了下来，然后向薇和领导两个人下了车，急匆匆地向会议厅走去。向薇发现，这次来的人形形色色，一个个都表情严肃，脚步匆匆，显然知道这场会议绝不简单。

让向薇有些意外的是，她还看到了顾颜，顾颜也看到了她，两个人互相轻轻点了一下头，一起走进了会议大厅。

会议厅里已经坐了不少人了，一名市领导主持会议，看到人来得差不多了，他先用手向下压了一压，示意大家保持安静。等到会场里安静下来，这位市领导开口说道："各位，关于今天的会议，大家务必要提高重视程度，做好记录，好，现在先请我们的气象专家来说明一下。"

他说完话之后，点了点头，一名气象专家走到前面，打开了电脑，投影仪上出现一幅气象云图。

"各位，早在半个月前，太平洋上空形成了一个热带风暴，并且向我国缓慢移动，在移动的过程中，热带风暴越来越强，已经在两天前形成了台风。现在世界上把这个台风称为'科罗娜'，'科罗娜'台风中心风力已经达到了13级，现在已经逼近了我国沿海地区，并且没有丝毫减弱的迹象。根据卫星云图，按照现在台风的行进路线，预计三天后，可能经过我市。这一次台风来势汹汹，风力强劲，专家组经过分析，未来有两种可能性：第一种就是台风风力减弱，重新变回亚热带风暴，并且带来大规模的降雨；另外一种就是台风没有减弱，而是直扑我市，以'科罗娜'的风力级别，建议我市进入一级台风警报状态。"

市领导伸出一根手指来，表情严肃地说道："一定要把灾害造成的损失降到最低，尽全力保证人民群众的安全！”

当向薇从会议厅里走出来的时候，脸上的表情仍然十分凝重。

“这次的担子可是不小。”救援中心领导苦笑着摇了摇头，“灾害来临的时候，就是我们冲到前面的时候。向薇，你要做好心理准备。”

“明白了……”向薇点点头，欲言又止，“我想申请，再向救援队增加几套之前我拿给您看的那套救援设备。”

“你说的是高空救援设备？”救援中心领导问道。

“是的。”向薇郑重地点了点头，“这次台风来临，对我们来说是一次很大的考验。现在很多救援任务都是高空作业，以前我们还能靠着安全吊索和充气垫来进行救援，但是现在台风来临，再出现高层救援，安全索和充气垫已经无法满足了。台风会带来大量的降雨，风大雨大，想使用充气垫和吊索都会加倍困难。所以我们需要一种更稳妥、更安全的设备来进行救援活动。”

领导皱着眉头想着：“你对那套设备有信心？”

向薇点头：“我和队员对那套设备进行了测试，评价都很高，安全，耐用，可靠。虽然有一些需要改进的地方，但都是一些小问题，不影响正常使用。我们还有三天的准备时间，我希望在这三天的时间里，我们能做到更好。”

领导点了点头：“可行！现在是非常时期，我允许你们特事特办。”

“好的！”

向薇一抬头，看到了不远处的顾颜，她笑着对领导说道：“领导，我去和一个朋友打声招呼。”

她几步走到了顾颜身边。

“这次你们的压力要大了。”顾颜不等向薇开口，笑吟吟地说道。

“你们的压力也不小。”向薇回答道，“我们一起加油！”

第十一章

铁石犹存死后心

当韩湛在卢乡见到向薇时，脸色大变，紧张地问 :“你怎么回来了？是不是设备出现了问题？”

“要对自己有点信心！”向薇没好气地说道，“设备完好，没有任何问题。”

“那你是？”

“突发事件。”向薇表情严肃，把今天开会的内容向韩湛说了一遍。

韩湛表情严肃 :“你需要多少套？”

向薇认真地说道，“起码要再来 20 套，再加上之前的 5 套，凑齐 25 套，保证每次出任务的时候都可以携带两三套。这样才能保证正常使用。”

听到这话，韩湛微微一皱眉头。

“有困难？”

“试用品基本上都是靠手工一点一点制作出来的。”韩湛直言不讳，“这种制作效率非常低。”

“现在能开动生产线吗？”向薇皱着眉头问道。

“生产线开动可不是那么简单的事情。”韩湛说道，“需要进行机器调试，试运行，然后还有一段时间的调整，对成品和次品的筛选和判定，并且还要召集和培训工人。这都需要时间。”

“也就是说，这 20 套设备很有可能完成不了？！”向薇问道。

“我不敢打包票，但是，我向你保证，一定竭尽全力。”韩湛重重点头，“你先给我一点时间。”

“多久？”

“半个小时就够了。”韩湛一笑，点点头跑了出去。

向薇也不知道他要做什么，只好在原地等着。半个小时之后，一阵脚步声传来，韩湛带着一群工人从外面走了进来。这些工人向薇都认识，就是之前找上门，希望给韩湛工作的老工人，领头的正是那位张师傅。

一群老工人低声嘀咕了一阵，最后张师傅作为代表说话：“虽然忙一点，但是有过做试用产品的经验，我们就算是用手工，也要帮你做出来。”

老工人四散到厂房里，熟练地开动机器，选用材料，开始忙碌起来。

听着厂房里的机器轰鸣声，向薇如释重负。

天空乌云密布，外面的风也越来越大了，树枝被吹得哗啦啦作响。事态变得严峻起来。大家全力投入工作，争分夺秒。

一直到了第二天中午，向薇的电话响起，从里面传出救援中心领导的声音。

“向薇，你在哪里？”

“我在卢乡监督设备生产。”向薇回答道。

“立刻赶回来吧。”领导严肃地说道，“刚才省里通报，根据气象专家的观测，台风‘科罗娜’非但没有减弱的迹象，反而进一步增强，不仅如此，台风前进速度突然加快，预计今天晚上就会抵达我市，现在全市上下一级戒备，你必须立刻赶回来坐镇。”

向薇严肃地答应了一声。

挂了电话之后，向薇立刻找来了韩湛。

“情况有变。”向薇表情严肃地说道，“台风‘科罗娜’风力突然增强，行进速度加快，抵达我市的时间可能提前了。我现在必须立刻赶回去，你的设备生产出来几套了？”

“比预计的要好得多。”韩湛连忙回答道，“已经生产出来 21 套了，如果再给我一点时间，我还可以……”

“没有时间了！”向薇不等他说完话就摇头说道，“现在最珍贵的就是时间。”

接着她对韩湛微微一笑："不过，你干得确实不错！超额完成了预期任务，我本来只想要 20 套，现在你拿出来 21 套，非常好。"

"是大家共同的努力。"韩湛笑道。

"嗯。"向薇点了点头，"台风也可能波及卢乡，工厂停工吧，然后做好防护，让大家都回去躲避。"

韩湛说道："这个我会安排人去做的。"

"安排人去做？"向薇一皱眉头，"难道你不亲自去做吗？"

韩湛摇头："我和你一起回去。"

"干什么？"向薇一愣。

"我是技术人员，这套设备的优劣没有几个人能比我更熟悉了。"韩湛认真地说道，"我觉得在这种关键的时刻，你们需要一个技术人员提供协助，这可是新设备，如果出了意外，后果不堪设想。我在的话，起码可以帮你们排除可能出现的机械故障。"

"你就不能对你的设备有点信心？"向薇没好气地说道。

"这和有没有信心没关系，这是一名技术人员的严谨性。"

"你说的有道理，那就快准备一下，我要立刻离开。"

"不需要准备什么，装车就行了！"韩湛一笑，立刻就去安排了。

很快，厂房里的机器停了下来，几名工人很麻利地将 21 套设备装上了车。设备不大，一辆车很轻松就装得下。

韩湛和向薇立刻驱车赶往市区。

一路上，天空乌云密布，风吹得树枝左右摇晃，时不时还能看到一些垃圾从空中飞过……

"看起来这次的任务很重。"向薇看着外面的天空，表情严肃地说道。

"是啊，现在台风还没正式来呢，就已经有点吓人了。"韩湛有些心惊。

"你们现在有什么具体的救援计划吗？"韩湛问道。

"救援计划？哪有什么计划？"向薇撇了撇嘴，"所有的救援基本上都是突发事件，现在不管你把计划想得再周全，到时候还是用不上。不过，要说一点都没有的话，也不见得。"

她指了指身后的设备说道："这就是我们的救援计划。"

"明白了。"韩湛点了点头，"你们这属于平时做好积极准备，就等着关键时刻派上用场，对吧？"

"就这个意思。"向薇点点头，"这种气候环境下，救援的难度是非常大的，充气垫和吊索安全性会大打折扣，你的这套东西，现在到了大显身手的时候了。能不能行，就看关键时刻能不能顶上去。人如此，设备也是如此！"

韩湛和向薇用了不到一个半小时的时间就回到了市救援中心。

救援队所有人员都已集结待命，大家严阵以待，准备迎接这次挑战。

向薇环视了一下自己的队员，满意地点了点头，起码从精神状态上来看，所有人的表现都非常出色。

天已经彻底黑了下来，一阵大风过后，大雨瓢泼一样倾泻下来，噼里啪啦地砸在玻璃上，听着就像是急促的军鼓一样。

救援中心的值班电话突然响了起来，向薇看了一眼韩湛，深吸了一口气，接通了电话……

从晚上 9 点多开始，救援中心不断接到求救电话，不是家里进水，就是房屋坍塌。向薇立刻发布命令，安排救援队员以 4 人为一个独立小组，携带各种设备赶赴救援现场。

突然之间，房间里的灯光一下子灭了。

"怎么回事？"向薇大声喊道，"为什么没有灯光了？出什么事了？电力系统出现问题了吗？"

"头儿！不是我们的系统出现问题了，是这一片区域都出现了大面积的停电。"有人在黑暗中大声说道，"附近的灯光都熄灭了。"

"麻烦了！"向薇低声嘟囔了一句，"快，立刻启动备用电源，保证区域光亮，全体人员继续待命戒备。"

没过多久，就有人向向薇汇报，全市有 40% 的区域停电，35% 的区域供水中断，事故原因正在调查中。

对向薇来说，这绝对是一个坏消息！大规模的断水断电，很有可能造成恐慌情绪，同时引发更多的混乱和险情。

她突然大声喊道：“快，让所有人都起来，准备应付突发事件！”

果然不出所料，接下来的情况变得愈发糟糕，救援电话一个接着一个：车库进水了，道路塌方了……救援队员一组又一组被派了出去，奔赴各处。

在凌晨左右，又一个电话响了起来。向薇接通了电话，还没说几句，脸色顿时一变：“好的，我们知道了，请说明一下地址。”

她快速记录好地址，然后挂断电话，表情严肃地看着韩湛说道：“来了！”

“什么？”韩湛一愣问道。

“考验你设备的时候到了。”向薇深吸了一口气，“一处高层公寓出现险情，需要紧急救援。”

“你要让人带设备去？”韩湛问。

“对。”向薇点点头，“我们准备了这么久，不就是为了现在吗？”

韩湛点点头：“放心吧，没有问题。”

向薇点点头，走了出去，同时拿着对讲机喊道：“第六小队，立刻集合。”

很快，第六小队的4名成员集中在车库里，向薇看着他们说道：“现在高层建筑出现了险情，需要你们立刻出发，因为是高层建筑，所以拿上高层救援系统设备，每人一套。还是那句话，务必要保证安全！无论是你们的，还是群众的！”

“是！”4名队员答应了一声，驱车离开了救援中心。

接下来，连续又有两栋高层建筑顶端出现了需要紧急救援的任务，都是携带着韩湛的那套救援设备出发的。渐渐地，需要救援的人越来越多，整个救援队已经进入了满负荷甚至是超负荷的运行状态。救援队员就像是走马灯一样进进出出，有些队员甚至连救援中心都没有回来，就直接到另一个救援地点。

终于，当又一队救援人员出发之后，向薇的脸色凝重到了极点。

“我们的人手已经不够了。”向薇苦笑着对韩湛说道，“到目前为止，能派出去的都派出去了。”

“再有救援任务怎么办？”韩湛问道。

向薇没有丝毫犹豫："我去！我亲自去！现在所有其他组的人员已经在市里散开了，能多一个人，就是多一份力量。"

她的话音刚落，电话铃声再次响起，向薇没有丝毫犹豫接通了电话，只听了几句，她的眉头紧锁，说了一句："我知道了，我现在就派人去！"

"是哪里？"韩湛问道。

"霍兰公寓，22层发现火灾。"向薇深吸了一口气，表情无比凝重，"可能是因为使用蜡烛照明不当造成的。里面有人员被困，可是火势已经控制不住了。需要我们紧急出动。"

向薇一边说着，一边向旁边的一名救援队员喊道："紧急情况，我现在立刻出动，这里交给你来接管，从现在开始，你要和所有人保持联络，调配我们的人手，记住，不要错过任何一次拯救的机会！"

"是！"那名救援人员站起来庄重地敬了一礼。

向薇点点头，转身走了出去，当她来到车库的时候，身后传来一阵脚步声，向薇回头一看，发现韩湛竟然也跟了过来，他身上同样穿着一身防护服，不过不太合身，看起来有些可笑。

"你来做什么？！"向薇没好气地问道。

"当然是跟你一起去救援！"韩湛理直气壮地说道，"你们现在人手不足！"

"你没有任何救援的经验，也没受过训练！"向薇说道。

"可是我对那套救生设备非常熟悉！"韩湛说道，"这个肯定有用吧？"

向薇皱了皱眉，从心里来说，她并不想带着韩湛一起去。

这个时候，剩下的队员已经在车库里集合了，只有徐有光和姚天两个人，冯军因为受伤并未归队，所以这一组人员加上向薇也只有三个人，人数确实少于要求。

"你看，你们只有三个人，加上我，正好！"韩湛很认真地说道。

向薇寻思了一下，最后还是点了点头，说了一声："走吧！"

一行人立刻登上车子，驶离了救援中心。

外面的景象看起来就像是世界末日一样，狂风不止，吹得车子轻轻摇晃，倾盆的暴雨砸在车上，砸得噼里啪啦乱响。地面已经有了很深的积水，坐在车里看着外面，感觉自己就好像是在坐船一样。

过了一段时间，车子来到了霍兰公寓，4 个人立刻拿着救援设备从车里冲了出来。

几名公寓保安迎了过来，脸色惶恐地说道：“各位，你们可算是来了。”

“人呢？人在哪里？”向薇问道。

“还在室内。”

“为什么没有撤出来？”向薇眉头紧锁。

“他们的门锁之前坏了，刚刚报修，还没开始修理呢，就出了这事，所以……”保安说不下去了。

“那左右的住户呢？”

“已经紧急撤离了，现在正在想办法破门。”保安连忙说道，“不过我们需要时间，而且里面还有被困人员。”

“好吧！”向薇点点头，不管如何，现在首先要把被困人员从里面解救出来，不然的话后果会非常严重。

因为电力供应停止，所以电梯无法运行，几个人只能顺着楼梯向上攀爬。

扶着楼梯向上爬的韩湛气喘吁吁，脑海中却浮想联翩，这个场面和之前在杜兰公寓进行救援工作的场景何其相似！同样是有人被困在高层，同样是电梯无法运行，只能爬楼向上，只是这一次的情况比上一次的情况更加糟糕。上一次使用吊索，虽然会遇到楼与楼之间的侧风问题，但是那一点点的侧风和今天外面的狂风暴雨比起来，简直是小巫见大巫，根本就没有可比性。

不过随即韩湛又想起一件事来，这让他心中大惊。他想起来这座霍兰公寓和上次发生事故的杜兰公寓其实是双子公寓，两栋公寓比邻而建，间隔并不远。

相似的情况，相似的地点，比上次更加恶劣的救援环境……

几个人快速爬上出事的那一层楼，整个楼道里已经浓烟弥漫。几个人正围在那家出事的房门外面试图将房门打开。这可不是一件简单的事情。霍兰公寓和杜兰公寓一样，都是市里的高档小区，安全标准也是极高的，房门非常结实，想要打开恐怕要费点事。问题是，在烈火的炙烤与浓烟熏呛下，里面的住户还能坚持多长时间。

“头儿！怎么办？！”徐有光问道。

“上楼顶！”向薇一咬牙说道。

“不行！”韩湛在一边喊了一声。

“什么意思？！”向薇皱眉看着他。

“用不着上楼顶！”韩湛认真地说道，“上一次去楼顶是因为室内无法使用大型设备，不得已才选在楼顶这样的开阔地使用，但是现在我们不用这样了，因为有了新设备。新设备除了方便携带和便于操作，占用的空间非常有限，只要有个阳台就能使用。我的意见是，直接到他们上一层住户家里，从阳台上实施营救，这样可以极大地节省时间。”

向薇只犹豫了一下，立刻点头说道：“可以，就听你的！”

楼上一家的用户也已经疏散，但是因为火势凶猛，出于安全考虑，救援队没有选择直接从这里进行营救，而是又上了一层楼。

出于安全考虑，这一家已经从屋内撤离出来，正准备下楼。向薇征得该住户的同意，众人一起带着4套求生设备冲进了屋内。

尽管隔着一层楼，这家房间里也已经有了浓浓的烟味和明显的炙热感，可想而知，下面的情况有多糟糕！

几个人冲到阳台上，准备实施救援。

狂风暴雨之中，杜兰公寓伫立在对面。因为断电的原因，公寓里一片漆黑，可是向薇却感觉到，那里似乎有一双眼睛在注视着自己，好像想要看清自己所做的一切。

“向薇！”这个时候，一声呼唤在向薇耳边响起，一下子将她唤醒过来。

“你没事吧？”韩湛有点担心地问道。

“我没事。”向薇摇了摇头，“开始布置设备！”

说完之后，她打开窗户，外面肆虐的狂风“呼”的一下吹了进来，几乎要把人吹飞！

“你这设备抗风可以达到几级？”向薇问道。

“理论上可以抵抗10级以上的大风，但是……”韩湛郑重地说道，“这只是理论上的数字，因为平时无法创造出和 10 级以上大风相似的环境，所以无法测试。”

“那今天测试的机会来了。”向薇冷静地说道，“给我穿防护服！”

“队长！”徐有光和姚天一惊，“我们两个去吧！”

“去个鬼！”向薇骂道，“刚才我问过，里面被困人员一共有三人，我们带的设备只有四套，我下去，两套设备用来救援，一套用来应急，刚刚好，你们下去做什么？！”

“可是……”徐有光张了张嘴。

“没什么可是的！”向薇打断了他的话，“我下去最合适，霍兰公寓和杜兰公寓是双子公寓，里面的构造基本上是相同的，我上次和……”

说到这里，她突然一咬牙：“别废话了，时间就是生命，把防护服给我穿上，然后设备固定好！我这就下去！”

徐有光和姚天两个人不敢怠慢，立刻开始着手准备。

韩湛设计的这套设备展开非常迅速，向薇穿着防护服用这套设备迅速到达了需要救援的房间的阳台上。屋里是烈火和浓烟，与之前的一幕幕何其相似！在烈火和浓烟中，自己心爱的那个人去了彼岸，朱小竹也走了……可是这条路仍然需要有人走下去，这个人，现在就是自己！

向薇义无反顾地冲进火海……

看到向薇安全到达阳台并且进入室内之后，韩湛立刻喊道：“徐有光，你在这里看着这一部设备，姚天，我们走！”

“去哪？”

“去出事那家的下一层！”韩湛一边向外跑一边说道，“离开那里最快的方式是向下，不是向上！这种天气情况我们不能让他们落地，不确定因素太多了，我们要到下面的住户家里去等他们！”

姚天闻言顿时反应过来了，跟着韩湛一起冲了出去，急匆匆地赶到了楼下住户的所在位置。

经过简单交涉之后，两个人进入了室内，到了阳台位置，抬头向上方仰望。两个人的心揪得紧紧的，脸上满是水渍，分不清到底是汗水还是雨水。

也不知道过了多久，反正在姚天和韩湛看来，这时间过得十分漫长，突然间从上方的阳台弹出两套设备来，几个人影顺着设备慢慢向下，除了一男一女和一个小孩之外，还有就是穿着防护服的向薇。

“快，快把他们接进来！”韩湛大声喊道。

他和姚天两个人努力地把所有人拉进了房间里，两个大人和一个小孩不停地咳嗽，神志还算清醒。

向薇摘下头盔，喘着粗气说道：“还好，我去的时候他们三个正缩在角落里，用湿毛巾抵挡浓烟，还算清醒，如果再晚一会儿的话就很难说了。”

这个时候，守在一边的工作人员立刻一拥而上，用担架将这一家三口抬了出去，准备送往医院。

在这闹哄哄的气氛中，向薇慢慢转过身来，静静地凝视着不远处的杜兰公寓，然后庄重地敬了一礼。

良久之后，向薇转过身来，对韩湛微微一笑：“恭喜你，你的设备非常成功！我也要感谢你，因为这些设备，可以解救更多的生命！”

大火也被及时赶到的消防队员扑灭了。

这一次营救成功似乎是一个好兆头，随着“科罗娜”台风的峰值慢慢过去，市内险情开始趋于平缓，突发性事件虽然还时有发生，但比之前要少很多了。不过向薇不敢懈怠，仍然奔波在救援一线，执行着各种救援任务。

在高层救援中，韩湛的救援设备大显身手，拯救了十几个人的生命，获得了救援队员的一致好评。

第二天中午，台风慢慢过境，一场灾难就这样过去了。

灾害过后，整座城市开始慢慢地恢复正常，电力和自来水恢复供应，内涝也慢慢退去……整座城市经受住了一场严峻考验。

“各位观众，现在我所在的位置是我市的标志性建筑物同舟大厦，诸位顺着这个方向看，可以看到那边有两栋高层建筑，那就是杜兰公寓和霍兰公寓。”何欢手举着话筒，指着远处的两栋公寓说道，“就在前天，我市遭遇了二十年一遇的特大台风，这次台风对我市造成了很大影响，霍兰公寓发生了火灾，救援队员英勇出击，克服种种困难，最后将困在室内的群众救了出来，没有出现伤亡情况。大家都知道，不久前，在杜兰公寓也发生了火灾，那次的火灾却造成人员伤亡。为什么在如此恶劣的天气条件下，这次在霍兰公寓的营救却取得了这么大的成功呢？让我们来采访一下当事人……”

“啧啧！”向薇看着电视里播放的新闻，对韩湛笑着摇了摇头，“了不得，你的设备算是一下子火了。”

“我这算什么？”韩湛苦笑着摇了摇头，“要是没有你们，我那套设备也不过就是一堆废铁而已。”

“我觉得你这是在骄傲，虽然我没有什么证据。”向薇白了他一眼，“不过，说真的，你的设备的确很不错，就是因为这套设备，这次所有的高层救援都进行得非常顺利。队员们对设备的反应特别好，接下来你就可以赶紧行动了。”

韩湛莫名其妙地问道：“什么行动？！”

向薇看着韩湛傻傻的模样，确定他没有装糊涂，无奈地摇了摇头：“赶紧回去调试设备，安装机器，招收工人，过几天就是庆功大会了，我敢说，你的产品在庆功大会过后，将会获得井喷式的发展，会收获大量的订单。”

“啊？是吗？”韩湛目瞪口呆。

几天后，向薇穿了一身正装来到了救援队。

今天是市里开表彰大会的日子，由于各个部门动员得力，在灾情面前表现得临危不惧，事情处理得比较好，所以市里准备开这么一个表彰会，对这次的事情做一个总结，同时也激励一下大家。

对于向薇来说，她并不热衷于参加这种会议，但是没办法，市里举办这种会议的目的很明确：在这次救灾活动中做出贡献的人，必须得到表彰，获得一定的荣誉。

这次受表彰的都是一线人员，所以救援中心领导没有出席，由向薇带队出席表彰大会，和她一起出席的还有这次表现突出的其他几名队员。

和向薇比起来，这几名队员看起来就没那么淡定了，虽然嘴里说着谦虚的话，可一个个走起路来挺胸抬头，气度非凡。

向薇惊讶地发现，自己救援中心的座位竟然在最前面，和他们在一起的还有消防部门的人，很显然，他们已经被当成了典型人物，准备重点宣传了。

会议很快就开始了，市领导上台讲话，先讲了一下这一次台风过境对市里造成的影响，然后又说了一下各个部门的应对情况，接着话锋一转，说道：“这次，我要高度赞扬一下市紧急救援中心的各位，在这一次灾害面前，他们没有畏惧，也没有退缩，而是挺身迎了上去，在大灾大难当中，表现出了英勇无畏的斗志！在他们参与的救援活动中，完成率是百分之百，救出五十余名受灾群众，确保无一人死亡，受到了人民群众的一致称赞！大家鼓掌……”

说完之后，市领导率先鼓起掌来，紧接着礼堂里响起了山呼海啸般的掌声。向薇及其队员一个个备受鼓舞，兴奋异常。

“在这里，我要称赞他们两点……”等到掌声停下来之后，市领导继续说道，“首先，在这一次救灾任务中，救援队队长向薇同志提出的城市救援三个原则，在实际任务中获得了很好的应用，取得了很好的效果，省里已经决定采用向薇同志编纂的材料，向全省救援系统下发！”

在一阵掌声过后，市领导再次说道：“其次，我要表扬他们大胆地采用了新思维和新设备，在所有救灾任务中最困难的高空营救任务里，获得了很好的效果。在恶劣的天气情况下，顺利解救出十余名群众，没有造成任何伤亡。堪称奇迹！”

礼堂里又是一阵掌声，向薇心中不由得感慨，就连市领导都专门提到了这套高空救援设备，看来这套设备想不出名都难了。

救援中心除了留下必要的值班人员，剩下的人都放了假。

向薇肩负了重要的任务，从救援中心一出来，就直接前往卢乡。

到了卢乡，把车停到了曙光机械厂的外面之后，见机械厂外面挤满了人，正在热烈地讨论着什么，向薇顿时吓了一跳。

向薇担心厂子里出事情，急急忙忙地往里闯，刚到办公室附近就被人拦下来了。

“你找谁？”

“韩湛。”

那人一愣，随即恍然大悟："你是来找我们韩总吧？你是……向薇？"

向薇笑着问："你认识我？"

"对啊，之前赶工的时候我就在这呢，看到你忙前忙后地跑着。"那人笑呵呵地说道。

"看来你也是这里的老师傅了。韩湛在干什么呢？"

"在里面和老张他们商量事情呢。"那人一边带着向薇往里面走一边笑道，"说是厂子要开工，一些机器需要调整。"

向薇点点头，然后向外面指了指："外面那些人呢？他们是？"

"都是卢乡的工人。"那人笑道，"厂子这些年效益不好，开工严重不足，这些人都没什么活干。听说咱们这里开始招人就都来了，不过我们这里也用不了那么多人，不知道有多少人要失望喽。"

说到这里，那人脸上的表情有些消沉。

"你看起来有点伤心？"向薇小心翼翼地问道。

"是有一点。"那人点点头，"我也是卢乡的老人了，之前卢乡鼎盛的时候就加入了这里的机械厂，一直到现在。看着它就这么衰落下去，说真的，我是挺希望它好起来的，可是希望归希望，现实是现实。韩总虽然厉害，可是救不了整个卢乡啊。"

向薇皱着眉头，左右看看，又看着远处已经不冒烟的烟囱和厂房，心里有了主意。

那人一直把向薇带到一间办公室外面，指了指那间办公室说道："韩总就在里面，和老张他们几个说话呢。你进去吧。"

向薇道了一声谢就要进门，她的手刚搭在门上，那个带她来的老员工，突然没头没脑地说了一句："韩总是个好人，你要好好地待他啊！"

向薇一愣。

那人微笑："我是看不懂你们年轻人的那一套啦，不过韩总确实是个好人。"

向薇站在那里，好半天才回过神来，明白过来这位刚才说的话是什么意思，脸上顿时一红，轻啐了一口："什么叫我要好好待他？应该是他好好待我才对！"

不过随即向薇就意识到这句话有点不对劲，脸上就像是火烧了一样，心也跳得厉害。她站在门口，扶住门，等了好一阵，才恢复了平静。

向薇搓了搓自己的脸，心情有些复杂地敲了敲门。

“请进。”屋里有人喊了一声。

向薇推门走了进去，只见韩湛和老张几个人正聚集在屋里探讨着什么。看到向薇进来，韩湛笑道：“你怎么来了？”

“我来不可以吗？”

“可以，当然可以。”韩湛讪笑了一声，“你今天怎么了？怎么感觉像是吃了枪药一样？”

向薇冷哼了一声，表示不想说话。

韩湛却仔细打量了向薇几眼，脸上表情十分古怪：“你脸上怎么那么红？是不是病啦？”

向薇一听这话，心跳得更厉害了，恶狠狠地瞪了韩湛一眼。韩湛一缩脖子，搞不懂向薇为什么表现这么凶恶，他干笑了两声，不敢说话了。

旁边几个老工人看到这一幕，顿时发出一阵意义不明的古怪笑声。

向薇被这些家伙笑得十分不安，又不好以对待韩湛的态度对付这些老师傅，只好无奈地转移话题：“你们刚才在聊什么？”

“在聊怎么生产设备的事情。”

“有什么难题吗？”向薇问道。

韩湛点头：“厂子里的机器很多都是老机器，这些年开动不足，所以很多机器多多少少都有点问题，需要进行一次大修。目前产量和速度都成问题，短时间内恐怕很难提供大量的供货。”

“这么麻烦？”向薇皱眉问道。

“相当麻烦。”一边的老张苦笑着说道，“我们把厂子里的机器检查了一遍，情况很不乐观，大部分机器虽然还能运转，但是运转不太流畅。能够很好利用的机器不多，还有一部分根本就是彻底坏掉了，没有使用的价值。现在想要立刻把产能提高，难度很大。”

“现在反而不用操心的是人手。”韩湛在一边笑道，“这算是个好消息吧。”

“你是说，外面的那些人？”向薇问道。

“对，就是他们。”韩湛点点头，“这些人都是卢乡的工人，之前都处于半失业状态，现在听到咱们厂子可能要大规模招工，于是都来了。”

向薇想了一下，然后开口问道：“你们都比较了解卢乡，我想问一句，卢乡的工厂大概有多少，大部分是做什么的？”

这一方面韩湛就比较熟悉了：“卢乡以前是咱们省里小型机械的生产基地，生产小型的车床、机械产品等，种类很多。基本上你能想到的机械产品在这里都有。要说数量嘛……”

韩湛笑着说了一个数字。

“这么多？”向薇惊讶地问道。

“这是以前的统计数字。”韩湛苦笑道，“现在已经没有这么多了，这么多年下来，工厂破产的破产，解散的解散，剩下的那点也都开工严重不足，现在整个卢乡境内能开工的工厂，也就那么四五家，包括我们曙光机械厂在内。”

“那人手呢？”向薇问道，“在卢乡能让工厂运作起来的工人还有多少？”

“流失的比较严重。”韩湛认真地说道，“很大一部分都到外地打工去了，留在本地的大部分都是些老工人。不过，依靠这些人，应该能让卢乡的几个大型工厂开工。”

听韩湛说完这些话，旁边的几个卢乡老工人纷纷点头，韩湛对卢乡的了解很透彻，说得也很直接，他们都表示认同。

“哦，如果是这样的话，那我有个想法，”向薇说道，“不知道行不行？”

韩湛问道：“说来听听。”

“外包！”向薇认真地说道，“现在这间工厂的机器状况不算太好，那我们可不可以这样，在曙光机械厂里生产核心部件，然后把其他部件外包给卢乡的其他工厂，让他们生产，这样可以很快地把产量提升上来。”

韩湛和几个老工人互相看了看，然后一起点头。

“办法是好办法。”韩湛说道，“这么做是没什么问题的，但是问题在于，我们有没有那么多的订单。”

韩湛叹着气说道：“这样可以爆发出巨大的产能来，但是如果订单跟不上的话，恐怕到时候就会很麻烦的。”

“这个你完全不用担心。”向薇笑道，“我这次来就是要告诉你这件事的。”

“什么事？”韩湛问道。

“求我！”向薇笑吟吟地看着韩湛说道。

韩湛一愣，看着向薇那笑吟吟的样子，脸上微微一红，突然感觉自己的呼吸有些急促，同时说话也变得有些结结巴巴的：“求，求你，告诉我吧。”

“好了，放过你这次。”向薇也觉得这个对话有点怪怪的，尤其是旁边的几个老工人一个个脸上带着古怪的笑容，让她脸颊火辣辣的。

“那，那个……”向薇也有些紧张了，她笑着说道，“我今天上午刚刚参加完市里的表彰大会，在会议上，领导对这套设备进行了高度的表扬。现在已经在市里各个部门里传遍了，我想，只要你安排公司里的那些人员进行一次宣传和招商活动，恐怕立刻就会获得大量的订单！”

“真的？”韩湛一惊问道。

“你现在可以给公司打个电话，如果我没有猜错的话，有消息灵通的，可能已经打电话过去咨询了。”向薇认真地说道。

仿佛是在印证向薇的话一样，她刚刚说完，韩湛的电话就响了起来，里面传出张进兴奋的声音。

“韩总！韩总您在哪里？”

“我在卢乡。”韩湛说道，“怎么了？”

“火了，火了！”张进大声说道，“从中午开始，我们公司就接到不少的电话，都是来咨询那套设备的，已经快把我们公司的电话打爆了。很多人都想见见您，讨论一下咱们的产品。您看现在……”

“你先别急！”韩湛立刻说道，“暂时帮我稳住他们，我这边正在想办法扩大产能，等到有结果了立刻通知你。”

打完电话，韩湛深吸了一口气，两眼放光地环视了一下众人，然后笑道：“各位，好消息！公司接到了大量客户来电，恐怕订单数量会超乎想象。”

工人们听到这话，顿时欢呼起来。

韩湛兴奋地一把抓住向薇的手：“你说得对，我现在就去找老韩，在卢乡，他更有号召力。估计他听到这个消息会高兴死的！”

向薇似笑非笑地看着韩湛，韩湛这才惊觉拉住了向薇的手，他触电一样松开了，笑着说道：“那，那个，我不是故意的。”可心里还在回味刚才那种柔软的触感。

向薇突然凑到韩湛的耳边低声说道：“要抓就抓紧一点啊！我让你松开了吗？胆小鬼！”

韩湛手足无措，一下子愣在那里……

当啷一声，韩忠手里拿着的大号茶杯落在了地上，热水飞溅出来，烫得他龇牙咧嘴。

韩湛向后疾退了一步，装作一脸不满的样子：“老韩，你这是干什么？吓我一跳！”

“不是！”韩忠顾不得其他了，看着韩湛说道，“我问你，你刚才说的话是真是假？”

“什么话？”韩湛笑吟吟地问道。

韩忠哭笑不得地说道：“你刚才说要帮着我们卢乡恢复产能，让工厂的机器开起来，这是真的还是假的？”

“当然是真的。”韩湛一本正经地说道，“我之前买下了曙光机械厂，不过曙光厂的产能不能满足我的需求。我现在有大量的订单需要完成，光靠着一个曙光厂根本不行，所以才来找你！我准备把一部分生产外包给周围的机械厂，麻烦你帮我联络一下，你是领导，他们都听你的。”

韩忠笑着说道：“你等着，我给他们打电话，让他们都来。这样的好事他们不来，那才是缺心眼呢。”

韩忠兴冲冲地打电话去了。

向薇笑吟吟地在韩湛耳边低声说道：“看起来他很兴奋啊！”

韩湛觉得耳边热热的，从向薇身上传来的香味，让他有些心猿意马。他干咳了两声，稳定了一下情绪，低声笑道：“这是当然了，老韩是这里的老人，看着这里一点一点地衰落下去，他比谁都着急，可是着急也没办法。现在看到卢乡有了恢复的可能性，他当然要高兴喽！”

就像老韩说的那样，卢乡硕果仅存的几家机械厂一听有合同，立刻就蜂拥而至！看着面前一个个如同小学生一样正襟危坐的厂长们，韩湛有些哭笑不得。

不过他还是认真地把自己的要求说了一遍。

“各位，我们公司准备将设备的生产拆分为几个部分，核心部件在我们那里生产，其他附件，我们采用分包的形式，让大家生产，具体的价格我们稍后再谈……”

向薇站在一边静静地看着他，突然抿嘴一笑，虽然韩湛已经成了一个明星企业的老板，可是看他的模样，依稀还有当初缩在烟囱上面瑟瑟发抖的那个愣头青的影子。

韩湛扩大生产的消息很快传遍了整个卢乡，人们的脸上写满了希望。

对于第一批产品，韩湛严格把关，亲选了生产厂家，和他们签订了合同，并且预付了一部分款项。

安排完生产，韩湛和向薇回到公司。

在两个人一走进公司的刹那，公司的所有员工全部起立，对两人报以了热烈的掌声。

韩湛和向薇两个人先是微微一愣，略有几分不知所措，接着才含笑点头，对着所有人招了招手。

“好了，各位静一静，先安心工作。”韩湛喊道，“张主管，你来一下。”

张进几乎是一路小跑地跟着韩湛和向薇进了办公室。

“这几天情况怎么样？”韩湛直接问道。

“韩总，您可算是回来了，这几天我都要被逼疯了。”张进苦笑着说道，“现在都是通过各种渠道找上门来的，目标都是咱们的产品。问价的，想要订购的，问能不能代理的，简直要把我逼疯了。我现在手机都开着静音，不敢打开，一听到电话铃声我脑袋就嗡嗡作响，实在是受不了。”

“我怎么看着你像是乐在其中呢？”向薇笑呵呵地看着张进说道。

“呃……”张进一愣，然后干笑着说道，“我这属于痛并快乐着，毕竟看到咱们公司的产品热卖，怎么会不开心呢？”

“说得对！”韩湛笑道，“那现在就到了你出面的时候了。”

“韩总！”张进眼睛顿时一亮，“莫非卢乡那边？”

“一切都已经定好了，工厂和工人已经准备就绪，开始生产之前的订单了。”向薇笑着说道，“现在你可以放开手脚接订单了！”

“好！”张进重重一点头，“我这就去安排！”

说完之后，他转身就跑了出去。

“这事稀奇了。”向薇看着张进跑出去，笑吟吟地看着韩湛，“别人都是巴不得订单越多越好，你倒好，之前不敢接，直到现在才敢接下订单来。”

“我总要核算一下成本，然后看看生产周期，毕竟这些都是救命的东西，接下订单来，是要负责任的！”韩湛认真地说道，“咱们这个可是救命的东西！”

“嗯！”向薇一笑，“我就喜欢你这股子认真劲！”

“呃……”韩湛目光有些飘忽，鬼使神差地问了一句，“你就只喜欢我这股认真劲吗？”

向薇先是一愣，然后脸上微微一红，娇嗔地瞪了韩湛一眼，却没有多说什么……

在曙光机械厂的后院，韩湛对那个高耸的烟囱进行了一系列的改造，能够还原各种各样的灾难现场，测试各种救灾设备。

韩湛陪同向薇来到这里观看，向薇对这个试验场地非常满意：“你这个地方搞得还真不错！如果在这里测试设备应该能拿到第一手数据。”

“这还要多亏了你。”韩湛笑着说道，“多亏了你的指导和帮助，如果没有你提供的那些资料，我们也做不出这个来。”

向薇笑道：“我回头要把救援队员带过来，在这里进行一下集中训练。你看怎么样？”

“求之不得啊！”韩湛笑道，“顺便还帮我测试一下设备。”

“你这一次，救了很多人。”向薇静静地说道，“不但救了那些陷入危险的人，还救了卢乡……”

“这里有你一份功劳。”韩湛微微一笑，伸手握住了向薇的手，“我还想救更多的人。”

向薇身子微微一颤，轻轻地试图挣脱，却没有挣开，她脸上一红，停了下来。

“我们可以的，”她低声说道，“我们可以救更多的人，就这样一直救下去。”

两个人越来越近，越来越近，最后依偎在了一起……

办公室
办公室

第十二章

人生自古谁无死

青翠的树丛，阵阵的鸟鸣，在这个远离城市喧嚣的地方，是灵魂最好的归处。

向薇手捧着两束鲜花，漫步在一排排洁白的墓碑之中。看着周围的墓碑，向薇感觉自己的心似乎有些不同了，以前她来到这里，看到的都是单调的黑白两色，但是今天再次出现在这里，在这黑白中间，似乎也能看到一点点不一样的风景，这风景让她有些不安。

她来到一处墓碑前面，上面的照片还带着笑容，墓碑前面已经摆放了很多的鲜花和果品，墓碑被人用清水擦得干干净净的，泛着亮光。看着照片上的那个笑脸，向薇的心还是像被人揪了一下。

将手里的花束慢慢地放在墓碑前，向薇轻声说："小竹，不知不觉中，你已经离开一段时间了，我也不知道你现在过得好不好。不过，你老实告诉我，那天在霍兰公寓的时候，你是不是来过？我好像依稀看到你的影子，就在对面的大楼上凝视着我，还一如既往地带着笑容。"

向薇在墓碑旁边坐下，伸手搂着墓碑，就好像当初搂着朱小竹一样："我不知道这是不是错觉，但是，我确实看到了你的影子。我知道你是在为我担心，不过你大可以放心，我们现在很好，都很好，多亏了那些设备，高层救援的危险性大大降低了。我想，这会让你开心一些吧。对了，我给你带了礼物……"

向薇从口袋里掏出了一样东西，放在了朱小竹的墓碑旁边，那是一个精致的模型，就是按照那套设备等比例缩小之后做成的，看起来非常精致，也非常漂亮。

“就是这个，我们现在用的东西就是这样的。”向薇认真地说道，“我把这个拿来，就是为了让你见到，如果愿意的话，你也可以拿去用，在你的那个世界里也许可以用得上……”

向薇在朱小竹的墓碑旁边说了很久的话，然后轻叹一声，拿起另外一束花来，慢慢地走到另一处墓碑旁。

“我来了。”看着墓碑上的照片，向薇脸上露出一个笑容，然后把花轻轻地放在了墓碑上，“你等急了吧？”

她犹豫了一下，苦笑着说道：“本来我想说是因为最近救援任务重，所以没法经常过来的，但是，你看的应该比我清楚。不错，我的心里现在住进了另外一个人。本来我以为，这辈子都不会有人住进来的。可是，现在却变成了这样。”

向薇顿了顿，继续说道：“我现在很惶恐，真的，非常惶恐，我不知道事情为什么会变成这样，好像不知不觉中，就已经发生了。”

向薇在墓碑前待了很久，一直静静地看着墓碑上的照片，却再没有说过一句话，眼看天色不早了，这才轻轻叹了口气，转身离开了这里……

救援中心内，向薇换上了制服，顺便问：“今天有什么情况吗？”

姚天在一边笑着回道：“冯军要出院了，这算不算一个情况？”

“可算是要出院了。”

一提起这件事来，姚天就忍不住想笑，冯军因为那次事故住院，结果正好错过了这次台风期间的救援任务，气得他在医院里大骂却毫无办法。

向薇瞪了姚天一眼：“我知道你是什么心思，这次救援你立了功，这是想到他面前好好炫耀一下。虽然这种行为我不反对，不过不要做得太过分！”

“明白了，头儿，我是那种做事过分的人吗？”姚天嬉皮笑脸地说道。

“我很认真地告诉你，你是……”向薇撇着嘴说道。

就在这时，值班人员跑了过来：“头儿！有任务！”

“怎么了？”

“在漫辉小区发现了一个马蜂窝，需要我们去处理一下。”那个值班人员说道，“来电话的是小区物业。”

“知道了。”向薇点了点头，这算不上什么大事，也不是紧急任务，用不着紧张。

“又是马蜂窝。”姚天在一边嘟囔了一句，脸上表现出不愉快的表情。

向薇伸手拍了拍姚天的肩膀。

“走吧，一起去看看。”

“不用了吧。”姚天一愣，“这么一点小事。”

“在救援中心待着也是待着，去看看吧。”向薇说道，“如果有别的险情，救援中心会通知我的。现在，一起去。”

没多久，救援车辆就从救援中心开了出去，姚天负责开车，向薇坐在副驾驶的位置上看着窗外的风景。

台风虽然走了，但是造成的影响还残留了一些，街面上随处可见枯枝败叶，还有积水和淤泥，偶尔还能看到有人正在那里修整被损坏的店铺招牌。

没过多久，车子来到了漫辉小区，姚天停好车，小区里的保安迎了出来。

“我们是救援队的，之前是你们打电话呼叫的城市救援吗？”向薇问。

“是的。”那个保安连忙点头，“不过你们来晚了。”

向薇皱着眉头问道：“什么意思？”

“刚才来了个领导，看了一眼之后就决定把马蜂窝烧了，已经领着人去办这件事了。”保安老老实实地说道。

向薇一听就急了：“他没有做任何保护就去捅马蜂窝啦？”

“做了保护。”保安说道，“弄了几个塑料袋套头上了。”

向薇哭笑不得，然后向身后的姚天喊了一声：“姚天，快点，把防护服拿出来穿上！搞不好又有大麻烦了。”

姚天不敢怠慢，飞快地拿出防护服，两个人迅速套在了身上，但还是晚了一点。远处传来了几声撕心裂肺的惨叫，还不是一个人发出来的。

向薇对一边有些发呆的保安吼了一声：“关好门窗，马蜂要过来了。”

那个保安脸色一变，连忙把门窗关好！

这个时候，向薇就看到两个人远远地向着这边跑了过来，而在他们身后，则是一团黑压压的马蜂，看得让人头皮发麻！

“两个蠢货！”向薇骂了一句，“姚天，快，把准备好的火把拿出来。”

为了以防万一，两个人从救援中心出来的时候就已经准备好了引火的物品，正好派上了用场。姚天和向薇一人一个大号的火把，点燃后就冲了过去，挡在那两个倒霉蛋的前面，一边挥动着火把驱赶马蜂，一边对着那两个家伙大声喊道：“快跑，快点！前面有喷泉，跳进去躲到水里！”

那两个人不敢怠慢，一路小跑地冲到了小区喷泉旁边，往里面一跳，趴在水池里憋着气不敢露头。

向薇和姚天两个人挥舞着火把，努力地驱赶着那些马蜂，用了好大一阵工夫，才把这群马蜂赶走。

看着马蜂飞散，向薇长出了一口气，对着水池里喊道：“行了，出来吧！”

水池里没有一点动静，那两个人毫无反应。

“头儿……”一边的姚天胆战心惊地说道，“不会是淹死了吧？那就是大事故了！没被马蜂蜇死，结果在水池里淹死了，这……”

向薇瞪了他一眼：“你就不能想点好事？！哪那么容易就被淹死了！”

她从旁边捡起一根棍子来，在那两个人的身上戳了两下。

那两个人就像是触电一样，从水池里“哗啦”一下冒了出来，浑身打着哆嗦喊道：“救命，救命啊！有大马蜂，大马蜂啊！”

“行了，马蜂都已经被赶走了。”向薇没好气地说道，“赶紧从里面出来！”

那两个人似乎被马蜂蜇迷糊了，茫然地向四周看了看，感觉周围没有那些让人恐惧的嗡嗡声了，这才放下心来。

向薇看着两人直皱眉头。

这两个人的情况实在是很糟糕，身体所有裸露的部分都受到了马蜂的攻击，而且都肿了起来。尤其是那两张脸，基本上肿得都不成人形了！连眼睛都要睁不开了。

“赶紧送医院！”向薇苦笑着说道，“被蜇得太严重了一点，都没人形了。马蜂可是有毒的，耽误了的话，后果不堪设想。”

“好家伙，这比我们上次还严重。”姚天在一边频频咂舌，“上次只有一只马蜂漏网的，这下可好，这脑袋都已经变气球了。”

“少废话！”向薇骂道，“有这个时间赶紧把人送医院去！让他们上车，我们立刻送过去。”

姚天不敢怠慢，连忙把这两个人塞进了救援车，然后开车直奔医院。向薇在车上简单地了解了一下情况。原来这两位其中一个就是来这边检查的一个公司领导。这人听说小区里有马蜂窝，特地去查看了一下，错误地认为情况不严重，所以带了一个人过去想要把马蜂窝烧掉。

那个马蜂窝原本是在树上的，两个人操作又不熟练，直接把树杈弄断了，马蜂窝“啪”的一下落地，整窝的马蜂蜂拥而出，差点把两个人就地正法。幸好向薇来得及时，不然谁知道会出现什么后果。

面对这种情况，向薇也是无话可说，只能心里骂两句傻大胆。

车子一直开到了医院，那个身穿西装的公司领导突然开口问道：“这里是，是什么医院？”

向薇随口回答道：“市中心医院。”

“啥？中心医院？”那个公司领导惊呼了一声，“不，不要，咱们不要来这里行不行？换一家医院可以吗？换一家医院！”

虽然他的脸肿得和气球一样，看不出有什么表情，但是从他的语气能听出来，这位现在格外惊恐。

这让向薇有些不解：“你们现在的情况很严重，这家医院最近，而且医疗条件最好，你们可以相信这里的。”

“这不是相信不相信的问题，这是……”那人还想说点什么，可是一边的姚天已经等不及了。

“本来你们就不应该上去招惹那些马蜂，应该等我们这些专业人士过去处理，结果现在闹成这个样子。现在送你们到医院吧，你们又挑三拣四不愿意配合。我告诉你们，现在看你们的状态可不是很好，脸已经越来越肿了，显然是蜂毒渗入，不想出事的话就老老实实地去医院看病。不然真的会出问题的。”

再看被马蜂蜇过的两个人，脸已经彻底肿了，眼睛都眯成了一条缝，不仅如此，嘴巴也合不拢了，不停地往下滴着口水，格外凄惨。

“那，那就去这里吧。”

“真是的。”姚天低声嘟囔道，“明明是为了你们好，结果还在这里挑三拣四的。”

“行了，你也少说两句。”向薇没好气地瞪了姚天一眼，“快点扶他们下车！送急诊。”

一到急诊室，值班大夫吓了一跳：“这是受到生化武器袭击了？”

“算是生物武器吧。”向薇哭笑不得，“被马蜂蜇了。”

“呃……”那大夫仔细观察了半天，“好像挺厉害的，你们是病人家属？”

“我们不是。”向薇连忙摇头，“我们是城市救援队的，本来是要去处理马蜂窝，结果碰上这么两位愣头青，自己弄根竹竿点着了就敢去捅，结果出事了，就变成了这个德行。”

“这还真是……”那大夫苦笑着说道，“算了，先紧急处理一下吧。”

就在这时，有人从外面走进了急诊室，看到向薇顿时一愣：“哎呀，向薇？你怎么在这里？”

向薇回头一看，进来的正是顾颜，她穿一身白大褂往那一站，看起来就是一道靓丽的风景。

“哟，怎么是你？”向薇笑着说道，“你今天在急诊室？”

“我今天在急诊这儿值班。”顾颜笑道，“倒是你，你跑过来干什么？”

向薇指了指一边的那两个倒霉蛋：“小区里有个马蜂窝，这两位也是胆子大，竟然直接去把它捅了，结果就变成现在这模样了。”

一直坐在急诊室里的那位物业领导，听到顾颜的声音身子一颤，立刻站起来就想逃走，可是这个时候马蜂的毒性已经开始发作了，这人站起来晃了两下，又坐了回去。

“喂，这位先生，麻烦你不要乱动，你现在的情况很危险。马蜂是有毒的！乱动的话，加快血液循环，很难说会发生什么事情。”那个急诊大夫在那里皱着眉头说道。

这边的动静引起了顾颜的注意，她稍稍皱了一下眉头，转头向那两个病人看过去，结果越看越觉得不太对劲。最后，顾颜的脸色微微一变，几步走到那名物业经理的面前，仔细打量了他半天。

物业经理的脸虽然已经肿得连眼睛都快睁不开了，却本能地躲闪着顾颜的目光，看起来好像十分惊恐。

顾颜仔细端详了半天，突然笑了："这不是苏大经理吗？真是好久不见了。"

对于顾颜这种反应，向薇也有点丈二和尚摸不着头脑。

顾颜的笑容很甜美，但是说出来的话却让人感觉很不对劲。

"来来，我看看怎么回事？"顾颜仔细端详着那位物业经理的脸，"哎呀，看起来真的好严重。刚才我差一点就没认出你来！苏大经理，你果然是个狠人啊，不但对别人狠，对自己也狠。我真是想不到，再一次见面的时候，你会变成这个模样。厉害了，当真是厉害了。"

向薇越听越觉得不对劲，她站在一边仔细打量着顾颜，想看看她究竟要做什么。

"马蜂的毒性是很可怕的，处理不好很有可能危及生命。"顾颜继续说道，"面对这种情况，千万不能疏忽大意，必须立刻进行治疗。苏大经理，看在我们之前交情的分儿上，我一定给你好好地治疗。"

"不，不用了吧。"那个物业经理结结巴巴地说道，"我，我感觉还行。"

"你感觉还行？那是错觉！"顾颜认真地说道，"我可以很负责地告诉你，你之所以有这种感觉，是因为蜂毒已经麻痹了你的神经系统，造成神经系统麻木，所以你现在的感觉就是不疼不痒。其实这是很危险的。必须及时处理，呃，我看看，我看看，这脸上被蜇得哟，触目惊心的，必须先把里面的刺取出来，然后再进行后续治疗。"

顾颜笑吟吟地对一边的急诊室大夫说道："这个病患交给我吧，我来处理，麻烦你处理另外一个吧。"

苏经理顿时急了，结结巴巴地喊道："别，别啊，你们换一下吧！"

"别激动！"顾颜表情严肃地说道，"你这个情况已经很危险了，要是你过于激动，蜂毒加速渗入体内，情况就更麻烦了。来，你坐好了，我先帮你取出脸上的蜂刺。”

“顾颜，顾颜，咱们好好商量商量，有话好说。”那个苏经理急了，“其实我们之间是有很多误会的，真的，一定要好好解释一下。”

顾颜板着脸，冷冷地说：“什么误会不误会的？你想多了。现在你是患者，我是医生，我没有别的想法，现在最主要的目的就是把你的病治疗好！其他的事情以后再说。苏先生，我觉得你现在必须冷静一下，否则会影响治疗的。”

“那，那咱们换个人治疗可以吗？”苏经理的声音都带上了哭腔，“换一个人！”

“怎么？”顾颜微微一笑，“你对我的水平有所怀疑吗？你放心好了，我的技术水平在整个医院都是数一数二的！这一点你可以完全放心。”

接着，她笑了一声：“对了，关于这一点，我相信你也是了解的。”

“我，我还是换人吧！”那个苏经理挣扎着想站起来，向薇看得出来，他现在十分惊恐。

“现在医疗资源这么紧张，怎么能说换人就换人！”顾颜冷冰冰说道，“看来蜂毒现在已经侵入神经，有点致幻了，必须采取紧急措施才行了。来，帮我将他束缚在床上，防止影响后续治疗。”

旁边有急诊室的护士连忙过来，七手八脚地把那位苏经理固定在病床上，顾颜脸上带着冷笑，开始做取出蜂刺的准备。

一边的姚天都看出来情况好像有点不太对劲了，他凑到向薇耳边低声说道：“头儿，这位顾医生是你的朋友吧？我怎么看着情况好像不太对劲呢？”

向薇皱着眉头低声说道：“我问问。”

向薇慢慢走到了顾颜身边，伸手轻轻拉了拉顾颜的衣服。

顾颜一脸冷笑地正在做准备呢，被向薇拉扯了两下，顿时一愣，回过头来一脸狐疑地看着向薇：“怎么啦？”

向薇哭笑不得：“我正想问你这是怎么了呢！这人你认识？”

“认识啊。”顾颜笑了，笑得十分开心。

“这人是谁啊？”向薇问道，“我看你的情况好像有点不太对劲。”

“还要谢谢你把他带过来。”顾颜低声笑道，“这是我的那个前男友！”

“啊？”向薇顿时一惊，“就是你说的出国的那个？”

“说是出国，其实就是劈腿之后，找了个理由和我分手而已。”顾颜冷笑着说道，“不过后来又来找我了，我没有理他。”

“然后，他就被送到这里来了？”向薇苦笑着说道。

“所以这就叫天理昭昭，报应！”顾颜笑得十分得意。

向薇皱了皱眉头：“不要乱来。”

“这个我自然知道。”顾颜压低声音说道，“我心里有数，我毕竟是个医生，我有我的职业道德。”

向薇轻轻点了点头，对于顾颜，她还是很信任的，她们两个都是同一类型的人，绝不会因为某些原因去肆意践踏自己的职业，她们有底线。

“要继续留下来看看吗？”顾颜又低声问道。

“算了。”向薇苦笑着摇了摇头，“你忙你的吧，我去看看我的那个队员。”向薇说的队员指的是冯军，因公受伤在此住院治疗。

“嗯。”顾颜点点头，“已经差不多要好了，病房在哪里你知道吧？”

顿了顿，顾颜表情古怪地低声说道：“另外，你需要提醒一下你的队员，不要闹得太过分了！”

“什么？”向薇莫名其妙地问道。

“你自己去看看就知道了。”顾颜一笑，“算算时间，也差不多是这个时候了，去吧，不要耽误我工作！”

说完之后，她带着笑容向那位苏经理走了过去。

向薇退出了急诊室，在她身后依稀还能听到那位苏经理的求饶声。

在机场的特殊通道外面，向薇表情严肃地站在那里，好像在等什么人。

特殊通道的门打开，从里面走出来两个人：一个是模样端庄的老妇人，一个是陪在她身边的向强。

向薇那张冰雕脸如同遇到了太阳一般彻底地融化了，她兴奋地喊了一声“妈”，然后跑过去一把搂住了老妇人的脖子。

“轻点轻点！”这位老妇人正是向薇的妈妈，她拍着向薇的后背笑呵呵地说道，“都多大了，还这么毛毛躁躁的，我这把老骨头可受不了你这么折腾。”

向妈妈左右张望了一下，发现向薇孤身一人来接自己，没有男朋友的身影，怅然若失。

“只有你一个人来的？”

向薇的心里顿时“咯噔”一下，妈妈来了，她本该高兴，可就是因为这种事，搞得她实在有点高兴不起来。

“怎么？我来了您不高兴啊？”

向妈妈直截了当地说道：“你都多大了，这……”

向薇一阵头大，知道只要是牵扯到这个问题，妈妈必然是说起来没完没了。她连忙打断妈妈的话：“妈，别在这里说这些了，这里是机场，是公共场所，不合适。”

向薇不动声色地瞪了向强一眼。

向强本来笑嘻嘻地在一边看着笑话，被向薇这么一瞪，顿时打了个寒战，意识到情况不妙，如果不出手帮忙的话，看样子向薇是不会饶了自己的。

向强立刻正色道：“妈，妹子说得对，这里的确不是说话的地方，这么多人在这呢，人多嘴杂，岂不是被人看了笑话？”

向薇连忙说：“妈，走吧，我的车在外面停着呢。”

几个人在车上坐好后，向妈妈不慌不忙地开了口：“说说你的事情吧。”

向薇立即进入全线戒备状态：“妈，男朋友的事不着急的，以后有机会我会给你找一个的。”

“什么叫给我找一个的。”向妈妈没好气地说道，“那是给你自己找男朋友！”

“哦。”向薇老老实实地点了点头，“给我找一个。”

“别说得那么不情不愿，婚姻大事，你……”向妈妈摇了摇头，“算了，这个是你自己的事情，你爸的意思是让你自己做主，倒是不着急。我说的是另外一件事。”

“什么事？”向薇一愣，莫名其妙地问道。

“就是你现在工作的事情。”向妈妈有点担忧地看着向薇说道，“你现在的工作，是不是有点太危险了？我的意思是，你要不要考虑一下，换个工作？”

“妈，”听到这个，向薇倒是心平气和了，她淡淡一笑，“这个工作虽然危险、辛苦，但是却很有挑战性，而且肩负着重大责任。救人危难，这是很好的一件事情啊！我现在乐在其中，还想继续干下去，暂时没考虑换工作的问题。”

“我听说最近一段时间已经出现过好几次很危险的救援任务了。有一次你差点就……”说到这里，向妈妈一脸的后怕，然后对向薇说道，“咱家可就你这么一个女儿，从小就是含在嘴里怕化了，捧在手里怕碎了，如果真的有什么事的话，我和你爸该怎么办呢？”

向妈妈长叹了一声：“我也知道，这个工作很有意义，但是有意义的工作并不止这一个啊，向薇，你真的应该考虑，到其他地方仍然可以继续为人民服务的。”

“妈，”向薇一笑，“如果每一个人都躲开这里，不敢在这里工作，那以后还有谁去救援别人？那些本来可以拯救的生命应该怎么办？”

向妈妈沉默不语。

向薇故意用轻松的语气说：“我们存在的意义，就是让那些担心的人不必再担心了。我们可以拯救生命！再说了，爷爷和老爸还不都是一样，当年也是义无反顾就参了军，当时奶奶觉得危险，想要让爷爷调动一下老爸的工作，我还记得爷爷那时候说的话。”

向薇脸一板，一本正经地说道：“怎么了？！别人家娃娃的命不是命，就咱们家娃娃的命是命了？死了就死了，那就叫死得其所！既然吃了这碗饭，就要做该做的事！你怕死？有的是比你怕死的，最后还不是都上了？死了就死了，死了就埋在那儿！这是命！起码现在还能找到一把骨头，当初连骨头都找不到的人有的是！”

向妈妈沉默了片刻，然后瞪了向薇一眼，一指旁边的向强说道：“你爷爷是个老顽固，你爸也是个老顽固，结果到了这一辈，家里这只皮猴子成了活泥鳅，你倒是成了老顽固了！”

“妈！”向强哭笑不得地说道，“不带这样的，您不是在这里教训小妹吗？怎么还把我带上了？”

“说你怎么了？”向妈妈没好气地说道，“你有什么意见？”

“没有，一点都没有！”向强连忙摇头说道，“我可是一点意见都没有，老实得很。”

“哼！”向妈妈哼了一声，拉着向薇的手说道，“向家的牛脾气，最后到底传到你身上来了！唉！算了，儿孙自有儿孙福，你看着办吧。”

“遵旨！”向薇笑嘻嘻地说道。

向妈妈一瞪眼睛：“刚才我说的那些话，不许告诉你爸！”

“咦？”向薇眨了眨眼睛，一副发现新大陆的模样，“妈，刚才你说的那些，不是我爸的意思？”

“明知故问！”向妈妈伸手戳了向薇一下，“家里那个死老头子是什么脾气你不知道？死犟死犟的和驴一样，一提起你来就是夸个不停，说你不愧是向家的好女儿，敢想敢干，敢拼命，这才是向家人该有的劲头。”

“话虽这么说，你毕竟还是我女儿，妈妈的心头肉啊。”向妈妈看着向薇感慨地说道，“你说你，长年累月不在家，我怎么能放心得下，也不知道你自己一个人在这边是怎么过的。这次我既然来了，就不急着走，准备在这里住些日子，好好照看你一下。”

向薇觉得头皮有些发麻，不过还是硬着头皮点头笑道：“好啊，妈，我举双手欢迎，您就住下，我给您找个好一点的酒店……”

“住什么酒店！”向妈妈一瞪眼睛，“住酒店还怎么照看你？就在你家里住着就行了。难道说，你家里地方就那么小，连我一个老婆子都容不下吗？”

向薇立刻摇头：“我欢迎，十分欢迎。”

“那就好。”向妈妈这才笑着点点头，“那就这么说定了！回头啊……”

就在这时，韩湛突然来了电话，向薇心里“咯噔”了一下，有些慌乱地举着电话。

“你在哪儿呢？”韩湛笑呵呵地问道。

“哦，哦，你好。”向薇一本正经地说道。

“啊？”韩湛顿时有些摸不着头脑，不知道向薇这是唱的哪一出。

“对对，是我。”向薇不管韩湛有什么反应，继续自顾自地说道，“哦，我现在在外面，不太方便，正打算和我母亲去吃饭。”

最后一句，向薇特别加重了语气。

电话里，韩湛先是愣了愣，然后立刻反应过来了，一本正经地说道：“哦，是这样啊，那你先忙。”

“有什么重要的事情吗？”听到韩湛领会到了自己的意图，向薇顿时松了口气。

“没什么太重要的事情，回头再说吧，你先陪着伯母。”

“好的，再联系。”向薇表情严肃地点了点头。

挂断电话之后，向薇平复了一下心情。

向妈妈笑吟吟地问道：“刚才是谁的电话？表情那么严肃，好像谁欠了你钱一样。”

“工作上的事情。”

向妈妈点了点头。

本来事情应该就这样含含糊糊地混过去了，就在这时，向强突然笑眯眯地问：“是不是韩湛啊？”

向妈妈奇怪地看了看他们兄妹两个：“韩湛是谁？”

“一个朋友，”向薇笑着说，“他们主要生产救援设备，我呢，和他们有些合作。”

“合作？”向妈妈看了看向薇，然后问向强，“是吗？”

“是啊。”向强笑呵呵地说道，“那个韩湛的确是开了个厂子，专门生产救援工具，之前这边闹台风，就是他们厂子里生产出来的一套高空救援设备派上了大用场，一下子救了好多人。台风结束之后，各个地方都开始向他们订货，生意火爆得不行啊！”

“你倒是挺清楚啊。”向妈妈笑眯眯地说道。

“当然了。”向强笑呵呵地说道，“作为哥哥，我得密切地关注妹妹的一举一动，以便随时向亲妈报告。”

向妈妈眉头紧皱，看看向薇，又看看向强，最后对向薇问道：“这个韩湛和你是什么关系啊？这么帮他？”

向薇笑道："妈，其实挺简单的一件事，他们是生产救援设备的，我觉得那套设备很有价值，可能救援队用得上，而且还有不错的前景，正好他们遇到了困难，我一想，俗话不是说嘛，锦上添花不如雪中送炭，所以，就帮忙喽！"

向妈妈还是觉得情况好像有点不对劲。

眼看气氛变得越来越古怪，向薇连忙笑着说道："行了，妈，多大点事啊，不过就是做生意而已。我哥的生意做得那么大，你们说什么了？"

向强在一边帮腔："那厂子里的东西我见过，确实很有用处，可能以后会推广到全国的，这样可以救下很多条人命。这是善事啊！妈，您就不用为她操心了。"

"不为她操心为谁操心？"向妈妈白了向强一眼，"她可是你亲妹妹，真是的，你这个当哥哥的都不上心，我不照看一下怎么行？"

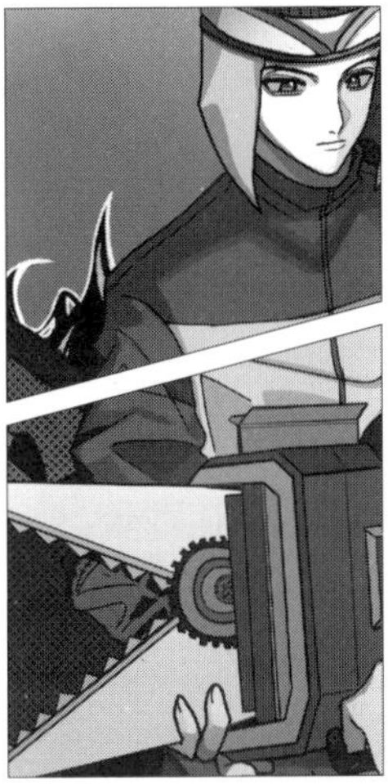

第十三章

久闻医术妙通神

在向薇居住的小区里，向妈妈正在散步。她一边走一边随意地四处观望，看到什么都觉得有几分新鲜。

这时，从对面走来一对夫妇，向妈妈面带微笑，对着他们点了点头，而那对夫妇也报以微笑。不过当看到那个女人的面容时，向妈妈微微一皱眉头。

本来三个人已经错身而过，向妈妈却停了下来，转身喊道："两位，不好意思。"

"啊？"那对夫妇停了下来，回头奇怪地看着向妈妈。

男人有些疑惑地问道："请问，有什么事吗？"

向妈妈微笑着说道："您太太是不是身体不太好？"

男人连忙点头："对，她身体有点不好。"

向妈妈走过去说道："能不能把手腕伸出来让我号号脉？"

夫妇两人互相看了一眼，然后冲向妈妈笑着点了点头，伸出手来。

向妈妈手指按在她的脉门上，过了一会儿才收回手来，然后说道："你的身体不是很好吧，是不是胸口有问题？"

"对。"妇人点点头。

看到她这模样，向妈妈心里也有数了，继续道："看来你已经知道了，癌症？"

"嗯，乳腺癌。"妇人点点头。

"不过还好，只是乳腺癌早期。"向妈妈说道，"现在调理一下应该还不算晚。”

“啊？”那对夫妇一愣，“您是？”

“哦，我是来看孩子的，临时住在这里。”向妈妈笑道，“不过以前是医生，中西医都学过一点，属于职业病，刚才看你的面色不是很好，似乎有郁结之状，那点职业病就犯了，忍不住喊住了你们。”

“看一眼脸色就能看出问题来？这可不得了，您的水平肯定很高！”

向妈妈笑着说道：“您现在已经开始化疗了吧？”

“已经开始了。”

“哦，既然这样，我给你开个方子，配合着治疗使用，你可以看看效果。”向妈妈笑道，“当然了，你们不用也属于正常，换成是我，遇到一个陌生人突然要求给我治病，我也会感觉怪怪的。”

“不会不会！”那个男人连忙摇头说道，“刚才您一眼就看出我妻子的毛病，这就说明您肯定是有水平的！您开的药肯定错不了。”

“话不能这么说。”向妈妈笑道，“方子我开给你，不过在用之前，你们最好找个医生验验方子，确定没事再用，是药三分毒，千万不能马虎大意。”

“好。”那个男人笑着点点头，“不管怎么说，还是要谢谢您！我叫韩同江，不知道怎么称呼您？”

……

向薇刚进救援中心，随身携带的对讲机就响了，她微微一愣，连忙掏出来打开，里面传出值班人员的紧急呼叫。

“在西宁路和南通路的交叉点上，发生了重大交通事故，在西宁路和南通路的交叉点上，发生了重大交通事故，请救援人员立刻出动，请救援人员立刻出动！”

“交通事故！”向薇脸色一变，对身后的徐有光和姚天喊道，“距离这里不远，快，准备装备，立刻赶往现场！”

听到有事故，徐有光和姚天两个人也顾不得拌嘴了，立刻进入了状态，将几样装备装进了车里，三个人拉响了警笛，冲出了救援中心。

救援中心距离事故发生地点并不远，5 分钟之后，向薇就已经看到了事故发生现场，但是让她最担心的事情发生了，在事故现场上空飘浮着一层黑烟，并且隐约能看到火光，应该是有什么东西着火了。

“快点，快点！”向薇大声喊道，“快点过去！”

拉着警笛的救援车辆一路狂奔，冲到了事故现场。

事故比向薇想象的严重，两辆车在十字路口相撞，其中一辆车体已经严重变形，另外一辆已经开始燃烧，看样子随时有爆炸的可能。

正在旁边维持秩序的交警看到向薇他们来了，立刻跑了过来。

“各位，你们可算是来了！”交警说道，“有一辆车里还有人员被困，因为车体变形，所以无法将他拖出来。现在只能靠你们了！”

其实不用他说，向薇也已经看到在那辆严重变形的车子里，驾驶座上有一个人正卡在那里，满脸鲜血，动也不动，不知道是撞击导致昏迷，还是已经没救了。不管到底是哪一种状况，此刻最要紧的就是把他从车里拖出来。

“快，徐有光！”向薇大喊了一声，“用灭火器灭火，姚天，你来帮忙，把动力钳搬出来！”

姚天不敢怠慢，连忙打开了车子，把一整套设备抬了出来，这是一套动力钳，是在交通事故中经常使用的一种救援工具，它可以直接夹断车体连接处，然后打开变形的车门，解救车里的人员。

动力钳主要由两部分组成：一部分是前端动力钳，一部分是后端动力设备。动力设备非常庞大，需要两个人抬着才能移动，再加上动力钳部分，携带很不方便。但是这个时候，最重要的是救命，动力钳的不方便移动的缺陷可以忽略。

两个人按照平时的训练，迅速安装好了动力钳的组件，因为动力钳比较沉重，所以由姚天来操作前端，而向薇负责控制后端。

徐有光在一边用灭火器努力灭火，但是效果并不是很好，他一边手上忙个不停，一边大声喊道：“头儿，你们动作要快一点，火势蔓延得很快，搞不好会引起油箱爆炸的。”

“知道了，别啰嗦！”向薇吼了一句。

那边姚天来操作动力钳，准备剪开车子，将人从里面营救出来。

不过，车门和车体挤压在一起，扭曲变形严重，很难分开，动力钳几乎找不到可以下钳子的地方，姚天急得直挠头，也没有太好的办法。

眼看情况越来越危急，向薇突然急了，对着姚天吼道："你是木头吗？把动力钳插进车体缝隙，然后用张力挤开车门！快点，动作快点！"

姚天这才反应过来，连忙按照向薇的吩咐操作，不过动力钳在设计上过多地注重剪断功能，而对推挤功能没有太好的设计。姚天费了好大的力气，才把车门慢慢挤开一点。然后向薇和姚天一起把车门整个摘除下来。接着，两个人将被困人员拖了出来。

"不行了！"这时，徐有光大声喊道，"控制不住了，都后退，后退！"

向薇和姚天抬着那名伤者急退了几步，远远地躲开。徐有光喷光灭火器里面的干粉，转身要走却又折身返回。

"你干什么？"向薇急了，冲着徐有光大声喊道。

徐有光不顾向薇的呼喊，伸手一把抓住那台动力钳，费力地将它往外拖。姚天也反应过来了，连忙冲过去帮忙，在两个人的努力下，终于将动力钳拖到了一边。

就在这时，失去了遏制的火焰，点着了车里的燃油，火焰冲天而起，熊熊燃烧。

"好险！"向薇一头冷汗，看着那冲天的火焰有些后怕。

她握紧了拳头，冲到徐有光和姚天面前，对着瘫坐在地上的两个人一人赏赐了一脚。

"哎哟！"这两位惊呼了一声，然后嬉皮笑脸地看着向薇。

"笑，就知道笑！"向薇怒骂道，"刚才那一下多危险啊！你们两个不要命了？"

"头儿，没事的，这不是穿着防护服了吗？"姚天笑嘻嘻地说道，"这种强度还是可以保证安全的。"

"对啊。"徐有光也跟着笑道，"再说了，这套设备那么贵重，万一烧毁了多可惜啊！"

"哼！就为了这么台设备，你们就玩命？"向薇骂道，"设备没了可以再造、再买，人要是没了，我上哪儿再给你们续命去？”

徐有光和姚天两个苦笑了一声，不敢说话了。

最后还是姚天率先打破了沉默，他用脚踢了踢那套动力钳，有些郁闷地说道：“头儿，这设备也是的，又大又重，使用起来也不太方便，价格还贵，如果能把这个换一换就好了。”

“对啊！”徐有光也跟着说道，“如果能换一换，刚才也不用费那么大的力气了，直接拿起来就跑了。”

“咦？”向薇心里一动，看了一眼那套动力钳，不过脸上却不动声色，没好气地骂道，“这东西是说换就能换的吗？赶紧起来，把东西收拾一下，我去看看刚才那个人怎么样了。”

“应该没事吧？”姚天嘟囔道，“刚才我把他救出来的时候，还看到他眼皮动了一下呢。”

救护车这个时候也来了，几名医护人员下车之后，先对那名伤者进行了急救，然后急匆匆地把人搬上了车，鸣笛扬长而去。

一边的交警长出了一口气，笑着对向薇说道：“刚才车上的大夫说了，没什么事，应该就是暂时性休克。谢谢你们！”

“这本来就是我们的工作。”向薇笑了笑，“不过知道人没事我就放心了，总算没有白费力气。”

她和那名交警握了握手，转身离开，救援队的任务已经完成了，现在剩下的是交通事故处理，这与向薇他们就没什么关系了。

不过在回救援中心的路上，向薇有些心不在焉，好像一直都在想着什么事情。徐有光和姚天两个也看出来了，两个人交换了一个眼色，都默不作声，不去打搅向薇思考问题。

救援任务结束之后，就差不多到了下班的时间，向薇整理了一下东西，走出了救援中心，直到这个时候她仍然有些魂不守舍。

向薇掏出手机来拨通了韩湛的电话，没多久，电话接通，不过通话的时候有些许杂音，应该是韩湛开着免提。

“今天晚上不住在卢乡了吧？”向薇问道。

“对。”

“那正好，你还有多久回来？我在小区门口等你。”向薇问道。

“很快，我们一会儿见。”韩湛笑着说道。

和韩湛通完电话之后，向薇买了一罐猫粮，一边喂猫一边等着韩湛。过了没多久，身后传来一阵细微脚步声，向薇猛地一回头，发现韩湛正在蹑手蹑脚地向她靠过来。发现向薇已经识破了自己的意图，韩湛有些失望地叹了口气，然后笑吟吟地走到向薇身边，拉住向薇的手。

“一直想要吓你一跳，就是不成功啊！”韩湛说道。

“就凭你的水平，还差得远呢！”向薇笑嘻嘻地说道，“你还有很长的路要走！”

“好吧，希望哪一天能吓到你。”韩湛笑道，“你这是，想我了？”

“呸，臭美！”向薇脸上微微一红，没好气地啐了一口。

“那反正我想你了。”韩湛厚着脸皮说道。

“韩总，脸皮越来越厚了。”向薇笑道，然后拉过韩湛来，在他脸上轻轻亲了一口，“满意了？”

“嗯。”韩湛满脸幸福地点了点头。

“对了，你回来得正好，我有点正事想找你商量一下。”向薇认真地说道。

听到有正事，韩湛的表情也严肃起来。

“是这样……”向薇从怀里拿出一张纸，上面是一个动力钳的草图，“你看看这个。”

韩湛是专业人士，借着路灯的照明，他只看了一眼就明白了：“这是动力钳？”

向薇点了点头：“这是我画的动力钳草图。今天我们进行了一场救援行动。”

她把当时发生的事情对韩湛说了一遍。听到当时惊险的情况，韩湛也替向薇他们担心，脑门上都见了汗。

“太惊险了。”韩湛问道。

“对！”向薇表情严肃地点了点头，“当时的情况非常危险，差一点就要造成严重的伤害了。不光是需要救援的人员，就连我们都不一定能顶得住。

所以我也发现了问题，就是这个动力钳的设计问题。你看，动力钳主要的任务是剪切，用这种东西剪断事故车辆的某些部分用来营救人员。但是，在实际操作时，我们发现这种动力钳的使用方法太过单一了。在救援现场，我们可能会遭遇到各种各样的特殊情况，在这些情况下，我们需要动力钳具备一些其他的功能。比如今天我们就需要一个扩张的功能，在狭小的缝隙里，用动力钳撑开一个大洞，让挤压变形的车体脱离，或者需要一个支撑功能，用动力钳可以撑住一部分物体，让它们不至于塌陷或脱落。所以我就设计了这个动力钳，你看看怎么样？”

韩湛仔细地看了一阵那张草图，然后说道：“有一点小小的瑕疵，不过只需要进行简单的修改就可以了，另外这个设计确实很好地包含了你刚才说的那些功能，我觉得可以尝试一下。你的意思是，让我们对动力钳展开研究？”

“对！”向薇点点头，“但是，这还只是一部分设想，其实动力钳最大的问题就是携带不方便，后面的动力源体积很大，需要两个人抬着才能前进，已经严重影响了它的使用范围。其实这种东西除了车辆救援之外，其他地方也可以派上用场的，比如火场、地震、塌陷等，只要有坍塌和变形的地方，动力钳都能发挥一定的作用，但就是有点笨重不便携带。我想问问你，你有没有什么好办法，让这东西变得轻便一些，最好一个人就能使用。”

“哦，我想想……”韩湛皱着眉头想了一下，然后眼睛一亮，“你这个设想可行，应该有办法可以改进这种动力钳，让它便于携带，能快速执行任务。”

“说说看！”向薇立刻问道。

“我的意见是，不采用之前的动力方案，采用新的锂电池设计方案。”韩湛侃侃而谈，“这样可以很好地压缩体积，把庞大的动力源压缩到一个背包大小，让一个人可以携带执行任务。你知道火焰喷射器吗？”

“知道！”向薇立刻就明白了，“你是说，采用那种背包式设计，动力源和动力钳连接之后，单人携带，举着动力钳可以像火焰喷射器那样使用？”

“对，就是这个意思。”韩湛笑着点头，“不过，这样的设计也不是完美的，这世上很难找到十分完美的设计。这个设计有一个缺陷……”

“什么缺陷？”

“使用时间。”韩湛耸了耸肩膀，“因为使用的是电池组，并且缩小了体积，动力钳的使用时间就要看电量多少而定了，持续性比较差。”

“这个倒不是不可以。”向薇点了点头，“因为大部分救援任务都是千钧一发，需要和死神赛跑，讲究的就是个‘快’字，本身对时间的要求就很严格。”

“那就好。”韩湛笑道，“不过，我们也可以想办法延长时间，呃，或者……”

看着韩湛皱眉，向薇笑着问道：“你又想到什么好主意了？”

“或者我们可以采用可拆卸的电池方案，在使用设备的时候，再携带几个电池组，当一组电池没电之后，可以迅速更换电池。”

“这个办法不错！”向薇眼睛一亮，伸手在韩湛身上一拍，“有你的！”

韩湛这个人只要有了一个设想，立刻就能进入工作状态，有了思路之后，他开始思考其他方面。

“这是救援设备，既然如此，我们就必须考虑到方方面面的问题，设备要结实耐用，要能适应各种情况下的救援任务，呃，起码要做到防水，防高温，防沙尘，补充电力简单，还有动力达到多大的级别够用，这些都需要仔细考虑和规划。”韩湛侃侃而谈。

向薇在一边并没有说话，而是静静地看着韩湛，脸上带着淡淡的笑容。她觉得韩湛这个模样很有趣，不管平时如何笨嘴拙舌，傻傻乎乎的，只要一投入到工作或者谈起自己感兴趣的事情，就能快速地进入状态，而且心直口快，坦诚相见，一副侠义心肠，这大概就是韩湛能吸引向薇的原因。

两人分开后，向薇回了家。打开房门，便闻到一股浓浓的中药味，向薇心里突然有了一种熟悉的感觉，当初自己家里也是如此。妈妈当年是个西医，后来对中医产生了浓厚的兴趣，拜了一个很有名的老中医为师，经过多年的学习和研究，医术已非同寻常。

在外人看来，妈妈那绝对是一代名医。但是在向强和向薇这兄妹两个看来，就是妈妈让家里变成了中药铺。

每天家里都飘着浓郁的中药味道，而且味道越来越重，以至于兄妹两个上学的时候身上都带着一股药味，被同学称为“草药罐子”。这几年不在家，向薇已经忘了这种味道，现在一下子又被这浓郁的草药味拉回到了过去的回忆里。

“妈！”向薇哭笑不得走进房间里，大声喊道，“是你在熬药吗？”

“回来了？”向妈妈从厨房里走了出来，笑呵呵地看着向薇说道，“今天在你们小区里见到了两个人，人都不错，夫妻两个都是大学教授。不过那个女的身体不太好，我问了一下，是乳腺癌。”

向薇吓了一跳：“这么严重？”

向妈妈点点头：“还好没有病入膏肓，发现得比较及时，现在正在治疗呢。我给她号了一下脉，开了个方子，让他们去找人验方去了。”

“那你还负责给人家熬药？”向薇惊讶地问道。

“他们很快就把方子验了，然后又按照方子把药抓了回来，不过这药的熬煮需要经验，需要注意火候，他们搞不太明白，就拜托我帮忙煮一下。”向妈妈随意说道，“我闲着也是闲着，就帮个忙，熬个药呗。”

“这是好事。”向薇笑道，“救死扶伤啊！要不我现在怎么干这行了？这都是受到我亲爱的妈妈的影响，进行着伟大崇高的事业！”

“油嘴滑舌！”向妈妈笑着摇头，“算了，懒得说你了，不过你回来得正好，我今天给人号完脉之后，心血来潮，买了点补药，熬了一些药膳粥，一直在火上炖着呢，你赶紧喝了吧。”

“药膳！”向薇一听这个，脸色顿时一变，“能不能不喝啊？”

“不行！”向妈妈表情严肃，“这可是滋补的东西，好着呢！用的都是秘方，别人想喝还没有呢。你现在整天这么操劳，必须好好滋补一下，不然身体就垮了。别看你现在年轻，等年纪大了，这些毛病都会找来的！喝了！不过是喝个补药而已，又不是让你上刑场！当年那么多革命烈士抛头颅洒热血的时候都没皱眉头，让你喝个药膳你这是什么表情？”

“我投降！”向薇立刻举起手来，一脸无奈地说道，“我喝还不行吗？立刻马上喝下去！”

“这就对了！”向妈妈这才笑着点了点头，“我想好了，以后我要天天都做一点，你天天给我喝下去，回头我把方子开给你，你自己在家里也要做，明白没有？”

“遵旨！”向薇苦着脸点了点头。

……

韩湛一进门的时候，也是一皱眉头，和向薇家差不多，韩湛的家里也弥漫着一股浓浓的药味。

房间里，韩湛妈妈手里端着一碗黑乎乎的苦药汤正在愁眉苦脸，看模样有点纠结。

“爸，妈！”韩湛莫名其妙地问道，“这是什么味道？喝中药呢？”

韩妈妈苦着脸点了点头：“难喝！”

“难喝也要坚持喝！良药苦口！”韩同江看着老婆，表情严肃。

韩湛看着父母两个像是小孩一样拌嘴，突然觉得这画面挺有意思的。

“妈，怎么突然喝起中药来了？”韩湛随口问道。

韩妈妈轻描淡写地说道：“就是身体有点不太好，开了点药补补，没事的。”

说完之后，她一咬牙，几乎是憋着气把这一大碗黑乎乎的药汤灌了下去！

看到妈妈离开，韩湛走到爸爸身边，压低声音问道：“爸，我妈这是……”

“嘘！”韩同江竖起一根手指头来，然后偷偷回头看了一眼，发现老婆并没有注意到这边，这才压低声音说道，“我和你妈今天遇到一位高人！”

“高人？什么高人？”韩湛心里一跳。

“我们两个在院子里散步的时候，遇到了这位高人，人家不在这儿住，是来看女儿的。”韩同江低声说道，“我跟你说，神了！人家就是面对面和我们这么一错身，回头就把我们喊住了。然后就问你妈是不是身体不太好，要给她号号脉。”

韩湛表情严肃：“然后呢？你们就让她号脉了？”

“对啊。”韩同江点点头，“我们想着号脉也没什么大不了的，就号一下呗。结果人家这么一搭你妈妈的手腕，就把你妈妈的症状都说出来了，丝毫不差！”

“再然后呢？！”韩湛表情更加严肃了，“该不会是让你们买什么药吧？”

“哎呀，你小子怎么知道的？”韩同江惊讶地问道。

韩湛顿时急了：“现在外面的骗子太多，我之前遇到过的那个就是这样，遇到老头、老太太就说你有什么病什么病，然后就让你买药买保健品什么的，其实就是为了骗钱。"

"呸！"韩同江啐了一口，"你以为世上就只有你一个聪明人？这点破事你爸你妈堂堂大学教授会不知道？我告诉你，人家让买药不错，不过不是买人家的药，人家是开了个方子，让我们自己抓药去！而且人家开完方子也不是让我们马上去抓，而是让先找人验方子，觉得差不多了再抓药。"

"那你们去验方了？"韩湛问道。

"本来我们两个磨不开面子，觉得没有必要验方，但是人家坚持让我们去验一下，说是人命关天，不验方怎么能放心呢？"韩同江笑道，"我和你妈觉得有道理，就托人验了一下！验方的人是咱们市里出名的老中医，人家一看方子，你猜怎么着，顿时赞不绝口！说是这方子有独到之处，虽然其中有些连他都看不明白，但是从医理上，这方子绝对没有问题。还问我是谁开的这方子，他想要亲自向人家讨教讨教！我和你妈这才相信了，抓了药回来，这药还是人家帮着熬的呢！"

"这么厉害！"韩湛惊讶地问道。

"啧,比你小子想象的厉害,也比我想象的厉害！"韩同江感慨道,"老实说，我自己都没想到，不过是出去散步，就能遇到这样的高人！我们准备先吃几服药看看效果，如果真的有效，回头要去好好谢谢人家！"

"这是应该的！"韩湛笑道，"如果真的有效，我跟你们一起去好好谢谢人家。"

这时，眼尖的韩同江看到韩湛手里拿着几张纸，上面好像画着一些图形，他顿时有了点兴趣："手里拿着的是什么？我看着好像是图纸？"

"哦，这个啊……"韩湛一愣，然后把手里的图纸铺在了桌子上，"爸，你看这个，这不是图纸，这是一套设计方案。有人想要拜托我们公司设计一套全新的动力钳。老式动力钳有很多问题，携带和使用都不是很方便，她希望我们能做些改变，我的设想是这样的……"

父子两个趴在桌子上仔细看着那套设计方案，韩同江一边听着自己儿子的想法，一边频频点头，眼睛越来越亮。

"不错，不错！"他低声说道，"你的这个想法很好，把动力钳的动力组件设计成电池背包，这样可以极大地缩小体积和减轻重量。但是，首先续航能力会受到限制，而且还需要考虑各种极端环境下的操作……”

“对，我也是这么想的，这需要动力钳做到防火、防水、防高温、防沙尘，结实耐用……”韩湛侃侃而谈。

父子两个你一言我一语地交换着意见，讨论着如何完成这一套设备。他们两个谁都没发现，韩妈妈不知道什么时候已经慢慢地走到了两个人身后。

“你们两个热火朝天地聊什么呢？”韩妈妈忍不住问了一句。

韩家父子同时一愣，回过神来。

“老婆，这是公司准备设计的新产品，一款动力钳。”韩同江笑呵呵地说道，“我觉得这个很有意思啊！可以试试。这东西在很多场合中都能发挥作用。”

韩妈妈突然像是发现了新大陆一样盯着那份草图，过了半晌，她突然开口问道：“儿子，这图是你自己画的？”

“是我自己画的，不是我还能是谁？”

韩妈妈深深地看了他一眼，脸上露出了一个似笑非笑的表情：“真的？”

韩湛勉强笑了一下：“真的。”

“老婆，”韩同江在一边奇怪地问道，“这图有什么问题吗？”

韩妈妈笑着摇了摇头：“挺好的，看着不错。”

等到韩湛回房间了，韩妈妈把韩同江拉到了一边，低声说道：“老韩，咱们儿子果然是心里有人了！”

“你又怎么知道了？”韩同江惊讶地问道。

“你们男人啊，就是粗心！”韩妈妈没好气地说道，“你刚才难道没发现，那图纸上的字迹绝不是他的字迹！那么娟秀，分明是个女孩子写的！”

“这你都能看出来？”

韩妈妈笑道：“我刚才问他这图纸是不是他画的，他本能反应就是掩盖，承认是他画的，可实际上呢，不是他画的！这说明什么？这说明这小子藏着掖着，不想让我们知道。”

“是这样吗？”

“你这老头真是没救了，完全是后知后觉。”韩妈妈没好气地说道，“放心好了，绝对是这样没错！”

韩同江一脸的苦笑，突然觉得自己的老婆从大学教授化身成了福尔摩斯。

“不过！”韩妈妈一皱眉头，忧心忡忡地说道，“还是有点问题啊！”

“什么问题？”韩同江问道。

韩妈妈说道：“之前我觉得咱儿子的女朋友应该是住在这附近的，可是现在看来，好像又不是那么一回事了。”

“为什么？”韩同江问道。

“多简单的道理！”韩妈妈没好气地说道，“这张图纸是他从公司拿回来的吧？而且还是从卢乡那边带回来的。这说明这个丫头也在卢乡啊，说不定就是他公司里的人呢。”

“你真是越想越多了。”韩同江哭笑不得地说道，“如果真是这样，依我看也没什么不好。咱儿子就是个搞技术的，找个同样对技术感兴趣的有什么问题吗？要我说，你还是不要想那么多了，儿孙自有儿孙福，你想那么多也没什么用处。喝了药，你现在不感觉困吗？”

韩妈妈听到这话愣了愣，接着张嘴打了个哈欠：“别说，听你这么一讲，我还真有点困了。好吧，我去睡了。你说得对，儿孙自有儿孙福，不管他找了个什么样的女朋友，最后都要来见我们。”

向妈妈心情不错，手里提着一袋子药材，按响了韩家的门铃，一听来的是向妈妈，韩同江连忙开门，夫妻两人几乎是毕恭毕敬地把向妈妈迎了进去。

“老姐姐，您怎么亲自来了。”韩妈妈拉着向妈妈的手，满脸感激地说道，“是我们应该去的！”

向妈妈笑道：“反正住得也不远，正好出来溜达一下，你今天感觉怎么样啦？”

“今天去医院检查，各种指标都非常好。”韩妈妈笑道，“大夫都惊讶了。”

“那就好。”向妈妈也高兴了，“那就说明这药有效了。来，这是我买的药材，里面有熬药的方法，你们是不是买了个熬药的锅子？”

“买了，买了！”韩同江殷勤地端过来一盘水果，笑着说道，“按照您说的买的。回头我亲自给她熬药。”

“对，这样最好。”向妈妈笑着点头，“这药啊，其实是刚熬好喝比较好，我倒不是不能帮你们熬药，主要是怕时间长了，药性过了，反而就不好了。”

“明白明白！”韩同江一个劲地点头，“哪能老麻烦您呢，光是您给的这个药方就已经千金难求了，再麻烦您熬药，那我们的老脸还往哪放啊！”

“说什么呢，都是邻居，这点小事，能帮就帮了。”向妈妈笑道。

不经意间，她看到了桌子上摆着的几张图纸。

“这是……”向妈妈指了指桌子上的图纸，向韩同江问道，“您设计的？”

“我只是参与设计。”韩同江笑着说道，“这是我儿子他们公司正在研发的产品，我也参与了设计，这些实用发明我有点兴趣，就帮着忙活忙活。”

“好啊！”向妈妈笑道，“一家人都是大知识分子，您这么厉害，您儿子一定也错不了，虎父无犬子啊！”

“哪里，哪里！”韩同江哈哈笑道，“他不给我惹事就不错了。”

“您儿子多大了？”向妈妈笑着问道。

“研究生毕业没多久，周岁 26 了。”韩同江说道。

“26 了啊！”向妈妈心里一动，不过脸上却不动声色，“这么年轻就有这样的成就，年轻有为啊！”

……

第十四章

疾风残月齿向东

一辆电视台的采访专用车慢慢驶入卢乡，在卢乡管理办公室外面停了下来。

何欢从车上下来，环视一下四周，脸上出现了古怪的表情。

她以前来过卢乡好几次，卢乡给她留下的印象并不是很好。最早，作为省里曾经的一个小型机床和小型设备生产基地，卢乡毫无疑问是繁荣的。但是何欢所看到的并不是什么繁荣景象，而是一片衰败的场面。整个卢乡都显得死气沉沉，虽然仍然有机器的轰鸣声，可是却有气无力。街上的行人很少，大部分都是中老年人，而且穿着一身工作服，走起路来都没什么精神，看起来好像是在混日子。很少见到年轻人，因为大部分年轻人都外出打工讨生活去了。

何欢心里认为，这是一片已经渐渐衰败的地方，不会再有什么希望了。即便是听说韩湛买下了曙光机械厂，何欢心里也没有改变自己的看法。

但是这一次来，何欢的感觉却不同了，和以前比起来，卢乡明显多了一样东西，就是生机。

街道上的人多了起来，大家来来往往，脸上都带着笑，那是对美好生活的向往和满足。

“这里还真有点不太一样了啊。”扛着摄像机的摄像小哥惊叹道，“比之前到这里来的时候热闹多了啊！”

“是啊。”何欢轻轻点头，“所以台里才会想要做这么一期节目，谈一谈卢乡的复兴之路。”

“别说，这里还真有点复兴的意思。”摄像小哥笑道，“之前来的时候，这里的工厂都冷冷清清的，现在都像开了锅一样。”

“我们的任务就是来解开这个谜团。走吧！”

说完，何欢带着自己的团队走进了卢乡管理处。

接待人员得知他们的来意之后，请何欢他们稍候，说是卢乡管理处的领导一会儿就回来。

坐在会客室里，喝着茶水，摄像小哥笑吟吟地说道：“这还有点采访的意思，比之前去采访那个韩总要强多了。整天都见不到人，一找他就说在外面，一找他就说在外面，白跑了好多次。”

“韩总可不一样。”何欢淡淡地说道，“那是个做事的人，正因为做事，才把自己的时间安排得满满的，见不到也属于正常现象。”

“而且……”何欢看了一眼外面的卢乡，“卢乡变成现在这个样子，重新恢复了生气，我觉得，全是他的功劳。”

“那个韩总有这么厉害吗？”摄像小哥莫名其妙地问道，“我听说附近的工厂都在加工他们的设备……”

何欢刚想说话，门一开，卢乡的韩忠走了进来。

“韩处长，关于卢乡，我们很多观众都是有一定了解的，这里原来是我省小机械加工的龙头地区，有很多省内知名的机械厂都在这里。但是前些年，卢乡逐渐衰落，具体是因为什么呢？”

“原因其实很简单，市场萎缩，需求减少，而且设备老旧，创新力不足，缺少规模……”韩忠很坦然地说道，“很多工厂都在遵循着老一套的规定，用着老一套的机器设备，生产老一套的东西，这些东西拿到市场上已经不被消费者认可了，产量日渐萎缩，开工严重不足，这样的卢乡，怎么能够维持下去？衰落是必然的。”

何欢点了点头，对于这些，她此前也有所了解，知道韩忠说的都是实情，不过这些问题属于老问题了，这么多年来一直都没有很好的解决办法。

“整个卢乡现在感觉和之前大不相同了。工厂很多都已经复工了，街上的人也多了，一副蓬勃发展的样子。”

“对，这就是我们卢乡的现状。”韩忠笑道，“和之前比起来，卢乡现在已经有了很大的改变。当然了，这并不是说我们卢乡已经恢复到了之前的巅峰状态，这很不容易，现在也不太可能办到。但是，我可以说卢乡现在已经有了复兴的迹象，大家有了新的希望。有了希望，就有了干劲，这才是卢乡复兴的基石。”

“是啊，只要有了希望，就是好事。”何欢笑着说道，“那么，韩处长，这一切是因何而起的呢？”

“说到这件事，就不得不提起一个人来。”韩忠笑着说道，“这个人何记者您应该不陌生，他叫韩湛，一切都是从他收购了曙光机械厂开始的。”

何欢眼睛一亮，嘴角一勾，露出了一个淡淡的笑容，身子不由自主地挺了挺，一副认真听讲的样子。

在卢乡曙光机械厂里，韩湛正在和几位老师傅商量着如何完善那个动力钳的设计。

“这个钳子的设计其实比较好办。”张师傅拿着图纸仔细看了一遍，然后犹豫着说道，“我们都可以做出来。但是，这后面部分，也就是涉及动力背包这部分，我们就不太熟了。”

“这个我可以想办法解决。”韩湛笑道，“电力设备方面，我来出设计，大家帮着我完善一下就可以。”

张师傅笑道：“只要动力问题解决了，其他问题都好办。不过……”

他犹豫了一下，没有说话。

“怎么啦？”韩湛问道。

“韩厂长。”虽然很多人都称呼韩湛为韩总，但是这些老工人还是喜欢用“厂长”这个称呼，他们感觉亲切，韩湛对此也没有什么意见，听之任之。

“我实话实说，”张师傅认真地说道，“我们这些老家伙做过不少东西，如果您能拿出图纸来，我们就能做出实物。不过这个动力钳，我们以前从来没有做过，虽然有些想法，可是这些想法行不行，大家也说不准。厂长，您看，能不能弄一套这个动力钳的设备回来当样本。这样有实物，有图纸，做起来可能会更好一些。”

“可以。”韩湛点点头，“其实我也在考虑这个问题。动力钳这个东西，我接触得也不多，所以，我也想弄一套实物回来，只是不知道哪里能弄到。呃，我去想想办法吧。大家早点回去休息。等成品设备回来，到时候我们再继续。”

工人们点点头，和韩湛道别。

韩湛也离开了机械厂，向宿舍走去。

此时，外面已经是满天星斗，韩湛伸了个大大的懒腰，活动了一下筋骨，准备回宿舍睡一觉。他住的宿舍还是之前在卢乡工作的时候住的那间，韩湛感觉那里和他很有缘。

就在他活动了一下僵硬的身体，准备离开这里的时候，一个黑影突然从旁边蹿了出来，挡在他面前。

韩湛顿时吓了一跳，向后退了一步：“谁！”

也难怪韩湛胆子小，之前举报诈骗集团的事，让他出了名，可也遭到了不少人的报复。因此，现在突然有人从一边窜了出来，韩湛不害怕就奇怪了。

韩湛这么一喊，顿时惊动了附近巡逻的保安。

“怎么回事？”保安一边跑一边喊道，然后用手电筒照到了韩湛的脸上。

一看是韩湛，这群人顿时吓了一跳：“韩厂长，没事吧？”

有人拿着手电筒往对面照过去，有意思的是，刚才那个吓了韩湛一跳的人并没有离开，仍然站在那里，动都没有动一下。

那人哭笑不得地说道：“韩总，是我！”

借助着手电筒的灯光，韩湛看到站在对面那人竟然是何欢。

“何记者，怎么是你？”

何欢苦笑着说道：“我今天下午就去你们工厂了，结果等了一下午，连您的人影都没看到。”

“啊？还有这事？”韩湛一愣，接着仔细一想，好像的确有人和自己提到过，有人找自己，至于是不是何欢，根本就没注意到，只是随口应和了两句，回头就把这事忘了。

“我就知道。”何欢翻了翻白眼，“不过无所谓了，我又不是第一次被韩总拒绝，早就已经习惯了。”

韩湛脸上一红，他自己也觉得有点不好意思，于是连忙转移话题：“何记者这次来是有什么事吗？”

“是有点事。”何欢笑眯眯地看着韩湛说道，“我今天去了卢乡管理处，采访了那里的韩处长。韩处长对您推崇备至，说整个卢乡的复兴都是您的功劳。而且经过我们的调查，事实也确实如此，您的公司和曙光机械厂带来了大量的订单，盘活了周围工厂，让整个卢乡重新恢复了生机。所以，我做了个决定！”

“什么决定？”韩湛一愣，同时心里有了一种不太好的预感。

“我要对您进行一个系列采访！”何欢看着韩湛，认真地说道，“以纪录片的形式，介绍您和整个卢乡。”

韩湛一咧嘴：“没有必要这样吧？”

“我觉得很有必要！”何欢笑着说道，“您是整个卢乡复兴的核心人物，而且您以前的传奇经历也很有写头。我觉得，从您这里下手，会是一条大新闻。我打算这一段时间对您进行跟踪采访，记录好您的一举一动。”

“不用这样吧。”韩湛哭笑不得地说道，“我觉得比我更值得采访的人有很多啊。”

“但是在我这里，就只有您一个。”何欢一笑，“反正不管怎么说，这段时间我算是赖上您了，还请多多关照，韩总。”

韩湛还想说点什么，可是何欢已经笑着开了口，把他的话堵了回去：“韩总，天已经很晚了，我们回宿舍吧。”

“回宿舍？我们？”韩湛一愣。

“对啊。”何欢笑着点头，“我没有告诉您吗？我也在卢乡申请了一间宿舍。”何欢笑着说道，“我会住在这里的，以后我们可以经常见面！”

韩湛脸色一变，完全不知道该如何回答了。

……

这几天向薇的精神很不错，大概是因为向妈妈的药膳粥起了作用。

到了救援中心之后，向薇立刻开始了一天的工作。其实救援中心里大的救援事件一般来说是很少的，更多的是一些说大不大说小不小的事情。比如流浪狗咬人、马蜂伤人之类的。但这并不意味着可以放松警惕，因为重大事件随时都会发生。除了救援任务之外，救援队里的日常事务，也需要向薇亲自处理。

姚天嬉皮笑脸地站在向薇办公桌前面，在他身边站着的是同样嬉皮笑脸的冯军。

“我现在恢复得也差不多了，什么时候让我归队啊？”冯军笑嘻嘻地问道。

“恢复得差不多了？”向薇头都不抬，随口问道。

“没错！”冯军用力拍了一下胸口，发出“咚”的一声响，“我现在的状态好得不得了！随时都可以归队。头儿，您要是不信的话，可以考察我一下，要不，我给你表演一个胸口碎大石？”

“一边去！”向薇不耐烦地说道，“这是救援中心，不是杂技团。”

“对对。”姚天在一边笑道，“留着回去给你女朋友表演吧。万一要是表演出了事故，她还可以继续照顾你！”

冯军恶狠狠地瞪了姚天一眼：“头儿，我是真的好了。”

向薇用手支着下巴，仔细考虑了一下：“本来呢，以我的意思是不太想让你现在归队的。”

“别啊！”冯军顿时急了，“您再好好考虑一下。”

“听我把话说完！”向薇没好气地瞪了他一眼。

“对对！”姚天撞了冯军一下，“别在这里胡说，老老实实地听头儿把话说完。”

冯军立刻老老实实地把嘴闭上了。

“不过，最近我们确实缺少人手。”向薇叹了口气，“那一批救援设备已经陆续交付使用，一些外地订单也开始生产了。很多兄弟单位已经拿到了产品，不过，他们没有使用经验，领导让我们抽调一些人手，去外地给这些兄弟单位开展培训。所以，我们现在确实缺少人员。不过，我还是要问你一句，你确实已经恢复了吗？”

向薇表情严肃地说道：“我可不想要个有后患的人回来，我宁可再等一段时间，让你完全康复，也不愿意让你冒冒失失地出任务，结果带伤回来再躺几个月。”

冯军连忙说道：“我现在真的是好了，您看这个……”

他说着，还拿出一份报告来，放在向薇桌子上。

“这是我的检查报告！”冯军笑道，“我昨天去医院做了个全面检查，有医生开的证明，还有拍的 X 光片，都证明我已经痊愈，而且恢复得非常好。不仅如此，这一段时间我都在家里坚持康复训练，状态恢复得也有七八成了。现在让我归队是绝对没问题的，头儿，实话和您说吧，我在家里实在是待不下去了。”

“你这小子！”向薇翻看了一遍那些材料，哭笑不得地摇了摇头，“还真是有备而来啊，好吧，既然你都拿出这么多东西来给我看了，我就允许你归队。不过大型的和有危险的任务你暂时不能去，从小任务开始慢慢参与吧。”

冯军立刻点头：“只要让我归队，您说什么都行！”

就在这时，一名值班人员猛地冲进了办公室，对着向薇大声说道：“头儿，西郊动物园出事了。”

几分钟之后，一辆救援车辆从救援中心里冲了出来，一路向着西郊动物园开了过去。

向薇表情凝重地坐在副驾驶，徐有光开车，冯军和姚天两个人坐在后面。

“真是天下之大，无奇不有。”姚天在后面苦笑着说道，“逛个动物园还闹成这样：竟然在猛兽区车子熄火了；你说熄火也就罢了，有人还想出去修车，差点送了命。你说傻不傻！”

向薇苦笑着说道：“遇到这种情况就老老实实地在车里待着好了，竟然还傻乎乎地走出去！这是拿自己的命不当命啊！”

几个人很快到了动物园。整个动物园已经封锁了，动物园的园长正在焦急地想办法。

他先和向薇几个人握了一下手，然后一脸凝重地说道：“其实，各位没有必要来的。”

“请问您什么意思？”向薇皱着眉头问道。

“别误会。”园长苦笑着说道，“我并不是否定各位的工作态度和热情，但是这件事比较特殊，我们现在要对付的是大型猛兽，需要专业的设备和专业知识，和你们经历过的一般救援活动不一样。你们来了可能也没有太大的作用。”

“是这样啊。”向薇轻轻点头，对于园长的话表示理解。的确，面对大型猛兽，普通的救援人员没有太大的作用。

“不过，我们都已经来了，如果有什么需要的话，我们可以提供帮助。”向薇说道，然后又问了一句，“现在里面是什么情况？”

“现在里面的情况很危险。”园长皱着眉头说道，“那辆车是普通的家用车，在里面抛锚了，游客本来只需要老老实实地待在里面等待救援就可以了，谁料里面的人却贸然出来修车，结果受到了狮子攻击。”

“您是说，狮子？”向薇问道。

园长苦笑着点头：“他们所在的区域是猛兽区，车子抛锚的位置正好在一个狮群附近，狮子大概是把他当成猎物了，试图捕猎。幸好那位游客反应迅速，跑回车里，这才没有被狮子拖走，不过胳膊也因此受了重伤。这才是最糟糕的……”

“意思是？”

“大量失血散发出的血腥味，将狮群引了过去。”园长表情严肃地说道，“由于狮群一般都是群居的，通常是一只公狮子和一群母狮子一起生活。现在这些狮子都被引了过去，围住汽车。除了它们，周围还有一群土狼也闻到了味道，守在外围。这些土狼对血腥味很敏感，而且吃腐肉，一般来说狮群吃饱了，它们有时候会跟着吃点剩下的，不过如果饿极了，它们甚至可以和狮群抢食。”

“动物园里的动物应该没有太过饥饿的时候吧？”向薇问道。

园长苦笑道：“它们不会太饿，但捕猎是出于本能。”

“所以，你们准备怎么办？”

“现在最大的问题是如何把那些土狼和狮群驱赶开，然后用设备将那辆被困车辆从猛兽区里拖出来。”园长说道，“不过，现在我们有点麻烦。”

“什么麻烦？”

“我们的计划是，先用车子的扩音设备制造噪声，驱赶开那些狮子和土狼，这一步是比较安全的。”园长认真地说道，“但是接下来，需要有人去把缆绳固定在被困车辆上，把它拖走，这一段就比较危险了。因为有工作人员要暴露在外面，容易受到猛兽攻击。即便是受过专业训练的工作人员，也不敢保证有百分之百的把握。这个时候，我们就需要有预防措施了。”

“预防措施指的是什么？”向薇越来越好奇了，忍不住问道。

“预防措施是需要有人用网枪和麻醉枪做好准备，随时准备支援。”园长表情严肃地说道，“这些野生动物都是保护对象，是不能使用真枪射击的，所以，我们有了替代，就是网枪和麻醉枪。麻醉枪可以让动物麻醉，但是也有缺点，麻醉枪不会立刻产生效果，通常需要一段时间才能产生作用。动物越大，麻醉产生效果的时间就越长。面对大型猛兽，这一点点时间也可能会造成灾难性的后果！所以，我们必须用另外一种设备来进行补充，就是网枪。”

园长顿了顿继续说道：“网枪就是一把类似霰弹枪的东西，可以将一张大网发射出去，将猛兽网住，限制它的行动，然后麻醉枪就可以发挥作用了。我们现在的问题就是，缺少发射网枪的人。”

“为什么？”向薇问道，“你们应该有足够多的专业人员啊？”

“是的，我们有专业人员，而且还有两个。”园长尴尬地说道，“可不巧的是，今天这两个人都不在这里，一个去外地开会去了，还有一个生病住院了。所以现在事情就变得有点尴尬，没有预防手段，风险就变得更高了。”

“这样啊。”向薇皱着眉头想了一下，“我想问一下，使用这种网枪和麻醉枪什么的，需要有什么专业技能吗？”

“起码要求会射击，最好射击经验足够丰富！”园长表情严肃地说道，“一时之间不好找到人。我们已经在考虑，冒着风险进去救人了。”

向薇仔细考虑了一下，然后认真地说道：“或许，我可以试试。”

“你？”园长一愣，然后皱着眉头问道，“你确定？”

“确定。”向薇淡定地点了点头。

“这可不是闹着玩的。”园长板着脸说道，“你面对的可是大型猛兽，随随便便就能将一个成年人撕成碎片！虽然武松打虎的情节看起来很精彩，但是现实生活中，并不是每一个人都能成为武松的！”

“请你相信我的能力。首先，我当过兵，在部队接受了系统的军事训练，射击经验很丰富。另外，我是救援人员，在这种需要救援别人的时候，理所应当地出手，难道不对吗？”

说到这里，向薇一笑：“你以为我们是做什么的？我们是做救援任务的，每天都面对各种各样的意外情况，遭遇的险情比你想象的要多！虽然我们此前没有处理过这类问题，可是我的心理素质肯定要好于常人。”

园长犹豫了一下，最终点了点头。

园长去安排设备了，徐有光这才压低声音，有些担心地说道：“头儿，这是不是太危险了？”

“不然怎么办？”

“要不我去？”姚天开口说道。

“你当过兵吗？”向薇冷笑着问道。

“呃……”姚天一脸难堪的表情。

“开过枪吗？”向薇撇了撇嘴。

“咳咳……”姚天脸上一红，不说话了。

“头儿，我当过兵！”冯军立刻举手。

“一边去！”向薇更不客气了，“这次你趁我不备，偷偷摸摸地跑出来，就已经让我很生气了，还想去斗狮子？作死是吧？回头肋骨再给我断几根！哦！我明白了，你小子是不是内心蠢蠢欲动，想要回医院住着去，好方便见女朋友？”

“不，不是，我没那个意思。”冯军干笑着说道。

向薇瞪着他说道：“你现在不给我添乱，就是对我最大的帮助了！”

在向薇的“压制”下，三个人老实了下来。

园长很快拿来了一套网枪和防护设备。防护设备比救援队常用的那种防护设备要厚重很多，毕竟需要防护的东西不一样，所以防护级别也不一样，但是向薇却并没有不适应，穿起来之后随便做了几个动作。看到她的动作，园长顿时松了一口气。

“行啊！看起来很专业啊！”园长笑道，“这样我就放心多了。”

“放心好了，我不会让你们失望的。”向薇收拾好东西，笑着说道。

没多久，一辆工作车辆慢慢地开进了动物园猛兽区，车上一共坐着四个人，一名司机负责开车，向薇和另外一个人负责网枪以及麻醉枪操作，最后一个人负责下车安装缆绳。

向薇坐在后排抱着把网枪，神色坦然。

不一会儿，众人就看到那辆被困车辆了。那是一辆普通的家用城市越野车，这时正被几只狮子团团围住，它们不停地在车身上抓来抓去。

救援车司机嘟囔道：“不太妙！狮子全家出动，一起来了！”

“少废话，赶紧驱散吧。”

“好。”司机打开了仪表盘上的一个开关。

这辆车是经过改装的，上面有一个大喇叭，连接了外部扩音设施。开关一打开，车子就发出一阵古怪刺耳的噪声。这种噪声声音不大，但是听起来却很难受，让人不太舒服。

向薇微微一皱眉头，她第一次听到这种声音，别说是狮子了，就连她都觉得有些接受不了。

“很难听吧？这种声音就是这么刺耳，狮子听起来会比较难受，方便驱赶。你看！”

他指了指车外，果然，狮群听到了这种声音之后，感觉很不舒服，转身向后跑去。

眼看这些狮子跑得差不多了，司机倒了个车，把车尾对准了那辆越野车，然后副驾驶上那位表情严肃地说道：“我现在下去了，掩护我。”

说完，一开车门走了出去，开始准备固定钢缆，而向薇和另外一位一起下了车，手里拿着家伙高度戒备。

远处的狮子，还有最外围的土狼，这个时候受到了噪声影响，只在外面来回打转，并没有靠过来的意思。可是向薇却不敢放松警惕，手里端着网枪戒备着。

就在这时，一只年纪看起来不大的小狮子，突然有些蠢蠢欲动了，开始向着车子靠近。

“小心那只狮子，它看起来有些不对劲。”司机惊呼。

他话音刚落，那只狮子突然启动，向着向薇他们跑了过来。按照常理来说，一般狮子捕猎的时候，都是偷偷地潜伏过来，然后对着猎物突然发动进攻。不过这只狮子却直接冲着向薇扑了过来，大概是那声音让它有些烦躁和恼怒才会变成这样的。

面对着那只突然冲过来的狮子，向薇立刻做出了反应。她没有惊慌失措，而是稳稳地端起手里的网枪，身体前倾，为的是抵抗网枪带来的后坐力，同时凝神静气，对准了那只狂奔而来的狮子……周围的一切似乎都已经静止了，在向薇眼中，吸引她注意力的，只有那只越跑越近的狮子！向薇深吸了一口气，扣动了扳机！

“砰”的一声，网枪微微一震，一张大网飞了出去，准确地将那只狮子困在了网里。那狮子完全没想到会遇到这种情况，在网里面大声咆哮，张牙舞爪。这个时候，旁边的那位立刻打出了一支麻醉针，扎进了那只狮子的体内。麻醉针的痛感并不强烈，所以那只狮子在绳网里面左冲右撞，试图钻出来，可是渐渐地，它的动作越来越无力，最后彻底停了下来，躺在那里一动也不动。

咔！向薇已经上好了另外一个绳网，做好了准备。

这个时候，另外一个工作人员大声喊道：“好了，已经挂好了！”

向薇和那位麻醉枪射手听到之后，先过去迅速收回了网绳和麻醉针，然后回到了工作车上。

“干得漂亮！”麻醉枪射手笑道，“非常冷静，也非常准确。”

“谢谢夸奖。”向薇淡淡一笑，然后有些担心地看着后面躺在地上的那只狮子，“它没事吧？”

“没事的。”麻醉枪射手笑道，“麻醉剂大概半个小时左右就会失效，很快它就会恢复如常。这里是狮群的地盘，而且还不是在野外，所以不用担心有什么问题。”

“总之，这次干得漂亮！”司机笑道，“我们走！”一踩油门，工作车辆拉着那辆受困的越野车驶出了猛兽区。

到了安全地带，打开越野车车门，早就准备好的医护人员从救护车上冲了下来，把车上的那个受伤的游客弄了出来，抬上了救护车。向薇看了一眼，那人的手臂果然伤得不轻，上面一道很深的伤口，隐约能看到骨头，大量的鲜血把衣服都打湿了。那人脸色惨白，眼看就要昏迷了。和他同行的人，哭天喊地地跟着上了救护车。

向薇认识到，如果不是救援及时，这位游客恐怕就会因为失血过多而死去。

园长笑着和向薇几个人握了一下手，转身准备离开。

就在这时，冯军眼珠一转，笑吟吟地追上园长：“您稍等一下。”

冯军把园长拉到了一边，小声嘀咕了几句。然后和向薇打了个招呼：“头儿，您稍微等我几分钟，我去办点事，一会儿就回来。”

没过多长时间，他就兴冲冲地跑了回来，举着手机一脸的兴奋。

“我刚才去了一趟他们的监控室，从监控录像里面录了一小段监控视频，存在我的手机里了。”说着，他举着手机在几个人面前晃了晃。

“到底存了什么东西在里面？”向薇终于忍不住了，开口问道。

“都是一些动物园里的常见东西，没什么稀奇的。”冯军笑嘻嘻地说道。

虽然向薇觉得有点不太对劲，不过还是决定不理会这些了。于是，她摆摆手说道：“行了，不说这些了，赶紧上车，回去！出来的时间已经够长的了。”

几个人一起登车，徐有光负责开车，向薇坐在副驾驶的位置上，而冯军和姚天两个人按照惯例坐在后面。

上车之后，姚天向前看了一眼，发现向薇没注意自己，于是用胳膊肘碰了碰身边的冯军。

“快点，老实交代。”

冯军向前面偷偷看了一眼，发现向薇并没有注意，这才把手机掏了出来，打开了里面一段视频，里面录的正是向薇举枪射击把狮子网住的那一段。

“怎么样？精彩不精彩？”

“那还用说？”姚天笑道，“当时我看着那场面都激动得够呛，还能不精彩？发给我。”

“行。”

第十五章

生死由来一念间

下班时，向薇从救援中心里走出来，刚往街边一站，一辆黑色的车子便停在了路边，车窗打开，向强向她招了招手。

向薇坐上车，从口袋里掏出三张电影票来，对着向强晃了晃：“顾颜早就想要看这个电影了，正好我今天闲来没事，抢了三张票，要不要一起去？”

向强立刻点头：“我真是太幸福了，竟然有一个这么心疼哥哥的好妹妹。”

“你今天是不是去动物园了？”向强笑眯眯地问。

“去是去了……”向薇满脸狐疑地看着向强，“但是，这事你是怎么知道的？”

“哎呀，我当然是有我的渠道喽。”向强笑眯眯地说道，“我不但知道你去动物园了，而且还知道你去做什么了。不仅如此，我还看到了你当时是怎么做的！”

“你等一下！”向薇一抬手，“你说的到底是什么意思？”

“算了，还是给你看一下吧。”向强把手机掏了出来，举到了向薇面前。

向薇接过手机来看了一眼，上面显示的是今天自己在动物园里用网枪网住狮子的视频。

“这，这你是哪弄来的？”向薇惊讶地问道。

“当然是有人传给我的。”

向薇突然想起离开动物园的时候，冯军那诡异的举动：“是不是冯军？”

“冯军是谁？”向强奇怪地问道。

向薇仔细地看了向强半天，发现他的模样看起来不像是在装糊涂，于是皱着眉头问道："老实交代，这视频你到底是从哪弄来的？"

"确实是从你们救援中心里流传出来的。"向强笑道，"不过，可不是你说的那个什么冯军。老实说吧，现在这视频在救援中心都已经传得到处都是了，我敢保证，你现在回去肯定能看到有人正在观看。"

向薇眼珠转了转，连忙下车，向强也不问，笑眯眯地坐在车里等着。

向薇怒气冲冲，一路冲进了救援中心，一进门就看到两个值班员正在看手机，向薇也没客气，直接走到他们面前，一把把手机抢了过来。

两名队员吓了一跳，抬头一看，发现向薇站在他们面前，两个人的脸色都变了。

"队，队长，您怎么回来了？"一名队员结结巴巴地问道。

向薇看了一眼手上的手机，果然里面播放着的是自己与狮子对峙的视频。

"谁给你们的？"向薇冷笑着问道，"是不是冯军？"

"头儿，那个，你听我解释，其实这个我觉得拍得挺好的。"一名队员干笑着说道。

"对对，我们都觉得拍得很不错。"另外一名队员也跟着说道，"其实，看不太出来是不是您本人。"

"哼！"向薇冷哼了一声，把手机塞回他们手里，转身气哼哼地走了。

到了外面，向薇直接钻进了向强的车，脸上还带着一丝怒气。

"还生气呢？"向强笑吟吟地说道，"我倒是没觉得这件事有什么了不起的，拍得不错啊！而且你还穿着防护服，再加上拍摄的角度，其实看不出来是你。不过，啧啧，看起来确实有点女武神的意思，有点味道。"

"女武神？什么女武神？"向薇惊讶地问道。

"你难道不知道？"向强笑呵呵地说道，"这段视频叫什么女武神的搏杀什么的，估计起名字的那位也是个重度精神病患者。"

"真是……"向薇郁闷地揉了揉自己的额头。

"又不是什么坏事。"向强笑道，"行了，别郁闷了，不就是被人偷拍了吗？多大点事？走吧，晚上看场电影，我请你们吃个饭，好好放松一下心情！"

这时候，向薇的手机响了一下，里面弹出来一条信息，她看了一眼然后说道：“顾颜已经下班了，我现在去找她。我给你地址，你一会儿自己去购物中心。”

“好的，包在我身上！”

半小时后，三个人刚走进放映厅，周围一黑，电影开场了。

这场电影很精彩，大家看得很认真，但是在电影进行了半个小时左右，向薇突然一皱眉头。

她疑惑地左右看了看，鼻子轻轻抽了抽，猛吸了几口空气。

向强第一个注意到她的反应：“小妹，怎么了？”

向薇低声问道：“有没有闻到什么怪味？”

向强也吸了一口气，接着一皱眉头：“好像有一股烟味？像是什么东西烧焦了。”

这个时候，隐隐约约传来了惊呼声：“着火了，着火了！”

外面的骚动，终于惊动了放映厅里的人，所有人都开始变得不安起来。

“不行！这样不行！”向薇猛地站了起来，在放映厅里大吼了一声，“所有人都不要慌乱，我是城市救援中心的工作人员，现在请务必听我指挥，否则会造成伤害！”

接着，她又大喊了一声：“工作人员把灯打开！”

灯光大亮。

外面的喧哗声越来越大，已经有浓烟顺着门缝灌了进来。

眼看放映厅里的人已经有些乱了，生怕压不住场面的向薇大步冲到了幕布的下面，大声喊道：“大家不要慌张，听我指挥！”

顾颜脸色发白，虽然在医院里经常遇见生死，可是这种意外情况她还是第一次遇到，未免有些心慌意乱。

“别慌！”这时，有人在她死死攥住椅子扶手的纤手上轻轻拍了两下。

顾颜一愣，转头一看，发现向强不知道什么时候坐到了向薇的座位上，向她微微一笑。那个笑容从容淡定，有一种让人很放心、很舒服的感觉，看到他的笑容，顾颜紧张的心莫名地放松下来。

“相信我小妹，也相信自己，也相信我。”向强轻轻地说道，“没什么可担心的，有我在。”

看着向强镇定的模样，顾颜心里猛地一跳，接着脸上微微一热，她连忙低下头来，不敢再多看向强一眼。

向薇在前面继续大声说道：“各位千万别慌，这里是大型购物中心，有全套的安全设施和消防设备，我们千万不能自乱阵脚！好，现在左右两列的人起立，顺着两边的门向外疏散，注意，不要拥挤和慌张，如果造成了踩踏，可能会更加危险。所有人保持镇静！我保证，我是最后一个离开的！请大家放心！还有，如果谁有矿泉水，请把织物淋湿，捂住口鼻，快速撤离这里！”

向薇严肃的表情，镇定的表现，很快稳定了大家的情绪，两面的出口打开，一股烟雾顺着打开的门涌了进来，离得近的呛得一个劲地咳嗽。很多人的情绪再次变得不太稳定了。

“我相信你！”向强突然喊了一声，声音镇定自若，而且还有一种不容置疑的从容，“我留在这里，留到最后，和你一起走，你是最后一个离开的，那我就是倒数第二个离开的。”

顾颜也笑了，突然感觉到从未有过的安心和安全，坐在椅子上，大声说道：“那我就是倒数第三个离开的，你说得对，越是慌乱，问题越大！”

有了他们，大家的情绪重新稳定下来，在向薇的指挥、疏导下大家按照顺序撤离出放映厅！有序撤离比一窝蜂地往上闯要快很多，没过多久，整个电影放映厅里的人已经撤离得差不多了。放映厅外面浓烟滚滚，乱成一团，放映厅里三个人倒是格外镇定。

看到人走得差不多了，向强终于开口说道：“咳咳，小妹，咳咳，我们，我们是不是，咳咳，是不是可以出去了？再不出去的话，咳咳，你亲爱的哥哥就要变成熏肉了！咳咳咳咳……”

向薇也是咳嗽连声：“我们也出去，你，咳咳……你抓住顾颜，不要，咳咳……不要让她出事。”

走廊里浓烟滚滚，能见度很低，隐约看到有人影跑来跑去。三个人手拉着手以防走散，摸索着来到了电影院外面。

还好，看来火灾只在电影院里蔓延，并没有波及整个购物中心。

这个时候购物中心也开始疏散顾客，所有的电梯停运，人们顺着紧急出口跑出了购物中心。

向薇三个人撤离到了外面，大家大口大口地呼吸着新鲜空气，表情十分贪婪。

电影院经理正在清点员工人数，点着点着，他脸色变了。

“不对，怎么少了一个？张阿姨呢？”他大声问道。

“经理，起火的时候，张阿姨好像正在打扫卫生间。”一名女员工有些担心地说道。

“糟了！”电影院经理脸色一变，“这下可糟糕了！”说着就要往回跑。

可是刚跑到门口就被购物中心的工作人员拦住了。

“让我进去！”那个经理大声喊道，“我还有一名员工在里面没有出来！”

“不行！”那名工作人员大声说道，“在局势没有得到控制之前，你不能进去！”

“这可是人命关天啊！”那个经理大声喊道。

“我知道，可是我也没有办法！”工作人员很无奈。

“我进去！”就在这时，旁边有人果断开口。

“不行！”工作人员用力摇头，“现在里面不知道是什么情况，在救援人员到来之前，谁都不能进去。”

“我就是救援人员！”向薇把自己的证件掏了出来，出示给工作人员看，“我是城市救援队的，受过各种训练，并且有着丰富的救援经验，很擅长应付这种情况。”

那名工作人员接过证件来，仔细看了一遍，脸上现出犹豫的表情。

“时间紧急，不能再犹豫了。”向薇表情严肃地说道，“我刚从里面出来，对里面的情况比较了解，里面火势未必有多大，比较麻烦的是浓烟，如果人在这种浓烟情况下滞留太久了，很可能出现危险。现在时间就是生命，我想现在必须做出决定了！我是专业人员，请让我进入。”

那名工作人员犹豫了一下，用对讲机和上面领导联系了一下，最后同意了向薇的要求。

向薇当然不会贸然冲进去，在进入现场之前，她开始利用现有的条件准备装备，征求了一些人的意见之后，她先从一家体育器材商店借用了水镜当护目镜用，另外又拿了一些矿泉水，打湿了几条毛巾捂住口鼻。做好了这一切之后，向薇这才重新冲进了购物中心。

向薇冲进去没多久，几辆车已经赶了过来，除了消防车辆之外，还有一辆救援中心的车。车门一开，徐有光带着几个人从车上跑了下来。

“情况怎么样？”他表情严肃地向在场的工作人员问道。

“起火点在电影院。”一名工作人员老老实实地回答，“具体起火原因不明，我们出来的时候没有看到明火，但是里面烟雾很大，连眼睛都要睁不开了。”

“人员都撤离了吗？”徐有光问道。

“人员大部分都撤离了，不过在电影院里，好像有人没有出来。”那名工作人员说道，“对了，刚才有人自称是你们救援中心的人，已经跑进去救人去了。”

徐有光顿时一愣：“谁啊？”

“我妹妹，你们队长！”向强在一边开口说道，“向薇！”

“什么！”徐有光顿时一惊，“我们头儿在里面？”

“对！”向强点头说道，“里面浓烟太大了，你们队长担心被困人员的安全，做了一些初级防护就冲进去救人了。”

徐有光顿时有些急了。

“慌什么！”向强皱着眉头吼了一声。

徐有光顿时一愣。

“不管是谁！现在你们的主要任务是开展救援！”向强大声说道，“你们队长平时是怎么教你们的？这种情况下竟然还惊慌失措的？”

徐有光深吸了一口气，稳定了一下自己的情绪，他回过头来大喊了一声：“快快，做准备，穿防护服，进去接应头儿！”

几名队员立刻行动起来，开始往身上穿防护服。

可是还没等他们进去，门口人影一闪，两个人踉踉跄跄地从里面走了出来。

其中一个是向薇，一位大妈靠在她的身上，看起来情况不太好。

“来个人帮忙！”向薇一出来立刻大声喊道。

顿时有几个人冲上去，帮着向薇把大妈搀扶了下来。

向薇并没有休息，继续喊道：“哪有医生？快点帮忙看看，她的情况不太好！”

一边的顾颜没好气地说道：“我这么大一个医生就站在这里，你喊什么？”

“啊！”向薇一愣，然后不好意思地说道，“对啊，我差点忘了你是医生。”

一瓶水从旁边递了过来，向薇一愣，抬头一看，发现是哥哥向强，对他微微一笑。

向薇接过矿泉水来狠狠地灌了一大口，这才觉得胸口里舒服了许多。

“我算是明白为什么老爹整天把你夸得像是一朵花一样。”向强在向薇身边坐下，撇着嘴说道，“就这股子蛮劲，我看着都觉得害怕！这要是上了战场，你肯定也是一个不要命、能打的主！”

他回头看了一眼不远处的顾颜，顾颜正在给那位大妈做着紧急护理，她做得很认真，额头上已经隐约可以看到汗水。

“是个好姑娘！”向强眼中满是欣赏，“我果然没看错！”

这时，一辆救护车鸣着笛在路边停了下来，几名医护人员将大妈抬上了救护车。等到救护车离开，顾颜满脸疲倦地来到了向薇身边，也不管地上脏不脏了，直接坐了下来，然后长长地吐出了一口气。

“看这模样，好像是抢救过来了？”向薇笑着问道。

“情况还不错。”顾颜脸上露出了一丝笑容，“我看能够脱离危险。”

“嗯，那就好。”向薇伸了个懒腰，回头看去，发现在消防队的救援下，电影院里的火情已经被控制住了。

“总算没有白忙活。”向薇嘟囔了一句，然后揉了揉肚子，回头看着向强说道，“哥，我饿了！”

“啊？”向强一愣。

“哥，你请客吗？”

“必须。”向强哈哈一笑，“我小妹和顾大美女劳苦功高，必须好好嘉奖。”

……

向薇活动着筋骨回到了救援中心，连续两场救援下来，她现在浑身都有点僵硬，活动一下才感觉好了一些。

她正在救援中心的走廊上走着，看到冯军，突然大喊了一声："冯军，你给我站在那里别动！"

冯军机械地回过头来，对着向薇勉强露出了一个笑容："头儿，您回来了？您有什么吩咐？"

"我哪敢吩咐你啊！"向薇撇着嘴笑道，"我万一要是吩咐你了，你再把我拍下来，四处散播一下，我可受不了！"

"头儿！"冯军哭丧着脸说道，"这些都是误会。"

"误会个鬼！"向薇没好气地骂道，"是误会你偷偷摸摸地去把视频复制下来了，还是误会你把这视频到处传播了？你自己说说，我误会什么了？"

"我，那个，您看，这个这个……"冯军结结巴巴地说不出话来了。

向薇不理他的反应，自顾自地说道："我觉得，这个时候你应该深入地、系统地训练一下，好好调整一下自己的状态，为了以后更好地救援做准备！"

到了这个时候，冯军哪还不明白向薇说的是什么意思，哭丧着脸说道："头儿，您饶了我吧！手下留情啊！"

"少说废话！"向薇把脸一板，冷笑着说道，"我看你现在精力过盛，需要好好地消耗一下才行！等一会儿去训练场等着我，我好好操练你一下，长长精神！"

冯军都要哭了，开口还想求饶两句。

"不用说了！"向薇冷笑着说道，"我也不想听！还有，把姚天也叫上，我估计这事少不了他！"

"呃？"冯军一愣，然后立刻点头，"对对，还有他一个，少不了他的！"

"那就别废话，去把人找来！"向薇大声说道，"快点，去把人找来！快快，跑步前进！"

冯军不敢怠慢，扭头跑得没了踪影。

"这帮活猴子！"向薇嘟囔道，"要是不好好看着，谁知道都会闹出什么事来！”

……

在卢乡，韩湛也陷入了一场不大不小的麻烦当中。

“韩湛，你当初为什么要到卢乡来呢？”何欢手里端着一个餐盘，笑呵呵地坐在韩湛身边问道。

“呃，我学的是机械制造专业，所以就把我分派到这里来了。”韩湛硬着头皮回答道，同时头也不抬地吃着饭。

“您来的时候，卢乡的情况不是很好吧？”何欢笑吟吟地问道。

“不是太好，工厂开工率严重不足，工人流失严重……”韩湛说道，“我在卢乡转了一圈，发现情况很糟糕。”

“是吗？那您确实很辛苦啊！”何欢点点头，“我听说，当初还有人因为您举报了那个诈骗窝点，试图报复您，是这样吗？”

“何记者，”韩湛终于受不了了，苦笑着抬起头来，“现在是吃饭时间，吃完饭还要继续去进行研究和开发，你能不能少问几个问题，让我把这口饭吃完啊？”

“我也没办法。”何欢耸了耸肩膀，“谁让韩总您总是那么忙，整天都见不到人，只有吃饭这点时间可以和您聊聊，我只好抓紧时间把想问的问题问完喽！”

“何记者，我就是一个普普通通的研究生，走了点运开了一家公司而已。”韩湛认真地说道，“比我有采访价值的人多了，为什么你不去采访一下他们呢？”

“不一样。”何欢笑眯眯地说道，“成功人士是不少，甚至可以说很多。但是像韩总您这样年轻，而且颇有传奇经历的人却很少。作为一名记者，我应该追的就是您这样有特殊性、标志性的人物。您身上的新闻价值，远远超过您自己的想象。”

“我可不觉得自己有什么新闻价值。”韩湛低声嘟囔道。

“您是当局者迷，”何欢笑道，“我是旁观者清，我的工作就是在各种素材中找到那些最耀眼的东西，而韩总您，无疑就是最耀眼的之一！”

“我怎么会耀眼？我最平凡不过了。”韩湛叹了口气，“好了，何记者，你要做新闻，我不拦着你，只要不影响我工作就可以。”

说完之后，他站起身来，收拾餐具，洗洗手回去上班了。

何欢看着韩湛离开的背影，嘴角一勾，露出一丝笑容来：“这人真是有意思。”

“韩厂长，”韩湛正往外走着，张师傅紧走几步追了过来，然后挤眉弄眼地说道，“年轻就是好啊！”

韩湛一愣：“什么？”

“啧啧啧，韩厂长，这有什么不好意思的？不用装糊涂了。”张师傅笑眯眯地说道，“大家可都看在眼里喽！”

“什么看在眼里了？”韩湛哭笑不得地说道，“您说什么呢？”

“何记者啊！”张师傅笑着说道，“不过您可小心点，这要是被向薇知道了，您恐怕要吃不了兜着走！我觉得以厂长您这个小体格，恐怕不是向薇的对手！”

“何记者怎么了？”韩湛更迷糊了，“向薇要把我怎么样？”

看着韩湛那一头雾水的样子，张师傅愣了愣，然后满脸的苦笑，他终于看出来了，这位韩厂长是真的不明白，不是装的。

张师傅张了张嘴，结果自己也不知道说什么好，只好又把嘴巴闭上了。

“张师傅，你这欲言又止的，到底是什么意思？”韩湛奇怪地问道。

“没什么意思。”张师傅摇了摇头，虽然韩湛表现得有些木讷，不过他也不奇怪，早些年他也见过几个技术人员，那些人一提到技术就两眼放光，说得头头是道，可是说到别的，就稀里糊涂，一头雾水，跟木头疙瘩似的，显然韩湛就是这种类型。

“对了，现在的研发进度怎么样了？”韩湛开口问道，“试用机做出来没有？”

“做出来了。”张师傅笑呵呵地说道，“我正要和您说这件事呢，刚刚完成，下午准备测试。”

韩湛顿时眼睛一亮：“赶紧的，带我去看看。”

“韩厂长……”张师傅哭笑不得地说道，“午休还没有结束呢。”

他摇了摇头：“不行，我等不了了，东西在哪儿？我去看看。”

张师傅一脸无奈地看着韩湛这个技术狂，摇了摇头说：“算了，我陪您一起去吧。”

两个人到了工厂的一处房间里，这里放着各种各样的小型设备，并且还配备有工作台。这里是专门进行试生产和试验用的车间，能进到这里的，都是手艺精湛的老工人，张师傅无疑就是其中之一。

一进到房间里，韩湛就被桌子上的一套设备吸引了，那正是一把动力钳。钳子按照向薇的要求，设计了各种功能，不但能剪，还能撑开物体，钳柄还具备一定的液压支撑功能，不过在动力钳后面连接的并不是传统的动力源，而是一个电池背包。电池背包比一般书包稍大一点，一个人可以背在身后进行操作。

“韩厂长，就是这个宝贝！”张师傅拍了拍那个动力背包，满脸自豪地说道，“我们按照您的要求设计出来了这台原型试用机，这个动力背包增加了特殊的设计，执行普通任务的时候这样背着就能使用，如果进行特别救援的话，可以在背包上安装特别的防火和防腐蚀设备，撤换都很方便。”

“好，好东西！”韩湛两眼放光，小心抚摸着那个动力背包，“这东西可以使用多久？”

“按照设计，可以使用半个小时。”张师傅认真地说道，“另外，还设计了可拆卸的动力组，需要的时候可以拆下原来的电池，换上新的，操作熟练的话，30 秒左右就可以完成。”

“不错！”韩湛笑容满面，“已经达到了设计要求，进行试验了没有？”

“还没有。”张师傅摇了摇头，“上午刚组装完毕。韩厂长，要不，你来试试？”

韩湛想了一下，最后还是摇了摇头：“不了，还是等大家都来了再试验吧，如果出现问题的话，可以集体讨论，看看如何改进。”

“好。”张师傅点了点头，“都听您的。”

午休时间结束了，这个工作间的人员陆续返回，等人来得差不多了，韩湛拍了拍那个动力包，笑着说道：“好了，大家既然都来了，那我们就来试试这个宝贝！看看效果怎么样！”

工作间里的几个人一起点头，一脸兴奋的表情。这东西毕竟是他们这段时间的劳动结晶，如果能运行的话，无疑是对他们工作的一种最好的鼓励。

韩湛对着张师傅点了点头，张师傅会意，去拿了两段钢梁。这种钢梁厚度适中，符合动力钳的设计要求，适合测试。

“先测试基本的剪切功能。”韩湛说道，“先不要背上背包，以防发生危险，直接用动力钳测试吧。”

张师傅自然没有异议，他打开了动力背包的电源开关，然后拿着动力钳，慢慢地夹住了那段钢梁，在机械的作用下，动力钳慢慢收紧，钢梁发出一阵吱呀吱呀的断裂声。

所有人都凝神静气，死死地盯着那把动力钳。

钢梁被慢慢地剪开，动力钳也越收越紧，就在大家差点欢呼出来的时候，那个动力背包里突然发出一阵怪响，紧接着表面崩出了火光，冒出了一股青烟。

韩湛一看情况不妙，伸手一把抄起灭火器，死死地盯着那只动力背包，如果发生燃烧的话，他就会立刻喷过去。

不过还好，动力背包冒烟之后就没了动静，没有出现明火，不过空气里弥漫着一股淡淡的焦煳味。动力钳也停止了工作，一动不动。

所有人表情都有些沮丧，这次试验失败了。

“没关系！”韩湛看到大家的情绪有些低落，笑着说，“俗话说得好嘛，失败乃成功之母，这世上的事情哪有那么简单就成功的？之前那个高空救援装置，不也是出现了问题之后，几经改进才投入使用的吗？出了问题，找出问题，解决问题，然后就成功了。”

“对！”张师傅笑呵呵地说道，“韩厂长说得没错，我们都是老家伙了，谁还没经历过一两次失败呢？先看看到底是哪里出了毛病。”

“先把电池拿下来，防止触电！”韩湛吩咐道。

张师傅戴上了绝缘手套，亲手把电池取了下来，仔细看了几遍，发现电池没什么问题，把它放到了一边。

几个老师傅一拥而上，拿着工具，把动力背包三两下拆成了零件。

大家围着工作台，一件一件地检查，最后找到了问题的关键。

“是动力转换系统出现了问题，DLQ64 号零件被烧毁。”张师傅表情严肃地说道，“虽然很遗憾，但是并不意外。”

“是啊。”韩湛点了点头，苦笑着说道，“我之前担心的就是这个动力转换装置。将电力转化为动能，给动力钳提供能量，这个说起来简单，但是做起来很难。这个设计方案看来是有瑕疵的，必须改进一下。”

说着，他拿起设计图纸仔细研究起来。

“韩厂长！”张师傅苦笑着说道，“这种事情不是一天两天能解决的，您别太着急了。我觉得，最近大家就是太紧张了，一门心思想要把这个搞出来，这才出现了问题。我们应该适当地放松一下，说不定好的想法就会冒出来了。”

“对。”韩湛愣了一下，笑着点了点头，把手里的设计图放下，“现在硬看也是没什么头绪，大家先休息一下吧，都回家吧，今天就到这了。”

“好。”张师傅笑道，“韩厂长，晚上到我那儿，一起喝两杯？”

“不了。”韩湛笑着摇了摇头，“今天晚上我有事。”

“有事？”张师傅先是一愣，然后露出了一个意味深长的笑容，“明白了，明白了！您这个岁数，确实是应该有点事了，如果没事那才是有事呢！”

“呃，什么意思？”韩湛莫名其妙地问道。

“没什么意思。”张师傅笑嘻嘻地摆了摆手，“韩厂长，您几点有事啊？”

“约的晚上 6 点。”韩湛不好意思地笑道。

张师傅看了一下时间，脸色古怪地说道：“如果是晚上 6 点的话，韩厂长，您可要抓紧时间了。”

“啊？”韩湛一愣。

“现在都 4 点 40 分了。”张师傅苦笑着说道，“您肯定要迟到的，就是不知道迟到多久了。”

韩湛表情呆滞地看了看时间，又看了看张师傅，脸色突然一变：“糟糕！完蛋了，完蛋了！”

韩湛一边喊着，一边风一样地冲了出去。

张师傅嘿嘿一笑，看着房间里剩下的这些人：“各位老哥，怎么样？晚上没事一起去整两盅？”

“好！”一群老伙计纷纷回应，“弄几个下酒菜，好好地喝两杯，解解乏！”

“完蛋了，完蛋了！”韩湛一边往回跑，一边念叨，“7点15分的电影，开车回去到那边要6点半以后了，这还是路上一切顺利的话，如果再耽误一点时间，那一切就都完了。”

韩湛一边嘟囔，一边掏出手机拨通了向薇的号码。

“喂，你在哪呢？”电话里传出了向薇笑吟吟的声音。

“不好意思。”韩湛连忙道歉，“我现在还在卢乡呢，刚才遇到一点事，结果耽误了一点时间，我现在马上就往回走，应该还能赶得上电影开场。”

“我就知道。”向薇没好气地说道，“你赶紧来吧，我等着你！”

“好的，好的。”韩湛连声答应，“我收拾一下就去！”

挂断了电话，韩湛一路狂奔，同时在心里盘算着，先回宿舍收拾一下，原本的计划是要洗个澡，不过现在洗澡时间是肯定不够了，但是好歹也要洗个脸吧，再换身衣服，如果抓紧点时间，5分钟就能完成，然后就可以出门了。

但是等他回到宿舍，迎面碰到一个让他头疼的人物。

“哟，韩厂长，回来了？”何欢笑吟吟地站在宿舍门口问候道，“稀奇了，今天回来得很早啊。”

“哦，何记者。”韩湛一愣，然后满脸苦笑地说道，“今天我有一件很重要的事情。”

“很重要的事情？”何欢眼睛一亮，“我可以一起去吗？”

“不可以！”韩湛表情一变，很严肃地说道，“这是一件私事，何记者，您还是不要去比较好。”

“哦，这样啊。”何欢笑吟吟地点了点头。

韩湛向她点了点头，一溜烟儿地冲进了宿舍，然后用最快的速度梳洗打扮了一番，开车扬长而去。

何欢一直站在那里，直到韩湛离开。她微微皱着眉头，表情有几分疑惑：今天的韩湛看起来与众不同，以前的韩湛，总是一副邋遢的模样，不修边幅，不拘小节，身上是一件常年不换的工作服，看起来脏兮兮的。

但是今天明显不同了，韩湛看起来特意打扮了一番：洗了脸，还换了一身干净的衣服。别人可能没有注意到韩湛的这些细节，但是何欢注意到了。这不仅仅是因为她这段时间整天追在韩湛身后，还因为这是一名优秀记者所具有的敏锐观察力。

不仅仅是她，旁边的两名保安也发现有些不对劲了。

“今天韩厂长穿得好像格外精神啊。”一名保安笑呵呵地说道。

“可不是嘛，咱们韩厂长平时看起来都是灰头土脸的，这么一收拾，还真是个挺帅气的小伙子。”

“没错！”另外一名保安笑道，“长得帅气，事业有成，能力还强，谁家要是有这样的女婿，那真是享了福了。“

两个人说得兴高采烈，不远处的何欢，脸上的表情却越来越阴沉。她心里也不知道是个什么滋味，甚至不知道为什么会这样。最后，何欢轻轻叹了口气，转身离开了这里。

在电影院门前，向薇买了两份快餐，自己拿了一个汉堡正慢条斯理地吃着。要说对韩湛的这种迟到的行为不生气，那是不可能的，向薇心里还是多少有些小火气的，不过这火气比烛光强不了多少，转眼之间就烟消云散。因为向薇理解韩湛，韩湛和自己一样，一忙起来就分不清东南西北，能想起来今天两个人有约，就很不容易了。

而且向薇还进一步想到，为什么韩湛会忙成这样？不就是因为自己给他找了个活吗？为了设计出自己要求的动力钳，韩湛这段时间才会忙得天昏地暗，连家都回不来。一想起这个，向薇非但没有了怨气，反而还有一点小幸福、小高兴。

想到这里，向薇微微一笑。

就在这时，一个熟悉的人影突然出现在不远处，向薇看到那人，脸色顿时一变，下意识地站起身来就想开溜。可惜已经晚了，那人也看到了她。

“小薇！”向妈妈惊讶地喊了一声，“你怎么在这里？”

“妈，”向薇一看被发现了，只好缴械投降，赔着笑脸说道，“您怎么来了？”

“在家里待得有些烦闷，出来转转。”向妈妈随口说道，然后上一眼下一眼地打量着向薇，“眼神飘忽不定，心里有鬼啊！说吧，你到底在这里干什么呢？”

向薇冷静了下来，笑呵呵地说道：“那天看电影的时候，突然发生了火灾，看到一半都撤离了。电影也没看完。我还惦记着后面的剧情，所以决定今天再来看一场。”

“就你一个人？”向妈妈问道。

“就我一个人啊。”向薇两手一摊，“不然还能有谁？”

“一个人出来看电影，感觉有点奇怪啊。”向妈妈嘟囔道。

向薇哭笑不得说道：“这都什么年代了，一个人还不能出来看电影了？”

本来向薇以为，向妈妈聊几句就会离开的，不过看她的样子，并没有离开的意思。这让向薇头疼不已，却无可奈何。

就在这时，一个人影在不远处出现，他额头冒汗，站在那里东张西望，似乎在寻找着什么。

向薇一眼就看到了那个人影，心里顿时一沉，真是担心什么就来什么，那个人不是韩湛，还能是谁?

这时，韩湛也发现了向薇，他一脸惊喜，刚要喊一声，向薇却恶狠狠地瞪了他一眼，不着痕迹地轻轻摇了摇头。

韩湛一愣，这才发现向薇身边站着的向妈妈，他脸色顿时一变，老老实实地缩到了一边。

可向妈妈已经捕捉到了向薇不自然的表情，她有些狐疑地看了向薇一眼，莫名其妙地问道：“你怎么啦？”

向薇的笑容干巴巴的：“我挺好的。”

“可是，我怎么觉得你有些不太对劲？”向妈妈皱着眉头问道，“好像是在看谁啊？”

向妈妈一边说着，一边回过头来张望，结果没看到有什么不对劲的地方。

“妈，您就不要疑神疑鬼的了，我没事，真的！哎呀，电影开场的时间差不多了。妈，我先进去看电影了，等一会儿回家再聊。”

就在这个时候，韩湛大步流星地从她身边经过，径直走到了不远处的取票机，然后在向薇的注视下，从取票机里拿出两张电影票来。不过，拿到票之后，韩湛并没有进电影院，而是一转身，直奔不远处的洗手间。

一看到韩湛的行动，向薇顿时恍然大悟，心里镇定了下来，笑吟吟地对妈妈说道："妈，我去趟洗手间，你去吗？"

向妈妈摇了摇头："我不去了，在这里等你好了。"

向薇点点头，转身进了洗手间。韩湛就在洗手间门口等着，两个人迅速地交换了一下眼神。借助着人群的阻挡，韩湛迅速把一张电影票塞进向薇的手里，然后转身走了出去。

手里拿着票，向薇顿时镇定下来，在洗手间里整理了一下自己，然后才出来。

向妈妈果然还等在外面，看到向薇出来之后她点了点头。

"妈，你逛你的，我去看电影了。"向薇笑着说道，神色从容不迫，心里的底气比刚才足了许多。然后她走到了取票机前面，装模作样地取出电影票，拿着它朝妈妈晃了晃，头也不回地走进了电影院。

向妈妈站在那里，皱着眉头看着向薇的一举一动。一直等到向薇进了电影院，向妈妈并没有发现可疑的人物出现。

"奇怪了。"向妈妈低声嘟囔道，"这个丫头看起来怪怪的，可是又确实是一个人来的，难道是我猜错了？"

看看时间，电影已经开场了，向妈妈无奈地摇了摇头，转身离开了。

坐到了座位上，向薇长出了一口气，身上一松，差点瘫在椅子上。旁边伸出一只手握住了向薇的手，这人正是韩湛。

"没事吧？"他低声问道。

"我能有什么事？"向薇白了他一眼。

"刚才那位是？"尽管韩湛心中有所猜测，不过他还是问了出来。

向薇苦笑着说道："我妈，差点被她发现。"

韩湛也是一脸苦笑："看个电影，搞得跟特务接头一样紧张，这幸好是你妈，如果是警察的话，我们现在也不用看电影了，老老实实地在警察局交代自己的罪行吧。”

向薇笑得前仰后合："你有什么罪行啊？盗窃罪？把我妈的女儿偷了？"

韩湛脸上微微一红，支支吾吾地说不出话来了。

电影开场，整场电影很精彩，不过，无论是向薇还是韩湛都显得有些心不在焉。向薇的心思有一部分放在了韩湛身上，在看电影的时候，她时不时地看一眼韩湛，发现韩湛一直皱着眉头，似乎在思考着什么。

等到电影散场，向薇和韩湛从电影院里走出来，向薇忍不住问道："还在为设备的研发发愁吗？"

"嗯。"韩湛苦笑着点了点头，"明知道不应该总惦记这件事，却控制不住自己，忍不住要去想。"

第十六章

咆哮万里触龙门

韩湛到家的时候，已经很晚了。他惊讶地发现，书房的灯还亮着，爸爸正在里面伏案工作。

韩湛轻轻敲了几下门："爸，这么晚了，您还没睡呢？"

韩同江回头发现来的是韩湛，他一笑，招了招手："我正在考虑一点东西。对了，你今天怎么突然回来啦？你不是说，最近几天要留在卢乡，对动力钳进行测试吗？"

"测试失败了，"韩湛苦笑着说道，"出了点问题。"

"是不是动力转换装置出现了问题？"

韩湛惊讶地看着父亲："爸，你怎么知道的？"

"这段时间我一直都在进行研究。"韩同江向旁边让开了一点，韩湛发现，桌子上摆着一份动力钳的设计图，"你这设计图我仔细看了几遍，最后发现，可能你的动力钳有点问题。"

韩同江用笔在一张图纸的一个部位上圈了一个圈，然后敲了敲："就是这里出现了问题。"

韩湛仔细看了一下，发现在这个部位，韩同江做了很多的标识。

"你的想法是没错的。"韩同江笑着说道，"大部分设计也很成功，但是在这个设计上和我之前犯了差不多的错误。这里的设计在材料耐受性上出了很大问题，在进行动力转换的过程中会产生大量的热量，这就导致了一系列的问题。你说今天试用机失败了，我就猜可能是这里出了麻烦。"

“材料问题？”韩湛一惊，然后拿起那张图纸仔细地看了一遍，一脸佩服地看着，“您的计算和分析我看了，应该是这样，没错。那解决方法呢？”

“解决方法嘛，需要更换散热更好的金属配件，这会带来一个比较麻烦的问题。”韩同江说道。

“成本会上升？”韩湛立刻就明白过来了。

“这是其一。另外就是这里的主体有可能会变软，整体机能受到了限制。”

“是的。”韩湛表示同意。

“还有一个问题，这种机器设计目的是应用于灾难救援，那么在这个过程中，必然会遭遇到各种极端的环境，就像之前我那套高层逃生设备一样。”

“对。”韩湛点头，“需要耐火、防水、耐腐蚀，设计要求比较高。”

“那么，机器即便是配上了更好的导热材料，在火场救灾行动中，恐怕也会出现问题。”韩同江表情严肃地说道。

“是的。”韩湛皱着眉头点头说道，“您一说，我就考虑到这一点了。”

“嗯，所以我的意见是对这里进行改进。”韩同江笑道，然后从一边拿出另外一张纸来，“不过也巧了，之前我曾经设计过一套给机械设备进行降温的装置。你看这个，这是个液冷降温系统，我曾经做过测试，可以有效地降温，延长机器的使用时间。在我发现你这套设备存在问题时，我就想起了这个来。”

“我看看！”韩湛立刻眼睛一亮，拿过那张图纸仔细研究起来。

韩同江在一边笑吟吟地说道：“这套设备之前是为了大型机器设计的，但是我发现，如果对这套设备进行改进、缩小，可以直接装进动力钳的动力背包里。所以我考虑，可不可以依托这套降温设备重新设计转换装置？”

“好主意！”韩湛眼睛顿时亮了，“真是个好主意！我觉得，这套设备不但可以运用在转换装置上，而且还可以对整套动力背包进行降温，减轻动力背包在高温环境下的压力，极大地提高其耐久度！”

韩湛两眼放光地看着韩同江：“爸，这套设备的专利在你这里吧？”

“当然。”韩同江笑着点了点头，“这是我自己的独立发明，可以转让给公司。啧，其实本来就是我们自己的公司，不过多少还是要过道手续的。现在我们就可以开始研究了，回头把专利转让补上就可以了。另外，我必须帮你办点事情啊，不然你妈又要找麻烦了，整天念念叨叨，说什么当初要不是我稀里糊涂和人家合作，也不会让你累成现在这样。”

“可是我自己觉得挺开心啊。”韩湛笑着说道。

“有用吗？”韩同江没好气地说道，“关键是你妈，我可归她管！”

“对了。”韩湛突然想起来了，“说起这个来，我妈的情况怎么样啦？”

“情况很稳定，去医院复查的时候，情况好得让大夫都感觉惊讶！”

韩湛也惊讶了，他只是知道自己母亲状态不错，但是没想到竟然这么好。

韩同江的心情显然很不错，笑着点头说道：“病情逐渐好转，大夫一个劲儿地追问我们吃了什么药。”

“吃了什么药？”韩湛一愣，“难道说……”

“对，就是吃了那个中药，除了那个没吃过别的。”韩同江哈哈大笑道，“看来确实是好人有好报。你妈妈是个好人，所以有了好报。”

“所以才让你们遇到了那么一位神医！”韩湛笑吟吟地说道。

韩同江感慨地点头：“本来只是试试，结果真是没想到，效果之好，完全出乎我们的意料。你妈今天的心情也很不错，起码吃药的时候不需要我逼着了，自己很主动地就把药吃了，连劝都不用劝。”

“确实心里松了一口气。”韩湛笑着点点头。

“所以我现在也有了充足的时间，起码可以帮你处理一下这些事情了。当初那个烂摊子是我留下来的，总不能让你一个人继续撑着吧？”

“爸，有您这句话，我就放心了。”韩湛笑道，“您可是我坚强的后盾。”

韩同江摆了摆手：“不过，这几天你妈妈的病还没有痊愈，所以我要在家里继续盯着，暂不能陪你去卢乡了。明天你去一下，按照我给你的设计方案，看看能不能把这个东西搞出来。有时间我也去一趟，咱们再一起研究研究。”

“好。”韩湛笑着点点头，“我现在最发愁的就是没有一个总体的设计方向。现在有了这个，心里就有了底气。我明天就回去试验一下。”

“嗯。”韩同江点点头，看了一下时间，“哎呀，都已经这么晚了，早点休息，好好睡一觉，有什么事明天再说吧。”

在一家咖啡厅里，侯行知和一个男人相对而坐。

“侯总，这件事我干不了了。”那个男人苦笑着把一个文件袋推给侯行知，“这里面是这次我能找到的所有资料了，也是最后一次把资料给您了。”

“为什么？”侯行知微微一皱眉头，“到目前为止，我对你的表现都很满意，我希望我们两个人可以继续合作下去。”

“侯总，我知道您的意思，但是……”这个男人说到这里突然停了下来，苦笑着摇了摇头。

“难道你有什么难处吗？如果是价格的话，我们可以再商量一下。”

侯行知换了一个坐姿，继续说道：“你是这一行里的顶尖高手，我相信你的能力，也希望你能继续帮我把这件事办好。”

“恐怕不行。侯总，这不是钱的问题，钱也很难解决这次的问题。”

侯行知突然明白了：“你的意思是，你现在的行动受到了限制？”

“是的。”那人突然压低声音说道，“少侯爷，实话说吧，我最近已经受到了警告，而且是我惹不起的那种。这差事，我是真的办不了了。”

侯行知叹了口气：“好吧，我理解你的苦衷，既然如此，那就算了，我期待着下次我们能够合作。”

“好的，既然如此，我就先告辞了。”那人站起来欠了欠身，头也不回地离开了这里，就好像侯行知这里放了一颗大炸弹，随时都要爆炸一样。

“等一下！”侯行知突然喊了一声。

那个人的一只脚已经迈出了咖啡厅，听到叫声回头疑惑地看着侯行知。

“少侯爷，您还有什么事吗？”他问道。

“你是这行里的顶尖高手，”侯行知淡淡地问道，“如果你离开了，能不能给我介绍一个可以接替你的人？”

那人愣了愣，然后苦笑着摇了摇头：“对不起，这个恐怕很难办到。”

“能给我个理由吗？”侯行知问道，“起码让我知道为什么。”

“少侯爷……”那人苦笑着说道，“没有同行会在知道内情的情况下接下这个生意的。我不想把你搞得里外不是人。”

“好吧。”侯行知叹了口气，“我明白了。”

等到那人离开咖啡厅，侯行知拿起桌子上的文件袋也走了出去。他拿着这些文件，回到了自己的办公室。

当办公室的门在他背后“咔嚓”一声关上之后，侯行知脸上的表情顿时变了，变得异常狰狞，他咆哮了一声“该死”，然后把手里的文件狠狠地摔在地上，接着，他像是发了狂一样摔打着办公室里的一切东西，噼啪声此起彼伏，满地都是各种各样的碎片，这个过程足足进行了半个小时才停了下来。

做完这一切之后，侯行知恢复了正常。他整理了一下自己略有几分凌乱的衣服，坐到椅子上，然后按响了对话器。

“雨彤，麻烦你进来收拾一下。”侯行知淡淡地说道。

“好的，侯总。”对话器里传来了侯行知秘书的声音。

过了没多久，房门一开，侯行知的秘书从外面走了进来，身后还跟着几名保洁人员。面对凌乱的房间，女秘书似乎习以为常。几名保洁人员迅速地打扫房间，更换物品，几分钟之后，房间就恢复如初了。

……

“领导，这个给你。”

向薇把一份资料放到了救援中心的领导面前。

领导拿着那份资料，笑呵呵地问道：“我们的专业人士又搞出什么来了？”

“这是根据之前的救援经验，加上这次台风来临时的救援经验、教训，我总结出来的一套材料。”向薇表情严肃地说道，“可以说是在之前提出的紧急救援三原则基础上，细化了一些内容。”

领导表情一下子严肃起来：“那我必须好好看看了！”

他拿起那份资料，对向薇说道：“你之前提出来的紧急救援三原则，已经开始在全省推广了，收到了很好的效果。现在你又增加了新的内容，那就更加科学和完美了。”

“谢谢领导夸奖。”

“我这可不是单纯的夸奖，我是实话实说！”领导笑着说道，“咱们这行做的是性命攸关的事情，如果靠拍马屁、吹大气的话，迟早是要死人的！在人命关天的大事上，务必要小心小心再小心，这是一条铁律啊！”

向薇跟着赞同地点头："生命容不下丝毫的马虎大意。"

"对了，还有一件事，上面好像想让你做一次全省范围内的巡回演讲，在救援体系中，讲一下这次咱们的经验。你觉得怎么样？"

"这个……"向薇犹豫了一下，然后摇了摇头，"我觉得不妥。"

"说说你的理由。"领导问道。

"紧急救援工作并不是只依靠单人就可以独立完成的。"向薇认真地说道，"之前我们防范台风来袭，在整个灾害期间做出贡献的不仅仅有我一个人，还有我的那些队员。协同协作，这才是紧急救援时需要的东西。我并不想把这些荣誉集中到我一个人身上，让大家以为救援是一项个人英雄主义的事情。救援，终究需要集体的力量才可以。"

救援中心的领导看着向薇，突然笑了笑，然后点了点头："不错，你说的有道理。不过，模范带头作用还是要有的。嗯，这样吧，你不愿意去的话，我也不强求，你选几个人代表你去吧。起码把咱们这里的一些经验传播一下。"

向薇这才点头答应下来。

"对了，还有一件事，我这里又接到了一堆电话，你知道是什么事情吗？"

"什么事情？"

"还不是你弄来的那些救援设备造成的影响！"救援中心领导哭笑不得地说道，"之前这些家伙只是尝试着小批量地订了几部，结果发现这些设备作用非常大，现在一个个都着急了，想要追加订单。"

"但是现在的订单厂家已经有点生产不过来了啊。"向薇苦笑着说道。

"就是这个原因。"救援中心领导苦笑着说道，"救援设备的订单已经排到明年了，这些后知后觉的人想方设法想要搞到这东西，所以电话又打过来了。我想问一下，向薇，那个工厂的产能现在怎么样了？"

"领导，如果再有电话打过来找您，您多少可以给他吃一颗定心丸了。"

领导眼睛一亮："有好消息？"

"是的。工厂方面产能已经慢慢提升了，现在生产速度大概是之前的两倍，以后应该可以提升到三倍，也就是说，订单在近期就可以全部完成了。"

领导长出了一口气，满脸笑容地点了点头："不错，这样我就放心了，起码这些人再来电话，我也可以应付一下了。”

向薇又和领导聊了几句，离开了办公室，她的心情还不错，自己报上去的材料受到了重视，而且救援设备也受到了各地的青睐，这让她感觉很好。

向薇在一旁偷偷地笑个不停。

“你笑什么呢？”韩湛在一边奇怪地问道。

“不要多管闲事！”向薇没好气地说道，“我大老远地跑到卢乡来，可不是为了和你研究八卦的！设备到底怎么样啦？”

“已经有了重大的突破！”一提起这个，韩湛立刻眉飞色舞，好像换了一个人似的。

向薇笑吟吟地看着韩湛，脏兮兮的工作服，油乎乎的手，看起来就是邋邋遢遢的一个人，但是一谈起工作，他的一双眼睛就放出光来，脸上神采飞扬，就好像换了一个人一样。

向薇看着他的模样有些想笑，但就是他的这副模样，却让她心跳得厉害。

“我们已经完成了液冷降温的小型化处理。”韩湛兴高采烈地说道，“现在开始进行样机制作，很快就会有样品出来。我对这次的设计有很大的信心。”

“我也是。”向薇点点头。

“对了……”韩湛看着向薇，突然开口说道，“如果这次成功的话，要不要一起庆祝一下？”

“庆祝一下？”向薇一愣，“你们还要搞个庆祝仪式什么的吗？”

“当然不是。我的意思是，我们两个能不能一起庆祝一下？”

“我们两个？”向薇先是一愣，然后明白了韩湛的意思，脸上微微一红，“你，你想怎么庆祝？”

“要不要一起去欢乐天地游乐场玩？”韩湛犹豫着开口问道。

“欢乐天地？”向薇顿时愣了一下，然后想起来了，这个欢乐天地是市郊的一处游乐场，里面的设施据说很齐全，玩起来很有意思，不过向薇也只是听说，从来没有去过。

“去游乐场？”向薇眨了眨眼睛，突然忍不住笑出声来，笑得前仰后合。

“怎么啦？”韩湛被向薇笑得有些不知所措，“有什么问题吗？”

“问题是没有，不过让我想起一件事来，话说，我们去游乐场玩的时候，要不要坐过山车？”向薇笑着问道。

“过山车？”韩湛一开始还没反应过来向薇为什么要提起这个来，但是随即就想起了之前坐过山车被困的场面，脸顿时就红了。

韩湛哭丧着脸说道：“我想，应该没什么事吧？”

向薇笑吟吟地站起来，搂住了韩湛的脖子，轻声笑道：“你可要小心了，我发现你有很严重的高空锁住症。”

“什么叫高空锁住症？”韩湛傻傻地问道。

“就是一到高空，就容易被困住。”向薇笑着说道，“啧啧，你自己算算，你在天上被困住几次了？这次还让我和你一起去，你要想好了，如果这次你再被困住的话，可是没有人来救你了。”

“不会，我会小心的。”韩湛哭笑不得，不过想想，确实有点害怕，自己好像还真是一到高处就容易被困住，屋顶、烟囱、桥上，就连过山车出问题这种少见的事情都能被自己遇到，韩湛自己都不知道该如何解释这种事了。

“要不，咱们小心一点？”韩湛有些犹豫地说道，“尽量不要去太高的地方凑热闹。”

听到这话，向薇笑得更加欢畅了，笑了好半天，眼看韩湛已经有些恼火的意思了，她这才止住了笑声。

“好啦，好啦，我只是觉得有意思而已，不要生气了。”向薇笑道，“咱们两个说好了，等到你成功了，我们一起去游乐场。”

“嗯。”韩湛这才点点头，然后他犹豫了一下，又补充了一句，“不往高处爬。”

“嗯，好的，不往高处爬。”向薇笑着点头说道。

两个人顶着额头，会心一笑。

“今天你回去吗？还是在这里过夜？”向薇搂着韩湛的脖子低声问道。

“今天晚上……”韩湛犹豫了一下，“我还是留下来吧，有点事情没有做完，晚上我要好好考虑一下该怎么改进。”

“我就知道。”向薇无奈地摇了摇头，“只要一想起你这些设计，你就顾不上别的了。”

韩湛脸上一红，想要解释。

“不用解释。”不等韩湛说出什么来，向薇就笑着说道，“我也没说你这样不好！我就欣赏你这种干劲和执着。晚上自己照顾好自己，我看了天气预报，据说明天开始会有连续几天的大雨，我要回去坐镇，这种时候容易出现险情。”

“嗯，你自己也小心一些。”韩湛注视着向薇说道。

“我会的，我又不是小孩子了。”向薇白了他一眼，“你才让人担心呢，整天就知道琢磨这些设备，也不知道照顾自己。”

“我还是能照顾自己的。”韩湛傻笑着说道。

向薇“哧溜”一下，缩在了韩湛的怀里。两个人都没再说话，享受这片刻的宁静。

过了一阵，向薇松开了韩湛，在他脸上轻轻印了一吻：“好了，我回去了，有什么事随时打电话联系。”

和韩湛告别之后，向薇向外走去，没走多远，见何欢手里拿着一个饭盒迎面走了过来。

“何记者。”向薇笑着向她打了个招呼。她知道何欢在这里，也知道她的目的，据说是想要拍一部关于卢乡的纪录片。她更听说过一些风言风语，都是关于何欢和韩湛的，不过，向薇对此并没有放在心上。她相信韩湛，那是个有些腼腆还认死理的人，他们两个人的关系虽然没有达到如胶似漆，却也不是别人轻易能够干扰的。

看到向薇出现在这里，何欢顿时一愣，脸上的表情有些意外。

“向队长，你在这里啊？”

“在这里听到有人这么叫我，真是有点怪怪的。”向薇笑吟吟地说道，“你就直接叫我向薇好了。”

“好的。”

向薇抿嘴一笑：“你这是？”

何欢先是一愣，下意识地想把手里拿着的饭盒藏在身后，但是片刻之后她不知道为什么改变了主意，笑吟吟地对向薇说道：“是这样，时间已经很晚了，我刚才发现韩总没有来吃饭，就在食堂打了点饭菜送过来。”

向薇打量了她几眼，笑了笑：“谢谢你的关心，韩湛也是的，一天到晚粗心大意的，也不知道好好照顾自己，总要别人帮他操心。何记者，谢谢你了，如果不是你的话，他可能今天晚上都想不起来吃饭。”

“啊？”何欢愣了一下，然后一皱眉头，向薇语气中透露出来的亲热让何欢有些不太舒服，并且莫名地有几分心虚，她勉强笑着点了点头，“韩总一直都是这样，一忙起来就忘了吃饭，时间长了可不好。”

“是啊。”向薇笑着伸手过去，顺势把何欢手里的饭盒接了过来，“所以还是需要有人在他身边帮着照顾一下，不然靠他自己的话，饿死了都不亏。我替他谢谢你了。”

何欢愣了愣，勉强笑了一下：“没事，这都是我应该做的，最近一段时间也给他添麻烦了，那我先走了。”说完，转身匆匆离开了这里。

向薇看着她的背影，轻轻叹了口气，拿着饭盒重新回到工作间。

韩湛正在里面对着一张图纸思考着什么，脸上的表情十分专注，向薇走过去，把饭盒轻轻地放在了他手边。

韩湛转头看到向薇笑吟吟地站在一边看着他，非常惊讶：“你怎么回来啦？”

向薇笑眯眯地问道：“怎么，我回来了，你不高兴啊？”

韩湛满脸笑容：“我还以为你回去了呢。”

“我是想回去，可是有人让我帮忙把饭送过来。”向薇笑着推了一下饭盒，“怕你饿到！”

韩湛一愣，看了一下时间，顿时惊呼了一声：“都已经这个时间了！完全没有注意到。”

“你除了你的那些设计图，还能注意到什么？”向薇没好气地说。

韩湛也不知道该说什么才好，只好一个劲儿地干笑。

“还好，我不在这里的时候，还有人想着你，这就是人家送过来的。”向薇语气平淡地说道。

韩湛微微一愣：“你说谁啊，老张？得了吧，他自己都照顾不好自己呢！”

“除了老张呢？”向薇问道。

韩湛一皱眉头：“老李？老李也不像啊！”

向薇哭笑不得：“我说的是何欢，何记者。”

“何欢？她送来的啊。”韩湛这才点点头，然后一皱眉头，“她最近要拍那个什么纪录片，搞得我不得安宁，看见她我都想躲。如果她来了，那我可就要头疼了。”

向薇看着他问道：“为什么？”

“肯定拉着我又是一通问东问西的。”韩湛郁闷地说道，“就没有问不到的事情，什么都要问个不停，我又不是十万个为什么！”

“其实你是乐在其中吧？”向薇笑眯眯地问道。

“乐在其中？什么意思？”韩湛莫名其妙地问道。

“没什么意思。”向薇摇了摇头，“随便说说而已。不过你真的要注意了，不要整天不当回事，身体是革命的本钱！这可不仅仅是说说而已。”

“我知道了。”韩湛笑嘻嘻地点了点头。

向薇又和他说了几句话，这才离开了这里，回头看着韩湛的工作室，向薇抿嘴一笑，轻轻摇头。

……

“任务又来了！”救援中心领导把一份材料放到了向薇面前，“这是上面刚刚下发的通告。”

“防汛？”

领导点了点头：“虽然形势不如上次台风严峻，但也不能掉以轻心。未来几天，将会有大规模的降雨，为了防止意外发生，我们必须做好准备。”

“今年还真是多灾多难，先是台风，然后又是大雨。”

“这个和台风比起来可是差多了。”

向薇笑着点头：“这是我们的任务，也是我们的荣耀！”

“你有这种想法就很好。”救援中心领导笑着说道。

“领导，我现在就去安排一下，这种事情，越早准备越好。”

“等一下，我话还没说完呢！”领导哭笑不得地说道，“你的性子还真是急。”

向薇一愣，不好意思地笑了笑，重新坐了下来。

“还有就是关于你们救援队人员补充的问题。”领导一本正经地说道，“你手下的一批队员，上面已经决定调派到其他地方加强当地的救援队伍建设去了，这个你知道吧？”

“当然。”向薇点点头。

“一下子抽调了这么多人，有没有闹情绪？”领导笑着问道。

“怎么会？”向薇笑道，“天下没有不散的宴筵席，我们不可能一直就这么凑在一起的。我已经有了心理准备，而且大家有了更好的发展，我应该为他们高兴才对。”

“我就知道你是通情达理的。”

“因为我也是这样一步步走过来的。”

“很好。”领导点点头，“不过，救援任务也十分重要，救援中心这一次抽调了这么多人，上面为了不影响我们的救援工作，决定给我们补充一批人手，这些人明天一早就来报到。你作为队长，一定要负好责任，好好把他们带出来。”

“我明白。”

“他们一来就遇上了这次汛情，这次不太大的汛情也是一个很好的练兵机会，你一定要把握好了，具体怎么做，就不用我说了吧？”

“我会酌情处理。”

向薇顿了顿，问道：“领导，还有事情吗？”

“没了。”

领导摇了摇头，笑着问道：“着急了？”

“是有点着急。”向薇点点头，“任务当前，应该早做准备。”

“去吧，你做事情我还是放心的。”

离开领导办公室后，向薇立刻召集所有的队员集合。救援队员们在窃窃私语，不知道有什么事情要发生。

向薇拿着文件走到了最前面。她把手里的文件晃了晃：“这个是我刚拿到的，根据天气预报，近期我们可能迎来普遍大规模降雨，上面要求我们务必要提高警惕，不要放松，做好一切准备，随时准备出击。相关的设备都要进行检查和保养，我再说一遍，这件事事关大家的生命安全，我们决不能有一丝一毫的疏忽！”

姚天举起手来说道：“头儿，我们的人手不足啊。最近一段时间，已经有不少人都被抽调走了，我们现在缺额达到了四分之一，连日常任务执行起来都有点吃力了，大型任务的话，恐怕会有问题的。”

“明天会有一批新人到来，补充到我们救援队。”

一听这个，队员们顿时兴奋起来。

“可算是有人手补充进来了，”徐有光两眼放光，“不然我还真没有底气。”

“别高兴得太早，”姚天说道，“这些可是新人！没什么经验，谁知道他们能派上什么用场？”

“有就比没有强，”冯军说道，“这种时候，多一个人就多一份力量。”

“行了，行了！”向薇高声说道，“大家就不要在这里议论这个了，冯军说得对，多一个人就多一份力量，他们是新人没错，但咱们谁不是从新人过来的？明天人来了之后，我会安排，到时候你们的任务就是尽快让这些新人熟悉各种救援设备的操作，把你们的经验传授给他们。不要藏私，听到没有？这可不是藏私的事情。”

姚天苦笑着说道：“关键时候咱们可是要玩命的，藏私？这不但是玩别人的命，还把自己的命一起玩啦！”

一群人纷纷点头，对此表示同意。

向薇满意地点了点头:“那我就没什么可说的了，各就各位，做好准备吧。”

第二天早晨，向薇站在救援中心外面的空地上，看着面前站着的人。这些人面孔还有些稚嫩，不过充满了干劲，看起来精气神十足。这让向薇很满意。

在此之前，他们可能是学生、市民、农民，或者像向薇一样的退伍军人，但是在这个时候，他们都是救援队的成员。这些人是从各个地方的志愿者中选调出来的，里面还有两个女孩，一个扎着马尾，另外一个留着半长的头发。两个女孩站在一起，有些羞涩和好奇地打量着周围的一切。

向薇的目光在人群中扫视了一番：“大家在来这里之前，可能对我们这里有过一定的了解。这里是城市救援中心，是拯救生命的地方，是人民群众生命的一道防线。在危难时刻，我们需要挺身而出，救人民于水火之中。然而，拯救生命并不是没有代价的，我们要与危险相伴，随时做好付出生命的准备。”

向薇的目光有些湿润，显然是想起了记忆中那一个又一个的名字。她继续说道：“我之所以会对你们说这些，就是要让你们清楚自己的责任，明白我们的目的，并且做好心理准备。在这里，你们是受苦的，想要混日子的，就不要到这里来。我们救援中心需要的是激情，是行动能力和勇于奉献的精神，而不是混吃混喝地过一辈子！如果你没有做好这样的准备，那么我允许你们做出选择，可以申请从这里调离！”

最后，向薇说道：“好了，大家解散之后，我会安排老队员带着你们去救援中心转一转，了解一下情况。你们要用最快的速度熟悉这里的一切，学习掌握救援设备的应用，了解救援知识。千万不能忽视这些东西的作用，这些东西对你们来说，就是战士的枪。救援工作就像战场。在战场上，枪能救你一命；在救援工作中，这些东西同样会救你一命！”

向薇随后对站在另一边的老队员说道：“你们带着这些新队员四处转一转，让他们尽快熟悉设备和注意事项。然后按照之前的分组，以老带新，不要懈怠！你们都是老人了，知道这里面的重要性。明白了没有？”

两名新来的女队员，一个被分派到了徐有光组，另一个被分派在姚天组。

带着女队员参观救援中心的时候，姚天和冯军两个人显得格外兴奋。

姚天笑呵呵地自我介绍：“我叫姚天，是救援中心的一名队员，以后你就是我们这组的了，希望合作愉快。”

女孩落落大方地和姚天握了握手：“我叫曲佳润，很高兴认识你们，请多多关照。”

“这是分内之事，”姚天笑道，“以后我们不仅是同事，还是战友。”

曲佳润抿嘴一笑：“确实如此，在面对危险的时候，每一条生命都是平等的，死亡只有一次。”

冯军在一边点头笑道：“这句话我们头儿也经常和我们说。你好，我叫冯军！”

“来吧，先带你参观一下这里。”姚天说道，“还要做一些准备，你需要尽快熟悉这里的救援设备，说不定很快我们就有一场硬仗要打了。”

曲佳润好奇地问道：“什么硬仗？”

“未来几天里可能会有大雨。”姚天笑道，“干我们这行的，应该多关注一下天气信息。天气好坏有的时候和我们工作量是挂钩的，大风、大雨条件下，我们会有更多的出动可能性。在恶劣的气候条件下如何迅速完成救援任务，是我们需要了解的东西。”

“是的，我听说了。”曲佳润笑着说道，“之前你们在台风来时迅速完成了各种救援任务，获得了大家的好评。”

“这种极端气候条件下的救援，危险性很大，需要掌握很多东西。”姚天严肃地说道，“稍微不注意，就会引起灾难性的后果。无论是被救援人员还是我们自己。”

“我明白了。”曲佳润表情严肃地点了一下头。

“不过，你也不用过度紧张。”冯军在一边笑道，“我们虽然有不少重要的救援任务，但是更多的还是一些鸡毛蒜皮的小型救援，这才是我们工作的主流。在整个城市里四处飞奔，这才是我们的日常生活。不过我们头儿说了，不管遇到什么样的任务，我们都要拿出百分之百的努力，因为哪怕再小的事情都可能有意外的发生。反正一定要注意就是了。”

“好的。”曲佳润笑着点点头，“对了，你们刚才一直提到的头儿，就是那边的那位向队长吧？”

“对，就是她。”姚天笑着点头。

“她是怎样的一个人呢？”曲佳润好奇地问道，“我感觉你们两个好像很敬重她，又有点害怕她。”

姚天苦笑了一声：“你的感觉还真的挺敏锐，没错，我们确实敬重向队长……”

“不过也怕她。”冯军一脸无奈地说道。

曲佳润更加好奇了：“我看着她好像很和善啊。”

“假象，这都是假象！”姚天表情严肃地说道，“你看到的并不是真实情况！”

“对！”冯军接过话来，“我们队长确实是好人，对我们都很亲切，可是厉害起来也格外厉害，尤其是操练的时候，真的是格外严格，能把人累个半死！”

“真的假的？”曲佳润惊讶地问道。

“这种事情我们有骗你的必要吗？”冯军苦笑着说道，“不但是真的，而且千真万确！你们今天刚来，还没有体会到她严厉的一面，不过快了，很快就有机会啦！”

“我好像听到有人在议论我？”这时，冯军身后有人冷幽幽地开口说道。

冯军和姚天两个人打了个寒战，同时回过头来，果然，向薇面带冷笑站在他们身后，那表情，让人不寒而栗。

“没有，没有！”姚天立刻摇头，“我们没有议论您！”

冯军立刻点头：“就算要议论，那也是夸您呢！”

向薇撇了撇嘴，然后向曲佳润一笑：“不过这两个哼哈二将说的倒是没错，平时怎么办都好说，可是我的训练是很严格的。”

“因为我必须对你们负责。平时多流汗，战时少流血。这句话在军营中适用，在我们这里同样适用！当你遇到危险的时候，能救你的，除了你的队友，就是你自己了。”

“是！”曲佳润表情严肃地点了点头，“我明白了。”

“明白就好。”向薇一笑，然后看着自己身后的那个叫周思婷的女孩问道，“你呢，明白没有？”

“我，我也明白了！”那个女孩看起来要比向薇矮一些，她努力点着头，看起来可爱极了。

向薇笑了笑，看看曲佳润，又看了一眼周思婷，隐约间从她们身上看到了朱小竹的影子。

中午，姚天、冯军和曲佳润在食堂里一起吃饭。等到曲佳润去打饭的时候，姚天低声对冯军说道：“冯军，你过分了啊！”

“啊？”冯军一愣，“什么过分了？”

“少给我装糊涂！”姚天没好气地说道，“好不容易来一个女同事，你还要在旁边跟着乱！你自己不都已经有小董了吗？你这种行为属于吃着碗里的，看着锅里的，属于极端不够意思的行为，知道吗？”

“啧，我就和人家说两句话，你激动什么？”冯军没好气地说道，“再说了，人家到底有没有男朋友都不知道呢，说不定你都已经来晚了呢！”

“她有没有男朋友我不知道，可是我绝对没有女朋友！”姚天瞪了冯军一眼，“反正不试试怎么知道？反正你不许抢，不然我就告诉小董，把这件事添油加醋和她好好说一下！”

“呃……”冯军脸色一变，也不知道想起了什么，最后郁闷地点了点头，“好吧，你赢了！我尽量给你创造机会就是了，不会给你拆台！”

“这才够意思。”姚天笑眯眯地说道。

曲佳润端着托盘走了回来，好奇地问道：“你们两个说什么呢？”

“哦，我们两个在讨论下午会不会有什么事呢。”姚天反应很快，笑呵呵地说道。

“会有什么事吗？”

“很难说。”姚天耸了耸肩膀，“要不怎么叫城市救援中心呢，说不定什么时候就会出点什么事，不一定是什么大事，但是有时候就算是小事也很麻烦。”

“一般都有什么情况？”曲佳润追问道。

“难说喽，家长里短，什么事情都有，而且杂七杂八的，很多让人哭笑不得……”姚天苦笑道，“这种事情，主要看运气了……”

正说着，向薇就急匆匆走了进来，看到姚天几个人就喊道：“姚天，你们三个吃完了没有？”

姚天连忙抬起头来问道：“怎么啦？”

“出个任务，特殊任务。”

“什么特殊任务？”姚天莫名其妙地问道。

向薇苦笑着说道：“城郊那边不知道为什么闯进来一头野猪，进了一个小区，在里面横冲直撞的，让我们过去帮忙驱赶一下。”

“这事我们也管？”曲佳润很惊讶。

“出了问题总要有人管。”向薇无奈地说道，“到时候注意安全，野猪可不好惹。”

“是！”姚天立刻答应了一声，然后无奈地看着曲佳润和冯军，“行了，别吃了，走吧！”

“这就出发？”曲佳润更惊讶了。

冯军和姚天已经站起来往外走了：“紧急情况嘛！”

“可是饭都没吃完。”曲佳润苦笑着说道。

“干这行的就这样。”姚天已经习以为常了，“毕竟这意外可不会挑时间发生，再说了，遇到这事还是少吃点比较好。”

“对。”冯军表示同意，“这种意外情况可能要剧烈运动，吃得太饱容易造成损伤。对了，多拿几套防护服，还要拿绳子，咱们这里有安全网，也应该带上。”

“有理！”姚天点头，“快点把这些东西准备好。”

曲佳润有些不太理解：“不就是一头野猪嘛，是不是有点兴师动众？”

“不就是一头野猪？”姚天一脸无语，“你以前是不是没见过野猪？”

“见过啊，在动物园里。”曲佳润说道，“看着胖乎乎、懒洋洋，挺可爱的啊。”

“动物园里的不算，我说在野外。”

曲佳润摇摇头。

冯军苦笑：“那东西可不简单，俗话说得好，一猪二熊啊，遇到野猪有的时候比遇到狗熊还吓人。如果那么简单就能搞定的话，还用得着我们出动？那东西体格壮，冲劲猛，还有一对尖牙，被这东西撞一下，不死也要脱层皮的！”

“这么厉害？”

“远比想象的厉害。”姚天苦笑着说道，“不过，最危险的是在林地里遇到野猪，那里面都是树，想要躲避野猪的冲击很麻烦，如果在开阔地的话，相对来说要好一些，不过也不能掉以轻心。”

“总之，不用害怕。”冯军笑道，“有我们在！”

曲佳润两眼放光地说道：“开什么玩笑？我现在可是兴奋得不得了，赶紧的，还等什么啊？我已经有点等不及了。”

姚天和冯军一愣，互相看了一眼，都从对方的眼睛里看出差不多的意思：

这个新人好像有点不对劲啊，不按照套路来！

三个人迅速做好了准备，开着救援车辆来到了出事地点。刚一下车，两名保安就迎了过来。这两位保安，一个拿着防护盾，另外一个拿着钢叉，不过看起来都是灰头土脸的，身上的保安制服脏兮兮的满是尘土，极为狼狈。

看到冯军他们下车，那保安就开始哭诉："我们实在是没有什么办法了。不知道从哪里跑进来一头野猪，分量有三百多斤，块头很大。之前是在马路上乱跑，后来大概是被车喇叭声惊到了，直接就冲进了小区，在我们这里横冲直撞的，我们想了很多办法都没有用。这野猪在这里也不出去，我们几个上去也没有办法，差点被这野猪撞飞了。"

姚天向身后的冯军和曲佳润说道："拿好设备，我们进去看看。"

三个人穿着防护服，抱了一张大号的防护网跑进了小区。这防护网本是用来防止高空坠落的，现在也派上了用场。

进了小区没多久，就听到了一阵嘹亮的猪叫声。

只见四名警察围着那头野猪团团转，试图对野猪进行围堵，结果却毫无用处，就像保安说的那样，三百多斤的野猪冲起来就像是推土机一样！警察没有任何防护设备，对那对尖牙是毫无办法，如果被这玩意儿戳上一下，身上顿时就是两个大窟窿。四名警察只能围着野猪转，试图用声音驱赶它，非但没驱赶成功，反而把它惹急了。只见那头野猪一边乱冲一边大声嚎叫。

三个人赶来时刚好看到了这惊险的一幕：一名警察脚下一绊，摔倒在地，眼看就要被野猪撞上，情急之下他就地一滚才躲开，场面十分惊险。

姚天吞了口口水："这么大的一头，有麻烦了。"

冯军也是脑仁疼："这是从哪儿跑出来的啊？看得出来，最近生态保护得确实不错！"

唯独旁边的曲佳润一句话都没说，站在那里看着野猪发呆。

姚天以为她已经被吓住了，想要安慰她两句，可是还没等姚天开口，曲佳润突然惊呼一声："这东西长得还真可爱！"

"啥玩意儿？"姚天脸色顿时变了。

"之前在动物园看到的都是懒洋洋的，没一点意思，还是这种状态下看起来够劲！”曲佳润用力一挥拳头，两眼放光地说道，“强壮，蛮横，充满了力量感！这才是野猪真正该有的状态。”

姚天和冯军面面相觑，不知道这个小丫头是不是吃错药了。

“我们快点动手吧！”曲佳润看着姚天说道，“我等不及了！”

因为兴奋，曲佳润涨得满脸通红，一双眼睛亮得和电灯泡一样。

“快点动手啊！”曲佳润看姚天不动，跟着又说了一句，“我们还等什么啊？”

姚天这才反应过来，立刻点头说道：“对对，应该动手！”

“怎么动手？”冯军看着那头巨大的野猪，脑袋嗡嗡的，“这么大！”

“这个……”姚天有些犹豫，他也不知道该怎么办。

“先用套索。”曲佳润倒是很有主意，“虽然我们带了网来，可是它的速度很快，想要用网罩住它难度比较大，我们应该先用套索，最好能套住它的蹄子，然后把它拉倒，你们觉得呢？”

姚天和冯军点点头：“可以，就这么办！”

“我去和那几位警察同志交涉一下，可能需要他们帮忙。”姚天说道，“你们准备工具。”

姚天和警察沟通了一下，曲佳润和冯军也迅速地把工具准备好，做好了捕捉野猪的准备。

“快，在这里下个绳套！”姚天指挥冯军他们在地上布置好了绳套，“我去把野猪引过来。”

曲佳润对姚天大吼了一声：“就在你后面！”

姚天脸色大变，动作僵硬地慢慢转过头来，果然，那头野猪就在不远处，挺着一对尖牙正对姚天虎视眈眈。

冯军惊呼了一声：“快躲开！”

可是已经晚了，那头野猪对着姚天猛冲过来，速度极快！

危急时刻，姚天猛地向上一蹿，跳了起来。那头野猪从他胯下钻了过去，没有顶中目标。但这还不算完，跳上半空的姚天落了下来，正好骑到了野猪的背上！

这野猪长这么大恐怕是第一次被人骑，一边大声咆哮，一边横冲直撞，速度快得吓人。

“哎呀，哎呀！”姚天骑在野猪背上，死死地抓住野猪身上的毛，一张脸吓得惨白，这种经历他也是第一次，完全没有任何心理准备。

“快，让它停下来！”冯军在一边着急喊道，“别让它到处乱窜了！速度太快，绳套套不到！”

“说得轻巧！”姚天大声吼道，“你来试试啊！”

刚喊完这一句，姚天一头从野猪后背上栽了下来，摔在了地上，半天都没爬起来。

野猪甩开了背上的姚天，猛地一转身，对着姚天大吼了一声，咆哮着冲了过来。那一对尖牙亮闪闪的，要是戳在身上，就算有防护服保护，也要戳出窟窿来。

就在这个关键时刻，曲佳润突然冲了过来。只见她手里拿着那张大网，先是一脚把姚天踢到了一边，然后举着网，死死地盯着冲过来的野猪。

“危险！”冯军在一边看得眼睛都红了，“快躲开！”

可是曲佳润脸上的表情极为冷静，死死地盯着那只狂奔而来的野猪，就在野猪将要撞到她身上的一刹那，曲佳润把手里的绳网往前一甩，动作敏捷地纵身一跃，躲到了一边。

那张网整个罩到了野猪身上，野猪只跑了两步，就被困在网中再也动弹不得，只能大声嚎叫。

“快点！抓住它！”曲佳润大喊了一声。

几名警察和冯军立刻冲上去，把这头野猪捆得结结实实的。

“来！”眼看野猪已经被控制住了，一边的曲佳润笑吟吟地走到了姚天的面前，向他伸出手来。

“不要！”姚天的一张脸涨得和猪肝一样，“没脸见人了！”

“你一个大男人，怎么还不如我一个女人看得开？”曲佳润眉毛一挑，没好气地说道，“赶紧起来！在地上趴着干什么，装死啊？”

姚天张了张嘴，犹豫了一下，最后从地上爬了起来。

“刚才谢谢你。”

曲佳润笑着说道：“你不是说过嘛，我们以后就是队友了，互相帮助是应该的，这次是我救了你，说不定下一次就是你救我了。”

“不错。”姚天一笑，“下次一定还给你！”

“呸，你们两个能不能说点吉利的？”冯军没好气地说，“什么叫下次还给人家？咱能不能下次不要碰到这种事情了？”

“也是。”姚天干笑了一声，“这种事还是少碰到点比较好，天天这么玩命真受不了。”

“对了，佳润。”冯军好奇地问，“刚才我看到你动作非常麻利，而且那股临危不惧的劲头也很不一般，你以前是做什么的？”

“学生啊，刚毕业。”曲佳润笑吟吟地说道。

冯军和姚天面面相觑，姚天忍不住说道：“现在学生都这么厉害了吗？”

“可能我和一般的学生不太一样吧。”曲佳润轻描淡写地说道。

姚天追问道：“有什么不一样的？”

“我是省自由搏击学生组冠军，”曲佳润微微一笑，“蝉联三届。”

“呃……”姚天和冯军脸色一变，同时吞了口口水。

“那个什么……”姚天连忙转移话题，“我们是不是该收拾一下东西回去了？这野猪怎么办？”

“已经联系到相关部门了。”冯军一本正经地说道，“可能要送回山里面，总不能让它在外面乱跑吧。”

“让他们记得把网还给我们。”姚天说道，“我们回头还要用呢。”

曲佳润微微一笑，跟着姚天他们一起往回走去。

三个人回到救援中心的时候，已经快要下班了。

不过一进救援中心，三个人就感觉情况好像有点不对头，见到他们的同事先是一愣，然后就是一副忍不住想笑的模样，偏偏还不敢笑出来。

“这，这是什么情况？”姚天有些莫名其妙。

“我怎么知道？”冯军摇头，“我也不知道啊。”

“看着感觉怪怪的。”曲佳润也有些疑惑，“我是新人，还不太清楚状况，咱们这里一直都是这样的吗？”

“怎么可能，”姚天摇头，“一直都是好好的啊，谁知道为什么会变成这样？”

“真是奇了怪了，谁看到咱们都想笑，有什么好笑的吗？”冯军嘟囔道。

就在这时，向薇迎面向他们走了过来。姚天眼尖，一眼就看到了向薇，连忙高声喊道：“头儿，这里。”

“呃……”向薇看了他们一眼，脸色顿时一变，一副想笑又不好意思笑的模样，看起来憋得十分辛苦。

“头儿，”姚天莫名其妙地问道，“为什么我们回来感觉好像不太对劲。”

向薇强忍笑容，一个劲地摇头：“没什么，你不要往心里去。”

“您这个样子，我们怎么可能不往心里去？”姚天急了，“到底发生了什么事情啊？”

向薇表情有些古怪：“我也不太方便说，这样，你们自己上网查一下吧。”

向薇说完，转身急匆匆地走了，就好像有什么东西追着她一样。

“怎么连头儿看起来都有些怪怪的。”姚天低声嘟囔道，“好像躲着我们一样。”

冯军脸色一变，连忙掏出手机来看了一眼，这一看不要紧，他顿时惨叫了一声：“完蛋啦！”

“怎么？”姚天一愣，“你受什么刺激了？”

“你还有心和我说这些？”冯军表情古怪地看着姚天说道，“我觉得，现在最应该担心的就是你啦！”

“我怎么了？”姚天更奇怪了。

冯军叹了口气，也没说话，只是把手机举到了姚天面前，姚天只看了一眼，脸色就变了。

只见在手机上赫然有一张照片，上面是一个穿着防护服的人骑在野猪身上，张着嘴好像在大喊大叫，除了自己还能有谁？

“这，这……”姚天整个人震惊得都说不出话来了。

“从角度来看，应该是有人从附近的居民楼里拍摄的。”曲佳润看着照片说道。

冯军点了点头："手机的像素非常高，拍得非常清楚！哎呀，下面还配了一段小视频！这个拍摄角度，这个清晰程度，竟然还有配乐？好家伙，姚天……"

冯军伸手拍了拍姚天的肩膀："你火了啊！这才多长时间，这段视频已经获得十几万的播放量了！看这架势，一夜之间你就成名了。"

"我，我去！"姚天目光呆滞，呆呆地站在那里，看模样已经在短时间里失去了思考能力。的确是这样，他现在除了想骂街，已经没有其他的想法了。

"头儿，那个曲佳润很厉害啊。"徐有光低声说道，"这次听说就是她力挽狂澜，拦住了那头野猪。"

"这个我知道，"向薇一笑，"并且一点都没有感觉到意外。"

"头儿……"徐有光一愣，"您知道了什么？"

"我只是看过她的简历而已，连续三届省自由搏击学生组冠军。啧，你自己想想，她胆子多大！"

"好家伙，这个厉害了。"徐有光怪笑着说道，"姚天和冯军这两个家伙这下要老实了。"

"那周思婷你呢？"徐有光忍不住问道，"你有什么隐藏属性？"

"我？"周思婷没想到这个问题突然会牵扯到自己身上，明显一愣，然后她笑着摇了摇头，"我没有那么厉害，我就是普通人。"

"是吗？"徐有光似乎有些怀疑。

周思婷一笑，也不说话，不过她看起来确实很简单，没有曲佳润那么咄咄逼人。她安安静静的，话不多，不过做事的时候有板有眼，非常认真。

向薇笑了笑，其实周思婷也有不简单的一面，只不过向薇不想多说。这个世上的人，谁还没有一点不简单的地方？

向薇抬头看着外面的天空，微微一皱眉头。

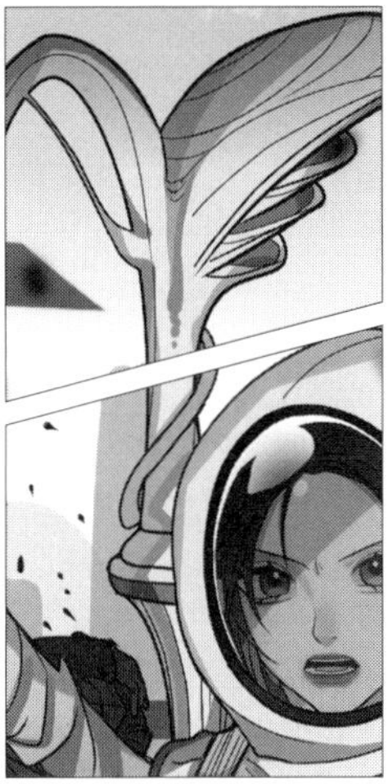

第十七章

黑云压城城欲摧

这天晚上，天气闷热。天空好像积攒着什么东西，准备一次性地发泄出来。

不久，狂风暴雨不约而至。大雨持续了一整夜。

向薇一夜值守，不敢有丝毫放松。清晨，她接到救援电话，连忙实施救援。

“第四小队做好准备，去西五里，那里有一个建筑工地发生倒塌事件，倒塌的建材压住了工棚，需要救援。”向薇回头大声说道，“带好器材，做好防护！”

“是！”一名救援人员答应了一声，转身跑了出去。

一切都在有条不紊地进行着，到了晚上，大雨开始慢慢变小，有了停下来的趋势。

向薇这才长出了一口气，感觉放松了一些。

“头儿，今天应该没什么大问题了。”有队员笑着说道，“您去休息一下吧，我在这里盯着。”

“嗯。”向薇点点头，转身准备离开。一天一夜的值守与指挥救援，的确让她很疲惫，她需要休息会，以便恢复体能。

这时，一阵手机铃声让向薇眉头一皱，她掏出手机一看，顿时有些错愕，来电话的竟然是许久不见的侯行知。

向薇不情愿地接通了电话，从电话里传出了侯行知独特的嗓音：“向薇，好久不见，你还好吗？”

“还好了。”向薇淡淡地说道，“有什么事吗？”

“一开口就这么问我，真的让我好伤心啊。”侯行知笑吟吟地说道，“难道没有事就不能打电话吗？”

“我现在很忙，如果没什么事情的话，我就挂了。”向薇毫不客气地回答道。

“知道，这种时候你肯定是最忙的。”侯行知说道，“放心，我不会影响你的工作，我只不过是给你准备了一点点礼物，一会儿就会有人送过去的。”

“礼物？”向薇一听这个，眉头皱了一下，“不年不节的送什么礼物？还是别送过来了。”

“这是我的一份心意。”

向薇顿时就联想到之前侯行知送玫瑰花事件，心中颇为反感。现在正是任务比较繁重的时候，再出现一次这种情况，那问题就大了。

可是侯行知好像猜透了向薇的心事，不等向薇开口说话，就笑吟吟地说道：“你先不要急着拒绝，这次送你的肯定让你满意，其实，也不算是专程送给你的，应该说是送给你们的。”

“送给我们？”向薇有些莫名其妙。

“对，作为一名热心市民，送给我们奔波在救援一线的英雄们的。”侯行知轻声笑道，“一会儿你就知道是什么了。祝你开心，有时间见个面吧。”

说完之后，他先挂断了电话。

向薇举着电话，微微皱起眉头。对于侯行知这个人，她虽然不是很喜欢，但她也明白，侯行知绝不是个简单的人物。这一番话说得莫名其妙，难不成有什么东西隐藏在里面吗？

向薇想了半天，也没想明白他究竟是什么意思。

就在这时，她的对讲机响了起来。

“什么事？”向薇拿起对讲机问了一句。

“头儿，麻烦您来一下。”有人说道，“我在大门口，有人送了东西过来。”

向薇一愣，立刻意识到可能是侯行知那家伙送的东西到了，她对着对讲机喊了一声“知道了，马上到”，然后就匆匆赶了过去。

此时，救援中心门口停着一辆车，车边站着两个人，手里拿着一大包东西，而两名救援队员就站在一边，一脸无奈的样子。

“怎么回事？”向薇走过去，莫名其妙地问道。

一名救援队员苦笑着说道：“您问他们吧。”

那两位一看向薇来了，连忙笑呵呵地迎了过来：“请问，您是向薇女士吗？我们是金豪酒店的工作人员。我们受到一位先生的委托，前来送餐。他说，各位坚守在救援一线，劳苦功高，保证了大家的安全，他十分佩服。为了聊表心意，让我们酒店做了几桌饭菜，送到您这里，算是请大家一起吃一顿夜宵。”

金豪酒店是城里比较有名的一家酒店，里面的餐饮很有名。

向薇微微一皱眉头：“那位先生叫什么？”

“他没说名字，只是告诉我们，您会知道是谁送来的，而且也给你打电话沟通过了。”那人脸上带着笑容，看着向薇说道。

到了这个时候，向薇怎么会不知道这饭菜是谁送的？她倒是有心不要，可是想了想，还是点了点头。

“谢谢你们，辛苦了。”

“不，不，辛苦的是您各位。”酒店的那位笑着说道，“这都是我们应该做的。您看这些饭菜……”

“拿进去吧。”向薇向里面指了指，然后对旁边的队员说道，“快点帮个忙。”

“啊，好嘞！”那两名队员顿时满心欢喜地帮忙往里面拿东西。

这些饭菜的量很大，足足堆满了几张餐桌。一群救援人员站在那里，看着桌子上的饭菜议论纷纷。

“向队长，”看到向薇进来，厨师急急忙忙地迎了过来，指了指桌子上的饭菜问道，“这是？”

“有人送来犒劳我们的。”向薇随口说道，“正好现在没那么紧张了，你辛苦一下，把这些饭菜简单热一下，然后让他们分批来吃。”

“好。”厨师连忙点头，回到后厨准备去了。

这饭菜其实也没凉，应该是那边做好就送来的，所以没用多长时间就已经加热完毕。厨师细心地按照人数分成了很多份放好了。

在向薇的安排下，一些轮休的救援队员挤进了食堂，开始品尝这一顿夜宵。虽然救援中心的伙食也不错，可是无论如何也比不过这种大饭店里的名厨精心烹制的饭菜。很快一群人兴高采烈、不顾形象地聚集在一起大快朵颐。

向薇正站在门口看着，面前人影一闪，姚天、冯军和曲佳润三个人已经冲了进来。

“头儿！”姚天一冲进来就兴高采烈地问道，“听说晚上有大餐吃，在哪儿呢？在哪儿呢？”

“就在那儿，已经分好了。”向薇朝着餐厅扬了扬下巴，然后撇着嘴说道，“你小子，长了个狗鼻子吧？消息还真灵通，这边刚刚弄好你就跑过来了。”

“吃饭不积极，思想有问题！”姚天一本正经地说道，“头儿，我可是受了伤的人啊，正需要大吃一顿好好补充一下能量，这种好事怎么能少了我？”

向薇掏出手机来，给侯行知拨了过去。

过了一会儿，电话接通，侯行知笑吟吟地说道：“真是稀奇了，你竟然会给我打电话？”

“怎么，不愿意听？”向薇冷笑着问道，“如果你不愿意听的话，我可以挂掉。”

“不，愿意听。”侯行知连忙说道，“你好不容易给我打个电话，如果就这么挂掉了，我未免太不识趣了。”

“切，还是那副油嘴滑舌的腔调。”向薇没好气地说了一句。

“这腔调恐怕这辈子都改不了了。”侯行知笑着说道。

“我也没指望你能改。”向薇撇了撇嘴，犹豫了一下，开口说道，“今天晚上谢谢你了。”

“哎呀！”侯行知低呼了一声，然后电话里就没了声音。

向薇连喊了几句，侯行知的声音这才从电话里又传了出来：“抱歉，抱歉！我只是去确认了一下。”

“确认什么？”向薇莫名其妙地问道。

“确认一下是不是太阳打西边出来了。”侯行知笑眯眯地说道，“难得，你竟然向我道谢了！”

向薇脸上一红：“你爱听不听！反正我要向你致谢，今天晚上这礼物比较不错，实惠。”

“感谢夸奖。”侯行知哈哈大笑，“我终于知道你想要什么了。”

“不要得意忘形。”向薇语气转冷，“好了，我挂了。”

“我会注意的。”侯行知笑吟吟地回答了一句。

向薇直接挂断了电话，听着电话里面的嘟嘟声，侯行知脸上露出了得意的笑容。

随着雨势减小，接下来的救援压力也越来越小了。如果没有意外的话，晚上应该没什么事了。

她安排几名没有出动的救援人员值班，其他人都放回家休息去了。向薇精神一直处于高度紧张的状态，现在骤然放松下来，整个人感觉就像是散了架一样，连手指头都懒得动一下。

简单收拾了一下东西，向薇开着车回到了小区。小区的路面还有些许的积水，踩上去会发出哗啦哗啦的轻响声，向薇小心翼翼，但她的鞋子和裤子还是被打湿了。

不过此刻她也顾不得这些了，向薇满脑子里想的只是如何回到家里，把自己扔到床上，好好地睡上一觉。

……

向薇是被饿醒的，肚子里抓心般难受，她勉强睁开眼睛，从床上坐了起来，一脸茫然地左右看看，然后才慢慢回忆起昨天晚上发生的事情。

她揉了揉饿得有些难受的肚子。

虽然侯行知送来了一顿丰盛的大餐，向薇却一口都没有碰。对于侯行知送来的饭菜东西，向薇有着明显的排斥，有时宁愿饿着，以至于现在肚子饿得相当难受。

向妈妈正在客厅里看报纸，听到动静她抬头看了向薇一眼：“起来了？”

“妈，早啊。”

向妈妈没好气地说道：“你也不看看现在几点了？还早！”

向薇抬头看了一眼挂钟，顿时一愣，时间赫然已经指向了中午 12 点。

“睡了这么长时间啊？”向薇惊讶地嘟囔了一声，然后愁眉苦脸地看着向妈妈，“妈，有什么吃的吗？饿了！”

向妈妈笑眯眯地说道：“厨房里给你留了饭菜，刚热过，拿出来吃吧！”

向薇欢呼了一声，抱着妈妈亲了一口，然后一阵风一样冲进了厨房。

果然，厨房里放着几样热乎的饭菜，向薇眉开眼笑地把这些东西从厨房里端了出来，放在外面的餐桌上，捧着饭碗开始狼吞虎咽地吃起来。

“对了，韩湛是谁？”向妈妈突然问。

“一个朋友。”向薇随口说道。

“男朋友吧？”

向薇顿时一愣，脸色变了变，干笑着说道：“妈，您说什么呢？”

向妈妈微微一笑：“还想瞒着妈妈啊，为什么？怕我给你搅黄了？啧，这个你大可不必担心，我现在巴不得你赶紧嫁出去。”

“妈……那就是个朋友而已，真的。”

“朋友？”向妈妈笑得更加古怪，“我可不知道哪个朋友一接电话，开口就说，小薇，你没事吧？昨天晚上我都担心死了，也不敢给你打电话，怎么样？要不要紧……后面还有一长串的话。”

向薇顿时表情呆滞。

“我也知道随便接听人家的电话是不对的，可是，这位是一个电话接一个电话地打过来，我本来以为有什么急事呢，想着帮你接听一下，不要耽误了工作，谁承想电话一接通，那位就像是连珠炮一样说出一串话来，我连开口的机会都没找到。”

向薇哭笑不得，已经不知道该说什么才好了，平时韩湛木讷得很，可是听向妈妈的意思，这通电话开足了火力，连向妈妈都吓了一跳。

转念一想，向薇心里顿时一甜，韩湛为什么会有这样的变化，很明显，这是因为担心自己。

向妈妈一直在观察向薇，向薇脸上那细微的变化都没有逃过她的眼睛，看到向薇笑出来，她怎么会不知道发生了什么？

“看来是男朋友没错了。”

向薇有些尴尬。

向妈妈笑吟吟地说道：“改天找时间，把人领回来我看看吧。”

“啊！”向薇顿时一愣。

“啊什么啊？”向妈妈没好气地说道，“你还想一直藏着掖着？那可是男朋友，早晚也要领来让我见一下的。趁着我在这里，你看着找个时间吧。”

“可我最近有点忙。”向薇哭笑不得地说道。

“无所谓！”向妈妈一笑，“我有时间，等得起！”

“知道了。”向薇嘟囔了一句。

向妈妈笑眯眯地点了点头，继续看她的报纸。

但是向薇随即反应过来，自己好像稀里糊涂地被妈妈套路了，竟然就这么承认了自己有了男朋友。可是现在反悔已经晚了，她偷偷地看了一眼妈妈，看着她气定神闲看报纸的模样，心中不由得感叹了一句：“姜还是老的辣。”

向薇准备去救援中心值夜班，刚走出家门，就迫不及待地给韩湛打电话，连她自己都搞不懂自己到底是什么心情。

过了好长时间电话才接通，电话那边，韩湛小心翼翼地问了一句：“喂，你是向薇?

“货真价实。”

“那就好。”韩湛干笑着说道，“我还以为……呃……”

“我妈？”向薇无奈地问道。

“是……”韩湛老老实实地回答道。

向薇没好气地说道：“电话一接通，她还没来得及说话呢，你就在电话那边说了一大堆的话，我妈又不聋，怎么可能听不出来？你都已经暴露，我妈什么都知道了。”

韩湛也不知道该说什么才好了。

向薇叹着气说道：“我又没有怪你的意思，只不过这事情实在是太突然了，本来我想的是，找时间慢慢和我妈把这件事说出来，循序渐进，结果没想到你那边暴露了，我就只好承认了。”

“嘿嘿……”韩湛干笑了两声。

“好了，别笑了。”向薇说道，“这周你有时间吗？”

韩湛一愣：“虽然时间有点紧张，不过你要是有需要，我还是可以匀出来。有什么事吗？”

“准备一下吧，我妈说想要见见你。”

“见，见我？”韩湛的声音骤然紧张起来。

“怎么，不想见？”向薇问道。

“不，不是，就是觉得，觉得有些突然，我，我还没做好心理准备。”韩湛支支吾吾地说道。

“谁不是一样，”向薇无奈地说道，“我也没做好心理准备。可是不去怎么办？我母后都发话了。”

“好吧。”韩湛深吸了一口气，“我知道了，我们约个时间。”

“嗯。”向薇答应了一声，然后深吸了一口气，对韩湛说道，“你，你要注意保重身体。”

韩湛心里甜甜的，也不管向薇能不能看到，举着电话用力点头：“嗯，我会的，你，你也注意身体。”

两个人低声交谈了几句，向薇脸上带着甜美的微笑挂断了电话。之前她对于要不要和韩湛一起去见家长还有几分犹豫，但是此刻，这些犹豫已经不存在了，取而代之的是一阵轻松。想起自己之前那莫名其妙的担忧，她不由得觉得有些好笑。事到如今，好像也没什么好担忧的。

第十八章

碧山还被暮云遮

在救援中心，向薇在和值班人员交接班。

“没出什么事吧？”向薇问道。

“风平浪静，今天还没有出动记录。”

“那还不错。”向薇长出了一口气。

这种放松的氛围一直持续到了晚上 12 点，向薇本以为自己这个夜班就这样过去了呢，谁知道就在这个时候，一个电话打了进来。

“队长，接到人员求救，希望我们去搜寻一个失踪人员。”

“具体是什么情况？”

“这个现在没法判断。”值班人员苦笑着说道，“来电话的是一处派出所的民警，他们也是接到了报警，可能解决不了这才求助我们的。不过报警的人有些特殊，是外籍人士，派出所听不懂报警人说的是什么，只知道好像是有什么人丢了。”

“外籍人士？”向薇摇头，“哪国人？”

“不知道，说的好像不是英语。”

“明白了。”向薇点头说道，然后拿起对讲机喊了一声，“徐有光！”

一直待命的徐有光没多久就出现在向薇面前，脸上有些兴奋地问道：“头儿，有任务了？”

“有任务你怎么那么高兴呢，你这是在幸灾乐祸？”

“不不不！”徐有光连忙把头摇得像拨浪鼓似的，“我绝对没有这个意思，真的！我只是觉得能为大家做些贡献，这是我的荣誉啊，现在一想到荣誉即将出现了，我心里格外激动，所以就这样了。”

向薇没好气地说道：“是有个任务，有人走失，需要我们搜救一下，不过这事光靠我们两个怕是应对不了。”

徐有光惊讶地说道：“我们两个都应对不了？我们可是老救援了！”

向薇苦笑着说道：“去把周思婷喊来，一起去。”

“我们搞不定，周思婷那个小姑娘就能搞定了？”

“你那么多废话干什么！赶紧把她喊来，到时候你就知道了。”

徐有光答应了一声，一头雾水地走了出去。

不久，一辆救援车辆离开了救援中心，直奔救援地点。周思婷第一次出任务，有些兴奋，一双眼睛东张西望，充满了好奇。

向薇坐在前面开始说明情况：“思婷！我和你说一下，这次是涉外事件。有外籍人士希望我们帮着找人，派出所那边沟通出现了问题，所以需要我们的帮助，据说求助人说的不是英语，等一下你来负责沟通。”

周思婷连犹豫都没有犹豫一下，直接点头答应了下来。

开车的徐有光惊讶地问道：“头儿，您让她负责沟通？”

向薇点点头。

“您没搞错吧？”徐有光问道，“她要怎么沟通？”

“当然是对话喽！”向薇笑眯眯地说道，“很惊讶吗？你可不要小看了思婷，她可是掌握四门语言的学霸级人物！”

“四门语言！”徐有光惊呼了一声，“真的假的？”

“英语、法语、意大利语和德语。”周思婷认真地说道，“其实多多少少还会一点日语，只是不太熟练。其他四种语言都是拉丁语系的，一通百通，掌握起来比较简单。”

“简单？”徐有光的下巴都要掉了，“你说简单？我没听错吧？我连英文字母都要忘光了，她竟然会四门！”

“不要拿人家周思婷和你这个不上进的比。”向薇笑眯眯地说道，“人家可是货真价实的学霸。本来人家掌握四门外语，去哪里都是香饽饽，一等一的人才，可是人家就是申请要调到我们救援中心来做救援。上级领导考虑到以后救援工作免不了要与外籍人士接触，所以就同意了。你看，这不就是到了她出手的时候了嘛！”

“这个是真厉害！”徐有光一挑大拇指，“果然是女中豪杰，和我们队长比起来不相上下！”

周思婷不好意思地说道：“我现在还只是个菜鸟救援队员。”

“谁不是从菜鸟成长起来的？”向薇笑着说道，“大家都曾经是菜鸟，你的起点比很多人都要高，以后的成就肯定也远远大于很多人。”

这个时候，车已经停下来，徐有光看一下导航，回头说了一句：“头儿，就是这里。”

三个人下车，直奔前面不远处的派出所。在派出所里，一个女人正在那里比比画画地说着什么，说的不是英文，但是她情绪很激动，一直试图让警察知道她在说什么。在这个女人身边围着几名民警，一脸的无奈，不知道怎么办才好。

这时，一直跟在向薇身边的周思婷听了几句之后，迈步走到了那个女人身边，用德语和她交流起来。也不知道周思婷说了什么，那个女人顿时就像是看到救星一样，一把拉住了她。在周思婷的安抚下，那个女人的情绪渐渐平静了下来。

看到那个女人安静下来，周思婷这才向向薇和民警说道：“她是个德国人，跟着丈夫来到这里的，她丈夫是外派来的。晚上她丈夫和几个人一起喝酒，就在半个多小时之前，这位女士突然接到了丈夫的电话，说是有人正在拉着他，不让他走，并且还说自己在一片树林里。然后电话就挂断了。她担心丈夫出事，赶紧过来报警，却因语言不通，搞得她很着急。”

“警察同志，这次的事情看起来不像是我们救援队的工作。”向薇看着几名警察说道，“搞不好这是一场涉外刑事案件。”

一名民警表情严肃地点点头：“如果真是外籍人士被绑架，那情况恐怕会很严重。现在首要的任务是展开搜寻，你能不能让你的队员问一下她丈夫还透露出什么信息？”

周思婷和那个女人交流了几句，然后向着民警摇了摇头："她说电话接通的时间很短，她丈夫透露出来的信息也非常有限，只是说被困在树林里，有人一直拖着他不让他走，然后手机就挂断了。"

"难道是被人袭击了？"警察有些紧张地问道。

"不知道。"周思婷摇头。

"思婷，"向薇突然灵机一动，开口说道，"你问一下她，她家附近有没有树林？或者比较像是树林的地方？"

周思婷点点头，和那个女人交流了几句。

"有的。"过了一会儿周思婷说道，"她说，附近有一个开放性的公园，那里有一片树林。"

"会不会是在那里？"向薇看着几名民警问道，"可能是这个人回家的时候，在那片树林里遇到了什么事情。"

几名民警互相看了一眼，交流了一个眼神。

一名民警严肃地说道："我们现在立刻派人到那里搜索一下。"

"我们也去。"向薇跟着说道，"我们受过搜索训练，而且如果遇到那位外籍人士，我们这里也有人可以和他交流。"

"好。"民警点头答应。

周思婷安抚了那个女人几句，让她在派出所等候消息，三个人跟着几名民警迅速赶往那个公园。已经是深夜了，整个公园里早就没了人，只剩下几盏路灯还在亮着，而一边的小树林里面则是漆黑一片，什么都看不清楚。

"我们散开，进去找找。"一名民警说道，"树林不大，我们间隔 5 米进去，互相有个照应，如果出现了什么问题，或者发现了目标，就大喊一声通知大家。"

拿着手电筒，向薇三个人在树林里分散开来，一点一点地向里面搜索。

"头儿，"不远处的徐有光一边找一边嬉皮笑脸地说道，"你觉不觉得这里像是拍鬼片一样？让人心里发毛啊！"

"就你话多！"向薇没好气地说道，"怎么？你还想参演一部恐怖电影？"

"也不是，"徐有光嬉皮笑脸地说道，"主要是觉得有意思，大半夜出来找一个失踪人员，还是个外国人，啧啧……"

“这本来就是我们的工作之一，搜救。”向薇回答道，“你没学过？”

“学过是学过……”徐有光笑道，然后眼珠转了转，突然喊了一声，“哎呀，什么东西在天上飘？还有白影！”

“哎呀！”向薇没怎么样，不远处的周思婷突然发出一声尖叫。

这一声尖叫顿时惊动了周围的人，好几道手电筒光照了过来，有人喊道：“怎么啦？找到了吗？”

向薇狠狠地瞪了徐有光一眼，不得不回应道：“没事的！刚才不小心被石头绊了一下。”

听到这话，周围的人这才散开，继续展开搜索。

“都是你惹的事！”向薇没好气地对徐有光说道，“吓唬人很好玩，是不是？”

“头儿，那个，我不是故意的。”徐有光干笑道。

“不是故意的？吓唬人不是故意的还能是什么？”向薇骂道，“少给我找借口！”

“咳咳……”徐有光干咳了两声，不敢说话了。

“思婷，”向薇喊了一声，“到我这里来！”

周思婷颤颤巍巍凑到向薇身边，向薇伸手拉住她，只觉得她的手冰凉冰凉的，也不知道是被冻的还是被吓的。

“没事，那个混蛋吓唬你呢。”向薇安慰道，“你放心，我回去就收拾他，肯定让他不好过！”

“嗯。”周思婷应了一声，死死拉住向薇的手。

向薇一笑，伸手在周思婷的背上拍了拍，安慰她道：“要不，你到外面等着我们？”

“不了。”周思婷摇了摇头，“头儿，我没事的。”

“嗯。”向薇笑了一下，“跟着我就好，没什么可怕的，不用管那个徐有光！”

向薇三个人一边说着话，一边继续向树林里搜索前进。走着走着，向薇发现一团黑乎乎的、可疑的影子，她先是一愣，然后迅速用手电筒一照，原来是一个人。那个人被手电筒一照，并没有反应，看样子好像是睡着了。

向薇立刻高声喊道：“在这里，找到了！”

接着树林里有人喊道：“在哪儿？在哪儿？”

一群人立刻围了过来，这才发现是一位外国男人，三十多岁。

一名警察仔细看了一遍：“好像没有什么外伤。”

另外一名警察从地上捡起来一部手机，摆弄了几下：“手机没电了。”

“不是说被人抓起来了吗？怎么在这儿呢？”徐有光满脸疑惑地说道。

“你看他的皮带。”周思婷笑嘻嘻地说道，“皮带把他和树捆在一起了。”

一群人互相看了一眼，脸上的表情都有些古怪。

“是不是喝多了，跑到这里想要方便一下，结果提裤子的时候……”一名警察说到这里，意识到向薇她们还在旁边，立刻停了下来。

尽管没有把话说完，但是他的意思，大家都已经明白了。这个男人在这里方便的时候，因为喝多了，结果把自己用皮带捆在树上了，他自己稀里糊涂，还以为有人拉着他。

“赶紧的，先把他解下来吧。”一名警察哭笑不得地说道，“总不能让他这样在树上挂着。”

一群人忍着笑，把这位从树上解了下来，本来以为是一起绑架的刑事案件呢，结果一看，只是个醉鬼喝多了犯晕，把自己拴在树上了。

把人放下来后，警察仔细查看了一遍：“没错，确实没有外伤，一切正常。”

“检查一下周围。”另外一名警察说道，“看看有没有脚印什么的，或者遗留物品。”

其他几名民警在周围查了一遍，发现周围并没有什么犯罪痕迹，也没有遗留物品，应该就是那种推断，自己喝多了犯迷糊。

“先把他带回去吧。”一名警察苦笑着，然后他对周思婷说道，“等一下麻烦你和那位太太解释一下这件事。”

周思婷脸上有些发红，不过还是点了点头。几名警察拖着这名醉鬼回到了派出所。外国女人已经在那里等急了，看到警察拖着自己丈夫进来，先是一声惊呼，然后扑上来仔细检查丈夫身上的情况。周思婷把事情的经过和这位太太说了一遍。那位太太一脸尴尬，连声道谢。没错，确实是丈夫喝多了。

“谢谢你们。”等到两名外籍人士离开，警察笑着对向薇他们说道，“这次幸好有你们帮忙，不然还真有些棘手。”

“这也是我们分内之事。”向薇笑着说道。

“你们救援中心还真是藏龙卧虎，名不虚传。”警察感慨道，“让人佩服啊！”

“客气了，这本来就是我们应该做的事情。”

向薇和民警客气了几句之后，带着徐有光和周思婷离开了这里。

一路上，徐有光显得十分兴奋：“今天咱们救援中心可是露脸了！事情办得太漂亮了！”

“又不是你办的事情，你跟着激动什么！”向薇没好气地说道。

“头儿，话不能这么说。”徐有光干笑着说道，“我们可是一个集体，你之前不是一直都说嘛，要有集体主义精神，现在周思婷办了这么一件露脸的事情，我作为这个集体的一员，跟着高兴一下那是应该的！”

“真是什么话都让你说了。”向薇哭笑不得地说道，“不过你说得对，思婷今天这件事做得确实很漂亮。”

“我，我没有的。”周思婷在一边连忙说道。

“啧，客气什么，今天你做得好，那就是好，我还能贪了你的功劳不成？”向薇笑道，“咱们这里的外国人越来越多，以后我们救援中心可能会接触到更多的相关救援问题，这种事情要未雨绸缪，今天就算是开了一个好头。思婷，你以后可要注意，不要松懈，这样的机会还有很多，可能都需要你出手呢。”

“嗯。”周思婷用力点了点头，“只要有用得到我的地方，我一定努力。”

“不错，这精神头很不错！”向薇哈哈一笑，“回去，希望今晚平安无事。”

两天之后，向薇轮休，为了完成妈妈布置的任务——约男朋友上门，她一早起来就直奔卢乡。这几天韩湛都在卢乡住着，向薇知道韩湛的脾气，如果自己不去拉着他过来，他是不会主动过来的。等到了卢乡之后，她直奔曙光机械加工厂，结果扑了空。再奔宿舍，在那里向薇看到韩湛穿着一身西装，头发梳理得很整齐，戴着眼镜显得文质彬彬，看起来阳光、帅气，不过脸上却有些恍惚，略显呆滞。

看向薇突然进来，韩湛有些吃惊地问道：“怎么啦？”

“你还来问我怎么啦？”向薇哭笑不得地说道，“是我应该问你怎么啦！给你打了好几个电话也不接。”

韩湛连忙掏出手机一看，不好意思地说道：“静音，忘记打开了。”

“没事，时间来得及。”向薇上下打量了韩湛几眼，突然一笑，“紧张了？”

韩湛老老实实地点点头：“非常紧张，脑子里空空的，不知道该做什么才好。”

“喂，该紧张的是我才对。我还担心我妈对你的态度呢。”

“我也紧张啊。”韩湛挠了挠头，“我是第一次。”

“多见几次就熟悉了，都在一个小区里，你就当回家串门吧。”

“能一样吗？”韩湛哭笑不得地说道，“还有，我应该准备点什么？”

“这种事情也来问我？”向薇没好气地说道，“我也没有见过家长好不好！”

“不过，那是你妈啊！你无论如何也应该比我了解得多一些吧。”

“我妈好像也不缺什么东西。”向薇无奈地揉着额头说道，“我觉得，你简单地买点水果就可以吧。”

“只有水果？”韩湛有些担心，“好吗？”

“不然你想送什么？”向薇笑眯眯地问道，“钻石、豪车、名表，还是别墅？”

“送，送不起。”韩湛哭笑不得地说道。

“知道送不起就不要纠结了。再说了，我妈就是想要看看你这个人，不管你送什么东西，她都不会有意见的。”

听向薇这么一说，韩湛终于放松了一些。两个人从宿舍出来，准备开车回去。刚到停车场，迎面碰上了同样才到停车场的何欢。

“何记者。”

听到韩湛的声音，何欢先是脸上一喜，可是等她回过头来，看到他和向薇站在一起，脸上的表情顿时有些变化，有些复杂，有些失落，那一瞬间能让人读出来很多东西。

“韩总，您好。”何欢说着，微微一欠身，然后又向向薇笑了笑，“你好。”

向薇礼貌地点了点头。

“两位这是……”何欢笑吟吟地问道。

“有点事情。”韩湛笑着说道。

“是吗？”何欢点点头，却没有再继续问下去，她也不知道为什么会如此，似乎再往下问的话，会让她有些恐惧。她知道自己为何恐惧，想要逃开，却迈不动步子，用不上力气。

最后，何欢勉强笑了一下：“那祝你们一切顺利。”

说完之后，她立刻转身，钻进自己的车里。

向薇深深地看了何欢一眼，心里叹口气，然后对韩湛一笑：“走吧，再不走就太晚了，我妈该着急了，还要去买些东西。”

“哦，好的。”韩湛点点头。

何欢坐在驾驶室里，握着方向盘，默默地看着韩湛和向薇两个人有说有笑地坐上车扬长而去，心中五味杂陈。她也搞不清楚自己该怎么办，最后长叹一声，也启动了车子，离开了这里。

韩湛和向薇到了小区，在外面买了一些水果，准备直奔向薇家。

中午这一顿饭，韩湛吃得格外别扭，他感觉桌子上的气氛有些微妙。

向妈妈满脸带笑，只是那笑容高深莫测，让人有些看不太明白，也猜不透。看着韩湛紧张的模样，向妈妈不由得感觉有几分好笑，依稀想起了丈夫第一次登门时的模样，一想到这个，看韩湛的眼神就更柔和了几分。

“小韩啊，你不用紧张。”向妈妈笑吟吟地说道，“就是随便聊聊而已。”

韩湛勉强露出一个笑容来：“阿姨，我不紧张。”

向妈妈随便问了一下韩湛的情况，多大年纪啊，在做什么啊，这些事情之前她都有了一些了解，这个时候问出来，无非就是为了缓解一下韩湛紧张的情绪。

不过问到韩湛住的地方时，向妈妈顿时惊讶了：“咦，你说你现在大部分时间和父母一起住，就住在这个小区里？”

“是。”韩湛老老实实地点头，“是住在这个小区。”

“真是巧。”向妈妈笑呵呵地说道，“那你父母是做什么工作的？”

“都在大学里任职。”韩湛回答道。

"大学，姓韩？"向妈妈心里一动。

"怎么啦？"韩湛莫名其妙地问道。

向妈妈脸上的笑意更浓了："那你爸爸叫什么名字？"

"我爸？"韩湛愣了愣，"叫韩同江。"

"哈哈哈哈……"向妈妈一愣，接着笑得前仰后合，十分开心。

韩湛被向妈妈笑得有些不知所措，莫名其妙地问道："阿姨，那个，我爸爸叫韩同江，有什么问题吗？"

"你果然是老韩的儿子！"向妈妈一边笑一边说道。

"妈，出了什么事了，您笑得这么开心？"向薇好奇地问道。

"这还真是缘分！"向妈妈哈哈笑道，"他竟然是老韩的儿子！"

"妈，"向薇惊讶地问道，"您认识韩湛的家人？"

"认识，怎么能不认识？而且还是熟人。"向妈妈笑道，"昨天我们还在一起聊天呢，他们还说自己有个儿子，我说我有个女儿，可惜都谈朋友了，不然可以一起坐坐聊聊，结果今天你就把他们家儿子带回来了。这真是太有意思了！"

"这到底是怎么回事？"向薇听到这话，感觉有些迷糊。

向妈妈摆摆手，把手机掏出来，拨了个电话号码，等到电话一接通，向妈妈就笑着说道："老韩啊！是我，对！你猜猜我现在干什么呢？和谁在一起？不知道吧，谅你们也猜不出来，我现在正在女儿家里，我女儿把你儿子带回来了。对，真的！这种事情骗你们做什么？"

向妈妈简单说了几句之后，把电话挂断了。然后她笑着对韩湛说道："好了，稍等一会儿吧，你爸妈马上就到。"

韩湛也被这突如其来的变化搞得有些迷糊，完全不知道该如何应对了。

"这还真是缘分。"向妈妈笑着对向薇说道，"你记得我之前和你说过吧？我说这院子里有一对夫妇，女的呢，得了点病，被我看到了，一时手痒就给她开了个方子，让她回家调养。结果可好，我竟然给自己的亲家开了方子，也幸好有用，不然的话，罪过可就大了。现在都不敢见你了！"

韩湛一听这个，顿时也激动了："我妈之前病了，本来恢复得一般，后来说是有神医给她开了个方子，每天都在好转。原来那个神医就是您啊！”

“什么神医不神医的！也是你爸妈信我，不然的话也没用。”

就在这时，房门被人敲响，向薇连忙过去把门打开。门一开，房门外面的韩同江夫妇和向薇来了个脸对脸，三个人同时一愣。

“怎么是你？”韩妈妈首先惊呼了一声，“向薇！”

向薇好半天才缓过神儿：“原来是叔叔阿姨，你们是来找韩湛的吧？”

“对。”韩同江笑道，“是在你这儿吧？”

向薇脸上一红，不好意思地点了点头：“对，正在和我妈聊天呢，就在里面。”

韩同江夫妇笑呵呵地走进来，先给向妈妈打了个招呼，然后韩同江伸手一拍韩湛的脑袋：“你小子，有了女朋友也不告诉我们一声，还藏着掖着的，现在我们才知道，竟然是向薇。”

“爸、妈，你们认识向薇？”韩湛惊讶地问道。

“早就认识了。”韩妈妈哈哈笑道，“一直都觉得这姑娘不错，没想到竟然是恩人的孩子。”

“什么恩人不恩人的，”向妈妈哭笑不得地说道，“我就是开了一个方子，抓药的还是你们，再说了，我那方子也只是配合治疗的方子，你们还是应该感谢医院。”

“那是你谦虚，”韩妈妈坐在向妈妈身边，拉着她的手说道，“要不是你，还真不知道怎么办好了！现在看来，还真是缘分啊！”

“对对，这绝对是缘分！”韩同江在一边哈哈笑道，“现在有谁说这不是缘分的话，我都不信。”

向薇和韩湛两个人在一边面面相觑，本来是韩湛登门过来见见家长，可是事情在短短的时间之内就发生了变化，一下子变成了认亲现场。向妈妈和韩同江夫妇聊得兴高采烈，向薇和韩湛两个人好像瞬间变成了局外人，在一边发呆，不知所措。

“行了，行了，我们就不要在这里聊起来没完了。”向妈妈看了向薇一眼，笑吟吟地说道，“今天是孩子们来看我，怎么最后搞成咱们几个在这里聊起来没完没了啦？”

韩妈妈连忙点头：“咱们是不应该把正事忘了！”

向妈妈、韩妈妈，还有韩同江三个人，整齐地把头转了过来，三双眼睛一起聚焦在韩湛和向薇身上。

韩湛和向薇脸色一变，顿时打了个寒战。

“妈，阿姨。”向薇笑着问道，“你们这是干什么？”

“我觉得这件事挺有意思的。”向妈妈笑眯眯地说道，“两个孩子稀里糊涂、莫名其妙地就好上了，明明咱们都认识，结果直到今天才知道这俩孩子自己好上了。”

“说的就是！”韩妈妈也跟着笑道，“这两个孩子也是的，偷偷摸摸地做什么，这是好事啊，搞得跟做贼似的。不过这也是缘分，之前我就想着呢，咱们两家如果能结上亲，那就好了。不过一直也不好意思开口。”

“我也是这么想的。”向妈妈也笑道，“谁知道人家孩子自己把事情就办了。所以说，这种事情我们跟着愁什么啊？”

“船到桥头自然直！”韩妈妈哈哈笑道，“那这件事，您看？”

“我是没什么意见了。”向妈妈笑呵呵地说道。

“我们也没有任何意见。”韩妈妈笑道，“以后我们真的成亲家了，更要多多走动才行。”

眼看两个妈妈聊得欢快，向薇正好待得有些发慌了，拉着韩湛来到院子里，这才长出一口气：“我实在是没想到，他们竟然已经那么熟。我妈早就和我说过，和院子里的一个阿姨很聊得来，而且还给人家开过药。可是谁承想，这人竟然就是你妈。”

“我也没想到啊！”韩湛也是苦笑，“我妈的身体近日见好，说是因为院子里的一个阿姨帮忙看的病，这才有了好转。我也实在是没想到，这个阿姨竟然就是你妈！”

两个人互相看了一眼，都觉得这件事情还真是有点稀奇。

“不过，这也算是缘分吧。”向薇笑吟吟地说道，“没想到千头万绪的，最后却系在了一起。”

韩湛“嗯”了一声，伸手拉住向薇的手：“所以，我不会放手的。”

向薇心里一跳，转头看着韩湛，韩湛的目光炙热，就这样盯着向薇，好像要把她融化了一样。

向薇突然觉得心跳得厉害，感觉韩湛的目光就像是两团火焰，就这样包裹着她，好像要把她烤化了一样。这火焰和梦中无数次出现的火焰不同：梦中的火焰充满了毁灭的力量，狂暴、凶残，一次又一次地将向薇的身影席卷进去，烧成了灰烬;韩湛眼中的火焰却温暖、明亮，让她不由自主地想靠过去，汲取温暖。就在这一刻，向薇的心结慢慢地打开了。她不由自主地靠在了韩湛的肩头，莫名地泪流满面。

看到向薇的模样，韩湛有些惊慌失措："你怎么哭了，是不是我说错了什么？"

"你没有说错，我只是感觉到了一些不一样的东西。"

"是吗？"韩湛低声问道。

"嗯，真的和你没关系。"向薇笑了笑，"别紧张！"

"好，我不紧张。"韩湛连忙摇头说道。

向薇不忍心再让他跟着担心，便转移了话题："你的那个动力钳项目进行得怎么样啦？"

韩湛一听，眼前一亮："已经改进了设计，完成了制作，后天就会有样品生产出来。希望这次不会出什么问题。"

向薇笑道："不会有事的，你们不是进行了充分论证吗？"

"之前的那个设备论证的时候也没有发现什么破绽，可是后来就出现部件过热的问题，导致设备失灵。"

"那是你们论证得不够仔细。这次不是有叔叔亲自把关吗？"

"我爸专程去了两趟，有关图纸的设计和我们进行了讨论，还提出了一些关键性的修改意见。这也要谢谢阿姨。"

"谢我妈？"向薇一愣，"我妈也不会搞设计啊！"

"是谢谢你妈开的药。因为她的药，我妈的病情好转，我爸这才能放下心来去给我帮忙。不然的话他哪有那个心思啊？"

"哦，是这样啊！"向薇"扑哧"一笑，"仔细想想，好像还挺有意思的。

你看，因为我的要求，催生出了你的动力钳；然后呢，你第一次设计失败；结果因为我妈，阿姨的身体见好，你爸放下心来，开始帮你处理问题，这才让这个项目发展下来。这是一个连锁反应。”

“好像真是这样。”韩湛仔细想了一下，哑然失笑。

“向薇。”有人在后面喊了一声，她一回头，发现韩家夫妇就站在身后不远。

“叔叔，阿姨。”向薇连忙行了一礼，恭敬地问候道。

“别客气，别客气。”韩妈妈笑吟吟地过来拉着向薇的手，“以后就是一家人了，还客气什么？”

向薇的脸“唰”的一下就红了，支支吾吾地说不出话来。

“回头到家里来吃个饭。”韩妈妈笑道，“把你妈妈也请来，咱们都是一家人了，不用客气。”

向薇点点头：“我会和她说的。”

“你们年轻人自己逛逛吧，我们就不打扰了。”韩妈妈说完拉了一下韩同江，笑呵呵地离开了，留下了满脸通红的向薇和韩湛。

第十九章

少年辛苦终身事

苍山，翠柏，还有那一片雪白的墓碑。

以往向薇每一次来到这里的时候，心情都无比沉重，感觉就像是有一块巨大的石头压在自己身上，让她喘不过气来，连眼神中都透着一股冷森森的气息。但是这一次，向薇的感觉却不太一样，她心中似乎感到前所未有的宁静，好像是从什么东西中解脱了出来，轻灵而又空寂。

向薇手捧着鲜花，向墓园深处走去。

在那一方熟悉的墓碑前，向薇再次停了下来，静静地看着墓碑。良久之后，脸上突然露出了一个笑容，然后将手里的花束放在了墓碑前面。

“我又来了。”向薇轻声笑道，“不过，这一次我来，已经有些不同了。我想，你应该会看得很清楚，知道我为什么会变得如此吧。你总是能面面俱到，话不多，但总是有一股韧性。如果是你的话，一直会跟在我身后，照看着我的一举一动，就和以前的你一样。”

停了一会儿，向薇在墓碑前慢慢蹲了下来，用手轻轻在墓碑上摩挲着，泪水禁不住流了出来，可是她的脸上仍然带着笑容。

“很久了，你离开已经很久了。”向薇喃喃地说道，“可是我仍然清晰地记得你和我说过的每一句话。可能这些话，一辈子我都不会忘记的。我记得那一天，加油站大火冲天，你要进去救人的时候，我拦住你，不想让你去。你却义无反顾，笑着对我说，干咱们这一行的，哪有不冒险的？我进去，是救人去的，这是我们的职责。为什么要逃避责任呢？我不知道你是不是已经预感到了什么，你对我说，如果你救援成功，就向我求婚，然后我们一起去家里看看双方的父母。如果不成功的话，就让我活下去，该怎么活就怎么活，一定要开心……”

向薇的声音有几分哽咽，她用手在脸上轻轻抹了一下，继续说道：“我曾以为，我无法从你给我画的圈子里走出来，我经常会在那火焰和噩梦中惊醒，直到我遇到了那个人。我一直很纠结，也很困惑。他虽然木讷，不爱言语，却和你一样，有一副热心肠，做事情从来不考虑后果，动不动就挺身而出，真把自己当成及时雨了。可是就是这么一个人，却让我动心了。我也不知道什么时候对他动的心，感觉他就像是一条小溪流一样，虽然水流不宽，也不猛烈，却源源不断，一点一点地，把我堆在心里的那道堤坝冲开了一个口子，然后口子越来越宽，让我失去了防线。他就这样慢慢地驻进了我的心里。”

向薇深吸一口气：“我挣扎过，也彷徨过，因为我无法忘记你。但是现在，我突然发现自己释然了。你，代表着我的过去；而他，可能就是我的未来。就像你曾经说过的话，我们做救援，就是要把即将中断的过去延续下去，延续到未来，我们是创造未来的人。我想，你应该不会喜欢我沉湎于过去吧？也许我有一些自私，不过，我心中会有你的影子，存在于过去的影子，而我，会更乐观地走向未来。”

最后，她慢慢站起身来，打开了一瓶随身携带的矿泉水，慢慢地淋在了墓碑上，然后用一块布，仔仔细细地把墓碑擦洗干净。

“好了，我来这里，就是要告诉你这些的。”向薇脸上带着笑，看着那块墓碑，同时伸手轻轻摩挲着挂在脖颈上的那枚戒指，“未来的路我会走下去的，你不用为我担心了。也许我们会相会，可能是在遥远的未来，也可能是在不久之后，但是无论何时，我们都会相遇的。不过现在，我会走下去的，一直走下去！”

说完之后，向薇一转身，慢慢地向外走去，越走越远，身后的影子也越拉越长……

夜幕慢慢降临，向薇坐在梳妆台前，郑重地将那枚一直悬挂在自己脖颈上的戒指摘下来，放进一个小盒子里，然后轻轻地摩挲着盒子的表面，她的脸上露出一个淡淡的笑容。这一刻，她将生命中曾经最宝贵的东西，放进了心中最珍惜的地方。这枚戒指，曾经带给她许多美好的记忆，也带给她许多力量和勇气；但是从今往后，也许它可以休息一下了，因为向薇学会了依靠自己的力量。

在卢乡的车间里，一把大号的动力钳正放在工作台上，几名老师傅正在对它进行最后的检查。

“爸、小薇，这就是我们最新生产出来的动力钳。”韩湛指着那件样品说道，眉宇之间颇有几分自得，“采用了动力背包，还有液态冷却降压技术，多功能设计，兼容了各种实用性能，这是第一件试验产品。”

向薇笑吟吟地点点头：“看着有点意思。”

“光看着有意思可不成。”韩同江在一边开口说道，“这种东西，必须实用才行！”

韩妈妈最近身体渐渐变好，韩同江也有了越来越多的时间。这个动力钳的设计制造他也付出了不少的心血，听说有试验产品出来，今天进行最后的测试，他忍不住就要来看看。

“您说得对！”韩湛对自己父亲的态度表示赞同，“上一次也是拿出来了试验机型，但是结果不是很让人满意。尽管这次我们做了很多改进，但是能不能投入使用，都很难保证。”

“那还等什么？”向薇笑着说道，“试试啊！”

“好！”

测试人员已经背上了那个动力包，然后又拿起了动力钳。前面有准备好的各种材料的制成品，他需要使用动力钳进行各种测试。

一根钢筋被动力钳有力地剪开，然后是一根钢梁，接着是木材、铁料……

这把动力钳经过了一系列的剪切测试，表现比较完美。

但无论是向薇、韩同江、韩湛，还是那些老师傅，脸上都没有表露出喜悦的表情。

这些只是基本操作，连这些东西都处理不好的话，接下来的测试又该怎么办呢？

韩湛说：“基本测试通过，接下来是深度测试，我已经在后面的测试场地安排好了，大家一起来吧。”

后方的那片空地，经过几轮改造已经完全变了样：不仅可以模拟很多不同环境下的救援场面，还可以对各种救援设备进行测试。

“爸、小薇，我们这个试验场地的规格是很高的。”韩湛向韩同江和向薇介绍道，“这里设计了房屋、池塘、山洞、瓦砾等环境，都是根据小薇提供的资料进行设计的，可以提供贴近现实的救援场地。”

韩同江频频点头说道：“这里设计得很全面，对设备的测试，尤其是这种救援设备的测试，必须用最残酷的环境来要求它，毕竟它是要用来救命的。任何疏忽都是要不得的。”

韩湛点头：“今天我们主要进行两项测试任务：一项是测试这种动力钳在火场中的应用情况，另外一项是测试它在泥水中的使用情况。这两项都具有一定的危险性。”

“一定要小心一点！”向薇警告道，“我们这是救人的，千万不要人没救到，把我们自己赔进去啦！”

“不会的。”韩湛笑吟吟地说道，“放心好了，我们已经做好了准备。先进行火场救援测试。”

然后他打了个手势，工作人员走进了一间试验用的房子里，然后点燃房间，模拟火灾现场。

“这个是火场模拟救援。”韩湛表情严肃地说道，“屋子整体采用防火材料建造，里面设置了易燃层，燃烧之后接近现实中的失火现场！”

介绍完了之后，韩湛大声喊道：“都后退，后退，小心一点，千万不要靠得太近。好，试验人员准备进去！”

一名试验人员穿着厚厚的防护服，背着动力背包，拿着动力钳慢慢地走进了火场。

而韩湛他们则通过安装在房屋内部的防火摄像头观察测试人员的一举一动。

“按照要求，救援时间越短越好。”向薇在一边低声介绍道，“在火场中，人员滞留的时间不宜过长，时间越长，越容易发生意外。我们对这种动力钳的要求是，能够在高温环境下，进行起码五到十分钟的连续作业。在这个区间中能够正常使用，不会出现故障，设备的耐热要求就基本上达到了我们的要求。”

这个时候，那名测试人员开始在火场中进行剪切作业。这种环境，当然不会出现现实火灾中各种未知危险，只是测试在高温环境下设备的使用情况，对穿着防护服的人员没有伤害，房间里只是有着持续的高温。

测试人员进入房间后，开始按照要求对设备进行了测试，包括剪切、千斤顶等设计功能，一切都在有序进行。

火场外面，向薇、韩湛几个人死死地盯着屏幕，凝神静气，大气都不敢出。

一分钟过去了，机器设备还在运行，两分钟过去了，仍然在运行，三分钟，四分钟……

整套设备一直持续运转，并没有出现任何问题，直到运行测试设备的工作人员坚持不住了，从房子里退出来，试验才算结束。

“一共进行了十五分钟的测试，”韩湛满脸喜色，“设备运行良好！”

几名老师傅立刻上来，对动力钳进行了全方位的检测，最后数据表明，设备一切完好，降温系统运行正常，没有任何问题。

“好！”韩湛表情十分兴奋，“这一项测试成功了！”

“目前看来，性能很不错！”向薇脸上也露出了笑容，然后向一边的韩同江说道，“叔叔，您的这套设备运转情况非常好，在高温情况下没有出现任何问题。”

“我也就是能提供一些理论性的东西了。”韩同江笑呵呵地说道，“如果不是你们这些年轻人努力，我这老头子拿出来的东西也不过是摆设而已。”

“爸，不要谦虚了。”韩湛笑道，“您这套降温系统可是起大作用了。好了，我们进行下一项试验。”

这一次是防水试验。在试验场地中，已经挖好了一个池塘，里面满是泥水。有人员将设备浸泡在泥水中，浸泡了十分钟之后，再把设备拿出来，并没有进行清洗，直接开始使用。

试验同样很成功。满是泥浆污水的动力钳运转正常，完全达到了设计要求。

接下来又进行了一系列试验，结果表明，动力钳完全达到了设计要求，表现非常优秀。

“成了！”当最后一项试验完成之后，韩湛按捺不住兴奋的心情，挥着拳头低吼了一声。

向薇同样兴奋。在她眼中，这就是拯救生命的利器。从此之后，不知道有多少生命会因为它的出现而得以延续。

倒是韩同江远比向薇他们要冷静：“从试验结果上来看，效果非常不错！”

接着，韩同江脸色一变，严肃地说道：“但是，这还只是第一台试验机，后续还要再生产几台试验机，并进行多次试验，方能及早查出问题来，及时改进！”

“叔叔说得对。”向薇笑着说道，“行百里者半九十，现在还只是初步成功，要想投入量产，还需要进行一系列的调整和测试。不过……”

向薇笑呵呵地看着韩湛说道：“你最近这段时间的努力没有白费，这是一台非常优秀的机器。”

韩湛脸上放光，看着向薇重重地点了点头。然后他回过头来对着周围的老师傅和工作人员大声说道：“这次的设备测试非常成功，这段时间大家辛苦了，没日没夜地陪着我在这里改进设备，测绘图纸，所以我宣布，从明天开始，给大家放假三天，好好回去休息一下。等休息结束之后，我们再来研究这台设备的量产问题。”

“好呀！”周围的人一片欢呼，所有人都显得十分兴奋。

向薇在一边笑吟吟地看着韩湛，对他的表现非常满意。虽然韩湛是工科出身，对技术情有独钟，但是经过这么长时间的锻炼之后，已经有了一些领导风范了。

第二天一早，向薇来到了救援中心。

现在的向薇给人的感觉比以前要好很多，此前，死亡的阴影始终笼罩在她的身上，每每想起那个义无反顾、迈进火海的人，向薇就会一阵心痛。因为担心再次出现伤亡，她对队员要求格外严格，脸上的笑容也不多，看着有点冷冰冰的，让人不寒而栗。

但是现在，虽然向薇对队员们的要求依然严格，可是脸上的笑容多了许多，她本来就是大美女，脸上多了笑容之后，显得亲切随和，让人很愿意亲近，在救援中心里拥有很高的声望。

走在救援中心的走廊里，曲佳润迎面向她走来，跟她打了个招呼："头儿，看模样，心情不错啊！"

"还好。"向薇笑吟吟地点了点头，对于曲佳润，她还是很喜欢的。这个女孩子有着男孩子一样的坚强、韧性，还有一股子疯劲、拼劲。绝对是一个好苗子！向薇唯一担心的就是，曲佳润太拼了一点，有的时候不够冷静，担心她出现意外。不过目前来看，她表现得很出色。

"你怎么样？"向薇笑吟吟地问道，"在救援中心还习惯吗？姚天、冯军那两个活宝，没有给你添麻烦吧？"

曲佳润一笑，脸上的表情带着几分自得："在救援中心待得不错，我挺喜欢这种生活的。至于那两个活宝嘛……"

曲佳润欲言又止，脸上带着一丝奇怪的笑容。

一看她这个笑容，向薇就明白几分了："明白了！想想也是，那两个活宝对付别人还行，但是遇到你就不行了。"

曲佳润笑而不语，眼中尽显得意之色。

向薇心里暗想："恶人还要恶人磨，那两个活宝着实让人头疼，可是遇到曲佳润这么一位，他们再活宝，也翻不出曲佳润的掌心去。"

"头儿！"这时，一名值班人员顺着走廊跑了过来，"有求救电话打进来了，天台那边的河道里出现了事故。"

"什么事？"向薇一愣，连忙问道。

"之前的大水现在开始退下去了，露出了河边的烂泥，有几个小孩子不知道深浅，跑到上面玩，结果陷进去了。现在那边正在想办法控制，不让他们完全陷进泥里，需要我们提供帮助。"值班人员立刻说道。

"头儿，让我去吧。"曲佳润立刻请缨，"我们小队现在正好没事。"

“可以。”向薇立刻点头，“带好设备，注意安全！”

“是！”曲佳润答应了一声，立刻跑步离开。

没过多久，曲佳润、姚天和冯军三个人就准备就绪了。

“啧，现在的家长也真是，连孩子都看不住了！”冯军发动汽车，一边开车出门，一边向身边的两个人说道。

“就是，放着这孩子满街跑，家长这心也是够大的。”姚天笑嘻嘻地说道。

“得了吧，你们两个少说两句吧。”曲佳润在一边冷冰冰地说道，“你以为以前家长就没有这些毛病？一样都有！看不住孩子的有的是，可是那时候没有咱们啊。”

“哎呀！”姚天一愣，恍然大悟地点点头，“有道理，说得非常有道理，所以我们这工作真是有意义。”

出事地点是一处河滩，之前河水暴涨的时候把这里都淹没了，等到水退下去之后，河滩露了出来，表面上看起来好像平地一样，实际上都是淤泥，谁都不知道有多深。

一个小孩就被困在淤泥中间，已经陷到了腹部位置。孩子也不敢动，就在那里号啕大哭。

一群人站在那里束手无策。孩子陷进去的位置，距离实心地面有些远，人要是想过去的话，搞不好连自己都要陷进去。可是人不过去，又没法把孩子救出来。大家站在那里左右为难，只能一个劲儿地嘱咐那孩子不要乱动，等候救援。

那个孩子也被吓到了，在淤泥里动都不敢动一下，只是一个劲儿地哭，看着十分危险。

“让一下，麻烦让一下！”姚天领头，一路分开人群，仔细看了一下孩子的位置，然后说道，“这种事情处理起来很简单，我的意见是，用车上的绳索套住那个孩子，然后用车上的设备把他拖过来。”

“我觉得可行。”冯军点头表示赞同，“安全绳也足够长。”

“可是这孩子离得有点远了。”曲佳润皱着眉头说道，“绳子很难扔过去，就算扔过去，以这孩子现在的状态，也很难自己把自己捆结实了。最好派人过去帮他一下！”

“那就麻烦了。”冯军皱着眉头说道，“人根本就不能过去，很容易也陷到淤泥里。”

“不麻烦。”倒是姚天不紧不慢地说道，“我有办法！”

“什么办法？”曲佳润连忙问道。

姚天一笑，看着冯军说道：“你记不记得，当初韩湛被困在房顶的时候，我们想出来的办法？”

“你是说，用木板？”冯军立刻领会了姚天的意图。

“对，用木板！”姚天点头。

“喂，你们两个打什么哑谜呢？”曲佳润莫名其妙地问道。

“以前我们处理过类似这种问题。”姚天说道，“找几条木板铺在淤泥上面，增加受力面积，然后人就可以过去了。”

“是个好主意！”曲佳润眼睛顿时一亮。

“那当然了。”姚天说，“我去找找看，有没有合适的木板，你们两个先和其他人一起稳定住孩子的情绪，不要让他闹腾，容易出危险。”

姚天出去转了一圈，回来的时候身边跟着几个人，肩膀上扛着不少木板。

“那边有人装修房子，正好借来了几块木板！”姚天说道，“来，铺上，把木板铺到淤泥上。”

大家一起动手，在通往孩子被困的位置搭建了一座简易的“桥梁”。等到木板桥搭建完成之后，曲佳润不等其他两个人说话，已经拿着安全绳冲了上去。

“哎！”姚天顿时傻眼了，呆呆地看了一阵，这才想起来问冯军，“她怎么上去啦？”

“不知道啊。”冯军也是一脸的莫名其妙，“一下没看住，她就冲上去了。”

“她怎么能上去呢？也不告诉我们一声。”姚天脸色大变，跺着脚说道。

这时，曲佳润已经顺着木板爬到了那个孩子身边，回过头来大吼了一声：“快点做准备！”

姚天和冯军同时大声回应了一声：“是！”

曲佳润已经在那个孩子身上绑好了绳子，然后伴随着机器开动，绳子慢慢收紧，将那孩子一点一点地从淤泥里拖了出来。

这一招果然奏效，曲佳润护着这孩子，一直将他送到岸边。旁边的家长“嗷”的一声哭号着就冲了过来，也不顾那个孩子浑身的泥水，一把将其搂在怀里。大人哭，孩子也哭，河岸边哭声一片。

曲佳润招呼姚天和冯军一起把设备收拾好，开车离开了这里。

刚才救援情况紧急，没来得及问，这一上车，曲佳润就忍不住了，开口问道：“我说，姚天，你说你们和头儿一起救助过一个叫韩湛的人，是怎么回事？”

“呃，什么怎么回事？”姚天干笑着说道，“不就是一次救援任务嘛。”

“不对，我觉得这里面好像有点不对。”曲佳润眼中闪烁着光芒，笑眯眯地说道，“你看，你们平时也没少参与救援任务吧，可是有哪一次是能把救援人员的名字记住的？现在呢，你们突然提起了这个韩湛，而且看你们刚才那个挤眉弄眼的模样，我严重怀疑这里面有事，而且还是挺大的事。”

“我们，我们有挤眉弄眼吗？”姚天干巴巴地笑问道。

“有！”曲佳润很肯定地用力点头。

“瞎说。”姚天笑着说道，“这都是我们的常态，对不对啊，冯军？”

“对对，常态，都是常态。”冯军连忙点头，“你可千万不要胡思乱想，这里面哪有什么事啊，你看错了。”

曲佳润笑吟吟地说道：“你们两个演技不错啊！怎么着，觉得我好骗吗？可以，你们可以不说，不过可以猜猜，猜猜我有没有办法把这些话从你们嘴里抠出来？”

一边说着，曲佳润一边挥了挥拳头。

姚天立刻一哆嗦，面容严肃，语音语调马上就变了：“冯军，这件事我就要批评你了！”

“啊？”冯军也愣住了，“你说什么？”

“咱们头儿的这点事情，有什么见不得人的？”姚天很认真地说道，“说就说了呗，难道咱们头儿还怕人知道怎么着？”

“你……”冯军顿时哭笑不得，“好好好，姚天，你厉害，卖队友卖得这么彻底，我也是头一次见识。”

“什么叫卖队友？”姚天面不改色气不长出，“我这是实话实说。”

然后他一回头，满脸笑容地对曲佳润说道：“其实吧，这事情完全没有什么可忌讳的。不过呢，涉及一些小道消息，你听到就行了，千万别说是我们说出来的。”

他干咳了两声，然后一本正经地说道：“这件事要从我们接到一个任务开始说起……”

这家伙也是个能人，起码说故事的本事还是有一些的。他从向薇如何和韩湛认识的说起，然后如何一而再再而三地救助韩湛的，一直说到后来韩湛研发的设备是如何在救援中心里进行试用的，说得绘声绘色，有鼻子有眼的。

曲佳润听得聚精会神，连连点头。

“现在那个韩湛的厂子专门做各种救援设备，和我们是合作伙伴关系。他们的设备我们会进行试用和评估。不过，必须承认的是，他们的设备很不错，因为这设备，很多人都被成功地救了出来。”说到这里，姚天的情绪略有几分低落，显然是想起那次朱小竹的悲剧，让他心里有些感慨。

曲佳润点点头，然后好奇地问道：“这么说，现在咱们头儿和那个韩湛是男女朋友关系喽！”

“别！”姚天连忙摆手，“我可没这么说过，我是说疑似，疑似你懂吗？就是可能是，也可能不是，仅此而已。”

“唉，遮遮掩掩的，一点都不痛快！”曲佳润极其不屑地说道，“疑似疑似地说得好听，其实话里话外不都是在暗示这个？就算是了又能怎么样！”

姚天满脸尴尬的笑容，也不知道如何回答这个问题。

不过曲佳润来了精神：“要我说，是了就是了，多大点事啊？我倒是好奇，咱们队长那么厉害的一个人，什么男人能配得上她？”

“这个，确实是个问题……”姚天低声嘟囔道。

“有机会一定要见识一下那位韩湛。”曲佳润笑眯眯地说道，“我一定要看看，什么人能配得上咱们队长。”

姚天和冯军吞了口口水，互相看了一眼：姚天是脸色发白，冯军的表情是幸灾乐祸。

回到救援中心之后，姚天的脸色更加难看了。冯军等到曲佳润离开，伸手碰了碰姚天，低声说道：“你完蛋了，你小子这下子惨了！”

“瞎，瞎说，我，我有什么可完蛋的？”姚天干笑着说道。

“让你在那里添油加醋地说故事，现在好了，曲佳润对韩湛来兴趣了。回头万一她要和韩湛过两招，试试看他有没有本事当咱们头儿的男朋友怎么办？”冯军低声笑道，“到时候出了问题，咱们头儿一问，这是谁把这话传出去的，你猜结果会怎么样？”

姚天脸色发白，勉强笑了一下：“不，不至于吧？”

“至于不至于我也不知道，但是我觉得有这种可能。”冯军低声笑道，“你之前没看过那些电视剧、电影什么的吗？人家习武之人都是这样直截了当的。”

“咕嘟……”姚天紧张地吞了口口水，脸色更难看了。

……

向薇站在梳妆镜前，左右转了转，欣赏了一下自己的打扮。

今天她难得没穿制服，经过仔细的挑选，换上了一件白色的低领碎花衬衫，搭配了一条紧身牛仔裤。这种搭配不但尽显了她完美的身材，还将她那种独特的气质很好地衬托了出来，看起来和平时判若两人。

化了个淡妆，向薇提着一只小包走出了房间。

向妈妈在客厅里看电视，听到动静抬起头来看了向薇一眼，顿时笑了：“哟，这还是我家那个野丫头吗？怎么突然之间像是换了一个人一样？”

向薇脸上一红：“妈，说什么呢？”

“说实话！”向妈妈笑眯眯地看着向薇说道，嘴里啧啧有声，“啧啧，真是不得了！平时不显山不露水的，连我这亲妈都没看出来，我家这野丫头竟然变得这么漂亮了。真是便宜韩湛那个傻小子啦！”

向薇被向妈妈调侃得脸上发红，结结巴巴地说道：“妈，我先出门了，不用等我吃饭了。”

身后传来一阵向妈妈欢畅的笑声。

大概是很少这样子出门，向薇走在路上总是感觉有些不太自在，好像所有人都在盯着自己看似的。她不由得加快了脚步，一溜烟儿地跑到了停车场。

和韩湛家住得比较近，优势这时候就体现出来了，等她到了停车场，韩湛已经等在那里了。

当韩湛看到向薇的时候，整个人顿时呆住：一双眼睛直勾勾地盯着向薇，像是灵魂出窍了似的。他心中暗想："这还是那位英姿飒爽的救援队长吗？今天怎么这么漂亮！"

"发什么呆呀？去游乐场还需要开一阵子车呢。"

韩湛顿时心里松了一口气，连忙点头，这才带着向薇离开了这里。

到了游乐场，看到这里的游乐设备，向薇感觉前所未有的放松，心情也变得愉快起来了。

"想玩什么？"韩湛笑着问道。

"我想要……"向薇眼珠转了转，左右看了几眼，然后伸手一指附近，"那个！"

顺着向薇指着的方向看过去，韩湛顿时一愣，那边停着几辆大象车，就是那种大象造型的电动车，几岁小孩坐在上面转悠的那种。

韩湛表情古怪："你确定？"

"确定！"向薇用力点了点头。

"是不是太小了点？"韩湛嘟囔道。

"怎么了？这个还限制年龄？"向薇没好气地说道，"我可是少女！"

"是。"韩湛连忙点头，"你说得对，那就去吧。"

说完，他带着向薇走到那辆电动车旁边，开口问道："这个多少钱？"

看电动车的人顿时愣了，看了看韩湛左右，莫名其妙地问道："这个谁坐？"

"她！"

"等会儿！"向薇莫名其妙地问道："我为什么要坐这个？"

"不是你要求的吗？"韩湛奇怪地问道，"刚才你指着这里，不就是要坐这个吗？"

向薇顿时被他气乐了："我要的是那边的那个，棉花糖！"

韩湛这才看到，就在这辆电动车附近不远的地方有个架子上插满了五颜六色的棉花糖。

“误会，误会。”韩湛不由得笑了起来。

没过多久，向薇笑吟吟地举着一个特大号的棉花糖咬了一口。

这棉花糖比她的头还要大，向薇举着棉花糖的样子让人感觉十分有趣。

“这么开心？”韩湛笑问道。

“当然了！”向薇笑嘻嘻地说道，“我已经不知道多久没有吃过这个东西了。”

说着，她轻轻叹了口气：“之前天天在救援中心里泡着，整天想的都是危险、救人，神经绷得紧紧的，从来没有想过这些……”

向薇举着棉花糖轻笑了一声：“现在发现，偶尔到这里来玩玩，好像也不错，感觉自己整个人都放松下来了。”

“一会儿我们先去玩什么？”韩湛问道。

向薇眼珠转了转，伸手一指前面：“玩那个！”

韩湛看了一眼，顿时觉得眼前有些发晕，他吞了口口水，紧张地问道：“我先和你确认一下，你说的那个，是指的什么？”

“过山车啊！”向薇笑眯眯地说道。

“咱们可不可以换一个项目？”韩湛哭丧着脸说道。

“怎么了？”向薇笑吟吟地问道，“有心理阴影？”

“是。”韩湛老老实实地点头，“上次被困在上面，挂了那么长时间才下来……”

“我知道，还是我把你救下来的呢！”向薇笑嘻嘻地说道。

向薇一撇嘴：“你自己之前把高的地方蹿了一遍，还都是我把你弄下来的，这次你必须陪我登个高！之前我爬高是为了你，这次你要为了我爬一次！”

韩湛看着那飞来飞去的过山车，脸色有点发白，最后一跺脚，一咬牙：“行，就坐过山车！”

人不多，所以排的队也不长，没过多久两个人就已经上了过山车。这个过山车比之前韩湛被困的那个还要刺激，速度更快，长度更长。远远看着已经够吓人了，等到了车上坐好，看着那些铁架子，感觉更吓人了。

韩湛深吸了一口气，死死地抓住前面的扶手。

这个时候，一只手伸了过来，抓住了韩湛的手。

韩湛转头一看，发现向薇正在向他微笑。

“我们在高处相遇，我希望能在高处纪念那些时候。”向薇在他耳边轻声说道，“有我在，不要害怕，不管什么时候，在什么地方，我都会救你下去的。”

看着向薇的笑容，韩湛心里放松下来，脸上也露出了笑容：“我相信，不管什么时候，你都会救我的。”

“是啊。”向薇一笑，“所以，抓紧扶手！车要开了！”

还没等韩湛反应过来呢，车身一震，过山车像疯了一样弹射出去……

也许是昨天在游乐场玩得很开心，所以向薇来到救援中心的时候，心情很放松。

等她走到办公室门口的时候，正好和徐有光碰了个面。

徐有光笑呵呵地打了个招呼：“头儿，早啊。”

“早。”

徐有光左右看了看，突然凑了过来，在向薇耳边低声说道：“头儿，您听说了吗？”

“听说什么了？”向薇莫名其妙地问道，“神神秘秘的，像个特务似的！”

“头儿，这么大的事您竟然没听说？”徐有光惊讶地问道，然后恍然大悟地一拍脑袋，“哦，对了，我差点忘了，昨天你休息。”

“到底什么事？”向薇没好气地瞪着他，“搞得这么神秘？哪里要爆炸了还是怎么着？”

“就是要爆炸了。”徐有光笑嘻嘻地说道，“咱们这里要爆炸了。”

“咱们这儿要爆炸了？”向薇一愣，“你什么意思啊？”

“头儿，昨天就传开了，说是上面要把咱们救援中心的领导调走，另有任命，咱们这里的头儿要换了。”徐有光低声说道。

“头儿要换了？”向薇脸色一沉，“你在这里胡说八道什么？先不说这个消息是真是假，就算是真的，不管是什么人来，都是来领导咱们工作的，我们干好自己的工作就行了。”

徐有光笑了一声，有点尴尬地点了点头：“您说得对，干好自己的工作就行了。”

向薇一瞪眼睛：“知道还不赶紧走？该忙什么忙什么去，别整天没事在这里传这些乱七八糟的闲话。”

徐有光顿时像是霜打了的茄子一样，老老实实地点点头，答应了一声，转身准备离开。

可是刚走几步，他突然停下来，一拍脑袋，回过头来对向薇说道：“头儿，我差点忘了，领导让你来了之后去一趟。”

“这种事情你怎么不早说？”向薇没好气地问道。

“忘了。”徐有光干笑着说道。

“那些乱七八糟的话你倒是忘不了。”向薇没好气地瞪了他一眼。

“是！”徐有光落荒而逃。

向薇撇了撇嘴，整理了一下情绪，向领导办公室走去。

到了领导的办公室，向薇轻轻敲响了房门。

“请进。”

向薇推门进去，救援中心的领导就在里面，看到向薇进来，笑呵呵地说道：“来了？”

“领导，徐有光说您找我？”向薇问道。

“对。”领导笑着点点头，然后拿起桌子上的一份文件递了过去，“这个你看一下。”

向薇接过文件，看了几眼，这是一份预防森林火灾和预防山难发生的文件。

“现在已经快到秋季了。”领导笑吟吟地看着向薇说道，“你应该知道是怎么回事了吧？”

“知道。”向薇点点头，把那份文件放了回去，“秋季是比较紧张的，旅游人数在未来这段时间里可能会迎来一个高峰，每年都可能会发生山难。除了山难，还有山火，这段时间救援中心是最紧张的。”

“对。”领导轻轻点头，“所以，这段时间你们要辛苦一些，要高度戒备，做好随时出发救援的准备。我们这里景区的游客，已经连续几年上升了。虽然助长了经济，但是也带来了压力。和上次的台风不一样，台风有气象部门给我们通气，我们有了准备；但是山难和山火，是不会有人给我们通气的。这是突发事件，影响大，情况复杂，是考验我们能力的时候。”

接着，领导一笑："不过，我相信你们可以把这个问题解决好的。在你们面前，没有战胜不了的困难。”

“是！”向薇表情严肃，重重地点了点头，“请上级放心，我们一定不负众望，出色完成任务。”

“很好，要的就是你们这种干劲！”领导笑着说道，“好了，现在这个文件的精神你都已经领会了，回去和队员们传达一下，让他们做好准备。”

“是！”向薇点了点头，她看着领导，刚才徐有光说的话再次涌上心头，心里略有几分犹豫，想要问一句，却欲言又止。

“怎么啦？”领导也看出向薇的情况有些奇怪，开口问了一句。

向薇一愣，犹豫了一下，最终还是决定不问出来比较好，她摇了摇头："没事。领导，如果没什么事情的话，我先走了。”

“好的。”领导点点头，“去吧，尽快安排吧，还是那句话，不要放松警惕。”

“是！”向薇答应了一声，转身离开。

看着向薇离开的背影，领导笑了笑，轻轻摇了摇头，继续自己的工作。

向薇很快将队员组织起来，开了个动员会。

“现在又到秋天了。”在会议上，向薇说道，“秋天对别人来说，意味着秋高气爽，意味着丰收。对我们来说，秋天可能意味着更多的、更繁重的工作任务。首先，我们要预防可能出现的山火警情，只要发现了，就立刻投入灭火工作。其次，随着我市周边旅游景点的热度不断提高，游客的人数也直线上升；很多游客并没有按照规定路线进行游览，而是擅自闯入一些偏僻地区，容易造成山难。这种情况就需要我们出手了。”

向薇说到这里顿了顿，环视了一眼众人，继续说道："但是，这对我们来说，也是一次很好的练兵机会。我们有很多新加入的成员，虽然已经初步掌握了救援知识，积累了一些救援经验。但是，这些经验还是远远不够的！我们必须要打起十二分精神来，应对可能出现的更大险情。老队员要起到模范带头作用，尽量带动新队员，做好准备工作。新队员要保持警惕，随时准备投入战斗中去。我要求所有人要严肃对待这个秋天，需要我们的时候，我们决不能掉链子，一定要顶上去！听明白没有？”

“听明白了！”所有队员整齐地大喊了一声。

“很好！”向薇点点头，“从今天开始，救援中心要进行更严格的轮班制度，三班倒，决不能松懈，不能出任何问题。如果让任何一条可以获得救援的生命在我们面前无故凋零，那将是我们救援中心的耻辱，也是我们所有人的耻辱！好了，散会。回去以后，大家总结一下，务必提高警惕！”

会议结束之后，所有队员鱼贯而出，曲佳润和姚天、冯军一组，一边走一边低声问道：“姚天，事情有这么严重吗？我看头儿的表情好像很凝重啊！”

“当然了。”姚天点点头，“这种事情，如果没事，那就平平安安；如果出了事，搞不好就是大事。”

“对。”冯军表情也很严肃，他点头说道，“你可不要不当回事，这种事情很难说的。山难和山火都是很恐怖的，俗话说得好，水火无情。这火要是一烧起来，绝对是不讲情面的。我们虽然目前还没碰上太严重的问题，可是听说，前年有过一次山火。那次山火烧得很厉害，我们全队出动，协助灭火。结果火势蔓延很快，不知怎么的，就把山下不远的一处加油站引燃了。结果我们救援中心上一任队长就是在那里牺牲的。”

“真的？”曲佳润吓了一跳。

“嗯。”姚天点了点头，表情严肃地说道，“所以说，这可不是闹着玩的。我们上一任队长，听说还是头儿的恋人。头儿也因为那件事，很长时间都没有从阴影中走出来。”

曲佳润脸色凝重地点了点头。

“山火虽然危险，但是处理起来还算是简单的。”姚天又苦笑着说道，“最让人头疼的，其实是那些背包客。”

“没错！”冯军脸色也不大好看，摇头说道，“那些人真是，有的时候都不知道在想些什么。你老老实实按照要求旅游就好了。非要标新立异，老是想着去探什么险。我们刚来救援中心的时候遇到过一次。两个小伙子和一个小姑娘，非要去探险，趁着没人注意就钻进林子里去了。结果迷了路，在里面三四天没出来。幸好有人报了警。我们进行了大规模的搜山，花了二十多个小时，最后才在一片林子里找到了他们。三个人饿得都脱了相了，半死不活地瘫在那里。让人觉得又可怜又可气！”

“这事我听说过，好像是闹得挺大的。”曲佳润点头说道。

“当然了，闹得很大。”姚天叹了口气，“你看着那群山郁郁葱葱的，好像风平浪静似的，其实最是凶险了。里面没有人烟，手机没有信号，有时候带着专业设备进去都要小心翼翼，生怕遇到危险。几个人背着个包就敢往里面闯，真是不知道怎么想的！”

“所以，咱们就祈祷今年别出这种事了吧。”冯军摇头说道。

“难说。”姚天叹了口气，“不要抱太大希望。虽然听话懂事的人比较多，可还是会有那么几个不知道危险的，觉得没事硬闯进去的。真是不知道该怎么说他们才好。”

“说什么呢？”曲佳润在一边一瞪眼睛，“头儿不是一直都在说嘛，咱们干这行的，就不要想那些没有用的事情。我们的责任就是出现了险情，第一时间抵达，然后拯救、保护好生命。这才是我们应该做的事情。其他的不要想那么多！我们是应急部门，如果不是急事，为什么要我们出动？”

姚天和冯军两个互相看了一眼，同时笑了。

“你说得没错。”姚天点头笑道，“哪里有险情，我们就去哪里，其他的不用想那么多。不过，这次和台风那次不一样，这次应该有不少高科技装备要投入使用了。我们好好准备一下，不要到时候手忙脚乱。”

“那还等什么啊？”冯军笑呵呵地说道，“走啊！”

几天时间转眼就过去了。

秋高气爽的时候，往往也是游人如织的时候。市周边的几处景区，在全省乃至全国都是很有名气的，不少人都是慕名而来。

旅游，给城市带来了巨大收益的同时，也埋下了些许隐患。

救援中心进入了戒备状态，时刻准备着应对任何可能出现的意外情况。

向薇不敢有丝毫的松懈，始终处于高度戒备状态，不过好在目前为止没有发生什么大事。

结束一天的工作之后，向薇难得放松了一下心情，从救援中心里面走了出来。

韩湛已经等在了门口，正笑吟吟地看着她。

“你怎么来了？”

韩湛笑道:“你已经值了两天两夜的班了，挺担心你的，所以过来看看你。”

“没办法，周末就是格外紧张。”向薇苦笑着说道，“旅游季节，越是周末越是如此。救援人员都在值班待命呢。这还算好的呢，过几天十一长假，还不知道要面对什么呢。”

“我也是今天才回来，挺想你的，就赶紧过来看看。”

“你舍得离开卢乡了？”向薇笑着问道，“这么说，你的设备已经完善了？”

“是的。回头送几台过来，你们可以试用一下，有需要改进的地方，及时通知我。”

“好。”向薇回答得很痛快，“这种事情我喜欢，能救人的设备多一台算一台！”

韩湛笑着点头：“对了，我们最近还在开发一种设备，是应用在火场救援的一种小型的面罩。它配备有护目镜，体积很小，携带方便，可以在短时间内隔绝浓烟，方便救人。”

“这个听起来也不错啊！”向薇眼睛一亮，“如果进行救援的时候带几个过去，可以让需要解救的人员戴上，方便行动，预防浓烟窒息。”

“是的，我们也是这么设想的。”韩湛点点头，然后有些遗憾地说道，“可惜，这种设备我不知道能不能进行大规模生产。”

“出什么事了？”向薇奇怪地问道，“遇到什么麻烦了吗？”

“这个设想是我爸提出来的，是他之前的一项发明，然后进行了改进。”韩湛认真地说道，“这个面具的优点是很明显的，佩戴方便，可以在短时间内有效地隔绝浓烟，并且可以在浓烟中保护视力。我们试制之后，发现效果很明显，甚至可以在一定程度上暂时替代防毒面具。不过我们遇到的最大问题，就是我们没有合适的生产线进行生产。”

向薇完全没想到，阻挡这项发明的竟然是这个原因。

韩湛点了点头：“整个卢乡的工厂都是进行机械加工的，如果是动力钳，或者之前那种高层逃生系统，在卢乡生产不成问题。不过这种防护面具的制造过程和机械加工完全不同，倒是和口罩制作有点类似。所以卢乡想要加工生产这个东西，困难重重啊。”

“这的确是个问题。”从本心来说，向薇当然希望卢乡是万能的，可以把任何实用的、可靠的救援设备生产出来。

想法是好的，但实际上想要实现非常困难，就像韩湛说的，生产线的调整可不是上嘴唇一碰下嘴唇就能办到的。这是一个很复杂的过程，涉及机器、材料、人员培训等一系列问题。

“所以，我们只是试制了几个，准备测试一下效果。如果市场潜力足够大的话，我们可以考虑购进一批设备，在卢乡进行生产；如果市场潜力不足的话，那这个项目就只能搁置了。”

说到这里，韩湛叹了口气：“这都是没办法的事情。”

“我理解。”向薇笑着点了点头，“你现在已经不是之前那个只会惹是生非、到处乱跑的毛头小子了。你现在是掌握着曙光公司和曙光机械厂的明星企业家，整个卢乡都已经开始靠着你吃饭了。你的一个决定，可能会影响到很多人的生活，压力是很大的。”

接着，向薇伸手在韩湛的脸上掐了一下，笑着说道：“其实，我倒是很高兴看到你现在这个样子，这说明你成熟起来了。遇事多想一想，知道什么能做什么不能做。这才是一个人成熟的标志！以前的你，脑子一热就冲上去了，精神固然可嘉，但是从某种角度来说，也是不可取的。现在的你，稳重多了。”

“是吗？”韩湛笑嘻嘻地说道，“我是不是该骄傲一下？”

“刚夸了你两句，就要上天？”向薇撇着嘴说道，“再说了，你难道还不够骄傲？我可是知道的，那位省里著名的女记者，可是整天在卢乡泡着呢。”

“何记者？”韩湛一愣，“她怎么了？”

向薇仔细看了韩湛几眼，终于确定，韩湛这是真糊涂，绝不是装糊涂。

对于这么一个人，她既欣慰又有一些哭笑不得。向薇竟然莫名地开始有些可怜何欢了，遇到韩湛这家伙，也不知道是她的幸运还是不幸。

“没什么。”向薇笑吟吟地问道，“她怎么样啦？”

“前天就走了。”韩湛随口说道，“好像是需要搜集的素材都已经搜集得差不多了，回去整理资料了。”

“是这样啊。”向薇点点头，不再说什么了。

“对了，还有一件事。”韩湛笑嘻嘻地说道，“除了我爸的那个发明，我自己也弄出了一点小玩意，你要不要看一下？”

“你来了之后，满脑子就只有这些？”向薇无奈地看着韩湛。

“啊？”韩湛一愣，呆呆地看着向薇，不知道该如何应答。

向薇顿时哭笑不得。本来韩湛来接自己，确实让自己挺高兴的，可是看到他这种呆呆的、傻傻的模样，却又无论如何高兴不起来。

“行了，别光‘啊’了！”向薇无奈地说道，“我有点饿了，要不先找个地方吃点东西？”

“哦，对！”韩湛一拍脑袋，“这个是应该的，绝对应该的。我们去吃饭。”

第二十章

只缘身在此山中

十一黄金周，总会有大量的人成群结队地出发，或到周围闲逛，或到外地旅游，尽情享受假期美好生活。

人多，就意味着发生意外的可能性增加。每到这个时候，也是城市救援中心最忙碌的时候。

凤山是向薇所在城市附近的一处5A级景区，山高林密，风景秀丽。

据说上古时期，曾经有只金凤凰落在一个小土丘上，高歌三日，方才离去。而那座小土丘至此冲天而起，越来越高，变成了一座大山，其中主峰就是传说中凤凰落下的地方，从此该山被称为凤山。

凤山不光山高林密、风景秀丽，山上还有庙宇和其他文化遗迹，历来是一处热门的旅游地点，除了本市人，全国的乃至全世界的游客也是络绎不绝。

尤其是十一国庆假期期间，这里更是人山人海。

在十一长假第一天，有两男两女四名年轻人背上背包来到了凤山景区。

他们是本市一所大学的大一学生，放假没有回家，大家相约到凤山游玩。

随着人流，四名学生慢慢向山上攀爬。

“好多人啊！”女生甲向前看了一眼，然后有些郁闷地抱怨道，“这么多人，什么时候能爬上去？”

“就是！”男生甲随声附和，“而且就算爬上去，到处都是人，能看到什么啊？这不是看景，分明就是来看人的嘛！”

“不然你以为你会看到什么？”男生乙苦笑着说道，“十一长假，本来就是看人的！尤其是这种景点，更是如此。”

“真没意思！”女生乙抱怨道，“早知道就不出来了，还不如回家，或者在寝室里追剧呢！”

“呃，我倒是有个主意。”男生甲眼珠转了转，笑嘻嘻地开口说道。

“什么主意？”女生甲眨了眨眼睛，“看你这模样，就知道没什么好主意！”

“谁说的，保证是好主意！”男生甲说道，“你们看，往山上爬的人那么多，我们就算上去也看不到什么东西，不如换一条路上山，你们觉得怎么样？”

“换一条路？”男生乙莫名其妙地问道，“换哪条路？”

“从林子里穿过去。”男生甲向外指了指，低声说道，“绕过这些人，从别的地方往山上爬。要不，就干脆不要往山上爬了！”

他继续说道：“我们干脆到树林里探险去吧！”

“不好吧！”女生甲犹豫着说道，“刚才山下不是有人说了吗？不要随便往林子里去。”

“我们不是随便往林子里去啊。”男生甲笑道，“我们这是准备好了之后，才往林子里去的。”

“可是……”女生甲皱了一下眉头，看了一下那幽深的树林，“看着有些吓人。”

“你要是胆子小就不要去。”男生甲笑道，“我进去看看。”

男生乙想了一下：“那我也去，看着这么多人心烦得很，找个人少的地方吃个野餐也好啊。”

“那我也去。”女生乙说道。

唯独女生甲犹豫了良久，最后还是摇了摇头：“我就不去了，我准备直接回宿舍追剧了。”

“不会吧？你就这么回去了？”男生甲说道。

“我已经累了，”女生甲抱歉地笑道，“就不给你们拖后腿了。祝你们玩得高兴一点！”

……

“头儿，给你！”徐有光笑呵呵地递过来一杯热咖啡，“喝一点精神精神。”

“我精神得很。”向薇冷冰冰地说了一句，不过还是接过了杯子，喝了一口，咖啡的温度和苦涩的口感让她感觉舒服了很多。

“头儿，要我说，您也不用这么紧张。”徐有光笑着说道，“也未必能出什么大事。以往国庆假期的时候是出过事，不过大部分都是鸡毛蒜皮的小事，今年还能有什么大事呢？您应该放松心态，好好调整一下。”

“说得容易。”向薇叹了口气，“我也知道可能是紧张过度，但是这个时候不管发生什么事情，都不能松懈下来。就算是小事也不能大意。行了，你也不用担心，我知道怎么调整。”

“嗯。”徐有光笑着点了点头，“这个我信。”

“对了，其他人呢？”向薇品了一口咖啡，随口问道。

“不是在休息，就是在库房里研究那些新玩意呢。”徐有光说道。

“他们这是拿到新玩具了！”向薇哭笑不得地说道，“设备都送来了？”

“嗯，送来了。”徐有光笑道，“一共有三套动力钳，还有十几个紧急阻隔面具。”

“我得去看看。”向薇犹豫了一下，放下咖啡杯，“这可都是新到的宝贝，韩湛那边一共也没生产出几台来，要是被他们弄坏了就麻烦了。”

“头儿，这个您可以放心。我保证，他们绝不会弄坏的。”徐有光笑嘻嘻地说道。

“你怎么知道？”向薇莫名其妙地问道。

“那是咱们自己家人产的东西，要是弄坏了，还不得被你手撕了？”徐有光撇着嘴说道。

“你是不是想死得很惨？”向薇脸上一红，看着徐有光咬牙切齿地说道。

“呃……”徐有光干笑着说道，“头儿，您要赶紧去制止那些家伙，不然那设备就不知道变成什么样啦！”

“哼！”向薇明知道这家伙是在转移话题，不过这个时候她也不知道该说什么了，恶狠狠地瞪了徐有光一眼，红着脸直奔库房去了。

这个时候，库房里已经集中了几乎大半个救援队的人。

曲佳润背着动力包，手里拿着那个大号的动力钳，一双眼睛放着光。

“这东西可真不错！”她爱不释手地摆弄着动力钳，“比以前那个要轻便多了，以前的动力钳后面还要连接一个大号的动力源，极不方便，这个就不用这么麻烦了，直接背在身上就可以操作了。”

“没错！”姚天在一边用力点头，“这东西携带起来方便多了。哦，你看，这个钳子上还集成了很多功能，有千斤顶，竟然还有一小段链锯，这简直是大杀器啊！”

“链锯、千斤顶，还有钳子，这家伙三两下就能把一辆车拆成废铁。”冯军两眼放光地说道，“咱们队长的男朋友还真是给力，这么好的东西都能弄出来，而且弄出来就给咱们送过来试用。换成别人，哪有这样的待遇？”

“那是，都是一家人嘛！”姚天笑嘻嘻地说道，“自己家人不帮忙，谁还能帮忙？啧，我现在真想找个地方试试看，看看这设备到底有多牛！”

“简单啊！”这个时候，一个冷冰冰的声音在库房里响起，“你和姚天两个人并排站好，我看看能不能直接把你们俩断成两截！”

听到这个声音，姚天和冯军顿时打了个寒战，脸色变得有些发白。

两个人动作僵硬地回过头来，果然看到向薇冷笑着站在他们身后。

“头儿，您，您来了？”冯军干笑着说道，“您什么时候来的？怎么也不说一声呢？”

“我这不就说了吗？”向薇撇着嘴说道，“你们两个聊得挺开心啊！一口一个自己家人什么的？”

“不是，我们就是，就是随口那么一说。”姚天不无尴尬地说。

“哼！懒得理你们。”向薇撇着嘴说道，“就算用这钳子都不一定剪得开你们两个的那副厚脸皮。”

冯军和姚天干笑了一声，老老实实地缩到了一边，不敢说话了。

“头儿。”曲佳润手里拿着那把动力钳笑嘻嘻地说道，“不过这东西真是挺带劲的！”

“感觉怎么样？”向薇笑着问道，“操作起来手感如何？”

“虽然没有实物进行检测，但是操作起来手感还是不错的。”曲佳润笑道，“唯一的问题就是这设备有点重，可能会影响体力。”

“嗯，这个问题厂家也考虑到了，正在想法解决。”向薇苦笑着说道，“不过目前还没有成熟的方案。没办法，这把钳子上面集成的功能有点多，就好像瑞士军刀一样。集成设备一多，重量自然而然就上来了。不过，考虑到救援行动的要求是快速有效，设备的重量目前还在可以承受的范围之内。”

“我也是这么想的。”曲佳润笑道，“这设备集成的功能众多，重一些是正常的。我还在想，如果能把功能减少，会不会更好一点？”

“正在考虑这个问题呢。”向薇笑道，“不过如果功能分开，就成了分类工具了。在救援工作中，有的地方能进入的人员数量比较少，但是情况又比较复杂，在这种环境下，集成工具当然要比单一工具有着更大的优势。”

“是的。”曲佳润点点头，“如果没有优势的话，就不会有人做瑞士军刀了。”

“没错。”向薇点点头，“就是这个道理。”

她顿了顿，继续说道：“你们抓紧时间熟悉一下设备，如果有合适的场合可以投入使用，测试一下这东西的性能如何。”

“好的！”一群队员一起答应道。

就在这时，徐有光急匆匆地从外面闯进来，看到向薇立刻喊了一声：“头儿！”

“怎么啦？”向薇问道。

“刚才得到的消息，发现了山火！”徐有光递过来一张记录，“就在凤山，靠近红旗镇第五大队那里，具体起火原因不明。”

“火势如何？”向薇顿时紧张起来，表情严肃地看着徐有光问道。

“目前还处于初级警报阶段，当地消防人员已经赶往现场进行扑救。”徐有光说道，“上级要求我们做好准备。”

“明白了！”向薇点点头，然后回过头来对着所有队员说道，“都听到了吧？现在这可不是鸡毛蒜皮的小事了。水火无情，秋季山火的危害我相信大家都有所了解，对它的危险性也有一定认知。所以，现在所有人员都要做好准备。如果需要我们出动，我们要立刻出动，明白没有？”

“是！”一群救援队员大声回答道。

夜色渐渐降临，某大学宿舍里，女生甲有点紧张地拨打着电话，连续几次，都是对方不在服务区。此刻，她脸色有点难看，不甘心地再次拨打同学的电话。

结果，电话里传出来的还是对方不在服务区。

女生甲表情焦急地在寝室里来回走了好几圈，看着外面已经彻底黑下来的天色，一咬牙，拨打了报警电话。

因为出现山火险情，向薇一直在救援中心坚守，救援中心全员上岗，等待命令。

“情况怎么样啦？”向薇问了一句。

“头儿，刚才传来消息，火势还没有完全控制住。”徐有光表情有些担忧地说道，“兄弟单位正在组织人员灭火。”

顿了顿，他接着说道：“好消息是，火势虽然还没有完全控制住，但是蔓延的速度也不是很快，山下的一些居民已经紧急撤离了。火情附近比较空旷，所以财产损失有限。”

“上面有什么命令下来吗？”向薇问道。

“目前还没有。”徐有光摇头说道，“消防人员正在努力控制火情，还不需要我们出动。上面让我们继续待命，防止发生其他意外。”

“嗯。”向薇点点头，表情严肃，“继续保持联系，有事情随时告诉我。”

“好的。”徐有光点头答应道。

就在这时，一名值班人员急匆匆赶来，表情十分凝重：“头儿，出事了！”

向薇心里顿时一跳，脸色微微一变，不过，她深吸了一口气，让自己冷静下来，然后这才开口问道：“什么事？”

“头儿，刚接到群众报警，有人失踪了。失踪地点应该是在凤山周边地区，具体位置不明。”

“怎么回事儿？”向薇皱着眉头问道。

“具体情况现在还没有传回来。”值班人员回答道，“民警同志已经询问了报警人。”

“在哪里？”

“市师范学院所在的派出所。”值班人员回答道。

向薇皱了一下眉头，开口说道：“这个情况可能会很严重，那个派出所距离我们不远，我觉得我们有必要去了解一下。这样，徐有光，你带领队员留守在这里，周思婷！”

“到！”周思婷站了出来。

“你和我一起去派出所，了解一下究竟发生了什么事。”向薇说道。

“是！”周思婷答应了一声。

不久之后，向薇就出现在派出所里，接到通知的派出所民警马上迎了出来，和向薇握了下手。

“你们来得好快。”民警说道。

“没办法，性命攸关，报警人呢？”向薇一边向派出所里走，一边问道。

“我们刚刚了解了具体情况。”民警说道，“是个今年刚上大一的小姑娘，已经有点吓坏了。”

“先去看看。”向薇皱了一下眉头，点头说道。

为了缓解对方的紧张情绪，询问是在派出所的一间普通办公室里进行的，那位女生手里端着一杯热茶，脸色有些发白。

向薇一进去，那个女生下意识地就想要站起来，但是被向薇拦了下来：“没事的，同学，你先坐下，我是城市救援队的队长，具体发生了什么事情，你能和我说一下吗？”

那名女生连忙点了点头，缓解了一下情绪之后开口说道：“今天，我们四个人一起到凤山去玩，结果人太多了……”

她把事情的经过原原本本地说了一遍。

“你是说，他们在人少的地方，趁人没注意，偷偷溜进了树林里？”向薇皱着眉头问道。

“是。”那名女生点了点头，“我也觉得不太好。可是他们三个又想去，我不太想去，再加上我累了，所以就先回来了。”

“胆子真是太大了。”一位民警在一边说道，“凤山地区的环境复杂，而且树林很密，进去之后很容易迷路。这些孩子真是的！”

“先别说这些了。”

向薇摇了摇头，然后又问了几个问题，接着又确定了他们进入山林的具体地点，这才安慰那个女生说道：“同学，你先不要着急，我们会把你的同学带出来的。”

“嗯！”那名女生用力点了点头，脸色多少好看了一些。

向薇带着周思婷和几位民警走出了办公室。

“现在这些孩子真是……”一位民警苦笑着摇头，“天不怕地不怕的！”

“现在说这些已经晚了，已经出现了被困人员。”向薇认真地说道，“我现在担心的是，他们不仅仅是在山峰周边迷路了。”

“怎么说？”派出所的所长也在旁边，听到这句话连忙问道。

“这种情况以前遇到过。”向薇苦笑着说道。

“那还是几年前。”向薇继续说道，“救援队曾经接到过求救电话，几名游客不顾警告，进入了凤山林区，然后失踪了。我们费了很大的力气，才在距离出事地点将近十公里的山区发现了他们。”

“怎么那么远？”一名民警低呼了一声。

“这事我听说过。”派出所所长皱着眉头说道，“好像是他们临时改变了旅游路线。”

“对。”向薇点头说道，“他们原本是想从小路上山，但是凤山周边的地表环境决定了这个想法不太现实，周围很难找到合适攀登的小路。这些游客如果及时返回，或者停留在原地等待救援的话，就算要费些功夫，也不会出太大的问题。但糟糕的是，他们觉得不能白来一趟，于是临时决定，向山林深处继续探索。结果彻底在里面迷失！救援队花了很大的工夫才找到他们，甚至动员了群众进行搜山，前后花了三天时间。”

“啊！”派出所所长脸色一变，“三天？”

“嗯，时间很长。”向薇表情凝重地点了点头，“当发现他们的时候，有一个人已经出现了脱水现象。不过好在他们有些经验，总算没有出现太严重的问题。”

派出所所长表情凝重地说道：“这件事我们的专业是处理不了的，现在只能靠你们了。”

“嗯，我们现在就回救援中心，向上级汇报一下。”向薇点头说道，“那位女同学还麻烦你们继续照料一下。可能在人找回来之前，还需要她配合我们的工作。”

“好的。”派出所所长点头答应。

向薇表情凝重，带着周思婷匆匆离开。

“救援时间虽然长了点，但是只要能找到人，应该没问题吧？”在车上，周思婷见向薇紧锁眉头，忍不住好奇地说道，“那山上也没有什么猛兽。”

“你把事情想得太简单了。”向薇一边开车，一边严肃地说道，“虽然凤山周边的确没有什么猛兽，但是山林里永远都不会是安全的。猛兽虽然没有，但是会有毒蛇。剧毒蛇类虽然不多，但也不是没有，一些毒性不是那么剧烈的蛇也有很多，被这些蛇类咬一口的话，就会产生剧烈的麻痹感。”

“蛇？”一提起蛇，周思婷脸色都变了。

“如果在深山里被毒蛇咬伤，哪怕是毒性不那么强的毒蛇，也会造成很大的问题。比如，无法继续行走，伤口可能恶化。如果有人对这种蛇毒反应剧烈，情况就会更糟糕。”向薇继续说道，“但，这还不是最糟糕的情况！”

“不是最糟糕的情况？”周思婷的表情更加难看了，“还有更糟糕的？”

“对！”向薇点点头，“首先他们需要面对的，就是气温！”

“气温？”周思婷一愣。

“嗯，现在是秋季，在深山里，昼夜温差极大！”向薇说道，“有的时候温差可以达到一二十摄氏度，白天可能有二三十摄氏度，夜晚可能就会骤降到十几摄氏度，甚至几摄氏度。骤降的温度会极大地消耗体力，从而导致更多的意外发生。”

叹了口气，向薇继续说道：“其次就是食物和饮用水。发生山难之后，那些走失人员一开始可能会携带一些食物。比较专业的游客携带的食物会比较多，他们能坚持更长的时间。而一般的游客携带的往往是一些零食，如果不加以控制，可能一顿就会吃完。吃完之后，普通人在山里找东西吃是很困难的。虽然山里有菌类和野果，但是哪些可以食用，哪些不行，都是有区别的。吃了有毒的菌类和野果，轻则致幻，重则会直接危害人的生命！”

“这，这么严重？”周思婷脸色变得格外难看，结结巴巴地问道。

“比一般人想象的要严重得多。”向薇苦笑着说道，“还有饮用水问题，他们是否携带了足够量的饮用水，山里面看似郁郁葱葱，但是缺乏必需的水源，在迷路的情况下，可能会导致缺水。而白天大量的体力消耗，也让缺水问题变得严重。一些水源可能是受到污染的，喝完之后，会有腹泻、腹绞痛等问题。当发生山难的时候，最好留在原地，不要到处走动，同时等待救援。但是在恐慌情绪的影响下，被困人员很可能不会这么做，他们会盲目地寻找出路，到处乱走。这样的结果会给搜寻工作带来更大的困难。”

最后，向薇吐出一口气：“这些，还只是常规情况下的山难，现在，我们可能还要面临一个比较危急的情况。”

“什么情况？”周思婷显然是被吓到了，她战战兢兢地问道。

“山火！”向薇苦笑道，“之前的通报你也看到了，现在正有一处山火发生，火势还没有控制住。这处山火的位置也在凤山地区，起火点虽然距离景区比较远，但是由于火势没有控制住，会进一步蔓延。如果，我是说如果，这些同学冒冒失失地闯到危险区域的话，后果不堪设想……”

周思婷听得额头冒汗，她勉强笑了一下：“不，不会这么糟糕吧？”

“很难说。”向薇苦笑着摇头，“起火点是比较远，但也没有远得到达不了，我们现在无法得知的是，他们会往哪个方向前进，如果直奔火场去的话，那恐怕会很棘手。”

周思婷张了张嘴，想要说点什么，结果发现自己一句话都说不出来，额头上的汗水隐约可见。如果说之前她还没有意识到这件事有多严重的话，现在她已经明白了，这件事比她想象的要严重得多。

“所以，现在我们面临的问题很严峻。”向薇苦笑着说道，“先回救援中心，和其他人碰一下面，看看如何处理吧。”

到达救援中心后，向薇召集全体人员开会。

向薇把具体情况介绍了一下之后，继续说道：“现在情况就是这样，大家先说一下各自的看法吧。”

“没有太好的办法。”徐有光苦笑着说道，“以前我们也遇到过这种情况，如果联系不上失踪人员的话，只有搜山一个办法可行。”

“那就搜山！”曲佳润性子有点急，听到这里忍不住开口说道，“时间不等人，我们应该现在就展开行动。”

但是她说完之后，却没有得到任何回应，所有人都用一种奇怪的目光盯着她，看得她有些心虚：“那个，有，有什么问题吗？”

“有问题。”姚天苦笑着点头，“而且问题很大！”

“佳润，你是新人，经验有些不足，所以不了解这里面的情况。”向薇轻叹了一声，“搜山哪里是说搜就搜的？首先需要协调各部门，要有足够的熟悉山上地形的向导，然后进行好组织划分，这都需要时间。不仅如此，就算你已经有了人，做好了准备，现在这个时间段也没办法展开搜索。”

“为什么？”曲佳润惊讶地问道。

“因为现在是晚上。”徐有光苦笑着说道，“山上可不是城市里，虽然现在光污染光污染叫得厉害，但是在遇到事情的时候，光源和光线是很重要的。如果没有足够的照明，哪怕有向导，进入山区也是一件很危险的事情。在那里，伸手不见五指可不是一句形容词，而是残酷的现实。在黑暗环境下，稍有不慎，别说把人救出来了，我们这些救援人员都会陷入极大的危险之中。”

“这，这怎么办？”曲佳润傻眼了，她实在没想到，这里面竟然还有这么多的门道。

“等天亮！”向薇冷冰冰地说道，“虽然很残酷，却是无可奈何的事实。在天亮之后，我们立刻开始行动。现在，还有一个比较棘手的问题。”

“山火？”姚天皱着眉头问了一句。

“对，山火！”向薇点点头，“我刚才了解了一下，山火还没有完全控制住，不过在有关人员彻夜扑救的努力下，已经有减弱的趋势了。尽管如此，火势仍然在向深山蔓延。”

向薇深吸了一口气：“我们不知道这些失踪人员的位置，如果他们盲目向山火蔓延的区域前进的话，不知道是否会遭遇更大的危险。”

房间里顿时陷入了沉默，这个问题给本来就困难的救援行动蒙上了一层阴影。

“头儿。”徐有光勉强笑了一下，“其实，我们也可以往好的地方想一想，在山火蔓延的范围内，我们有大量的人员正在扑救山火。如果失踪人员到了那里，说不定会和他们相遇，如果是这样的话，他们可能会被平安地送下山。”

“天真！”向薇冷笑了一声，“我们是救援队，我们要考虑的是最糟糕的情况，而不是盲目乐观。如果出现了最糟糕的情况，我们该如何去做？这才是我们现在应该想的事情。盲目乐观可能会害死人的！火势正在蔓延，被困人员失联。这种情况下，稍有不慎，不但失踪人员会遭遇不测，就连我们救援人员也难以独善其身！你难道不明白吗？”

“说得对！”救援中心领导突然开口说道，他的表情十分严肃，“向薇说得很对！作为救援人员，我们永远考虑的应该是最坏的情况。乐观是好的，但是在救援时，祈望运气帮忙是最不可取的！”

“是！”徐有光表情凝重地答应了一声。

“向薇！”救援中心领导表情严肃地看着向薇说道，“这次行动很重要，你来全权指挥，我来负责帮你协调其他部门，配合你们的工作。尽最大的努力保证失踪人员的安全！明白了吗？”

向薇一愣，坐镇指挥一般是救援中心领导来做的，她具体负责的是执行方面的工作。但是今天领导一反常态，让她负责指挥这次行动，感觉自己肩上的任务很重。

不过紧急情况下，她也顾不上太多，立刻答应了一声：“是！”

向薇的表现可以用雷厉风行来形容，她立刻开始布置起来：“所有人员，各就各位，准备好所有的设备，做好进山搜救的准备。”

她又对救援中心领导说道：“领导，麻烦您协调一下有关单位，为我们派出有经验的向导。”

“可以。”

“我听说为了扑救山火，市里出动了直升机进行高空喷洒作业？”向薇问道。

“是的。咦？”领导先是点头，接着突然笑道，“我明白你想打什么主意了。这个主意倒是不错，如果协调一下应该没有问题。这件事我来办。”

向薇笑着道了一声谢。

曲佳润低声问道："头儿是什么意思？"

"头儿的意思是，出动直升机进行救援。"姚天低声说道，"本来出动直升机是很麻烦的一件事，需要申请和审批。但是这一次，因为有山火，上面已经出动了直升机进行喷洒作业，所以，我们可以协调一下，让直升机顺便帮我们找一下失踪人员。"

这一晚上，救援中心所有人都在紧张地做着准备。搜山，听起来简单，做起来可是很难的。所有人都明白，这一次的任务十分艰巨。

第二天清晨，天刚蒙蒙亮，所有人员已经整装待发了。

徐有光走到向薇身边说道："头儿，已经接到了消息，经过彻夜的扑救，山上的火势大部分已经得到控制，有个别地区还有蔓延。不过想要完全扑灭，可能还需要两三天的时间，这期间不排除死灰复燃的可能。另外，负责灭火的兄弟部门并没有发现几名失踪人员。"

"明白了！"向薇表情严肃地点点头，然后对着手下的队员大吼了一声，"所有人，准备出发！上车！"

除了留守人员，救援中心的其他人全部登车，向着凤山开进。

"这次的行动，我们作为主力开展救援，有人协助我们的搜索工作。大家务必要保持联系，注意安全！"向薇在车上吩咐道，"所有的设备要准备好，不要出现问题影响救援工作。明白没有？"

"明白了！"所有人都答应了一声。

"很好！"向薇点点头，深吸了一口气，微微闭上了眼睛，她协调工作，安排人手，几乎一晚没睡。现在，她非但没有觉得困倦，反而还格外精神。她强迫自己闭一会儿眼睛，起码要养养精神，以防到时候精力不济，出现问题。

可就在这个时候，韩湛来了电话。

向薇根本没给韩湛说话的机会，直接开口说道："我现在正有重要的工作，回头给你打电话。"说完就挂断了。

韩湛的电话再次打过来，向薇皱了皱眉头，没有接。可是韩湛就像是铁了心似的，一遍一遍地把电话打了过来。

"喂！"最后向薇急了，拿起电话来吼了一声，"我说了，我有重要工作！

不要给我打电话！”

韩湛似乎吓了一跳，停了几秒才战战兢兢地开口说道：“我知道你有重要的工作，是不是搜救？”

“嗯！”向薇一愣，眉头微微一皱，“你怎么知道的？”

这个紧急事件是昨天晚上发生的，目前还没有传出去，韩湛怎么会知道情况，这让向薇有点奇怪。

“因为我现在就在救援中心。”韩湛语气急促地说道，“请告诉我搜救地点，公司刚刚进了一批设备，可能对你们会有一些帮助。”

向薇一愣：“真的？”

韩湛急切说道：“你是这次行动的负责人，这件事必须有你的授权才可以。这都是最新的设备，保证对你们有帮助。”

“好吧，我们现在前往凤山风景区，搜救工作从那里开始，你那里到底是什么……喂，喂！”向薇的话还没说完，那边韩湛已经把电话挂断了。

向薇哭笑不得地举着电话，她本来想要问韩湛究竟有什么设备要送过去，可是韩湛的性子比她还急，直接就把电话挂断了。

她有心想要拨打回去，可是犹豫了一下又放弃了。她是这次行动的总指挥，必须保持联络畅通，没时间和韩湛啰唆了。再说，不管是什么设备，等一下不就知道了吗？

救援中心的人紧急赶到了凤山风景区，几名向导已经等在了那里。

向薇刚要开口说话，电话响了，这次来电话的是救援中心的领导。

电话一接通，从里面传出了领导严肃的声音：“告诉你一个不太好的消息！”

“领导，请讲。”

“你申请直升机协调搜索的要求被拒绝了。”领导严肃地说道，“山火还没有完全扑灭，直升机的起降很繁忙，驾驶人员很疲劳，无法连续执行任务。如果贸然起飞的话，很有可能发生危险。所以现在没办法为我们提供支援。上面的意思是，我们先自行搜索，直升机待命。”

“好的。”向薇面无表情地说了一句，虽然这不是个太好的消息，可是向薇却没有太意外，毕竟直升机出动一次是很麻烦的，涉及方方面面，尤其是现在山火未灭，直升机无法支援也是情理之中的事情。

“所有人！”她放下电话，大声说道，“刚才接到一个消息，直升机搜救计划暂时无法实行。领导要求我们先期进行人工搜索，直升机待命，准备支援。”

下面的队员们窃窃私语，表情都有些担忧。

“怎么啦？”向薇大吼一声，“难道没有了直升机，我们就没有办法救人了吗？”

救援队员们表情顿时一变，变得无比严肃起来。

向薇的目光从他们身上扫过，轻轻点了点头：“我们是救援队员，救援是我们的任务，也是我们的责任。有设备我们要执行任务；没有设备，我们一样要执行任务。某些设备的缺失，并不能阻止我们完成使命。现在所有人员开始做准备，等一下跟随向导，进山搜索！听明白了吗？”

“听明白了！”所有队员整齐地大喊了一声。

“去做准备吧，五分钟之后出发。”

看到队员散开去做准备了，向薇微微一皱眉头，脸上显出一丝微不可察的忧色。虽然刚才的话没有任何的问题，但是缺少了直升机的空中搜救，单靠人力的话，效率非常低，搜索面积远不如直升机。可是现在，直升机肯定来不了，只能采用最笨的办法来执行任务了。

“头儿，这种情况下，我建议把队员们分得更散一些，尽量扩大搜索面积。”徐有光在向薇身边低声建议，“这样可以提高一点搜索效率。”

向薇点头：“这是目前为止最好的办法了。扩音设备都准备好了，是吧？”

“准备好了。”徐有光点头。

“嗯，让他们一边搜索一边喊话。”向薇说道。

就在这时，一辆货运车急匆匆地赶了过来，刚到景区门口，就被相关人员拦住了。他们通知司机景区已经封锁了。

韩湛立刻从车里探出头来：“请你联系一下这里的城市救援队向队长，我们是给他们送救援设备的。”

景区保安快速联系了向薇，没多久就予以放行。

韩湛的车子很快就与向薇的救援队会合到一处。

车子刚刚停稳，韩湛就从车上一跃而下，奔向了向薇。

“你到底运来了什么设备？”向薇满脸狐疑，“最好是有用的东西！”

“我不会因为无聊的东西，在这种时候浪费你们的时间。说起来，也是你们运气好，这些设备今天才刚刚到，我们大概需要十几分钟进行组装，然后就可以使用了。”

“到底是什么东西？”

“中大型无人机，”韩湛笑着说道，“专供搜救使用。”

向薇一脸惊喜，有些难以置信地问：“你刚才说什么？”

“供搜救使用的中大型无人机，才到没多久，正在进行一系列的测试。听说你这里出事了，正好给你拿过来试试，看看效果。”

他们两个说话的时候，工作人员已经开始从货车上向下卸货了。设备虽然蒙着防水布，但是可以看得出来，体积的确是很大，单高度就有一米多。

向薇惊讶地问：“你是从哪里弄到这东西的？”

“公司买来准备进行测试和研究的。”韩湛说道，“公司现在除了动力钳之外，还准备开发新一代的产品。新一代的产品要求有更高的科技含量和技术指标，可以从容地应对各种突发事件，并且保护好救援人员的人身安全。其中就包括两个项目：第一个是完全的独立项目，准备应用 AI 技术，开发一种新型的、履带式自动救援机器人；另外一个就是这东西，是我们和另外一家公司合作开发的，准备为这种中大型无人机开发一系列附属设备，让它可以进行各种搜救活动，包括救生、灭火、杀灭病虫害等。这个无人机项目是我爸帮助联系的，另外一家公司，他们负责生产航空机体，也就是无人机本体，我们来开发配套设备。这段时间你一直都在忙，所以不知道这件事。”

“那现在这两台机体能够执行任务吗？”向薇听着有些着急了。

“可以。”韩湛点头说道，“机体制作出来之后，已经具备了初步的执行任务能力，上面虽然没有来得及安装附加设施，但是安装了摄像头、传感器、北斗定位系统，以及语音播放功能，可以执行一般的搜救任务。机器一共有两台：一台采用了传统的汽油动力，另外一台采用了电动力。汽油动力续航时间两三个小时，推荐行程 2.5 小时；电动力的机体使用时间 1.5 到 2 小时，推荐运行时间 1.5 小时。电动力的无人机增加了动力模块组，可以由车载充电装置进行充电。电动力的优势在于重量要比汽油动力系统更轻一些，而且噪声小；汽油动力的优势在于续航时间更长，我们……”

“好了！”向薇不等韩湛说完，立刻打断了他，没好气地白了他一眼，“挑重要的说。”

韩湛不好意思地干咳了两声：“这两套设备都具有全天候完成任务的能力，给我们十几分钟，我们的技术人员把无人机组装好，可以配合你们进行搜救服务，它的覆盖范围广，可以将飞行高度降到很低来确认目标，通过喊话来稳定对方情绪，可以很好地完成相关工作。单台无人机在运行时间内的效率已经等同于直升机搜索，两台一起使用的话，效率会更高。唯一的缺点是无法像直升机那样直接拯救人员，只能停留在原地，用北斗信号进行定位！”

“这就足够了！”向薇立刻意识到这两台设备的宝贵之处，面带喜色地对韩湛说道，“你这可真是送来了及时雨啊！我们刚刚得到消息，本来可能提供给我们的直升机援助却取消了。”

“这两台设备不存在协调问题。”韩湛笑呵呵地说道，“只要你们有相关人员操作，就可以随时投入使用。这两台是刚到的试验机型，今天正好可以来个现场测试！”

“好！”向薇立刻点头，“尽快把它们组装出来。”

很快，两台中大型无人机已经组装好了，从体形上看，这两台机器确实不小，机体高度 1.5 米，长度 1.8 米。

一群整装待发的救援人员被这两台无人机吸引了，围观过来。

“都后退，后退！”韩湛大声喊道，“让出起飞空间！”

一群人连忙后退，让出空地来，韩湛对着工作人员点了点头：“让它们飞起来！”

一阵嗡鸣声传来，无人机的螺旋桨开始高速旋转。不过两台设备的区别很明显：汽油机的那台声音很嘈杂；而电动机的那台就安静多了，只是发出一阵低低的嗡鸣声。

接着，两台机器腾空而起，悬停在半空中。

“好了，队长。”韩湛笑着对向薇说道，“你下命令吧，告诉我们搜索区域，好让无人机开始进入。”

“好的！”向薇拿出地图，指明了搜索方向。

看到无人机开始行动了，向薇转身面对所有的队员，大声说道：“好了，现在有了这些设备，为我们提供了很大的帮助。但我们不能完全依靠这些设备，因为它们还无法载人飞行，所以我们依然要进入林区，进行人工搜索。我要求所有队员保持通信畅通，把你们的定位系统都打开，随时确认自己的位置，明白没有？”

“明白了！”所有队员看着无人机远去的方向，齐声回答，一脸兴奋的表情。

“好了！”向薇一摆手，“出发！”

“是！”一群救援人员齐声答应，在向导的引领下，从几个点进入林区，开始搜救行动。

看着队员们进入林区，再看看慢慢远去的无人机，向薇心里多少有了点底气。

第一次作为总指挥指挥救援，让向薇多少有点紧张。不过这种紧张感很快就调整过来了，韩湛的到来让向薇变得更加自信和果敢。

向薇转身来到无人机工作台，屏幕上正显示着无人机拍摄的画面。

几名工作人员正注视着屏幕，向薇好奇地站在一边看着，感觉这东西很新鲜，也很有趣。

“是不是觉得这东西挺有意思的？”韩湛站在她身边笑问道。

“的确很有意思，而且很有用。”向薇点点头，“空中的搜索范围要远大于地面搜索，有了无人机的参与，搜救行动会变得更容易一些。”

“可惜，机器才刚刚到，只能实现一些基本功能。”韩湛有点遗憾地说道，“一些功能还没来得及安装，也没有进行人员培训，无法实现。比如说，我本来想在无人机上安装一个接收装置，像电台一样发出信号，这样你说的话就可以通过无人机的信号中转到区域内所有人员，这样可以避免因为信号阻隔引起的通信不畅。另外，我本来还准备对队员进行培训，让他们在搜索的时候携带无人机用的备用电池或者油料，在无人机油料和电量不足的时候，寻找就近的搜索小队进行补给，扩大搜索范围。或者对所有人员进行同屏影像传送，让他们能够定位无人机的位置……”

向薇两眼放光，连连点头。韩湛说的这些都很有见地，而且对救援工作也很有意义，如果可以实现的话，在救援过程中，尤其是大型救援任务中，会起到很好的效果。

不过她一笑说道：“你也不要要求那么高了！现在能有这种设备已经很好了。空中搜索要比地面搜索的效率高很多，如果靠着我们人力一点一点地去找，不知道要找到什么时候。”

“所以我第一时间给你送过来了。”韩湛笑道，一副“你快来表扬我”的骄傲模样。

向薇一抿嘴，白了他一眼，换来了韩湛的一阵傻笑。

不过两个人很快就调整好状态，仔细观察着监视器里的画面。

曲佳润等三个人在一名向导的带领下，一边向树林里面走，一边拿着大喇叭进行喊话。

负责喊话的是冯军，他扯着嗓子高声喊道：“有人吗？有人吗？我们是搜救队的，有人的话请回答！”

就这么一边走一边喊，喊了几次，冯军就觉得口干舌燥，没了力气。

听着远去的嗡嗡声，冯军郁闷地说道：“还是高科技产品厉害，就靠着我们这肉嗓子喊，也不知道要喊到什么时候！”

“喊到把人找出来为止！”姚天没好气地说道，“知足吧，这次有咱们队长的男朋友雪中送炭，咱们这叫近水楼台先得月，换成别人你试试？还无人机？能给你配个喇叭就算不错啦！”

“没错！”曲佳润感慨地说道，“无人机这种东西还真是了不得，天上不但飞得快，而且搜索范围还大，我们还真是比不了！”

“我们为什么要和无人机比？”姚天苦笑着说道，“我们把自己的工作做好了就行！走吧，继续搜索！你愣着干什么？赶紧继续喊话啊！”

“哦！”冯军无奈地点了点头，举着喇叭继续扯着嗓子喊了起来。

在树林里，三个大一学生正瘫坐在地上。

他们停留在这里，绝望地等待着奇迹出现。

他们的情况非常糟糕。男生甲脸色发白地趴在地上，已经陷入了昏迷，一棵枯树压在他的左腿上，将他的腿压出了一个扭曲奇怪的形状，都不用检查，只要看一眼，就能看出来这条腿肯定已经骨折了。

女生乙抱着腿，呆呆地坐在旁边的草地上，脸色苍白，一副随时都要哭出来的模样。男生乙眼神呆滞地坐在她身边，一脸焦急、绝望的神情。

“就怪你们，就怪你们！”那女生突然大声说道，“好端端的说什么要绕小路上山，结果进了林子里找不到路，又说什么干脆到别的地方转一圈算了。结果越走越远，现在这是哪里啊，怎么办，我们怎么回家？我不想死，不想死在这里！”

“别哭了！”男生乙突然怒吼了一声，一下子把那个女生镇住了。

“你当我愿意留在这里啊？谁知道这个鬼树林是怎么回事？越走越乱！你当我不愿意回家？我们要怎么办？你知道现在从哪里走吗？到了现在，互相指责还有什么用？庄鸿现在都变成这样了，难道我们要扔下他吗？”

女生乙显然已经被吓住了，连抽泣声也变小了。

她犹豫着开口问道：“我们现在怎么办？”

“我觉得……”男生乙咬了咬牙，“我们不能乱走，我们一夜没回去，小樱应该已经报警了，现在我们如果乱走的话，搞不好会错过救援人员。而且庄鸿这个样子，我们也不能扔下他不管。我们守在这里吧。”

女生乙点了点头，“嗯”了一声。接着她一皱眉头，鼻子轻轻抽动了几下，奇怪地说道：“你有没有觉得不对劲？”

“什么不对劲？”男生乙莫名其妙地问道。

“好像，好像有一股烧煳的味道。”那个女生低声说道。

第二十一章

任重道远任尔行

在那辆货车里，向薇守在屏幕前，紧张有序地指挥着这场救援行动。

“已经搜索一个小时了，让电动力的无人机先回来更换电池吧。”韩湛看看时间，无奈地下达指令。

控制人员按照他的吩咐，把电动力无人机收了回来。

“续航时间有点短，影响了它的搜索范围。”向薇皱着眉头说道。

“这也是没办法的事情，这是无人机的缺点。”韩湛苦笑着说道，“不过，更换电池之后，我们可以跨过已经搜索的区域，到下一个区域进行搜索。”

就在这时，旁边一名工作人员开口说道：“韩总，我觉得我们需要改变一下无人机的使用方法。”

“你有什么建议？”

“我的建议是，把两台无人机交替使用。先用油动力无人机搜索一个区域，等到油量快要耗尽的时候回收，让电动机起飞，到下一个区域进行搜索，这样会提高搜索效率。”

韩湛和向薇对视了一眼，韩湛立刻点头说道：“不错，这个办法很不错！可以尝试一下。”

“我还有一个想法。”向薇跟着说道，“你们这次来的工作人员数量够不够多？”

“有几名，你有什么想法？”韩湛好奇地问道。

“能不能把这些人员分出来两个？”向薇说道，“我安排人陪同他们进入林区，就像你刚才说的那样，等到无人机续航能力不足的时候，找到他们的位置，让这些工作人员直接给无人机加油或者更换电池。”

韩湛思考了片刻，点头说道：“可行！”

“那就这么办！”向薇点点头，“我这就去组织人手，你安排工作人员和我们一起行动。”

过了没多久，又一支小队进入了林区，而这个时候，那台电动无人机已经返回，开始更换电池。

“更换完毕后等待指令，做好替换准备。”韩湛吩咐道。

救援工作在各方面协同下，正有条不紊地进行。

又过了差不多一个小时时间，油动力无人机返航，电动力无人机接替。两台无人机轮换搜索，搜索范围慢慢开始变大。

当搜救行动进展到下午三点左右的时候，电动力无人机发现了不远处的黑烟和火焰。

“已经快要进入山火区域了。”韩湛皱着眉头说道，“还是没有发现目标。”

“林地搜索不确定性很大。”向薇倒是比他冷静得多，“有太多的遮盖物和隐藏点，而且目标可能会移动，所以没有发现属于正常。这种时候需要我们进行反复搜索，火场区域不要进入了，现在让无人机返回吧，再把刚才搜索过的区域……”

说到这里，向薇突然停了下来，瞪大了眼睛，似乎在画面上发现了什么。

“等一下！”向薇低呼了一声，“让无人机悬停！”

操作人员按照她的要求，将无人机停在了半空。

“降低高度，向着西北方向慢慢靠近，我好像在那里看到了什么！”

无人机慢慢向西北方向移动。

正坐在空地等待的男生乙，似乎听到了什么，他一脸茫然地抬起头来，看到了一个小黑点正在慢慢地向这里靠近。

“鸟？”这是他脑海中的第一个反应，接着他便否决了自己的判断，“不对，鸟不可能飞得这么慢！难道是虫子？好像大了点！”

渐渐地，一阵细微的嗡嗡声传进了他的耳朵里，随着那个黑点越来越大，男生乙的眼睛猛地睁大了。

“无人机，是无人机！”他突然伸手一拉身边的女生，大声吼道，“肯定是搜救人员使用的无人机！”

那个女生先是一愣，接着也开始激动起来:“对，对，是无人机，无人机！”

“快招手，招手！让他们看到我们！”那个男生大声吼道，“快点！”

两个人又蹦又跳，疯狂地向着无人机招手。同时，男生乙还用力挥舞着一顶红色帽子。

向薇和韩湛从屏幕里看得清清楚楚。

韩湛面露喜色：“终于找到了！”

“不要高兴得太早，把镜头拉近！”

通过摄像机镜头，几个人看到了那三名学生的情况。

“有一名男生被枯树压着呢，应该已经受伤了。需要立刻救援！更糟糕的是，他们距离火场有些近了。他们那个位置很有可能遭遇山火，必须立刻展开行动。”

“头儿！”徐有光在一边说道，“要不要向总部呼叫直升机进行救援？”

向薇摇了摇头：“那里不适合直升机降落，没办法提供救援的。我们需要想点办法，起码要把这些人转移到适合直升机降落的位置才行！”

说着，她一把抓起对讲机，然后对韩湛说道：“你能给这里提供一个定位吗？”

“可以，这个空间直升机无法降落，可是无人机降落绰绰有余。”韩湛点头，然后对操作人员说道，“让无人机慢慢降落，开始发送定位信号！”

“明白！”操作员答应了一声，按照韩湛的吩咐，指挥无人机慢慢降落。

在三名学生的注视下，无人机落在林间空地上，机上红灯闪烁。

“这，这是怎么回事？”女生乙问道，“它怎么落下来了？”

男生乙立刻明白了无人机降落的原因：“应该是发送信号，定位来的。”

他心态放松了许多，笑着对女生乙说道：“我们在这里等着就可以了，救援人员马上就要来了。”

“报告！”操作无人机的人员大声说道，“信号已经发出，所有人的设备都可以接收了。”

向薇拿着对讲机大声说道：“所有人员请注意，所有人员请注意！现在立刻查看定位装置，现在立刻查看定位装置。失踪人员已经找到，现已将位置定位在接收机上，各队员立刻查看接收机，确定自己和被困人员之间的距离。”

“报告！距离被困人员 5 公里！”

“报告！距离被困人员 4 公里！”

……

一个接一个报告传回来，向薇脸色十分凝重，被困人员的位置有点远了。在密林深处，不起眼的两三公里有可能要走一两个小时，何况是四五公里的距离。

“这些孩子怎么走了那么远！”韩湛皱着眉头说道。

“肯定是赶了夜路！”向薇脸色凝重地说道，“初生牛犊不怕虎啊！结果还是出事啦！”

“报告！”这时，对讲机里传出姚天的声音，“我们距离遇险人员 1.5 公里。”

从目前接到的信息来看，姚天小组距离被困人员是最近的了。

“姚天！”向薇大声说道，“你们是距离被困人员最近的，赶过去需要多久？”

对讲机里没有声音传出，过了大概 3 分钟，向薇才接收到了姚天的回话：“头儿，我们刚才询问了向导，可能需要 40 分钟左右。”

“时间太长了！被困人员有人受伤，而且他们的位置距离火场很近。希望你们在 30 分钟内赶到现场。先对被困人员进行救助，再带伤者到开阔地带，便于直升机救援。”

“好！”姚天的回答没有半分迟疑，“坚决完成任务！”

“很好！”向薇说道，“立刻展开行动，其他小队有序撤出林区！”

结束了通话之后，韩湛有些担心地问道：“他们能行吗？”

“能行！”向薇的回答斩钉截铁，“我相信我的队员！他们肯定能行！”

树林里，姚天表情严肃地对曲佳润和冯军说道：“刚才头儿说的话你们都听到了吧？我们的时间有限，耽误不得，现在立刻向目标地点行进。”

然后他不好意思地对那名向导说道：“不好意思，辛苦老哥您了！”

“没啥！”向导一摆手，一脸的不在乎。

“走！”姚天一摆手，就要前进时，身边被人拉了一下。

“干什么？”姚天一愣，回头一看是曲佳润。

“这个我来拿！”曲佳润动作麻利地把那套设备摘了下来，“你已经背了很长时间了。”

“我还背得动！”姚天有点不甘心地说道。

“少说废话，赶紧走，别耽误时间！”曲佳润没好气地说道，“有这时间都跑出去100米了。”

“好！”姚天知道这个时候也不是废话的时候，他一点头，带着自己的队伍向着密林中继续挺进。

大概25分钟后，几个人到达了定位区域附近，在这里可以闻到一股比较浓烈的焦煳味了。

“火势已经逼近了！”姚天顾不得擦去脸上的汗水，对着身边的冯军大喊了一声，“喊话，找人！”

冯军不敢怠慢，举起喇叭大声喊道：“有人吗？我是救援人员，有人吗？”

从不远处的树林里传来了应答声。

“在那边！”姚天伸手一指，“快点过去！”

几个人穿过浓密的树林，眼前豁然开朗，出现了一片不大的林间空地，一台无人机正停在那里，在它旁边，两名学生正在高声喊叫。

一看到几名救援人员出现，那名女学生激动不已，大喊了一声，一头扑进冯军的怀里。

“别激动，别激动！”冯军连忙安慰了她几句，“准备一下，和我们一起离开这里。”

“可是，庄鸿怎么办？”男生乙焦急地指着躺在那里的男生甲。这时，庄鸿也醒过来了，龇牙咧嘴地趴在那里，眼中充满生存的渴望。

“树太重了，我们搬不开。”女生乙都要哭出来了，看着救援人员大声说道。

而这时，空地里的浓烟越来越重，远处已经可以看到跳动的火苗了。

“快点施救！”姚天大声吼道，“把树搬开！”

“不用那么麻烦！”曲佳润大喊了一声，几步走到庄鸿身边，用那把新式动力钳往树下面一插，启动千斤顶，大树被慢慢地顶了起来。

“过来几个人，把他拖出来！”曲佳润喊道。

姚天和冯军立刻过去，将庄鸿从大树下面拖了出来。

“好了，你们两个架着他！”她对姚天和冯军说道，“把他带走，这里不能待了！”

然后回头又对那两个学生说道：“你们两个能走吗？”

“可以，可以！”两个学生连忙点头。

“那就跟上来，情况紧急，山火要蔓延到这里了！”曲佳润表情严肃地说道，“快点走！”

这个时候，姚天的对讲机响了起来，从里面传出了向薇的声音：“你们能听到吗？”

“可以！”姚天回答道。

“刚才无人机升空之后发现，在东南方向 300 米左右，那里有一大片裸露的岩石平台，我们估算了一下，直升机可以在那里降落。”向薇说道，“你们队伍里有伤员，走不了太快，现在在无人机的引导下，立刻到那里待命！直升机已经出发了！”

从屏幕里，向薇看到了几个人正在艰难地向着那片开阔地带走去，因为有伤员，所以他们的速度并不快。

“无人机还有多少电量？”向薇忧心忡忡地问道。

“应该差不多够了。”韩湛说道，“起码可以返回到刚才派出去的接应人员那里。”

“那就好！希望来得及。”

韩湛一只手从旁边伸了过来，悄悄地握住了向薇的手。

向薇一愣，一抬头，正好迎上了韩湛的笑容，他低声说道：“放心吧！不会有事的！另一台无人机已经起飞，去接替工作了，我们会一直让他们出现在画面里的。”

“嗯！”向薇点了点头，迅速镇定了下来，“直升机还有多久能到？”

“已经出发了，大概还需要 20 分钟左右。”徐有光回答道。

“嗯！”向薇点点头，紧张地注视着画面里的几个人。

姚天一行人费了很大的力气才来到了那处开阔地带，无人机始终嗡嗡地在他们头顶引导，这让他们多少有些安心。这种时候能够感觉到有人在注视着自己，是一件很难得的事情。

“这次还真是多亏了无人机了。”冯军看着半空中的无人机说道，“如果没有这个东西，后果难料！”

“嗯。”姚天点了点头，“光是搜救就不知道要花多久，别看刚才我们好像离得不远，可是山林里只要走错了一个方向，就可能会擦身而过。如果没有无人机进行定位的话，现在我们还在林子里转呢！”

“没错！”曲佳润也是心有余悸，“说不定人没找到，山火先到呢！这简直是和死神在抢时间！”

那几名学生在一边不敢说话，低着头，脸上的表情十分难过。

姚天看了他们一眼，心里轻轻叹了口气，安慰道：“你们几个也别内疚了，记住这次教训，以后不要乱跑了！不然真的很危险，这可不是开玩笑的事情。”

冯军向后看了一眼，浓烟已经开始弥漫，他有些担心地说道：“不知道直升机能不能及时赶到，火正向这边来了。”

“你能不能不要乌鸦嘴！”曲佳润骂道，“肯定能过来的，别瞎想！再说了，咱们还有腿，到时候不会跑吗？”

冯军干笑了一声，也不敢说话了。

这个时候，姚天眼睛突然一亮，指着天空说道：“你们看那里！是不是过来了？”

几个人立刻提起精神，向着姚天指着的方向看去，果然，远处一个黑点迅速地向这里靠近，没过多久，一阵发动机和螺旋桨的轰鸣声传进了几个人的耳朵里。

“这是我这辈子听到过的最好听的声音之一！”姚天嘟囔了一句，让几个人让开了一点距离，给直升机腾出降落的场地。

没过多久，伴随着轰鸣声，直升机缓缓降落，一名导航人员在上面大声喊道："直升机里的空间太小，恐怕坐不下这么多人，伤员和其他被困人员上来，再上来一个人照顾他们，其他人赶紧下山吧。"

几个人互相看了一眼，姚天突然说道："曲佳润，你去照顾他们一下吧。另外把设备带走，减轻我们的负担。"

"啊？"曲佳润一愣。

"啊什么啊？"姚天没好气地说道，"别耽误时间，赶紧走！"

曲佳润脸上露出了一个大大的笑容："是！"

身后的山火已经开始接近了，大家没有那么多时间可以耽误。很快，三名被困人员上了直升机，曲佳润也跟着上去了。

直升机腾空而起，曲佳润从直升机上向着地面招了招手。

姚天笑着向她挥手致意。

"行了！"一边的冯军酸溜溜地说道，"这种时候就不要情意绵绵了！我们要赶紧下山，不然你后悔都来不及。"

"什，什么情意绵绵！"姚天脸上微微一红，没好气地瞪了冯军一眼，"说什么呢？"

"得了吧，我又不是瞎子。再说，我也有小董了，不会和你抢的！"冯军撇着嘴，然后回头看了一眼，"不过，我们再不赶紧跑的话，等一下就真的要变成熏肉了。"

姚天脸色一变，没好气地骂道："那你还在这里啰唆什么？赶紧走啊！"

说完之后，第一个跟着向导，向山下冲去。

向薇和韩湛从画面里看到了这一幕，长出了一口气。

"还不错。"向薇笑着说道，"基本上脱险了。"

"你的队员还没有离开林区。"韩湛说道。

"他们要撤离的话更简单一些，毕竟有向导跟着。"向薇笑道，"不像那三个年轻人，稀里糊涂地就往林子里闯。"

"年轻人？"韩湛哭笑不得，"我们好像也没比他们大几岁。"

"不一样。"向薇轻叹一声，摇了摇头，"虽然我们年纪没有比他们大几岁，可是我们的心已经老了。”

看着向薇的模样，韩湛心中微微一动，他凑到向薇耳边低声说道：“哪怕你老了，那也是我最喜欢的老太太。”

“呸！”向薇的脸上微微一红，没好气地对着韩湛啐了一口，“还有人在这里呢，说什么疯话？”

身边的徐有光连忙转过头去：“那个，我什么都没听到，你们继续，继续啊！”

“一边去！”向薇哭笑不得地骂了一句，“你也跟着一起发疯！”

接着，向薇长出了一口气，靠在了车厢上：“不过，总算是松了一口气，实在是太紧张了。我真怕出点什么事情。”

“没关系的。”韩湛低声说道，“不管有什么事情，有我，还有这么多战友和你在一起。”向薇看了他一眼，笑着点了点头。

“头儿！”这时徐有光在一边说道，“刚才已经得到消息了，几名被困人员已经送往安全区域，受伤人员已经送往医院治疗。”

“嗯。”向薇点点头，“姚天他们呢？”

“他们正在赶往山下的路上，根据定位，已经离开了山火区域。”徐有光说道。

“和他们保持联络，等到他们到达安全区域，立刻通知我！”

“明白！”徐有光答应了一声。

半个小时之后，姚天他们在向导的带领下，已经进入了安全区域，彻底躲开了肆虐的山火。救援队的全部人员也都已经安全撤离，并没有造成人员伤亡。

晚上 7 点左右，救援队接到了消息，肆虐的山火已经得到了有效的控制，起火原因正在调查当中。

这个时候，向薇终于彻底放下心来。

此时，所有人员已经从凤山景区撤离，回到了救援中心。

向薇长出了一口气，坐到椅子上：“总算是告一段落了，真是惊心动魄。”

“没错。”徐有光在一边笑嘻嘻地说道，“不过好在有惊无险，平安度过。”

“所有人员都撤回来了吗？”向薇笑着问道。

“已经撤回来了，都在救援中心待命。”

“除了值班人员，让他们分批休息一下。”向薇说道，“另外，让食堂加餐吧，一定要让人保持体力，恢复精神。现在十一长假还没有过完，我们还需要保持警惕。”

“是！”徐有光答应了一声，接着，他表情诡异地看了向薇一眼。

向薇立刻察觉到了这家伙的古怪表情，没好气地瞪了他一眼：“你想说什么？”

“头儿，”徐有光嬉皮笑脸地说道，“这些就完了？”

“还有什么事？”向薇皱着眉头问道，“想说什么就赶紧说，挤眉弄眼地给谁看呢？”

“咳咳，头儿，我的意思是，韩总还没离开呢。”徐有光笑眯眯地说道，“这次咱们的救援任务之所以能取得成功，和人家的支持是分不开的吧？要不是人家带来了无人机，我们还不知道什么时候能找到被困人员呢，搞不好等找到人的时候，人都已经不行了。”

“什么意思？”向薇脸上微微一红，瞪了徐有光一眼，然后没好气地问道。

“也没有什么意思。”徐有光笑眯眯地说道，“你看，人家对我们的帮助这么大，您作为队长，是不是应该去看看人家，表达一下我们的感激之情？”

“去去去！”向薇脸上红得更厉害了，像是赶苍蝇一样对徐有光甩了甩手，“怎么什么事都少不了你？赶紧去把你该做的事情忙完！”

“明白！”徐有光笑嘻嘻地应了一声，转身跑得没了踪影。

“真是……”向薇低声嘟囔了一句，伸手摸了摸自己的脸，有些发烫，不用照镜子，向薇都知道自己脸上肯定是红得厉害。

不过，她寻思了一下，还是站起身来，向外走去。

“今天可是累死人了。”食堂里，姚天一边往嘴里塞着饭，一边含含糊糊地说道，“满山乱跑不说，还要和山火赛跑，你是不知道，那山火差一点就要烧到我的裤子啦！”

“我怎么不知道啊？”冯军没好气地说道，“我就在旁边看着，我能不知道吗？”

接着，他长叹一声：“要我说啊，就应该直接烧到你的屁股，这话你都反反复复说了好几遍了。生怕有人不知道是吧？”

冯军说着，表情古怪地看了身边的曲佳润一眼。

曲佳润脸上微微一红，低头吃饭，也不说话，和平时判若两人。

“我，我怕谁不知道啊？”姚天挺着脖子说道，“开玩笑，我做救援那么长时间了，还怕什么？”

“我可不知道你怕什么！”冯军撇着嘴说道，“行了，我也不说了，不然你们两个就要打我啦！”

“知道就好！”曲佳润嘟囔了一句，挥了挥拳头。

“不过说起来，这次救援确实挺惊险的！”冯军眉飞色舞地继续说道，“如果不是有高科技的设备帮忙，我们麻烦就大啦！”

“嗯。”姚天点了点头，若有所思地说道，“我估计，以后会越来越重视这些救援设备的引入和人员的培训，这些设备可以极大地保护大家的生命安全。毕竟生命只有一次！”

接着，他轻轻叹了口气：“我们之前付出太多血的教训了。”

说完之后，姚天和冯军两个人陷入了沉默之中，脸上现出难过的表情。

眼看气氛不太对劲，曲佳润笑着说道：“好了，你们两个就不要在这里伤感了，过去是过去，现在是现在，我们还有将来。我们的设备会越来越好，救援的人也会越来越多。我们应该朝前看才对。”

“没错！”冯军笑道，“佳润这话说得有水平！我们不能向后看，应该向前看，以后的日子会更好。”

“说起来，我对咱们救援时候使用的无人机感觉挺好奇的。”曲佳润手里拿着餐具，一脸向往地说道，“这次行动多亏了有无人机协助，这才获得了成功。当时距离太远，也没有看清，我真的很想再看看无人机的模样，最好仔细观察一下。”

“这个简单。”姚天笑道，“无人机现在就停在咱们的库房里，正在进行保养呢。”

“真的？”曲佳润一愣，“我怎么不知道？”

“你回来得晚，没看到而已。”冯军撇撇嘴，“因为无人机的效果明显，咱们头儿觉得那玩意儿很有用处，所以决定先临时征用一下，过完这个小长假再还回去。你想啊，无人机是谁的？咱们头儿都发话了，他会不同意？所以就留下来了，正在库房里进行检修和保养。你想看的话，过去看看就是了。”

“好！”曲佳润“呼”的一下站起身来，两眼放光地说道，“快点去看看，我对那东西可是很好奇的！”

说着，她把餐具一收拾，转身就跑了出去。

“哎呀！”姚天喊了一声，“你别跑那么快，那东西停在库房里又不会没了。”

说完，他拉着冯军，两个人从餐厅里追了出来。

“啧啧啧！”冯军一边走一边在姚天耳边低声说道，“佳润还真是敢想敢干，一个女孩子，对这些东西这么感兴趣。也就是老哥你了，换成是我，我可驾驭不了。我还是好好地照顾我的小董吧。”

“什么驾驭？什么是我？”姚天莫名其妙地问道。

冯军也不说话，嘿嘿怪笑了几声，表情古怪地看着姚天。

姚天脸上微微一热，向地上啐了一口，嘟囔着骂了一句：“龌龊！”

三个人出了餐厅之后，直奔库房，可是到了库房外面就停下来了，因为这里的情况很不寻常。

几名救援队员表情诡异地围在库房门口，向着里面探头探脑。

“喂！”曲佳润莫名其妙地走过去，“你们在这里干什么呢，鬼鬼祟祟的？”

“嘘！”一名队员伸出一根手指头来，做了个噤声的手势，“别说话，好好看就明白了。”

曲佳润一愣，探头向仓库里看去，顿时愣住了。

……

向薇也不知道自己是以什么样的心情走进库房里的。按照道理来说，她作为救援中心的人员，现在是工作时间，不能分心去做其他的。可是她心里却总是出现韩湛的身影，身上洋溢着爱情的幸福和甜蜜。

终于，向薇找了一个可以解释给自己听的理由，安慰了一下自己：“这都是为了工作，工作！”

库房里，出人意料地只剩下韩湛一个人。他仔细地检查着两台无人机，同时在小本上记录着各种数据。

向薇走到他身边，喊了他一声 :“韩湛！”

“啊！”韩湛一愣，回头看到来的是向薇，顿时笑了，“小薇，是你啊？”

“嗯。”向薇轻轻点头，然后左右看看，奇怪地问道，“怎么只有你一个人，其他人呢？”

“哦，我让他们去吃点东西，休息一下。”韩湛笑着说道，“他们也忙了一天了，无人机的操作也是需要消耗体力和精神的，必须精神高度集中才行。而且有些工作人员还背着补给在山里走了半天，那就更辛苦了。现在应该让他们好好放松放松。”

“话说得是没错。”向薇笑道，“可是你呢？你怎么没有跟着一起去放松一下？”

“我放松什么啊？”韩湛笑呵呵地说道，“我今天一天也没怎么忙，就站在一边看着而已。正好趁这个机会记录一下数据，思考一下怎么改进设备，或者制作适合无人机使用的配件。”

“倒是符合你的风格！”向薇笑呵呵地说道，然后走到无人机旁边，伸手在无人机的支架上摸了一下，感慨地说道，“这些东西可真是了不得！如果没有它们，今天的救援行动还不知道会发生什么事呢！”

“嗯！”韩湛点点头，“我觉得，这种中大型无人机，在未来的救援中会担当越来越多的角色，起到很大的作用。另外，除了无人机，我们还在研制一种遥控机器人，在执行危险品救援任务时，可以派上用场！”

“你的脑子就是好用啊，主意还真不少。”

“也不全是我的主意。”韩湛有点不好意思地说道，“有一部分是我父亲的想法，不过我觉得很有道理，就采用了。反正是一家人，不分彼此。”

“你倒是真不客气。”

“都是自己家人，有什么好客气的。”

“今天听到直升机执行灭火任务，能够为我们提供的帮助有限时，我心里真是一沉！”向薇轻叹一声，“少了空中的眼睛，单靠队员搜索，效率会变得极低。还会给救援任务增添很大的难度,时间拖长了,后果无法预料。在几年前，我们就曾经进行过一次山林搜救任务，几名游客走失，我们进行了大规模的搜山，花了三天时间才找到他们。这还是运气好的！这一次，如果还要花三天时间找人的话，后果简直不堪设想！”

向薇仍心有余悸。这一次如果还花三天时间的话，到时候可能只能找到尸体了，说不定连尸体都找不到。

“今天多亏你给我们提供了这么大的帮助，谢谢你了！”

“自己人，客气什么！”

“你早晨来看我，是因为想我了吗？”向薇看到韩湛的模样，凑到韩湛身边低声问道。

“是想你了，不过，还，还有一件事。”韩湛突然脸红起来，支支吾吾地说。

“什么事？”向薇一愣，奇怪地问道。

“那，那个……”韩湛的表情更加扭捏了，“我，我本来想约你出去的。”

“这个时候我怎么出得去？”向薇哭笑不得地说道。

“我，我也没说这个时候约你出去。”韩湛挠着头说道，“我只是想问你，什么时候有时间，我想约你出去。”

“约我出去干什么？”向薇笑吟吟地问道。

“那，那个……”韩湛呆呆地看着向薇，突然一咬牙，好似做了一个巨大的决定，他把手伸进怀里，然后掏出来一个小盒子，面向向薇，单膝跪地，把盒子打开，一枚戒指正在库房的灯光下闪闪发光。

“小，小薇，你，你能嫁给我吗？”韩湛结结巴巴地说道，“我，我会一辈子对你好的，绝不会辜负你，我的心里只有你！”

看着韩湛的模样，向薇身子一颤，感觉就好像有一道巨大的闪电，一下子劈中了她的头一样，让她整个人都呆住了。以至于她站在那里，几乎连话都不会说了。

“小，小薇！”韩湛壮着胆子又喊了一声。

“你，你说什么？”向薇结结巴巴地问道。

“你，你能嫁给我吗？”韩湛重复了一遍。

“我，我……”向薇张口结舌，激动得话都说不出来了，她等待这一刻很久了，而今，它就在面前。

看着向薇呆滞的表情，韩湛的脸色越来越难看，张了张嘴，连话都说不出来了。

就在这时，旁边有人“哎呀”一声，向薇和韩湛惊讶地转过头去，发现库房门口围满了救援队员。

“你们怎么在这里？”向薇惊讶地问。

“呃，头儿，那个，我们只是路过，路过。”姚天满脸尴尬地说道，“你们不要在意！”

“对，对！”冯军一边从地上爬起来，一边干笑着说道，“我们这都是路过，无意之间走过这里的。哎呀！”

他一拍自己的脑袋：“我不是要去稍微休息一下嘛，怎么稀里糊涂就跑到这里来了？”

“梦游，这肯定就是传说中的梦游！”徐有光大言不惭地说道，“我现在肯定正处于梦游的状态下。刚才我记得自己是睡过去的，怎么稀里糊涂地就跑到这里来了？”

周思婷满脸通红，连话都说不出来了。

其他队员也是一个个装着糊涂左顾右盼，摆出一副奇怪自己是怎么来到这里的模样。

最后，还是曲佳润实在看不下去了，挺身而出大声说道：“行了，都别装了，一个两个的装得和没事人一样。头儿，你也别扭扭捏捏的了！人家都已经单膝跪地向你求婚了！你还有什么不好意思的？赶紧答应人家啊！你想让人家韩湛跪到什么时候啊？”

“啊！”向薇一惊，脸色一片通红。

韩湛一看这模样，赶紧趁热打铁，举着手里的戒指大声说道：“小薇，我是真心的！请你，请你答应我吧！”

听到这话，一群队员扯着嗓子大声喊道：“答应他，答应他，答应他！”

此时向薇已是满脸红霞，她恶狠狠地瞪了那群跟着起哄的队员一眼，然后伸手一把抢过了韩湛手里的戒指。

“哇！”队员们顿时欢声雷动，就好像过年一样。

“走走走！”向薇红着脸对他们嚷道，“都给我走！都堵在这里做什么，难道没有事情做了吗？”

队员们嘻嘻哈哈地大笑着四散而逃，转眼就没了踪影。

“你可真厉害！”向薇斜着眼睛看着韩湛，“给我来个突然袭击啊！”

“不是，那个，我就是，呃……”韩湛支支吾吾半天也说不出什么来，最后干脆傻笑一声，挠了挠后脑勺，不说话了。

“哼，真是越来越有本事了！”向薇低声嘟囔道。

“这么说，你这就算是答应了？”韩湛小心翼翼地问道。

“讨厌！”向薇再也忍不住了，对着韩湛骂了一声，一转身，慌慌张张地跑了出去。

韩湛在库房里待了半晌，最后嘿嘿一笑，脸上满是得意的神情。

第二天早晨，向薇去救援中心领导那里汇报的时候，领导那意味深长的眼神让她感觉心惊肉跳。

“不错！”领导笑吟吟地看着向薇说道，“不知不觉中，你已经长成大姑娘了！”

“啊！”向薇先是一愣，脸不争气地红了起来。

她想开口解释点什么，却发现无论如何都说不出话来，只好在心里骂了韩湛一声，在什么地方求婚不好，非要在救援中心！

看到她这个模样，领导忍不住哈哈大笑：“难得难得！我还是第一次在你脸上看到这种扭扭捏捏的表情，这才是姑娘家该有的模样。”

“领导，你就不要再说了！”向薇脸上实在是有点挂不住了。

领导收起笑容，看着向薇说道：“我们来说说正事吧。”

向薇立刻严肃起来。

“这一次救险任务，你们完成得格外出色。你很好地协调了各种设备，并且大胆动用了全新的科技手段，取得了非常好的战果。”

说到这里，领导情绪有些激动，他站起身来，背着手在办公室里走了几圈，一边走一边说道：“包括各个小组的报告，我都已经看过了。这次任务之所以能在短时间内成功，首先得益于无人机的应用。无人机的高空搜索能力远远强于传统的直升机搜索方式，而且性价比更高。除此之外，全新的动力钳也验证了它的价值。在特殊和紧急情况下，动力钳可以做到人力无法完成的事情。这次搜救虽然只是小试牛刀，但是也让我们看到了它广泛的应用空间。火场救援、车祸现场，以及其他危险场面，都有这种设备的用武之地！”

领导一转身，看着向薇笑道：“还是你们年轻人脑子灵活，对这些新科技、新设备的接受程度，是我们这些老人远远无法企及的。”

“领导，请您不要这么说。”向薇连忙说道，“我们之所以敢于运用这些，是因为有您做后盾，这才给了我们证明自己的机会……”

“好了好了！”领导哈哈大笑，摆了摆手，“我们两个就不要在这里互相吹捧了。不过，我说的的确是事实，事实这个东西，就在那里，你是无法否认的。事实已经证明了，各种全新的设备，已经开始改变传统的救援方式。如何在科技设备和传统救援方式中走出一条全新之路，这就是你们这些年轻人的任务了，也是你们要去证明的东西。”

向薇微微一琢磨，从领导的话里，她似乎听出了什么东西。这些东西似有似无，看不见摸不到，感觉好像是领导在交代什么似的。

“总之……”领导看着她微微一笑，“你这一次的表现非常出色，我们出色的工作已经引起了上级领导的重视。这里有一份兄弟单位发来的请求……”

领导把一份文件递给了向薇，然后说道：“这是负责扑救山火人员送来的申请，因为你们的无人机在搜救的时候取得了巨大的成功，他们希望能够借调无人机，对山林进行巡视。现在火灾已经得到了控制，但是不能放松警惕。随时可能死灰复燃。传统的方式是用人力和直升机进行搜索扑救，去除隐患。可是这些方法存在效率低下、危险性高等问题。所以他们希望借调一下你们的无人机，对过火的山林地区进行巡视。”

“没有问题！”向薇回答得很干脆，“我这就去和韩湛说，让他派人手支援兄弟单位去。正好两台无人机已经检修完毕，处于待命状态，只要有需要就可以投入使用。”

“没关系吗？”领导笑吟吟地说道，“据我所知，那可是曙光公司的财产，还不是我们救援队的东西。”

“没关系！”向薇笑道，“他们正好需要一系列的测试，这些险情正好给他们做实战测试，让他们收集数据，高兴还来不及呢！”

“哈哈哈！”领导哈哈大笑，“不愧是一家人啊，回答得干净利索！”

面对领导的玩笑，向薇有些哭笑不得。

“领导，还有事情吗？”

向薇本来只是习惯性地问上一句，可是这一次，领导回答得十分干脆：“有。”

领导拿起一份文件递了过去：“你看看这个。”

向薇接过文件来看了两眼，脸色顿时变了：“这个？”

领导笑着说道：“这是迟早都会来的事情。上级领导准备将我调到其他岗位继续工作，救援中心的事，需要交担子了。”

“领导。”向薇想要说什么，却不知道说什么才好。

“没什么好说的，这种事情很平常。”领导笑着说道。

“对，我应该恭喜您了。”向薇笑着说道。

“还好。”领导笑了笑，“上级征求过我的意见，如果我调离了这个工作岗位的话，有谁能接替我的工作。我思考了一下，推荐了你。”

“我？”向薇一惊，“领导，这不好吧？”

“怎么啦？”领导笑着问道。

“我，我还年轻。”向薇有些担心地说道。

“年轻又怎么啦？”领导一笑，“谁不是从年轻的时候走过来的？你现在的能力已经足够独当一面了。要对自己有信心。”

顿了顿，他继续说道：“我们这个工作，属于特殊工作，是一个时刻和危险情况面对面的工作。所以，我们需要一个经验丰富、精力充沛、敢闯敢干的人来领导这支队伍！你已经用能力证明了一切。年轻并不是错误，错误的是以自己年轻为借口去犯错误！我刚才已经对你说过了。现在，我们面临的是一个全新的局面，科技和装备开始充实到我们的队伍里，救援人员是战士，而这些设备就是他们的武器。现在已经不是小米加步枪的时代了。从前，我们靠着小米加步枪可以打胜仗；现在，我们靠着这些先进的武器，就能打更多、更大的胜仗！”

向薇轻轻点了点头，没有说话。

领导一笑：“我年纪大了，思维已经远远比不上你们了。我希望，你能为这个团队注入活力。救援人员的生命也只有一次，我觉得，把他们的生命托付在你的手里，我放心。”

“是！”向薇大声答应了一声。

“嗯，很好！就是要有这股气势。”领导哈哈大笑，“关于这件事，我已经向上级打了报告，并且做了推荐。你最近的表现非常优异，上级对你也很满意，所以通过的可能性非常大。你现在要做的是，戒骄戒躁，努力把救援任务好好做下去。明白了没有？”

“明白了！”向薇回答了一声。

对于这突如其来的变化，向薇既心喜，又感到责任重大。就像领导说的那样，这是一份荣誉，也是一副重担。如果她真的坐上那个位置，就意味着必须对更多的人负责，哪怕一点点疏忽，都会造成严重的后果。

欲戴王冠，必承其重。

向薇任重而道远，而她已经为此做好了充分的准备……

三个星期后，一场盛大而隆重的表彰大会，在市消防局的那间大礼堂内召开。

经支队上报，总队研究，上报到总局领导后，向薇所在的救援中心，被授予集体二等功。

向薇因在救援抢险之中，指挥得当，组织整个救援大队奔赴救援一线，有效而得当地处理了突发事故数百起，昼夜待命，及时出警，有效救援，换来了人民的生命、财产安全，因此被授予个人一等功一次。

姚天、冯军、徐有光因在救援抢险之中的突出表现，荣立个人二等功，另外还有数位“蓝朋友”（因消防队员身着蓝色制服而得名）荣立了个人三等功，其中还包括了像曲佳润这样的新人。

礼堂之内，庄严肃穆的表彰总结，正在进行当中。

而在最前排的一张椅子上，朱小竹也被战友们“请”了过来。她的青春永远定格在了最美好的年华，照片上，她穿着一身笔挺的制服，面带微笑，端正而坐，全无一丝平日里的调皮。

对于朱小竹的贡献和牺牲，省里决定授予她英雄模范荣誉称号。战友们坚信，她若在天有灵，也必欣慰。

生命为先，荣耀之上，哪有什么岁月静好，不过是有那么一批将生死抛于脑后的无名英雄，他们选择了默默地替你负重前行。

而他们，从未想过得与失，名与利。

这一份沉甸甸的荣耀，永远都是一些人心中最宝贵的信念。

向薇的声音在礼堂内响起：“全体都有，敬礼！”

所有人皆生出了一种神圣的使命感。未来，这条路，他们会携手并肩，砥砺前行！

向生命致敬！

向默默奉献热血与生命的英雄们致敬！

图书在版编目（CIP）数据

荣耀之上 / 麦苏著．—郑州：海燕出版社，2021.9
ISBN 978-7-5350-8566-5

Ⅰ.①荣…　Ⅱ.①麦…　Ⅲ.①长篇小说—中国—当代
Ⅳ.①I247.5

中国版本图书馆CIP数据核字（2021）第100411号

荣耀之上
RONGYAO ZHI SHANG

出 版 人：董中山
选题策划：朱立东
责任编辑：朱立东　李培勇
美术编辑：刘　瑾
装帧设计：高　瓦
责任校对：康若怡　郝　欣
　　　　　王　达
责任印制：邢宏洲
内页插图：朱　闾　李嘉琪

出版发行：海燕出版社
地址：郑州市郑东新区祥盛街 27 号　邮编：450016
网址：www.haiyan.com
发行部：0371-65734522　总编室：0371-63932972
经　　销：全国新华书店
印　　刷：河南瑞之光印刷股份有限公司
开　　本：710毫米 × 1000毫米　1/16
印　　张：25.5
字　　数：370 千字
版　　次：2021 年 9 月第 1 版
印　　次：2021 年 9 月第 1 次印刷
定　　价：49.00 元